# 大盐商

傅恒 著

四川文艺出版社

图书在版编目（CIP）数据

大盐商 / 傅恒著. -- 成都：四川文艺出版社，2021.11
　ISBN 978-7-5411-6142-1

　Ⅰ.①大… Ⅱ.①傅… Ⅲ.①长篇小说－中国－当代 Ⅳ.①I247.5

中国版本图书馆CIP数据核字（2021）第217749号

DAYANSHANG
## 大盐商
傅恒　著

| | |
|---|---|
| 出 品 人 | 张庆宁 |
| 责任编辑 | 程　川　周　轶 |
| 封面设计 | 赵　书 |
| 内文设计 | 史小燕 |
| 责任校对 | 段　敏 |
| 责任印制 | 崔　娜 |
| 出版发行 | 四川文艺出版社（成都市槐树街2号） |
| 网　　址 | www.scwys.com |
| 电　　话 | 028-86259287（发行部）　028-86259303（编辑部） |
| 传　　真 | 028-86259306 |
| 邮购地址 | 成都市槐树街2号四川文艺出版社邮购部　610031 |
| 排　　版 | 四川胜翔数码印务设计有限公司 |
| 印　　刷 | 成都市锦慧彩印有限公司 |
| 成品尺寸 | 166mm×235mm　　开　本　16开 |
| 印　　张 | 19.75　　　　　　　字　数　330千 |
| 版　　次 | 2021年11月第一版　印　次　2021年11月第一次印刷 |
| 书　　号 | ISBN 978-7-5411-6142-1 |
| 定　　价 | 59.00元 |

版权所有·侵权必究。如有质量问题，请与出版社联系更换。028-86259301

# 目录

001　卷一　逆袭

073　卷二　被逆袭

135　卷三　纠缠

211　卷四　反转与被反转

295　卷五　如何翻篇

309　后记

# 卷一 逆袭

关键词：曾祖父　三个妹子　表弟

## 一

  传说中的舒家秘籍，是曾祖父留下的。

  有关曾祖父的传闻，几乎全是听父亲讲述，从未谋面的曾祖父就此成为舒致怀的神，一旦被哪个盐工捏痛小鸡鸡，必宣称："我曾祖父两根指头就捏死你！"真正感受到曾祖父的分量是因为父亲临终前的选择。数不清多少次听父亲讲曾祖父，唯有这次感觉不一样。

  盐工干活伤破皮肉原本常有的事，舒父的遭遇超常，拉绞盘车时摔倒，遭身后的牛踩了，伤及内脏。治疗一段时间，病情像欠下的医药费有增无减，几近绝望时盐场老板主动送来一个方案，包下舒父所有治疗费，每年另分给利润，条件就一个，分享舒家的凿盐井秘籍。同住一个棚子的盐工也劝舒父，没了命啥也没用。这一切舒父都清楚，清楚也不答应。

  逃荒路上与母亲失散，舒致怀是跟随父亲走完开裆裤岁月的。盐场不许小孩进入，他童年的空间就是盐工睡觉的大棚。一个棚子睡几十条汉子，棚里充满汗味霉味，还有鼾声，这种环境中做得最多的是一遍遍想念母亲，想得太入迷，每见到一个女人走进视线，都猜测是不是母亲回来了。唯一短暂变换环境的方式是去大棚旁边上茅房，那是一个颇具规模的坑，供几十个男人围着大小便，坑周围就没干爽过。某天，舒致怀顺理成章滑进粪坑，幸亏来解便的人多。父亲先用桶提水将他粗冲一番，然后拿篾条编织的盐包装袋裹上他，拎到釜溪河里彻底清洗。那是舒致怀记忆中走得最远的地方，超过两华里，满目新鲜，以致后来令他多次想望，要不要再滚一次粪坑。

  重伤的舒父开始吐血，抹着嘴角上的红冲舒致怀苦笑："拉绞盘车的活儿干了几百遍，阴沟里翻船全怪自己发骚，想给你娶个后娘。你爷爷当初也是为顾你奶奶,双双死在逃荒路上。难怪你曾祖父会传下一句话:舒家的得和失都与女人有关。"舒致怀以为父亲被牛踩坏了脑子,世上哪家会与女人无关?好多年以后他才意识到,父亲多半是从自身预见到儿子的潜质,告诫儿子,未来在这个领域要谨慎。

可惜谈这话的时候,舒致怀纠结的是另一码事:曾祖父传下的秘籍真要值价,咋不拿去换后娘?都到买命的关头了,为啥父亲还舍不得亮出秘籍?要进入以后的剧情舒致怀才会明白,最不该忽视的还是舒家与女人那句话。

父亲说话更艰难,偶尔强撑着开口,反复念叨的皆是同一内容:"我和你爷爷没本事实现你曾祖父的意愿,好在也没给舒家丢脸,接下来靠你了。"听起来像是庆幸守住了曾祖父栽下的树,要结果子该是下一辈的事了。父亲每说一次,曾祖父和秘籍的分量就增加一分,别人家帮孩子存实物,父亲帮舒致怀存储曾祖父的光芒。

到又一个半夜,舒致怀被父亲摇醒。棚子里的盐工或睡得很沉,或在外做夜班,没人打扰。舒父拿出一小小布包,舒致怀死活不伸手接。舒父拉开舒致怀胸前衣服,强行放入小布包:"这是舒家的魂,你曾祖父拿命保住的,代代传下去,舒家才有盼头。"小布包压得舒致怀喘不过气,周身发紧两腮乱颤,口齿不清问上面写的啥。舒父刚刚说出只有你曾祖婆看过,突然闭嘴。舒致怀听到周围的鼾声似乎轻了。

舒致怀揣着沉重的"舒家魂",很久没止住颤抖,自己都不知道想了些啥。瞅机会跑到无人处掏出小布包缓缓打开,只见霞光万道闪耀天地,惊惶中被人推醒,听到一个声音说:"别睡了,你爸死了。"他猛地坐起,看见几个同住一棚子的盐工正把父亲抬离竹子搭建的通铺,曙光下父亲蜡黄的脸异常平静。很久以后舒致怀才会知道,那种平静是完成了什么传递的释怀。那年,舒致怀七岁。

没有盐场老板会雇用七岁娃娃。同一棚子的盐工轮番求盐场老板,赏碗饭让娃娃保命,也有盐工对老板承诺慢慢动员舒娃拿出祖传秘籍。出乎所有人意料,舒致怀拒绝同情,也拒绝拿出秘籍,搬到一个废弃盐井的破棚子里去了,那里面住了不少逃荒来的外地人。

舒致怀后来对亲密无间的三个妹子道出做这样选择的理由:"我不想今后曾祖父骂我。"

据说逆袭人生通常要借助自身以外的元素，舒致怀没有背离这个套路，给他后来的日子增添炫彩画风的，应该是曾祖父及其传下的秘籍。但舒致怀脑子里最生动灿烂的，却是曾祖父和曾祖婆在码头上擦出火花那一幕。他无数次谋划，要把这剧情移植到他和三个妹子身上。由此看出，舒父病危时关于舒家与女人的告诫并非多余。

曾祖父生前在码头扛盐包，别人扛一袋也经不住累，曾祖父常常扛三袋上跳板，踩得运盐木船跟随他的脚步摇晃，也踩得若干水灵灵的目光贴着他转。那阵子，准曾祖婆就在码头上捡落地盐。

无论历朝历代对盐的监管有多严，私盐贩子和抢盐土匪依旧出现在各个时期的史志上，仿佛越是严管的东西越吸引人铤而走险。亡命冒险的终归是一小撮，更多的弱势群体则选择在官府和亡命徒的缝隙中寻生路。每天都有成群的老幼妇女捏着小布袋和小扫帚，来码头收集搬运过程中散落地上的盐。这行当少不了挨打骂受欺负，到手的盐也些微，准曾祖婆能借此谋生，使得几十年后的舒致怀从中看到生存空间，甚至一度琢磨过靠此挣钱给父亲治病。可惜父亲走得太快，姓舒的少年来不及实施壮志，生活就翻篇了，翻到靠此养活他自己。

结识三个妹子的剧情就发生在码头上，看来舒致怀没选错地方，遗憾的是，结识那一幕远不如曾祖父豪迈，舒致怀好长时间为此耿耿于怀。

正处于清光绪年间，史料叙述是国运严重下滑，舒致怀不懂国运和吃盐有啥关系，只知道每天有数不清的船在这儿装满井盐，沿釜溪河运往该运去的地方。后来的史料称，还在咸丰年间，每年从盐都运出的井盐就超过了百万担。这儿被称作盐都，真不是叫着玩儿的。

船多，装载量大，捡落地盐的人自然不会少，大多是逃难来的外地人。有这么多人逃难来此，既表明光绪皇帝手艺差，也显示盐都活命的概率大。

码头上人越多，站的清兵也越多，近似市场的供求关系。一部分清兵手持长矛大刀，监视每个盐包的去向，另一部分清兵则手拿毛笔和记录册，在指头上用小绳吊一截装墨汁的小竹筒，两三人一组，站跳板边记录扛上船的每一包盐。年少的舒致怀由此悟到，朝廷斤斤计较起来不比百姓差。

某个风和日丽的日子，舒致怀被几个清兵外加两个本地闲人拦下，涎着脸要他买酒喝。以为是遇上以执法的名义敲诈，好些捡落地盐的人都有过这类经历。拦他的人嘀咕着脱光他的上衣，又摸他的裤裆，捏他的小鸡鸡和屁眼，好不容易听明白，这些人是要他拿出祖传秘籍。

一个小娃，把秘籍藏身上等于没藏，这么一想，舒致怀就觉得自己没这些人傻，稍一得意便苦着脸作秀："我要有秘籍还用来扫落地盐吗？还会给你们随意搞整吗？"小娃说话不知轻重，质问语气惹恼那几人，那几人拿绳子边捆边警告，不交出秘籍不放人。

刚立秋，盐都的气候不冷，只是在人多的场合半裸身子被捆着很丢脸。舒致怀不知道清兵会整到啥程度，一急，猛想起曾祖父有过类似经历，偶像的作用多是拿来模仿的，于是不管不顾扯起嗓子唱响带颜色的盐工号子："水连水来坡连坡，情妹要连情哥哥……"

舒致怀没唱功，赢在声音大，码头上人多，童音号子引不少人侧目。捆他的人识破用意，扇他两巴掌："卵大个娃娃就会耍诡计，晓不晓得偷盐是死罪！"舒致怀一听就明白糟了，话语权在清兵那儿，死很可怕，更可怕的是祖传秘籍砸在自己手上没传下去，到阴间见到曾祖父咋说？

既然唱了开头，轻易闭嘴便是输，索性边哭边继续唱："吹风下雨都不怕，雷公火闪扯不脱……"

剧情反转来自三个妹子，也是在码头上捡落地盐的。这之前舒致怀与她们并不熟，或许是年龄相近，或许是看着顺眼，或许是以往也被清兵欺负过，或许就是情绪来了，总之，三个小妹子看到几个大人欺负一小孩，一同拉长嗓音反复大喊起来："肇的哦——肇的哦——"

"肇"是当地方言，直白翻译就是乱来，全句可意译为"这里有人乱来"。

和三个小妹子一道围观的一大群小孩，平常就拿起哄当游戏，也一齐跟着大喊"肇的哦"，喊声一浪高过一浪，没完没了，吸引来更多孩子老人妇女。人很怪，有时候看热闹比领赈灾稀饭更兴奋，还没走拢，先一路跟随着哇哇狂喊。几个清兵和两个闲人知道遇上了有理说不清的场面，加之没搜出传说中的秘籍，悻悻离开。舒致怀逃脱一劫，还意外得到一条绳子，后来又察觉，还顺便验证了一下那句舒家与女人如何的话。

三个妹子从此成为舒致怀最亲近的小伙伴。

其实，就算没有这个桥段，舒致怀也渴望缓解孤苦伶仃，小猫小狗都盼合群，何况从小失去母爱的小娃。

相处一熟，相互间说话就没顾忌了，三个妹子取笑舒致怀为啥只脱光上衣，是不是宝贝藏在裤子里，要舒致怀脱开来看看。舒致怀大大方方开出条件，要脱一起脱。

三个妹子中，桂芳和叮叮与舒致怀同龄，五妹子最小，只因妈妈拖有更小的娃，让她跟着桂芳和叮叮捡落地盐，一件大人穿破的衣服长袍似的套在五妹子身上，做事和玩耍时常若隐若现未封口的裤裆。关于一起脱的条件，实际上是针对桂芳和叮叮。

桂芳和叮叮低声商议了一下，同意舒致怀的条件，但要舒致怀先脱。舒致怀也有抛什么引什么的意图，叮嘱一句别赖账，爽快脱下裤子。不知咋回事，小鸡鸡擅自翘起来，虽稚嫩，却嚣张。舒致怀有些害臊，依旧按桂芳的指示原地转了个圈，像展示什么品牌。

接下来三个妹子也没当老赖，一齐转过身拉下裤子，让舒致怀看到三个小屁屁。一双眼睛看三个和三双眼睛看一个，收获肯定不一样，不等舒致怀反应过来，桂芳宣布结束。舒致怀大叫划不着。

叫归叫，却没有以往那种委屈感。

牺牲色相换来的是三个妹子更高的要求。才过几天，叮叮代表三个妹子问他，舒家究竟有没有传说中的秘籍，拿不拿得出来让人看。话说得很考究，舒致怀差点儿中招，好在紧要关头想到自从掌管秘籍后，旁人看自己的眼神都不一样了，莫非这就是曾祖父说的被别人放在眼里。

刚找到感觉，舒致怀就无师自通地挑逗三个妹子："有蛮多妹子迷我曾祖父的山歌，就是那天我唱那个，想知道后面还要唱些啥吗？"三个妹子看出他的野心，倒也没生气，照样亲热交往。

那段岁月做得最多的游戏是找新娘，不是为舒致怀量身定做，乃当地固有。方法是舒致怀先做一个可供验证的物件，像多年后魔术师要观众在扑克牌上做个独一无二的记号。三个妹子将物件藏一人身上，舒致怀若能猜出物件在谁那儿，谁就做新娘和舒致怀拜堂，其余两个女娃则担任类似婚庆公司司仪的角色。舒致怀渴望猜对后拜堂，然后有权亲一亲新娘。猜错当然要受惩罚，比如打手板、挠脚板心……三个妹子常联合出老千，舒致怀受罚的轮次占多数。即便如此，他也深感享受，到后来与妹子们翻脸，他最留恋的始终是与三个妹子的亲密无间。小时候总在梦中才能见到妈妈的笑脸，现实版的温馨能成为他人生路上的一大财富，一点不意外。

叮叮是三个妹子中花样最多的，假如轮到她执罚，通常会避开皮肉惩罚，改要舒致怀答题，比如舒家有凿盐井的秘籍，为啥还会穷；比如为啥不把秘籍拿出来用；比如为啥非要一代一代往下传。她越要问，舒致怀越明白秘籍的价值高，据说大多数人的见识都像他这样来自实践。直到又一次叮叮放大招，舒致怀才终于扛不住。

叮叮凑在他耳边悄悄许诺："你把秘籍给我看看，我脱下裤子让你看前面。"舒致怀记不得那会儿是九岁还是十岁，只记得一听这话，他一整天口干舌燥。

父亲生前讲过，这世上看过舒家秘籍的女人只有曾祖婆，这话给了舒致怀灵感："谁要嫁进舒家，立马就能看到秘籍。"见叮叮有些发愣，舒致怀想不得意都难，"要是哪个都可以看，还秘籍个屁呀！"

后来表弟一再追问舒致怀这笔交易有没有做成。

父亲活着时给舒致怀讲过秘籍的来历。说是一群老小居多的逃难人被清兵欺负，曾祖父帮他们脱离清兵欺压，又把刚领到的工钱全给了那群逃难人。盐场的工钱半月一结，曾祖父是毫无积蓄的穷盐工，接下来的十多天只能借钱度日。被帮救的那拨人原本担心逃难保不住命，临走将秘籍交给曾祖父。曾祖父不接受，那些人一句话即说服曾祖父："要想不被人小看，就得有实在的东西。"

父亲还讲过另一个版本，曾祖父从乡下逃荒离家，途中为一个贫病交加的逃难老人送终并料理后事，老人咽气前将珍藏的秘籍交给了曾祖父，同时外搭一句话："有它，旁人不敢小看你。"

一件事两个版本，不知是父亲记混，还是传说原本离不开故弄玄虚，搞得秘籍更神秘。

有一点父亲从没疏漏，一个穷盐工手握秘籍，等于陷入风险，加之曾祖父喜欢在妹子面前炫耀，数次险些因秘籍遭殃。好多人劝他变卖秘籍，可以致富也能免灾。偏偏曾祖父考量事情与众不同，越是被旁人盯上他越得意："都是光宗耀祖，都是被别人放在眼里，有啥不好。"

曾祖父以为他能一肩扛三袋盐，有实力抗风险，唯一担心的是秘籍只传言不使用，时间一长会逐渐失去人们的关注。父亲在讲述中也多次提到没使用秘籍的几大原因：秘籍图少字多，舒家没人识字；凿盐井花费巨大，舒家没钱；凭秘籍去与别人合伙，怕被暗算。这些说法似乎都有道理，但舒致怀最上心的是，曾祖婆是唯一看过秘籍的女人，证明她识字，为啥不教舒家的人？父亲的回答是，兵荒马乱，保命都难，哪有心思学认字！

可惜，曾祖婆以后，舒家人及舒家娶回的人都不识字。

能娶到识字的曾祖婆，靠的是曾祖父的偶像身份。每当曾祖父肩扛三包盐踏上窄长的跳板，总会招来众多夸赞声。曾祖父乐意收集粉丝们的反应，见粉丝群里不少逃难来的外地妹子，一不留神便头脑发热，遇到清兵驱赶捡落地盐的妹子他就站出来指责清兵。这种做法一次就能惹恼清兵，何况屡犯，清兵多次骂他，能多扛两袋盐就记不清自己是啥。

在事情闹大前，曾祖父最大的失误是低估了清兵的狭隘，最大的收益是留意到捡落地盐的妹子中有个眉毛黑黑的女娃。

曾祖父和黑眉毛女娃搭上话的地点是在小面馆。曾祖父在小面馆里吃面，看到眼熟的黑眉毛女娃拿小布袋里的落地盐找面馆老板换面吃，面馆老板嫌盐里混杂有泥土。黑眉毛女娃恳求只换一小碗，面馆老板依旧说三道四挑剔。曾祖父看不惯开个小面馆就如此做作，掏出铜钱朝桌上一拍，大叫一声："给她煮面。"黑眉毛女娃跪下向曾祖父道谢。曾祖父说："一碗面不值得跪。"黑眉毛女娃说："你多次维护我们，我们都很尊敬你。"

后面这一句，曾祖父尤其提神。

黑眉毛女娃将残汤全部倒进嘴里，要曾祖父再叫两碗面给她吃，她就嫁给他，不要一文钱彩礼。女娃特意要曾祖父别多想，她是正正派派的庄稼人，家里遭了灾才出来要饭的，不是怕嫁不出去，是不愿每天被人骂来骂去。曾祖父也没少被人辱骂，心里一热又掏出几个铜钱拍到桌上，吩咐老板再煮几碗。曾祖父明确告诉黑眉毛女娃："是回报你尊敬我，嫁人的话别当真。"

黑眉毛女娃吃空七八个面碗，脸上泛起红晕："本来还能吃，留点肚子给你怀娃娃。"曾祖父一再声明自己是穷盐工。黑眉毛女娃很较真："我每天都在码头上，这辈子能嫁舒大哥这样的人，哪怕有一口菜汤，我也先让你喝。"

曾祖父突然觉得鼻子发酸，不是在意那口菜汤，而是活了这么多年，第一次有人对他说这样的话。

黑眉毛女娃最终成为舒家曾祖婆。一件谁家摊上都值得祝贺的喜庆事，到舒家的人这里，就成为被嘲讽的理由，最刻薄的是说曾祖父扫仓买便宜。曾祖父很生气，曾祖婆要他别在乎别人说啥，自己的事自己才清楚。说话间，曾祖婆在闪烁的红烛前逐一脱掉所有衣服，只留下一件小肚兜等他解。曾祖父由此记住了那晚的红烛，还有那件小肚兜。

　　曾祖父在新婚夜庄重立下誓言，等家里养出识字的娃，就把秘籍用起来，要让曾祖婆和舒家一道被人放在眼里。曾祖婆说不用等，她就认得字，她的爷爷读过私塾，教孙女识字是常做的游戏。曾祖父要她马上回老家把爷爷接来。曾祖婆低下头，如果爷爷不在灾荒年间饿死，她也不会跟着乡亲逃难到盐都。

　　很多年前的桥段照样令舒致怀羡慕不已，反复憧憬自己啥时也能遇到这种剧情。和三个妹子亲密相处后，舒致怀不止一次梦到三个妹子对他说："要能嫁给你，哪怕只有一碗菜汤也先让你喝。"

　　假如没有三个妹子的贴身关注，舒致怀还感觉不到使用秘籍的紧迫。叮叮一再说，秘籍不用起来一文钱不值。桂芳说不用等于没有。五妹子不开口，但立场和其他两位完全一样。为此舒致怀越来越警觉，舒家秘籍不激活，没人会长久感兴趣，最终不如一个荤段子。

　　叮叮说舒家曾祖婆看过秘籍，总该多少透露一点秘籍的秘密，舒致怀是唯一的传人，不会不知道。叮叮提议，找两个能出资又少野心的人合作，由舒致怀掌握核心诀窍，让秘籍活起来。舒致怀愣了好一阵才问叮叮："是你一个人的想法，还是你们三个妹子一起的？"叮叮有点吞吞吐吐，把话朝一边扯。舒致怀坚持要叮叮回答这个问题。叮叮不耐烦了："做不做是你自己的事。"舒致怀这才说真话，他不识字，很容易失控，秘籍一旦启用便无法后悔。叮叮眼神一闪，声音软软地夸舒致怀："你的脑瓜挺好使嘛！"

　　叮叮的神态和声音令舒致怀浑身发痒，事后意识到，那一刻，他差点把嘴唇放到叮叮脸上。到真正这样做已是几年后的剧情，到那时他才会醒悟，父亲转述曾祖父那句关于舒家与女人的话，果然不是随意说说的。

　　舒致怀更想激活秘籍。

　　不知不觉到了一个历史的拐点，到处有人说清朝垮台了，男人狂剪头上的辫子，人们的衣服也开始变换样式。与吃喝拉撒无直接关联的事舒致怀兴趣不大，真正令他在意的是十七岁的身体变化，留意自己的只占两成，其余全在三个妹子身上。乐意做的游戏前几年已被三个妹子叫停，更强化舒致怀对她们的关注，逐渐到了一日不见便心神不宁的地步。

不管是同龄的桂芳和叮叮，还是小三四岁的五妹子，如果生在好的家境，这个年龄都已经嫁人或者可以嫁人了，三个妹子还在做零工帮父母挣钱养家，这延续了舒致怀和她们常见面的状态，也延续了舒致怀的梦境。

舒致怀身边多了个伴，表弟翻板，就是反复问他有没有和叮叮交易那一位。

记不起翻板进群有几年了，只记得翻板来了就没分开过，表兄弟俩上下不离挑卤水挣钱。有的盐场盐井多，位置分散，有的盐井不是"火井"，只出卤水不带天然气，这就少不了要雇人把卤水挑到熬盐房。舒致怀和翻板有力气没技术，正是盐场老板眼里干这活儿的角色。

得知三个妹子这几天在同一盐场做工，舒致怀挑回卤水倒进盆里不急着走，挑着空桶站那儿看黑乎乎的卤水流进木盆底的小孔，再顺竹竿做的简槽流向熬盐房。这场景早看过千百遍，翻板明白，表哥是在掩盖等人的心思。果然，三个妹子出现了。

三个妹子送篾条制作的绳子来盐场，桂芳和叮叮抬一大圈，五妹子独自扛一小圈，隔好远，舒致怀就被扯住眼球。三人远不是当年玩输了脱裤裤的身子骨，眼下是该凸的凸，该圆的圆，舒致怀好不容易才挪开眼睛，同时很不甘心地骂了一声粗话，也不知是骂谁。

更要命的是，三个妹子看见舒致怀，脸上立即笑得阳光灿烂，舒致怀想不炫耀都难，要翻板看清楚，这就叫亲热。翻板一肚子别扭，嘀咕，原以为只有男的才好色。

三个妹子人未拢就调侃舒致怀，桂芳说："这么大一个人才挑两桶，不是说舒家的人一肩扛三个盐包嘛。"叮叮故作认真纠正："别瞎说，是四包。"五妹子更严肃："正经点，人家是五包。"三个妹子大笑，翻板也跟着乐。舒致怀生气了，挑着空桶独自离去。

翻板追上来，劝表哥："别动不动就觉得别人小看你，人家喜欢你才和你说笑。"舒致怀说："过去不是这样的。"翻板说："女娃长大了，别老想着像抱新娘那样抱她们。"一句话说得舒致怀满腹忆旧带来的伤感。翻板要表哥别关起门来自作多情，要有胆量，就试一试她们是不是真的喜欢你。舒致怀嘴上说不听翻板的，心里却很想知道真实结果。

再见到三个妹子,舒致怀仿效曾祖父的招数,踩着节奏唱色情山歌:"山连山来坡连坡,情妹要连情哥哥……"这山歌舒致怀自己都不知道在三个妹子面前唱过多少遍了,没法更新,曾祖父的山歌他只晓得这一首。

舒致怀一边唱一边打量在路边空地绞篾条绳子的三个妹子。丘陵小坡遮挡少,互相一目了然,三个妹子根本没朝这边斜一眼。反响如此差,舒致怀顿时满脸青灰色,没心思再唱。翻板鼓励表哥顶住,肯定是三个妹子商量好的战术。舒致怀想不通为啥拿这种战术对付他。翻板要表哥首先反省自己,明明是挑卤水的盐工,该卖力气,卖什么唱!

次日挑卤水,舒致怀破例不打赤脚,很嚣张地穿上布鞋,看得翻板直心疼,干十天活儿还挣不到一双布鞋钱,他的木板鞋也是不干活才舍得穿。舒致怀不搭理翻板,倒出卤水后找地方坐下,从裤腰上掏出针线包,脱下一只鞋,有模有样补起来。翻板一看就跺脚惋惜,表哥的脑子又进水了。

三个妹子扛着篾条绳走近,面对玩针线的舒致怀,都装眼盲,直接擦身走过,近得衣服几乎扫着舒致怀的脸,就是没人开口说半个字。舒致怀竭尽全力也没控制住沮丧情绪。

翻板叹息表哥尽想出些馊主意:"你又不是鞋匠,一个大男人,补个什么卵。"舒致怀不认账,怪翻板是猪队友:"要不是你怂恿试一试,哪会一次次出丑。"翻板咽下争论的念头,好言劝表哥别再试。舒致怀反而横了:"偏要试!"

舒致怀说:"我偏不信!"

## 二

接连在三个妹子面前受挫折,舒致怀不得不反省,他俩搞的名堂太不实在。翻板不认同是他俩,明明是表哥一个人搞的,不过,翻板不反驳,只顺着表哥的话说确实没名堂。舒致怀明知翻板的顺从并非真心,仍然乐意接受,还端起架子吐槽:"不是都说皇帝下台日子就好过了吗,咋还是老样子?"

说这番话是在巩家盐场挑卤水。巩家盐场是盐都最大的盐场,干活的人多,朝卤水盆里倒卤水得排队,输送卤水的竹子筒槽那头,熬盐大屋里热气腾腾,灶多人多。见惯了巩家盐场的兴盛,舒致怀仍旧难免走神,倒掉卤水后不离开，挑着空桶久久仰面朝天车架发呆。

天车架上的篾绳在滑动，表明正从盐井里往上提卤水，待到篾绳停下，就是装卤水的竹竿提到盐井口。等盐井边的操作工放出竹竿里的卤水，再发出信号，绞盘车棚里的人和牛又拉动绞盘车，让天车架上的篾绳重新滑动。舒致怀从小在盐场长大，不会拿这景象当稀奇看，翻板猜测表哥是不是对姓巩的年纪轻轻成大老板有想法。

确实，舒致怀不服巩家靠祖上留下的家底，才在盐都长期充第一。翻板不失时机提醒："表哥祖上也留有凿盐井的秘籍呀，不如祭出法宝，直接做点啥给别人看。"舒致怀回怼翻板："你以为我不想做？哪来本钱！"

话不爽，气不顺，恰逢盐场老板巩德彬在账房先生陪同下走出熬盐大屋。巩老板不知是作秀还是真在思索，眉头紧拧目不斜视，仿佛走在无人的空间里。账房先生兼任保安似的，一路驱使干活的盐工让道。其实，不驱赶盐工们也在侧身避让，包括翻板。唯独舒致怀站原地不动，朝身旁斜斜眼，示意空间很宽。

巩德彬从严肃派头中跳出，目光陡地落在舒致怀脸上，小盐工没让路，还不转眼盯他，从来没有盐工敢如此对巩老板。

面对巩德彬的瞪眼，舒致怀还是不动。账房先生怒斥："青沟子娃娃，没规矩。"舒致怀这才转身走了。

巩德彬仿佛自语："这娃娃凭啥敢如此昂头昂脑的？"账房先生恭敬作答："这娃姓舒。"又拿手画，"不是那个苏，是这个舒。"巩德彬立即对上号，他听说过舒家有凿盐井的秘籍，知道舒家人即使受重伤也不拿秘籍换钱救命，以后舒娃仍拒绝用秘籍换生计。巩德彬曾经偶尔想起这些，顺带还有过纳闷：究竟是舒家秘籍太珍贵，还是原本就拿不出手？

没心思多想舒家的事，巩家有八九个盐场需要每天盯看琢磨，更主要的是巩德彬不看好所谓的秘籍，巩家经营盐场百多年，从没见过凿盐井有啥秘籍。就算真有，也不是谁都能够玩转的，顶多是拿秘籍当菩萨供，或者，攥在手里自醉自乐，类似手淫。

被顶撞的人搁置了冲突，顶撞巩老板的舒致怀反倒难以洒脱，接下来的时段一直化不开郁闷。翻板太熟悉表哥的心思，更熟悉如何修理表哥，祭出抱怨加劝说的法宝："卵大个盐工，看脸色的事遇得还少了？假如见一个闷半天，一辈子的日子都不够发闷。"舒致怀就服这种与现实吻合的话，也顺势发泄几句散闷气，话不多，却足够引起翻板惊诧，之前只晓得舒家与巩家有怨气，听表哥这一吐槽，才知两家的怨气从舒家曾祖父那儿就开始了，竟流水一般传了三四代！

巩德彬的爷爷在咸丰年间带头反对朝廷一再加税，前一次的税刚出台，又增加一项卤水税：按从盐井提上来的卤水数量先收一次税，熬出盐再执行原来的按盐计税。几百家盐场老板跟着巩德彬爷爷找官府论理。盐工们清楚老板被加税，肯定牵连下力人，都推选舒家曾祖父去找巩德彬爷爷，要求一起去找官府。

舒家曾祖父以为盐工人数远超盐场老板，自己又是盐工中的佼佼者，说话必有分量。谁知巩德彬爷爷根本不屑听："好好下力，别乱凑热闹。"随口一句话，令舒家曾祖父陡然明白自己在巩老板眼中根本没位置，哪怕能一肩扛三袋盐也不算回事。舒家曾祖父对巩老板的好感顿时断崖似的垮塌。

那些年朝廷正和太平军打仗，海盐受战乱影响几近停产，井盐的地位陡增，盐都每天有大量盐从水路运往长江运向全国。超高的市场需求刺激盐都井盐进入史上发展最猛的时期，在这种大环境下，巩德彬爷爷听到了传得很神的舒家秘籍。巩德彬爷爷不知道舒家曾祖父对自己已毫无好感，亲口开出自认为很高的条件："舒家出秘籍，巩家给舒家一成股份。一文钱不出净得一成，知道那是多大一笔钱吗？你舒家十辈人也没见到过。"

舒家曾祖父没听完便拒绝了，转过身又对外吐露，目中无人的大老板也会求人。巩德彬爷爷听到传回来的信息，大骂不识抬举，立即吩咐巩家所有盐场不再雇用舒家曾祖父，哪怕他能一肩扛十包盐也不雇。

巩德彬爷爷愤懑地放话："没说姓舒的是骗子，已算放过他了。"

怨气从清咸丰年间进入舒家纪事，通过舒父口述融入舒致怀脑子，同时到达的，还有曾祖父的家训：务必让姓巩的把舒家放在眼里！

上到小坡，舒致怀和翻板各自将扁担横放两只卤水桶上当凳子，坐下歇气。没说上三句话舒致怀又来气："我舒家几辈人，把盐场的粗重活儿全干遍了，独独没当老板。巩家的人除了当老板，啥粗重活儿也没干过。难道他就不是人？"翻板照例是拿调笑加劝告对付表哥："戏文里说过，刘备当皇帝前是个打草鞋的,赵匡胤没成气候前是讨口子,还有进京城享过几天福的李自成,之前也是个种庄稼的,别看你这会儿在挑卤水挣稀饭钱,谁也说不准将来你会成个什么卵。"舒致怀没心思瞎扯,只在肚子里愤慨:靠挑卤水,啥时才能挑出个名堂来!

翻板不想陪着发愁,怂恿表哥拿到工钱去春楼找乐子,春楼里五颜六色俱全,关键还在于一进门你就是大爷,谁都得冲你赔笑。舒致怀嫌那里头烧的钱比上坟烧的纸多。翻板很容易就找到说服表哥的话:"你不想让人把你放在眼里了?"舒致怀马上动心了。

春楼里果然红红绿绿花枝招展,舒致怀首次见识,很笨拙很拘谨,全依赖翻板指点。老鸨过来招呼,问:"二位像公鸡还是像狗?"舒致怀不懂,翻板解释:"公鸡是快上快下,狗就是慢慢连。"舒致怀脸上露出不快:"不是说进门就是大爷吗,咋花钱来当畜生了?"

翻板正与老鸨谈价钱,巩德彬领几个客人昂首进门,老鸨立即丢开翻板和舒致怀,一脸灿烂摇晃着身子迎上去。舒致怀被冷落,脸上有些挂不住,听老鸨一口一个巩大老板,满嘴好听的话,就冲翻板嘀咕:"她咋不问姓巩的像狗还是像公鸡?"

巩德彬领几个客人要上楼,猛地看到有双目光直直对着自己,认出是在盐场对他不恭的舒娃,立即朝老鸨发泄蔑视:"这儿成菜市场了,啥都可以进来?"

舒致怀一听就不服,在一旁回应:"门上又没写只准老板进。"巩德彬见小盐工敢当众顶撞,手指楼梯怒怼:"那就上楼呀!一间包房要不了几个钱,挑十年卤水的工钱就差不了多少了。"

巩德彬越说越刻薄:"乡下来卖苦力的人,能挣到二两小酒钱就很不错了,上什么春楼?下面硬起来了,找泡热牛屎插进去,不花钱又舒服。"

周围的人一起哄笑,仿佛观赏到喜剧里很响的包袱。巩德彬收到强烈的效果,脸上挂起丰富的成就感。

当时,舒致怀连杀巩德彬的心都有了。

春楼的桥段,巩德彬一晃而过,这种事无足轻重。何况近些日子,巩德彬正做一件关乎盐都生死的大事。

清朝垮台，各家军阀忙着争抢地盘。盐都过去管盐的是清兵，换了朝代，管理人的装束换了，力度却没跟上，抢盐的棒老二审时度势，迅速从躲躲藏藏变成半公开。棒老二是盐都人对土匪的称呼，等同于戏里的江洋大盗或山大王。盐都史料上记载了多个棒老二狂妄的时期，清朝垮台这次是其中之一。

乱世期间的棒老二很强势，直接给各家盐场送帖子，理直气壮吩咐给老子准备多少大洋多少袋盐。盐场老板们找不到可依靠的政府，都来找巩德彬拿主意。巩德彬凛然应承："盐都这地方，我不领头谁领头！"

巩家盐场传了几代，规模已达三十多口盐井，巩家人顺理成章成为盐都井盐界的领军人。最巅峰当数巩德彬的爷爷，咸丰年间带头对抗朝廷增收卤水税，这注定是死罪，但巩家爷爷操作得法，反而铸就巩家后来几十年的兴盛。若干种史料上都记载有这段辉煌史，史料说整个过程分为三步，第一步是巩家爷爷领一大群盐场老板，围在县衙前指责知县。

清朝朝廷和太平军征战不停，海盐业受重创，井盐近乎独霸市场，高需求促成高发展，盐都的盐场就在那时冲上近千家规模（曾有很多人为此惋惜舒家曾祖父拒绝与巩家爷爷合作）。正因为盐都顶起了盐需求的重担，才使得盐场老板自我感觉疯长，巩家爷爷带领几百盐场老板堵住县衙大门，再加上围观民众，县衙前如集市一般热闹。人越多巩家爷爷越来劲，嗓音洪亮言辞丰盛，冲县太老爷发了一通又一通。朝廷要靠盐都的井盐救急天下，知县被迫忍声吞气，由着巩大老板叱咤风云。

巩家爷爷把风头出够，却没挡住清兵进驻各家盐场，每口盐井边站上清兵，监视出卤水过程，严格记录数量。

巩家爷爷越看越愤怒，站几个清兵在盐井边算啥？像读到过的一个文稿，说皇帝上茅房或与妃子龙凤配都有太监在旁边守着，巩家爷爷曾为此感叹做皇帝不容易，换作自己被人那样盯着啥也做不成。眼前的情况比文稿上说的更烦人，巩大老板可以让别人受气，自己绝不咽半口气，于是拉开了咸丰年间的那场著名风暴的帷幕，开启了巩家爷爷的第二步。

巩家爷爷率领千余盐场老板，顺带吸引看热闹的民众，气势磅礴直奔朝廷新设在盐都的水厘局。盐都多种史料记载："参与之人满山遍野，一眼望不到头。"这样的场面最适合巩家爷爷发挥。

巩家爷爷说："不能让朝廷以为我们好欺负。"

巩家爷爷说:"鸡蛋是碰不赢石头的,鸡蛋多了,碎蛋壳会把石头埋葬。"

庞大人群围住水厘局,屋里屋外水泄不通。水厘局官员见惯不惊,蔑视巩家爷爷:"你以为只有你清醒,我们都喝醉了?"然后很傲气地回答,"大清的天下,不按皇上旨意做就是找死!"巩家爷爷责怪水厘局官员没照实禀报误导皇上。水厘局官员嘲笑巩家爷爷蚂蚁打哈欠——口气大,有狗胆就把水厘局的摊子掀了。巩家爷爷被激怒,当真带头动手砸。

这种场合不缺少表现欲望强的人,转眼间水厘局被砸得一片狼藉。盐都史料接下来的内容谁都能料到,州府大人带了大队清兵来盐都抓人。巩家爷爷独自站路口拦住州府大人:"是我领头砸的,别抓其他人。"州府大人嗤笑:"不就一个盐场老板,不晓得自己多长多粗!"

州府大人臭骂土豪不知天高地厚,吩咐清兵捆了,就地砍头。盐都知县慌忙禀告,巩家是盐都最大的盐场老板,杀了会引起连锁反应,耽误朝廷急等要盐的大事。州府大人嘴上说比盐更重要的是王法,倒也想到不能骂土豪任性,自己由着性子来,当即吩咐,先将姓巩的打入大牢,奏明圣上后再斩。

据说,舒家曾祖婆曾为此提示过曾祖父,假如巩大老板不是太看重被人看在眼里,这会儿捆走的就该是另外的人。但舒家曾祖父不认同,别人没把你看在眼里,被捆的次数更多。

都以为巩家爷爷进了州府大牢必死无疑,谁知巩家爷爷自己改写了逆转的剧本。这便是史料记载的巩家爷爷的第三步。

巩家爷爷摸准州府大人想出政绩的心态,掏钱赞助州府修缮监狱,买来木床若干,改变牢房稻草铺地的传统,再出资改善监狱伙食,犯人惊叹在家里也没睡过这么好的被褥,没吃上这样匀称的饭菜。犯人们隔着木栏冲巩家爷爷大呼小叫,巩家爷爷从栅栏空隙中伸出手左右挥动,气概非凡。

巩家爷爷还给监狱的差人涨工钱发奖金,差人们每次从巩大老板牢房前走过,都谦恭得孙子似的。都这样了,巩家爷爷还进一步发挥金钱的力量。那段时间他见牢里大批增加新犯人,开始以为是他改造了监狱的原因,后来才听说是同治皇帝继位后,多地接连遭遇天灾,到处饿死人,造反作乱的人狂增。巩家爷爷奇怪,朝廷为啥不拿镇压的费用去赈灾?州府大人故意诱导,朝廷肯定在赈灾,但苦于多年征战,库银稀缺。

一说起钱,巩家爷爷就有底气激昂,扬言捐五万两白银给朝廷赈灾。州府大人要的就是这一句，顺势再引导："凡要禀报皇上的事，绝不敢来半点玩笑。"巩家爷爷厉声宣布："巩家从不信口开河。如果同治皇帝答应将我捐的钱全部用于赈救灾民，我再加两万两。"

银票送上朝廷。传说一些为官本分的大臣看见七万两白银的银票，眼睛都绿了。当然，那只是民间传说，史料记载的是慈禧当着众大臣感叹，砸水厘局对抗朝廷，固然该杀，能拿出巨额白银替朝廷分忧，又确实可贵。不知道这是不是慈禧的原话，反正史料不是慈禧写的。

史料记载的重点是，慈禧太后下懿旨，赦免巩义士聚众抗税的死罪，赐二品待遇，世代承袭。所谓待遇，不是实职，相当于很多年以后任命文件括号里的字。不过，括号里的字也是字。

是州府大人把巩家爷爷抓进监狱，又是州府大人护送巩二品返家，做官不允许任性，由此可见一斑。史料记载，巩家爷爷回乡的场面比州府大人出巡更排场，毕竟州府大人只是四品，这点算术，不识字的人都会。

知县提前到交界处迎接，在盐都最好的酒楼设宴为巩二品接风。宴席结束，知县派四十个清兵护送巩二品的大轿回家，虽是半夜，街旁仍站满围观人。巩二品回家的热度，不亚于远近闻名的盐都灯会。

巩家爷爷坐在八人大轿里，撩开轿子窗帘，不单露脸，还把头也整个伸出小窗，明明是显摆，又故作严肃神态。刻意做作的模样被人群中的舒家曾祖父看见，让巩家把舒家放在眼里的目标，也因此有了更深一层的意义。

从那时候到清政府交出江山，舒致怀是舒家的第四代，巩德彬是巩家的第三代，可能是巩家的日子更利于人慢生长。

巩德彬从小跟随爷爷和父亲，耳濡目染，不止继承经营才能，延续高傲气派的基因，还弘扬了领军盐都的威望。面对改朝换代引发的混乱，巩德彬从盐业界的恐慌情绪中，看到再塑巩家辉煌的机遇，即使盐场老板们不来找，巩德彬也会挺身而出。就像谁说的，大志向中总会包含个人动机。

对于乱世期间的棒老二，巩德彬早有应对打算，在春楼遇见舒致怀那次，他领来的客人就是打算中的重要角色。巩德彬计划建立盐场护卫队，对付抢盐的棒老二，那几个客人是他聘来的护卫队头领和骨干。巩德彬召集盐场老板商议，说服盐场老板们："土匪不是正规军，谁的气势盛，谁就能得到盐。盐都外的四川军阀为争地盘打得天昏地暗，短期内没人顾得上我们。我们不争别人手中的什么，守住自己的盐场有啥不可？"

巩德彬也料到这种事嘴上赞同的多，要实打实地出资很多人会犹豫，为此他率先宣布，所需费用巩家出一半。结果，事情远比巩德彬预料的更麻烦。盐场老板们的精细推算令巩德彬想不惊讶都难。比如，养一支护卫队需要一大堆钱，这还是平时的费用，一旦出了死伤，就有抚恤和治疗，如果残了，更是一辈子的包袱。还有，护卫多是身强力壮的汉子，万一勾引本地妇女，出了花案如何了结？发生强奸，又如何处置？这些不可控的意外，又将是一笔无法估量的支出，毕竟都知道，黄金有价，女人无价。

涉及出钱方式，说法也花样翻新，有的计较盐场大小，出盐多少，有的衡量自家需要护卫的家产比别人少多少，甚至有盐场老板计算，是建护卫队的费用多，还是棒老二的要价高，反正是出钱，给谁都一回事。

巩德彬从父辈手中接手巩家招牌十年多，还是第一次遇到如此难缠的事。看来，要做领军人得先掂量两种选择：一是只领军不过问实事，安心享受那种感觉；二是要付出许多，包括动自己的蛋糕，包括搅乱自己心情。

真不知道当年爷爷领头抗卤水税时是如何想的。

春楼剧情凝固在舒致怀脑子里，一连几天从早到晚埋头挑卤水，途中偶尔坐在小山坡上歇气，也只对着起伏的原野发呆。翻板说表哥："连一点点冤枉气都经受不起，能成个什么事？真要在乎被人小看，就做点不被小看的事出来！"

晓得翻板是在鼓动他祭出秘籍，翻板越是急迫，舒致怀越不表态，再要多说，就明确告知翻板："我身背舒家几代人的志向，你以为我不急！"

即使曾祖父不将"让姓巩的把舒家看在眼里"作为家训，舒致怀也从小就愤怒姓巩的小看人。就算他巩家祖上是慈禧太后封的二品，就算方圆几百里没人玩过二品的格，巩家要牛就自己牛，凭啥小看舒家？再有，如今慈禧都不知去哪儿了，还二品个啥！

舒致怀曾拿这话和翻板讨论，谁知翻板不与他保持一致："巩家要是总惦记这种事，肯定当不成大老板。"舒致怀骂翻板帮仇人说话，分不清敌友。翻板想逼秘籍现身，冒险说表哥比不过巩家，又拿不出真家伙，靠耍傲气来遮盖自卑，和拉了屎不擦屁股差不多。

舒致怀很想冲翻板动拳头，却伸不出手，这是他仅有的一次咽下翻板的难听话。舒致怀从没想到会有人这样鉴定他的傲气。

连表弟都镇不住，如何在巩家面前抬头，更不要说让众人看在眼里了。

舒致怀继续深陷郁闷。翻板以为是春楼剧情的后遗症加剧，怕表哥憋出麻烦，想起世间法则是一物降一物，就去对三个妹子说表哥肚子痛得厉害。

三个妹子一来就晓得上当了。

上当也没人生气，三个妹子轮番逗趣舒致怀。桂芳说："明知小看人是浅薄，是俗气，你为啥要跟着俗气？"五妹子说："就算你现在没本钱，也不用在背后怨恨别人，正派人都不这样做。"叮叮说："靠咬牙切齿记怨恨也能实现志向，世上的志向就太不值钱了。"叽里呱啦一番数落，也不管是否说得靠谱，舒致怀全默默领受，情绪居然好了许多。翻板不得不承认人和人的差别大，假如这些话由他来说，表哥的拳头早挥过来了。

到底还是压不下好奇，翻板问表哥是迷上了三人中的哪一个，还是三人中的谁与他有了啥。舒致怀以一脸微笑代替回答。三个妹子听到他肚子痛，都一齐赶来，他想心情不好都不行。

还有一句更隐秘的话坐实在心底：靠装肚子痛都会长久哄住三个妹子，除非有鬼！

## 三

挑卤水过小坡，有盐工放下担子站路边撒尿，舒致怀招呼翻板也尿。翻板奇怪："不是刚在坡下尿过吗？"舒致怀冒出一句更奇怪的话："趁这会儿人少。"翻板好笑："啥时候尿尿在乎人了？"

翻板边尿边胡乱念叨："外面打仗，家门口棒老二横行，世道这么乱，也没人管一管。"舒致怀讥讽翻板："一年四季穿木板鞋，连双布鞋都买不起，还有心思担忧天下事。"

看看四周没人，舒致怀要翻板别说没用的话，留意面前的水凼。翻板有些发蒙，翘翘小肚子指面前水凼："是不是这个？"舒致怀不耐烦："明明只一个。"翻板也不耐烦："每天来来去去几十趟,又没妹子在里面洗澡,有啥看头?"

有盐工挑卤水路过,舒致怀马上示意闭嘴。翻板更好奇,倒也听招呼,咽回嘴里的话。两人做尿尿姿势站那儿,没等挑卤水的盐工走远,身后传来妹子的嗔怪声："两条野狗,快点!"

是三个妹子上坡来了。五妹子独自扛一小捆竹子,桂芳和叮叮合抬一捆大一点的。三个妹子不愿走近,也不想久等,站原地催。舒致怀要翻板别收回姿势,让她们多扛一会儿。翻板担心竹子太沉。舒致怀说能扛上坡就压不坏她们,逗一逗,好耍。

三个妹子被竹子压得不舒适,五妹子大声警告："不管你们收不收拾好,我们过来啰。"桂芳助威："别以为我们不敢。"叮叮低声提示："他俩是装的,你越催,他们越不忙。"桂芳再朝舒致怀和翻板发警告："我们过来就没你俩的好日子过。"两人还是不理睬。

按叮叮的主意,三个妹子把竹子换到靠舒致怀和翻板这边的肩上,借竹子遮住视线,快节奏擦着二人后背走过。舒致怀和翻板背对小路一脸坏笑,不知谁肩上的竹子横着一扫,动作来得太意外,舒致怀和翻板失去重心,双双扑到水凼里。三个妹子大笑着远去。

水凼不小,翻板扑腾,哇哇叫水好深。舒致怀要翻板别瞎叫,会狗刨骚也淹不死,不妨尝尝水凼里的水。翻板苦着脸："已经尝到了,咸得发苦。"舒致怀要讲的就是这个水凼："留意很久了,不管多长时间不下雨,凼里的水从没少过,水也不是雨水的颜色,我多次尝过……"翻板抱怨表哥："一句话能说清的事,绕那么多弯干啥。"舒致怀提示："你不是说世道没人管了吗?"

世道没人管了适合做啥?自清朝垮台,盐都周边占山为王的棒老二大增,还有兵祸,到处是军阀争抢地盘,都想趁世道混乱捞一把。翻板问表哥："是不是也'想毛了(豁出去了)',你要敢干我也干。"舒致怀脸上肌肉僵硬,一副猛下决心的模样："我家曾祖父有训,要干就干能成正果的事。"

舒致怀问翻板有没有胆量。翻板回答不缺胆量,缺本钱。舒致怀昂起头："我就是本钱。"

舒致怀说："要让人放在眼里,得凭实在的东西。"

舒致怀说："如果走常人走的路,几辈人都走不出来。"

然后逐一告诉翻板，他核实过，这座荒坡不是谁家私人的，是清朝的"官地"，眼下清朝不在了，还没有新政府来管。讲评书的说过，"湖广填四川"那会儿有过先例，谁先占到就归谁。"我们不要这个坡，要了也守不住，我们就要这个野凼里的卤水熬盐。如果有人也来旁边跟着熬，我们就陪他抢，看谁手脚快。"

翻板琢磨，表哥的底气肯定来自传说中的祖传秘籍。他学戏里的语气问表哥是不是要祭出秘籍了。舒致怀不与翻板谈秘籍，只谈现实，他和巩老板闹翻了脸，过两天结完账，巩家盐场不会再雇他。凭巩老板的德行和实力，还会招呼其他盐场老板不雇舒娃。他在盐都已经没法靠帮人为生。

戏里说逼上梁山，乱世出好汉。掏钱买戏票，不只看美女和看热闹。

舒致怀领着翻板在荒坡上的水凼边搭起一个简陋小棚，又在小棚里砌上熬盐灶。翻板脚穿木板拖鞋，呱嗒呱嗒来回忙碌，一边忙一边纠结，有人管没人管也是"官地"，会不会有人来理抹（过问）？舒致怀其实也担忧，问题是担忧不能改变现实，索性横下心咬定一个念头，世道都没人管了，谁还来管野外荒坡上的水凼凼。

翻板想说荒坡也是皇帝的地盘，又想起没有皇帝了，不过，还是纠结这样想做啥就做啥，多少有点不讲王法。舒致怀懒得多说，天下不讲王法的事还少吗？翻板依旧不踏实，敢给王法翻脸的人，要么是有冤无处申，要么是诱惑太大，表哥好像不在这两例中，那又是为啥。

莫非仗着手握祖传秘籍，趁世道有空子钻，不花本钱地露一手给别人看？像表哥自己常说的，让人把他放在眼里。

也担心表哥有没有把握用野凼的卤水熬出盐。穷人的体力是不值价，好歹是过日子的本钱，白费了力气拿啥糊口？

舒致怀不想对翻板多讲，实话实说："我要不干这事，只有卷起铺盖滚出盐都，你还能在这儿混下去，你不干，我不会怪你。"翻板更纠结，干吧，担心白费劲，不干吧，万一表哥干成，会令他眼红。翻板也不隐瞒打算："反正陪表哥掉进水凼了，先一块儿闹几天试试，闹不成再倒回去挑卤水。"

提到掉进水凼，舒致怀冒出梗在心里的疑问："是谁把我俩扫到水凼的？"翻板不明白："弄清楚又如何？"舒致怀欲言又止，翻板有些多心："都这样陪你了,你还瞒着。"舒致怀只好招认:"我家曾祖父传下一句话,舒家的得和失都与女人有关。如果接下来做事顺利,谁把我扫到水凼里,就表明谁有旺夫命,就值得娶。"翻板使劲呸一声,瓜苗还没栽活,就想吃凉拌黄瓜了。

  舒致怀能想到熬野凼卤水的奇招,如果没有曾祖父的偶像效应,单是困境也逼不出来。父亲生前多次讲,曾祖父常念叨,要赶超巩家只能凭干实业。那时候,曾祖父和曾祖婆已有几个孩子,还不打算关闭生养程序,要继续为自家储备干实业的人力。曾祖婆是舒家几辈人中唯一识字的女子,她提了两个项目:一是开牛肉餐馆,盐都的盐井多,拉绞盘车的牛多达数万头,每年病老淘汰的不在少数,牛肉早已是盐都人常吃的菜。越是普遍的东西,越少人仔细琢磨。如果能将牛肉做出美味,肯定是一个上升空间极大的产业。另一个项目是经营彩灯的相关材料。盐都灯会很多年前已名声在外,曾祖婆逃荒选盐都,就有灯会诱惑的元素。每年正月十五,不少外地人拥来盐都看灯会,满城彩灯全是各家各户自制,每家人憋着劲要做得比别人好,很多时候名声比吃什么更重要。盐都专门经营彩灯材料的极少,这上面也有很大空间。

  如实把这些转述给翻板:"跟在别人身后瞎追,只能闻屁臭。要干就干没人干的。"类似的话翻板听表哥说过多遍,早已不觉新鲜,翻板关注的是另一内容:"你家曾祖婆识字,又看过秘籍,为啥不选择凿盐井?"舒致怀反感翻板太纠缠秘籍,要他多琢磨实在的事。

  静下来舒致怀才自我反思,急着动手,也有外因,三个妹子都到嫁人的年龄了,他不想错过。后来的事也证实,在荒坡上熬盐的过程,实际上是他和三个妹子的纠葛过程,如果没有三个妹子,那过程会少许多鲜活。

  熬盐灶初点火是在黄昏时分,坡下低矮处的景物开始模糊,唯有高高伫立的天车架在灰蓝天幕衬托下继续醒目,给人平添了许多幻想。望着一路起伏向天边的丘陵地,舒致怀突发奇想,别人开张拜菩萨拜神,我们拿不出祭拜的东西,香火太旺的神很难留意到我们,不如先拜一个没人拜的。就拉着翻板朝漫山遍野的天车架跪拜。

  拜过天车架,给熬盐灶燃起火。带天然气的盐井称为"火井",是盐井中的上品,熬野凼里的卤水只能烧柴,这一点早在计划中,盐都遍地是废弃的搭过架的干枯竹竿,已捡回一大堆。搭建的棚子小,勉强遮住烧火人的位置,半个熬盐灶露在棚外。灶内的金黄色火焰,伴随小棚上那盏马灯,映着高悬的月亮，荒坡的夜有了一股人气。

棚子边突然冒出几个人影，吓了二人一大跳。

是桂芳、叮叮和五妹子。翻板夸张地埋怨："荒坡野地的，存心吓死人。"五妹子反驳："敢做这种事，不可能这么胆小。"桂芳好言辩解："来看看稀奇，不会碍事。"叮叮先瞪大眼看了几个来回，然后叹一声："真干哪！"

翻板打听坡下有没有人说他们啥。叮叮嗔怪："为啥不问我们三人会说啥？"舒致怀要三个妹子如实讲，是想夸，还是想嘲笑。三个妹子假装认真："真忘了还可以嘲笑哒。"舒致怀听出名堂，心里稍许踏实。翻板居然问三个妹子："假如这事搞成了，你们谁愿意嫁给我表哥？"

三个妹子一齐笑起来，没人骂，叮叮更是大大咧咧："嫁鸡嫁狗都是嫁。"舒致怀心里一咯噔，把话再扣牢："说话要算话。"叮叮故作不在乎："真要成老板了，我们三人随你选。"桂芳要叮叮只说自己，别拉扯旁人。五妹子骂该死的叮叮，卖自己连带把她们卖了，说着举起拳头要打。三个妹子一路追打跑走了。

翻板提醒表哥："她们不是闹着玩的。"

叮叮独自一人走回来，直接走到舒致怀面前说事："靠烧柴熬盐成本高，麻烦又费事，坡下有野气。扫你俩下水那天，我们给旁边盐场老板扛竹子，就是用来打通竹节接野气的。"舒致怀大喜，拿刚才的话调侃叮叮："看来，你是个旺夫命。"叮叮一副很认真的样子："现在说这话还早了点。"

舒致怀清楚，这么熬盐很寒酸很可笑，却包含改变命运的希望，如果不拼一把，要姓巩的把舒家放在眼里，全是空想。同时舒致怀也清楚，一旦失败会很惨，会遭更多的人嘲笑，会彻底失去三个妹子。

关键还不在这儿，更担心的是，别人让不让你拼这一把。

桂芳、叮叮和五妹子打通一根根竹竿，连接上，将坡下的野气引到荒坡上的灶里燃起。翻板抑制不住兴奋，来来去去乱走。五妹子要他留意脚下，被木板鞋踩一下很痛的。叮叮也笑翻板，要先把木板鞋换成布鞋，才有妹子敢靠近他。桂芳斗嘴，万一有妹子喜欢木板鞋呢。翻板好不容易能够成为妹子们嘴上的内容，心里一阵阵狂乐。

舒致怀没心思打闹，一再问三个妹子："你们引野气上坡，有没有人管？"三个妹子边干活边回答："各人碗里的稀饭都滚烫，哪有闲心帮别人吹汤圆。乱世年头麻烦多，招惹和自己无关的事有啥好处？"舒致怀还是不踏实，没动手之前有各种担忧，一旦动了，担忧更多。

不出所料，荒坡上的简陋棚子迅速成为焦点，陆续有人来开眼界。来的人越多舒致怀越紧张，偷偷注视来往看客，一双手抑制不住发抖。假装埋头盯灶里不需要照料的天然气火焰，实则伸长耳朵听旁人议论。

来看稀奇的人有盐工，也有盐场老板。有人看一看转身就走，不置可否，明显不相信这种好笑的做法能成事。也有一些盐场老板当面谈看法："像玩过家家似的能熬出几两盐？兑水都咸不死人。"

"这样也能挣到钱，上个茅房都要撞到几个老板。"

"穷疯了……"

叮叮在棚子里帮忙，听到围观的人说三道四，也看到舒致怀的脸色，她靠近灶边，要舒致怀别在意旁人的话："那些人是在显示他有见识，你要在意他们的话，永远走不出半步路。"

舒致怀两眼直直望着叮叮。叮叮觉得异样："我脸上有灰土？"舒致怀坦承活了十多年，第一次有妹子这样对他说话。叮叮很正经地回应："今后会更多。"

舒致怀没有为这样的话欣慰，也没有告诉叮叮，他还在提心吊胆等，该来的没来，他很不踏实。

巩德彬是在小雨中坐滑竿来到荒坡上的。

有人撑伞。巩德彬板起面孔站伞下，默默打量着简陋小棚，只看不说话更带威慑力。棚子太小遮不住雨，舒致怀坐在灶前还得披蓑衣戴斗笠，他埋头盯灶内的火，借助斗笠遮脸，忐忑不安地等巩老板发声。

巩德彬目光没有落在舒致怀身上，说的却是舒致怀："没必要装冷淡来防范什么，别以为我是来看笑话的，巩某人没那份闲心，我只是路过，让抬滑竿的人撒泡尿。"舒致怀不开口，也不抬头。巩德彬继续冷着脸，仿佛自语："出于道义，提醒一句，想得越美，失望得越难受，历来如此。"

舒致怀还是不准备回应。

巩德彬被舒致怀的失礼激怒，话就变得难听了："盐都不缺死了男人的老板娘，那么想挣钱，咋不去陪她们？"

有灶膛火苗映照，也没遮住舒致怀陡然发黑的脸。站在雨里观望的翻板太清楚表哥的德行，慌忙朝灶前走，一路大声提醒表哥留意灶内的火。小雨天的地面比大雨中的地面更滑，翻板脚上的木板拖鞋没有防滑功能，一下滑倒在地，身上糊满泥泞，即使躺在地上，还继续告诫表哥，别误了熬盐。

翻板夸张的举动，无意间转移了舒致怀和巩德彬的心思。巩德彬斜视一眼翻板的木板鞋，连冷笑的兴趣也丧失殆尽，由打伞人侍候着坐上滑竿，自语似的撂下一句："早点想想，搞不成又干啥。"

巩德彬来荒坡上看看小盐工"办姑姑宴儿"，是因为传言太多，需要体现一下领军人的存在感。巩老板不是不想管，是暂时顾不过来，当两桩事重叠出现，首先要权衡的是哪一件的利害更直接。

盐场护卫队的事异常伤神，巩德彬已经好多天没睡踏实，即便裸睡在两个光身子女人中间，依旧烦躁不安，搞得贴身的两个女人没了自信，问他是不是想中途换人。

巩德彬娶有四个妻子。本来还想把这个项目继续下去，实践中发觉妻子多了，落实他想法的障碍也增多，比如裸睡，至少有三个人不愿意，直接威胁到他从小养成的爱好。强制推行仍遭冷对抗，严重者甚至中途偷偷穿上衣服。巩德彬睡意蒙眬中接触到的不是肉体，多次一怒之下半夜换人，就像球队教练把违背战术意图的球员换下场。这种举措多几次，妻子们也无所谓了，换就换，反正想做的事上床就做过了。

接下来妻子们又争连续首发，搞得巩德彬煞费苦心，曾想过把床扩展两倍，同时放下一男四女。这个思路是在读某本演义时受到的启发。演义说洪秀全称王后，纳妃千人，十一年里每日泡在天王宫的脂粉堆里，拿王朝换享乐。清军攻入洪秀全的天王宫，惊讶地发现一张八尺大床，谁都能想象出那张奇大的床上曾经演绎过什么剧情。巩德彬翻阅演义，一面嗤笑庄稼人得志后的眼界，一面又琢磨如何仿造洪秀全的大床。最终作罢也是演义的警示，身为井盐界领军人，必成众人嘴上的笑料，他不想人们聊了洪秀全，又接着聊自己。

于是花精力完善管理法则，奖优惩劣，每晚由表现最好的两个妻子陪睡。此法则最成功的是四个妻子都接受了裸睡，看来，主导规矩也是一项享受。

清朝换成国民政府，给巩德彬添了心事，不是在乎谁下谁上，而是国民政府刚上台就张扬不少新理念，尚在民国元年，就颁布什么《中华民国临时约法》，规定实行一夫一妻制，假如真那样，挣再多的钱也会严重降低乐趣！被这份焦虑搞乱心智，还没解除烦躁心思，盐场护卫队的事又以更现实的烦恼压来。

巩德彬自认为组建护卫队思考周密，落实过程却意外被打脸。巩家从百多年前一路走来，啥时候在盐都说话不算话？伤颜面的感觉很像是裸着身子站在人来人往的大街上。当日的首发妻子想尽责安抚，不顾脱光了衣服，翻开《增广贤文》给他看，书上有"烦恼皆因强出头"的句子。这份鸡汤选得不合口味，反而更激怒巩德彬："事关盐都平安的大事，总得要人出面领着大家干，这片土地上，除了巩某人，还有谁够格！"

临近天亮才迷糊入睡，又被敲门声惊扰，账房先生急着要见巩老板。巩德彬闭着眼让身边妻子回应知道了，继续搂着女人睡，足足让账房先生在天井里等了近一个时辰。怀中妻子反复提醒巩德彬才勉强想起，昨晚吩咐过账房先生去办理与护卫队有关的事。

账房先生带来的是坏消息，至少有七股棒老二放话，会不惜任何手段，哪怕使用被世人唾弃的下三烂，也要阻止盐都组建护卫队。

巩德彬残存的睡意全消失，难怪整夜烦躁，坏事也能隔空预告。

当即吩咐账房先生，立刻召集赞同组建护卫队的老板议事，不通知有异议的人。至于七股棒老二，再找各个击破的办法，前程坦途的人极少为匪，史上的水泊梁山便是这种剧情。水泊梁山都能瓦解，小股棒老二能经受住什么诱惑！

账房先生没有马上动身，再禀报有不少盐场老板反感舒娃坏了盐都规矩。巩德彬脑子里迅速联系荒坡上的雨中小棚，那做法确实有点挑战规矩，巩老板不是没权衡过，是不相信"办姑姑宴儿"会成气候，如同小娃们玩娶新娘拜天地，永远不会与生孩子沾边。

到底是事关规矩，巩德彬还是稍做审视，不过，换了个角度发问，说这话的人是赞同建护卫队的，还是对建护卫队有异议的。账房先生回答都有。巩德彬再问哪部分的人多。账房先生凭猜测答，有异议的老板多一点。巩德彬拍板，那就把舒娃的事丢给国民政府去管。世上各朝各代从没疏漏过管盐的事，眼下国民政府还没把自己弄伸展，一会儿府管县，一会儿又把府改成道，没等叫顺口，道又变回成府。等国民政府把自己安顿好，舒娃会有苦头吃。

账房先生依旧不动步，巩德彬问他还有啥。账房先生说这类事历来是巩家出面主持正义，好多盐场老板都盼巩老板站出来说句话。

巩德彬断然拒绝，身为盐都头号大老板，哪能拿一个不起眼的小盐工当对手？巩家七八个盐场三十多口盐井，全是实打实做出来的，不是靠和谁争和谁斗弄到手的。

当务之急是组建盐场护卫队。盐都要是成了棒老二的地盘，出面主持公道的人才真的会更换。

雨中出现的巩德彬没禁止拿野卤水熬盐，即使说了羞辱的话，舒致怀也做到了没当场发作。事后，在现场目睹全剧情的翻板和叮叮认为，巩老板没阻拦值得庆幸，更值得庆幸的是舒致怀的表现。

叮叮说舒大哥今天简直神了。翻板连连感叹当时几乎吓尿。因为两人都不止一次听舒致怀说，姓巩的敢阻止拿野卤水熬盐，他就敢拼命，一无所有的小盐工和家财万贯的大老板，成本差距太大，任何结果都划算。

等重新投入工作，舒致怀才抽空子单独对叮叮讲心里话："舒家几代人的志向拴在我一个人身上，我没有做到也没有后代可传，假如在我这儿消失，我就是家族的罪人。"叮叮似乎听出言外之意，意味深长地多看了看舒致怀。舒致怀问她有啥想法。叮叮说你还要再加把劲。

翻板又鼓动表哥祭出舒家秘籍，靠实力镇住闲言杂语。一提秘籍舒致怀照例不接话，他多次告诫表弟，挂在嘴上就不是秘籍。

表哥的沉默让翻板明白又犯了大忌，忙端正态度不再随意提舒家秘籍。舒致怀要翻板放心："我俩像走夜路，有个伴儿，多少能壮胆。"然后告诉翻板，"必须低调，世道乱，要防官府，防姓巩的，还要防棒老二。"

表哥说了"三防"，没说担心熬不出盐，翻板踏实许多，这表明有秘籍支撑。

至于如何"三防"，三个妹子帮着出主意，想了几十条办法，都被互相否定，直到熬出第一锅盐也没讨论出个啥来。那天，几个眼生的人出现在荒坡上，与所有看热闹的人不同，这几人先看野卤水卤，再品哑卤水的浓度，又问熬一锅盐要用多少桶卤水。舒致怀以为是官方管盐的人，多听来人说几句，感觉有些开黄腔（瞎说），猜到是棒老二来探虚实。事后舒致怀承认，他总算体会到翻板说的吓尿是啥滋味。

三个妹子和翻板都催舒致怀拿主意，舒致怀看似嘀咕给旁人听，实则宽自己心："如果不嫌少得好笑，就来拿，拿剩下的总该是我的。反正熬野凼卤水不花本钱。"都听出舒致怀的无奈。

出乎意料的是，舒致怀提出快节奏卖盐法，熬出一点盐就卖一点，库存尽量保留最微量，让棒老二提不起兴趣。

三个妹子和翻板从小给盐场干活，知道卖私盐要杀头，所有盐必须交由官府统销。问题是一次只卖一点点，官府会收吗？舒致怀含糊道先试试。

几个人的经验都被颠覆，刚一申报，盐业稽查立即来荒坡上收购。翻板惊讶得眼珠子都不会转了，连忙问："表哥在哪儿学到的王法？"舒致怀表情很淡："做了七八年盐工，帮过几十个盐场，看多了哪会没想法。"翻板依旧没想明白，一点点盐，有人嫌兑水也咸不死人，稽查署的咋会看得起？舒致怀嘲笑翻板整天只想妹子，不想正事。翻板庄严纠正，想妹子也是正事。

舒致怀耐着性子给翻板"普法"，盐这东西，在盐都见惯不惊，拿出去就是宝，各朝各代都较真，谁让盐流到私盐贩子手里，就"啵儿"谁颈子上的沙罐儿。盐多盐少总是盐。稽查署的人上坡除了收购盐，也有监视我们熬盐实况的意思。

舒致怀没说他还有第二手，如果官府嫌盐少不愿上坡，他就把盐送到稽查署去，反正要快节奏地卖。

如此卖盐果然打击了棒老二的积极性，每次来看见棚子角落上放着一两个盐包，连问一问的兴趣也没有，随便走一家盐场也超过这儿几十倍，后来索性不来了。三个妹子看舒致怀的眼光开始有了质的变化，小时候玩游戏的逗趣成分逐渐消解。翻板似乎也服气了，竟然忘形地对三个妹子形容，表哥卖盐像尿尿，一有就拉开裤子放，讲得三个妹子都怒目瞪他。

尿尿法似的熬出一点盐就卖一点，使记录卖盐账的正字悄然爬满小棚柱子。除三个妹子，没有外人察觉这个特殊账本。随时间推移，来荒坡看稀奇的人越来越少，只有三个妹子有空就来坡上帮忙干活，顺带陪他俩欣赏柱子上的正字。每当有三个妹子在，舒致怀心情就大不一样，这副神情没瞒过翻板，翻板居然很有见识地对表哥讲本性法则："知道为啥要把公鸟母鸟关在一起养吗？"

柱子账本上的正字增多，简陋小棚也随着扩大，尽管离真正的盐场大棚还差很远，好歹能遮雨了。堆放盐包的地方和熬盐灶之间也多出一团空地，舒致怀和翻板不时蹲在那儿，对照柱子上的正字，用树枝在地上算账。自认得正字以后舒致怀便多了成就感，回想从小过着一天不挣钱就可能饿死的日子，发誓等有了娃娃，哪怕少吃少穿也要送去读书。

翻板也分享自己的想法："'办姑姑宴儿'似的熬盐为啥能挣到钱？和那些盐场老板比，没花成本，人力也是自己的。"舒致怀不服这句话："难道我们就不是老板？"翻板立即做出醒悟状："哦，舒老板早。"舒致怀也一本正经回应："王老板，吃了吗？"

舒致怀满脸正经望着翻板："有句话，一直想对你说。"翻板忙招呼表哥别那么正儿八经，怪吓人的。舒致怀继续认真，"熬了这么些日子，水凼里的水丝毫不见少。盐都吃盐业饭的人遍地都是，不可能没人认出这是个有泉眼的卤水凼，那些人认出了为啥不下手？"翻板一想果然，莫非有啥凶险？又一想，表哥手上有祖传秘籍，怕个卵。

讲了几句舒致怀才逐渐靠近意图："别人知道有凶险不想沾，我们再不想沾也沾上了，我俩都是被艰难泡大的人，早就被凶险整麻木了。"

翻板猛地警觉，刚挣到两碗稀饭钱，莫非表哥就忘了自己几斤几两？

舒致怀不绕圈子，直接抖开悬疑："一口灶是熬，两口灶也是熬，反正死活都泡在这荒坡上了，不如趁没倒霉把架势拉大点，最坏的结果无非是继续艰难。"

一大早，叮叮、桂芳、五妹子来坡上，舒致怀和翻板已买回两口二手大铁锅，砌好两口熬盐灶。三个妹子惊讶声未落便出手帮忙，翻板反复道谢三个妹子，比出钱请的人更有用。桂芳说："要挣钱不会来你们这儿。"翻板说："我晓得你们来挣什么。"五妹子取笑翻板："啥时学会的看相，要真能把我们的相看准，就把桂芳姐嫁给你。"说得桂芳使劲瞪五妹子。

翻板边看妹子们的脸色边琢磨，五妹子没说嫁她自己，桂芳又制止五妹子瞎说，看来，这两个妹子都没想过要嫁我，那么，只剩叮叮了。偏偏叮叮和表哥特别黏糊，这会儿又在单独与表哥说话。翻板心里陡地涌起一股悲凉，表哥千万别学巩老板，把三个妹子全娶了。

翻板在这边悲凉，舒致怀在那边对叮叮透露思谋已久的打算："趁手顺，多熬盐，钱攒多了就凿盐井。"

扩大了的棚子实际上空间也很有限，所有人都听到他说凿盐井，一下子全愣住。桂芳两眼大睁："真的假的？"五妹子故意夸张："吓死人了！"叮叮相对平静，也不缺惊讶："真敢想呀！"翻板啥也没表示，他习惯了不能在人前质疑表哥，否则没好果子吃。

舒致怀半真半假逗三个妹子："如果不凿盐井，只是这样'办姑姑宴儿'，你们三个会嫁给我们吗？"五妹子调皮，回头问桂芳："听见了吗，在说你。"桂芳没跟着五妹子闹，一脸认真："幸好只说要凿盐井，没说去金銮殿填空。"都没料到，一句玩笑话会惹恼舒致怀，他突然收起笑容，红起脸怼桂芳："换其他人这样说，我早毛（发火）了。"

事实上这么说已经是毛了。叮叮连撒娇带抱怨："舒大哥连句笑话都说不起，还是从小一起长大的伙伴，你这脸也翻得太快了嘛。"五妹子来得更直接："一言不合就翻脸，真的会让人小看的。"

其实话刚出口舒致怀已意识到自己太过敏感，又不愿认错纠正，干脆闭上嘴不说话。反倒是桂芳不计较，大姐姐似的安抚众人："各人有各人的忌讳，舒大哥的心思我明白，我就是说说笑，没别的想法。"

即使是对桂芳表达歉意，舒致怀也仍然带几分悻悻然："有人连金銮殿都敢坐一坐，我们无非想要口盐井，不算过分吧？"

等三个妹子离开后，翻板才要表哥明说，是找话撩妹儿，还是真有那个想法。舒致怀没听明白翻板说的啥。翻板急了："不是我说啥，是你说的，你说要熬盐攒钱凿盐井，是真话还是说笑？"

舒致怀要翻板自己去琢磨。

看表哥不像闹着玩儿，翻板不得不思量，表哥敢在有凶险的地方动心思凿盐井，多半是从祖传秘籍中悟到了什么。只是，表哥不识字，很难看懂秘籍，谁在背后帮他呢？记得表哥当着三个妹子面说过，谁要嫁进舒家门，立马会知道秘籍内容。据说这话一出，三个妹子都在偷偷学识字。如果真这样，表哥不单和三个妹子有了私交，说不定还与其中某人做了嫁进门才做的事。做那种事不需要像熬盐一样生火冒烟，旁人很难察觉。

那么，和表哥做过不生火冒烟的事是谁？五妹子小，还没醒事，桂芳敢当面取笑表哥，会不会……不对，桂芳老练，不可能轻易让表哥先尝后买。叮叮常和表哥单独腻，莫非是叮叮？

翻板说服自己别嫉妒，表哥手握凿盐井秘籍，在盐都极有可能成神，如果跟定表哥，哪怕表哥娶了三个妹子，自己也有本钱娶他个三房两房。

翻板能容忍表哥包揽三个妹子，却不能接受表哥不要他合伙。趁身边没外人先表忠心："表哥你说咋整，我就咋整。反正我这辈子跟定你了。"

舒致怀不会听不出翻板的心思，干脆摆明打算，不必等钱攒够了才凿盐井，可以边凿边熬盐挣钱："我们'办姑姑宴儿'似的熬盐，棒老二都看不上，只能算改变苦命的跳板。这个地方早晚会有人来争抢，只要不伤到野卤水凼的泉眼，就算我们凿不成盐井，最倒霉也是继续在这儿熬盐。"

话说到这分上，翻板也抖出心里的疑惑："都顾忌这里凶险，我们为啥不换个地方？"舒致怀骂翻板猪脑子："都晓得这儿凶险，才没人在意，不然，哪还有我俩的份儿！"

翻板恳请表哥稍微透露一点点实话，舒家秘籍到底有多厉害，不然，哪来底气动手。

舒致怀要翻板看清楚："真正凶险的是人，是姓巩的。"

## 四

舒致怀父亲说过多遍，舒家曾祖父英年早逝，是源于和巩家较劲。

舒家曾祖父铁了心要让姓巩的把舒家当回事，得知巩家对舒家唯一有兴趣的是凿盐井秘籍，更加用力给秘籍造势，还编出一些段子，花钱请同伴帮忙流传。估计多年后有人买版面炒作的做法，就是从这儿受到的启发。

舒家曾祖父把心思倾在炒作秘籍上，一肩扛三包盐的突出特点反被他自己淡化。最先引发不安的是舒家曾祖婆，一再劝他，按当今语调，曾祖婆讲的大意是低调含蓄才长久平安。刚开始曾祖父也能听一听，多几次就反感了，指责曾祖婆不思进取，抱怨曾祖婆不与他保持一致。

舒家曾祖父明知与高调离得最近的是啥，依旧不愿在意。

码头上几个清兵对舒家曾祖父一肩扛三袋盐原本有几分敬畏，听多了关于舒家秘籍的传说，逐渐动了欲念，假借曾祖父故意弄大包装袋缺口漏盐给捡落地盐的妹子，将曾祖父抓起来。从清兵的言行便能猜到是有预谋，可惜曾祖父被自己在码头上超旺的人气刺激，和清兵顶起嘴来。吵闹声吸引来围观的人群，也招来大群清兵。清兵赶开围观的捡落地盐的老幼女人，骂舒家曾祖父妨碍盐务，捆绑牢实，要砍头示众。

领头清兵凑近舒家曾祖父说，交出秘籍，可以考虑释放。曾祖父不承认有秘籍。清兵不耐烦，外地来的人都知道了，还有什么可瞒的。曾祖父还是说没有。清兵恼怒，宣称不会让他死得痛快，先打几十军棍再砍头。曾祖父不在乎，随着军棍击打节奏，高声唱起莘山歌。

太大的动静引起在码头巡察的知县注意。此知县曾在砸水厘局事件时，进言州府大人不杀巩德彬爷爷。知县认出是一肩扛三包盐的盐工，有力气又勤快，正逢朝廷催促盐都多往外运盐，就下令放人。砸水厘局时这位知县救过巩德彬爷爷的命，这会儿又救了舒家曾祖父，后来还会与盐都有揪心的剧情，算得上盐都那个年代的一个角色。舒家人和巩家人那时候都不知道，未来会有一种叫盐都史料的文字，将记下这些过往经历。更不会料到舒、巩两家的后代，还和知县的后人有不少戏份。

舒家曾祖父逃过一劫，却对曾祖婆说，如果不是外面盛传舒家秘籍，清兵不会多话，直接就地砍了，也等不到知县来了。曾祖父继续炒作秘籍，认定闹出气氛才能加码分量，别人才会把你放在眼里。

舒家曾祖父没想到知县效应在战乱年代有多微弱，也忽视了运气照样有保质期。曾祖父明知几个清兵盯上秘籍不会轻易放手，却一不留神被清兵一句话误导。清兵问他是不是准备把凿盐井秘籍献给知县。曾祖父以为可以借知县吓唬清兵，故意不置可否。清兵以此推断舒家真有秘籍，查实与知县无关后，又多联络了几个人，瞅空子再次抓了曾祖父。

舒家曾祖父不是在人多的码头上失踪的，以致没人知道过程和参与者，等到人们发现舒家曾祖父时，他已被杀身亡。当时的清朝深陷混战，死人成常态，一桩普通命案很难被官府重视到底。舒家人能够得到的后果就两点：从此失去一个明星家人；关注舒家秘籍的人越来越少。

舒父一再对舒致怀讲述舒家曾祖父之死，是想提醒儿子，再强势的人也有白丢性命的时候。舒致怀没有按父亲的思路出牌，反而更加佩服曾祖父，一个人真要想做成事，没点横下心的劲头，有屁用！

舒致怀只对翻板承认凿盐井的想法有点性急，不承认与舒家几代人的志向有关，也不承认是想吸引三个妹子。舒致怀放在嘴上的理由似乎更实在："不赶着动手，等世道安宁下来，我俩想做也难了。"

翻板当然知道什么叫浑水摸鱼，他担忧的是世上从来没有盐工凿过盐井，这样做要不要得？舒致怀心中也没底，但他的愿望比担忧更强烈，就咬牙给自己找说法："任何事，都得有人来开头。"

舒致怀说："我们就来开这个头。"

史料没有记载两个小盐工靠熬野凼卤水攒得多少启动资金，只渲染二人无知无畏，贸然开工。请来凿盐井的匠人，尚未把脚手架搭建好，已在盐都引发一波远超当下网红的热度。据说闻讯的盐都人反应都一样：不可思议。

凿盐井的轰动比拿野凼卤水熬盐更强劲，好远的人专程赶来围观，说七说八的话比前次更多。好在有过一次被评谈，舒致怀淡定许多，别人说啥是别人的事，成与不成才是自己的。他吩咐翻板，实在受不了就扯根卵毛把耳朵塞起。

一切按舒致怀的主意，不能伤到野卤水凼，凿一口盐井要几年时间，只有不间断熬盐才有钱应对开支。

舒致怀要翻板和他轮换，一人在棚子里照看三口盐灶，另一人给凿盐井匠人做帮手，既不耽误熬盐挣钱，也可以少请一个工人，顺便还能盯着凿盐井的进展。翻板奉承表哥是盐工身子，老板头脑。

轮到舒致怀和工匠一道搭建脚手架，正赤裸大半个身子干得汗水长淌时，翻板提前来换他，说是棚子那边有人找。舒致怀以为是三个妹子有事，开工前凿盐井匠人一再约法，不许女人接近凿盐井处。翻板回答不是三个妹子，说话的神态明显不悦。舒致怀有些蹊跷，一路揣摩，还没走拢熬盐棚子就蒙了，站在那里的是巩德彬。显然是巩德彬有话只对舒致怀说，惹翻板多心了。

马上舒致怀就明白，巩德彬照样没把他放眼里，明明已经直接对话过几次，见面依旧开问："你就是舒娃？"然后是训斥，"你不懂规矩很正常，不过，你随意坏规矩就与做人有关了！"舒致怀不服："同样的事，别人做就是兴盐业，我做为啥就是坏规矩？"巩德彬不容小盐工和他争辩，语气更重："你拿啥本钱兴盐业？就凭传说中的秘籍？"

舒致怀眼皮猛跳几下，猜测巩德彬会不会强行叫停凿盐井。

接下来巩德彬的话令舒致怀一头雾水："有真本事，就拿点实在的成果摆在众人面前，在背后朝比自己成就大的人泼脏水，靠吹嘘来抬高身价，骗人骗己而已，稍有见识的人都懂。"听出巩老板好像是听说了什么，舒致怀很想声明自己说那些话只是不服气，没有其他意思，谁知人一急，反而找不到可用的字句，只得留下空间由着巩德彬去表现。

巩德彬根本不面对舒致怀，近乎自说自话："巩某人不是对谁的做法有兴趣，只是想说说，利欲熏心的人不会懂得啥叫声誉啥叫众望。我巩家辈辈代代广获好评，爷爷仗义捐资上了史册，我不能让巩家在我这儿降低高度。之所以特意来送出两句话，不为别的，只为巩某人能继续活得心安理得。"

巩德彬说："前些日子，你在这儿用野卤水熬盐，谁都知道成不了气候，露天水汹的卤水盐分淡，费力多收获少，挣几个稀饭钱而已，没人在意。现如今，你要在这里凿盐井，就是一桩招惹众人的事情了。"

巩德彬说："假如要指责和阻拦你，你这种德行的人会记一辈子仇，书上自古有不招惹小人的训诫，乱世期间更没人愿出面。巩某人作为公推的领军人，有不可推卸的责任，不妨说说这个荒坡。"

巩德彬说："发现这处卤水泉眼的人不在少数，想下手的人也多，有人曾请来凿过多口盐井的大师傅，高价聘来会玩洋仪器的高人，最终都望而却步，唯独你，直接就搭脚手架。"

舒致怀心里突然略过一阵慌乱，关于荒坡，他早有耳闻，把话说得这么实在的，巩德彬是唯一的一个。动手前是觉得自己一无所有，没啥可在乎的，眼下已动手，就有了……舒致怀袋里嗡嗡直响，愣在原地如同秋风中的一根树桩，竟没留意巩德彬是何时走的。

直到桂芳、叮叮和五妹子出现，舒致怀还呆立在那儿。

三个妹子的出现惊醒了舒致怀，舒致怀回过神来还继续眨巴眼睛琢磨着什么，突然从蒙态中恢复，一跺脚，转身朝搭脚手架的地方跑去。三个妹子下意识地跟着跑了几步，舒致怀猛地回头制止，女人不能过去！

舒致怀要匠人把刚搭建好的脚手架拆了，移到山坡边沿。领头匠人在意拆来拆去不吉利，不愿动。舒致怀打包票，一切和他无关。领头匠人不承认无关："明明是我在凿。"舒致怀横了："不移脚手架就不凿！"

双方僵住。

翻板问表哥:"是不是秘籍上看到啥了?"舒致怀原本不是这意思,一下被翻板点醒,马上煞有介事地伸出手掌代替模型:"山势和手一样,凿在手指上或手指间,很关键。"翻板以为是秘籍上的话,不敢怠慢,回头说服领头匠人按表哥的话不会错。领头匠人也听到过舒家秘籍的传言,怨气再大也没胆量和神秘的东西较劲,被迫低头。

虽然紧跟了表哥,翻板事后又抱怨,咋不一次看明白秘籍上的话,搭两次脚手架多费钱。

没有人意识到,舒致怀强行移动凿盐井的位置,是要稳妥保全野卤水函。

好些日子过去,舒致怀还在为巩德彬的到来不平静。一方面愤怒巩德彬借说事训斥自己,一方面也暗叹姓巩的把该做的事看得如此重,不因斗气松懈,不因看不起就不过问,难怪巩家能经久不衰!

被巩德彬一再羞辱的仇恨不会忘,巩德彬干大事的气派确也值得深思。父亲生前常念叨曾祖父的名言,曾祖父说过,内心的格局,决定一个人的走向。

凿头的每一次闷响,舒致怀听来都像是幸运大神的脚步声,节奏缓慢,力道十足,每一步都有改变运道的神功。

凿盐井真的是凿,不是钻。杆顶连紧凿头,朝孔里反复撞击,像男人女人干那事,这图像是舒致怀在春楼里与妓女互动后获取的。这么想对神圣的盐井不恭敬,也会由此想起在春楼被巩德彬羞辱,想得越多,心绪越复杂。

领头师傅是个极庄严的人,一有机会就对舒致怀交代忌讳事项:不准在附近撒尿,不准说不吉利的话,不准让女人靠近,不准……再是到民国了,该有的规矩还是要有。盐井通体只有砂锅大,要凿到两三百丈深,人在地面上完全凭猜测和感觉行事,稍有不慎,白干几年。这种话多说几遍,搞得舒致怀诚惶诚恐,不敢再乱想,跟着干活也小心翼翼。

为维持凿盐井花销,熬野函卤水的三口盐灶丝毫不敢懈怠。桂芳、叮叮、五妹子看出这一点,来得更勤。每次轮到翻板在棚子里熬盐,三个妹子总是当他面朝凿盐井那边望,望得翻板心里酸酸的。

叮叮望凿盐井位置的频率比桂芳和五妹子更高,五妹子故意问桂芳:"叮叮是看人还是看凿盐井?"桂芳看似调侃,话却犀利:"叮叮在琢磨嫁人的事。"五妹子年纪小缺心眼，问桂芳姐是不是也在琢磨。五妹子的话刚出口，叮叮猛地回头望两个同伴，那眼神，完全说得上不简单。翻板察觉到纠结的人不止自己一个，心里莫名其妙好受了一些。

夜色降临，凿盐井处亮起两盏马灯，凿头沉重的撞击声依旧节奏稳妥地响着。翻板去换下表哥。

舒致怀抱着外衣，穿件单布衫回棚子，看到叮叮还在三口熬盐灶前照看，奇怪地问："翻板不是说你们走了吗，她们呢？"叮叮不谈桂芳和五妹子，只问舒致怀："万一凿的盐井不出卤水，几年光阴和成堆的钱财岂不白扔了？"她解释，不是说不吉利的话，是替舒大哥担忧。

舒致怀又问桂芳和五妹子是不是回去了。叮叮再次不提同伴，拿起一个小包袱："入秋了，早晚冷，我给你做了一件裰子。"说话间，顺手替舒致怀披到身上。无论叮叮表现得多随意，话说得多平淡，舒致怀都被包裹进浓浓暖意中，长这么大，还是第一次有妹子给他做衣服，第一次有妹子给他穿衣。

叮叮靠得很近，近到能让舒致怀感受到她身上的热度。舒致怀陷入既慌乱又渴望的境界，不知怎么就被叮叮胸前的部位触碰到，接下来那个部位像被风吹动似的，反复朝他身上碰，舒致怀顾不上多想一把抓住。叮叮不动不忸怩，任随舒致怀捏搓。舒致怀得到鼓励，又把手从衣服下摆伸进去，叮叮没拒绝，还问他好不好。舒致怀信誓旦旦地答："哪个狗日的敢说不好！"

叮叮主动把身子贴得更紧，舒致怀脑袋一热就抱起叮叮，放上平时坐的草垫，再俯身趴到叮叮身上。叮叮轻声说："你的小鸡鸡又翘起来了。"舒致怀想起小时候的游戏，喘着粗气回答如今不小了。叮叮忙告诫："这么硬，别把我的裤子戳破了。"舒致怀刚想笑，马上想起叮叮说过要用什么交换看舒家秘籍，居然很讲信用地告诉叮叮："我家确实有秘籍，只是和外面传的不一样，只有我家曾祖婆一个人看过。"

话没完舒致怀突然担心，叮叮知道了舒家秘籍的真相，会不会翻脸？

叮叮的话完全不在舒致怀思路中："你不识字，看不懂秘籍，还不是照样走到这一步了。"舒致怀承认是靠秘籍垫起底气："我们舒家人，都靠秘籍提气。"叮叮赞同："人要有底气才来劲，舒大哥别把底气丢了。"

舒致怀越发觉得叮叮的话顺意，就伸手拉叮叮的裤腰。叮叮伸手挡住："不是不给你，本地女娃没有第一次亲近就做这事的。"叮叮声音不严厉，话的分量舒致怀还是掂量出了，舒致怀不想被她小看，强收起欲望，使劲亲了叮叮一口，趴在叮叮身上不动，又过好一阵才不甘心地起身离开。

叮叮一边整理身上衣服，一边叮嘱舒致怀："是你自己抱我的哈，抱了就要认账。"舒致怀没回应叮叮的话，慌着封口："我家秘籍的秘密，只能你一个人晓得，死也别漏给第二个人。"叮叮答应了，也嘱咐："我俩的事，别让桂芳和五妹子晓得，我不想失去这两个好姐妹。"

叮叮走后，舒致怀独坐在灶前得意扬扬地回味，刚才的事可惜没让巩德彬看到，真该让他见识一下，自己不是只配插在热牛屎里的人。

荒坡上的风逐渐吹凉身上热度，舒致怀突然惶恐，懊恼不该轻易泄露舒家秘籍的秘密，哪怕只说了半句。难怪父亲病危也不忘传递舒家与女人那句话，确实难逃那个魔咒。

整个晚上舒致怀都在思谋，如何牢牢封住叮叮的嘴。

接下来的剧情仿佛有意印证舒父的那句话，三个妹子给舒致怀带来一个接一个的烦恼。

又轮到翻板守熬盐灶，桂芳、叮叮、五妹子来帮忙，顺便捎来她们特意做的馍。翻板接过篮子拿起馍才咬一口，叮叮马上吩咐给舒大哥留一半。桂芳和五妹子也催翻板，早些去换舒大哥过来，趁热才好吃。翻板差点儿被噎住，三个妹子心里只有舒大哥，如果不是有表哥，也许她们根本不会来帮忙，更不会送好吃的来。翻板心里怎么也无法平衡。

被迫提前去换表哥，翻板五味杂陈地朝表哥说："她们要你去趁热吃馍。"舒致怀反而不急了："吃馍哪有凿盐井要紧。"没想到翻板突然较真，提醒表哥别不识好歹。翻板这情绪和态度很罕见，堵得舒致怀很不舒服，一路琢磨翻板哪根筋拧起了，一不留神忽视了叮叮的嘱咐，忘了扣上外衣遮住裈子。三个妹子整天在一起，谁做什么手工，同伴都看在眼里。桂芳和五妹子认出舒致怀身上的裈子，神态一下不自然了。

片刻后，桂芳找个理由拉上五妹子离开了，故意没叫叮叮，将一男一女留在荒坡上的棚子里。棚子外，不时飘落的树叶和正在枯黄的野草伴随山坡侧面节奏缓慢沉重的撞击声，凋零得更有分量。

舒致怀为一时大意向叮叮致歉。叮叮不计较："这种事，迟早会让她俩明白的。"还有一句话叮叮没说出，也许，这样才更妥当。

多年的和谐被打破，舒致怀还是难以接受断崖似的失落，即使叮叮回去的时候主动亲了他一下，被亲的刺激，也远没前次强烈。

好一阵难平静，折腾得很烦，舒致怀猛扇自己一巴掌：假如凿不成盐井，三个妹子离你远去的时候，连看你一眼的兴趣也不会有。巩家有七八个盐场三十多口盐井，舒家至今一口盐井也没有，拿什么让巩家把舒家放在眼里？曾祖父、爷爷、父亲都没能实现舒家的志向，到自己手上刚有了一个开头，就把注意力放到妹子身上去了，父亲用生命警示的那句话，为啥不放在心上！

眼下，盐都不少人都等着看你笑话，是成全那些人，还是成全自己？

轮到舒致怀在棚子里熬盐那天很冷，五妹子和叮叮来到坡上，脱下厚厚的棉衣，立即开始干活。这场面早已习惯，舒致怀除点头招呼啥也没说。叮叮有意问他："舒大哥咋不问问，为啥只有我和五妹子两个人来？"舒致怀确实没想到，有些茫然。叮叮说："桂芳嫁人了。"

消息太意外，舒致怀一下消沉许多。叮叮问舒大哥是不是舍不得。舒致怀辩解："你们三个妹子和我们两兄弟这些年多快活呀，桂芳这一嫁，总觉得像一个圆圆的饼分走了一块。"五妹子没心没肺，隔着熬盐灶搭话："再圆的饼早晚也要分开的。大家今后还会有很多交道的，到时候互相记情就行了。"舒致怀很惊讶，五妹子小小年纪竟然能说出这番话。五妹子说是桂芳对她说的，桂芳出嫁前一晚和她一起待了很久。

一股说不出的震撼涌上来，怪怪的苦涩很别扭。

叮叮以为舒致怀发愣是在纠结桂芳嫁人的事，劝他不用多想，妹子始终是要嫁人的。舒致怀问桂芳嫁给了啥人。叮叮说是个酿酒的，旁人叫他明哥。舒致怀掩饰心情假意调侃，盐都这么多熬盐的男人，偏要嫁给酿酒的。叮叮明显有所指："怪熬盐的迟迟不下手。"舒致怀没回叮叮的话，自顾念叨："不知桂芳咋想的，这么快就慌着嫁人了。"叮叮继续强化她的意思，满十八岁了，该嫁了。

舒致怀还是不在状态。叮叮背开五妹子压低嗓门叮嘱："舒大哥，做过的事，要认账哈！"舒致怀愣了一下才反应过来，点点头。叮叮紧追不舍："啥时候兑现？"舒致怀突然清楚回答："不凿好盐井，啥也是白说。凿盐井就是命。"

轮到叮叮情绪低落了:"命更要紧,舒大哥好好招呼。"

舒致怀和翻板轮流伙同几个匠人凿盐井,每天站在整根树干做的传动杆上,左右用力踩,以此为动力让凿头升起、落下,在砂锅大的窟窿里凿出砰砰声。单调沉重的声音陪伴远远近近的草和树冠,由黄变青,再由青变黄……舒致怀身上也棉衣单衣跟着循环。不知不觉间,周边野草又变黄了。

那天,凿盐井匠人拉起凿杆,拿木板遮好盐井口,准备换凿头。凿头两百来斤重,换凿头是个体力技术兼备的活儿,舒致怀帮着抱凿头,棉衣上糊满泥浆。领头师傅满意舒致怀的表现,要主人家去擦一擦棉衣上的泥水。

舒致怀去熬盐棚子,翻板、叮叮和两个请来的盐工在里面做事。桂芳嫁人后,舒致怀和翻板雇了两个男工,专门干挑卤水和扛盐包的重活。翻板本来正和叮叮说话,看到表哥过来,立即起身去凿盐井那边。

舒致怀没心思留意谁的脸色,找汗巾擦身上泥浆。叮叮主动解说,五妹子今天没来,去了桂芳家帮忙,桂芳要生娃娃了。

叮叮拿过汗巾帮舒致怀擦衣服:"桂芳和我同年的,她都当妈了。"舒致怀心里想的却是另一回事:"桂芳嫁了人,又生孩子了,我们的盐井还没凿成!"叮叮不高兴:"你心里除了盐井还有啥?"舒致怀明白叮叮的意思,有些不耐烦:"那句话,你都说过好多遍了。"

## 五

盐都多份史料上都记载有这口底层逆袭的盐井。

史料说,从一开始就到处有人发泄不满,棒老二也下帖要收什么费。棒老二的嚣张表明世道不昌盛,再加上那些年四川军阀混战从未间断,官府顾不过来这些不痛不痒的事,何况多熬盐对官府有利。也有不少人怂恿巩德彬出面阻止,但巩老板忙于组建后一直很不顺利的护卫队,也不相信那儿能凿成盐井。后来有研究史料的文章分析,凿这口盐井,像多年后偷偷超生的夫妇,虽然乡邻议论、抱怨,虽然不少人等着看受罚,终因各种阴差阳错,非法超生的孩子出来了。这个分析和比喻很荒唐，估计是想超生而没达到目的的人写的。

荒坡上凿成盐井的消息第一时间传到巩德彬那里。巩老板听到并不惊讶，只念叨一句舒娃手上真有凿盐井的秘籍，马上又判断不符常理，凿成应该属于碰运气。这类念头不是巩老板的独家版权，再过些年，舒致怀会在盐都引发千年不遇的大麻烦，到那时，同样在盐都有名望的姚氏家族的后人也从理论上将其归纳为无知者无畏，拿瞎碰当勇闯。这是若干年以后的剧情。

此时的巩德彬还在分析，舒娃真有秘籍不会选在那儿凿盐井，碰巧在那里凿成一口盐井，属于眼盲嫖客抱住一个美妓女，纯粹是瞎撞上。凭舒娃此刻的心境不可能就此罢手，那么，前面还有大坎等着他，运气好落个两手空空，白干几年，如果运气不好……巩老板不屑再多想。

巩德彬的判断跨越交往圈，传到舒致怀耳朵里。舒致怀没在意巩德彬说了些啥，只琢磨姓巩的是不是眼里开始有舒家了。

也有一大批人对荒坡上凿成盐井持另类看法，叮叮便属于这一大批人。叮叮对桂芳和五妹子感叹："逼急了的人，只要有机会，不会多想，大多是先做了再说。"五妹子说她和桂芳也这么认为。桂芳出嫁前夕，她俩谈这个话题几乎超过谈明哥。

五妹子这话引起了叮叮的警觉，过一天，叮叮约桂芳一家去看舒大哥和翻板的新盐井，刻意避开了五妹子。

桂芳和明哥领着儿子来到荒坡，儿子会跑了，一上坡便满地串。叮叮为刺激舒致怀，有意对桂芳的儿子特别亲热。舒致怀和翻板衣着变了神态也变了，仿佛换了个品牌型号。翻板昂头挺肚，舒致怀则像从没当过小组长的人刚接到某个任命，满脸严肃端着架子。明哥几乎没提盐井，只一再夸舒致怀和翻板敢于逆袭，仿佛他看重的是这个价值。舒致怀觉得明哥的话顺耳，又遗憾明哥没有夸赞盐井，当然，也不能强迫酿酒的崇拜盐井。

桂芳似乎了解舒致怀的需求，不断感叹熬盐棚子又长大了，熬盐灶增加到五口，雇来的三个匠人一看就是熬盐行家，下锅的野凼卤水中，加入了从新盐井那边用竹筒槽引来的浓卤水，那是刚从地底深处提上来的原汤。舒致怀一字不漏地听桂芳说话，费了很大劲才控制住没像翻板那样昂头挺肚。

舒致怀邀请桂芳夫妇去盐井边看。桂芳要守规矩，不过去。舒致怀很气盛："我要在意各种规矩，能凿成盐井吗？"桂芳说话还是像以前那样直："人顺的时候气很粗，不顺的时候，走半步都忌讳。"桂芳敬畏的不是那些条规，是舒致怀和翻板今后的命运。

两个新晋老板陪明哥去了盐井边。桂芳和叮叮拉着孩子站原地，仰望山坡边新竖起的天车架，再望天车架下棚子里的大绞盘车，听着盐工在绞盘车吱呀转动声中吆喝牛。桂芳回头望叮叮："这三四年你没白熬，该出头了！"

桂芳一家刚离开，叮叮立即将桂芳这句话转告舒致怀。舒致怀承认他很羡慕桂芳有儿子："我也没白干，我有盐井了。"叮叮提示，有盐井和有儿女是两码事。舒致怀告诉叮叮："你不用递点子（暗示），我肚子里还有恶气没出，先出了恶气再说。"

舒致怀疯狂出恶气。

首先去巩德彬嘲笑他插热牛屎那家春楼，进门就很大派地吩咐老鸨："上楼。开包间。多叫几个粉子（女孩）来。"舒致怀发誓要把盐都所有春楼挨个玩遍，有多少家，走多少家。

当真一家接一家地逛春楼。盐都井盐发达，外来从业人员多，带动好多附属产业，春楼是其中一项。那段时间舒致怀成为各家春楼里的贵人，老鸨没等他走近便远远露出笑脸，问舒老板点个啥粉子。舒致怀先核实是否来过这一家，然后才吩咐："昨天在前面那家是个胖妹妹，今天换个瘦点的。"

受舒致怀影响，翻板也出恶气，只是方式和表哥不同。翻板租一辆牛车，一趟一趟买鞋，一共买回三百六十五双，以备每天以不同面貌亮相。翻板怕没数清楚，特意领五妹子和叮叮去帮他数，其实是让两个妹子欣赏他的大手笔。叮叮被三百多双鞋弄得两眼发花，惊叹翻板是黄狗掉进茅坑里了。五妹子说翻板要早两年脱掉木板鞋，桂芳姐也不用嫁给别人了。

炫耀了鞋子，翻板又请两个妹子吃牛肉汤锅。盐都烹饪牛肉的店子像春楼一样五花八门，同样的牛肉玩出百多种吃法，史料称之为盐都又一大特色。

酒足饭饱，再领两个妹子去看戏。盐都的休闲娱乐产业醒事很早，史志上对此虽然写得简略，倒也没遗漏。

才不管剧目，演啥看啥。台上，一群差人押一个犯人去法场，犯人念道白："何时再雪耻哪！"翻板问两个妹子："这话啥意思？"叮叮凭感觉回答："大约是把丢了的脸面捞回来。"五妹子的看法不同："可能是说啥时候再出这口气吧。"翻板其实并没有听两个妹子说的啥,他的注意力几乎全在台上人的脚上,一再提醒两个妹子看,那些人穿的鞋子咋那么差。

看完戏出戏院,翻板假借戏里迈方步显露他脚上的鞋,嘴里学戏中人的道白:"何时再雪耻哪!"念过又问,"这话是啥意思呢?"

舒致怀和翻板在外没尽兴,回荒坡又相互炫耀各自的壮举。舒致怀看不上翻板靠买几百双鞋来出气,那么大一肚子恶气,动静小了出不来。翻板不赞同表哥拿春楼当饭吃,那不是出气,是作践自己,累死"小弟弟",今后如何传宗接代?舒致怀嫌翻板不懂创意,那是他的一大发明,叫作"报复性享受",就是要让姓巩的看一看,自己不是插在热牛屎里的人。

舒致怀耿耿于怀:"那句话,他是当着好多人的面说的。"

舒致怀很较真:"我一辈子都不会忘记。"

没过多久,舒致怀的"报复性享受"戛然而止,不是厌倦,也不是其他缘由,恰恰是因为要让他报复性出恶气那个人。

舒致怀在盐都一家春楼上遇到巩德彬,不是"插热牛屎"那一家。舒致怀一见巩德彬,立即运足底气,等候姓巩的来交流荒坡结构,并准备好如何面对面反驳姓巩的,结果被狠狠打脸。巩德彬领几个客商从舒致怀面前走过,眼神没有丝毫变化。舒致怀愣了片刻才明白,巩老板根本记不起舒娃的模样,换句话说,从来没把舒致怀看在眼里。

舒致怀由此意识到,无论怎样憋气,舒老板和巩老板远远没到同一层次,按盐都人形容距离的说法是,还差帽子坡远!

接连几天舒致怀都很少说话,默默望着天车架上空的云,谁也不知道他发什么呆。"报复性享受"终止,舒致怀的脑子被新念头挤占,再一次忽视对叮叮的承诺。

叮叮给足舒致怀时间和空间后,终于在一个黄道吉日正式发问:"舒老板,想没想过该做啥了?"舒致怀问叮叮是啥意思。叮叮来直接的:"你疯也疯了,气也出了,总该做正事了。你亲口说的有秘籍要传给后人,没有娃,你传给谁?"舒致怀以为叮叮要骂他睡了好多卖春女。叮叮说:"不是不想骂,是懒得骂,不管你睡多少,我始终是老大。"舒致怀愣了片刻由衷道:"叮叮是个乖女人。"

叮叮不听夸，要听娶乖女人的准确时间。

桂芳来坡上那天也提示过舒致怀该娶女人了，舒致怀由此猜出叮叮约桂芳两口子来的目的。这会儿叮叮直接谈这事，舒致怀只好要求叮叮再给他一些时间，他这些日子走路吃饭拉屎，想的全是超过巩老板。一口盐井只能算是刚起步，离巩老板的距离还差很远很远。

叮叮忍无可忍："就算你超过巩老板，别人就会把你放在眼里吗？就说你自己吧，你把巩老板放在眼里了吗？你随时想的都是如何把巩老板踩在脚下。"

舒致怀说："至少别人会把我当成追赶的目标。"

叮叮问他人重要，还是当目标重要。

舒致怀近乎赌咒发誓："活一辈子总得要有一两件非做不可的事，做成了才不是白活，才不会留遗恨。"

闹得很僵，叮叮哭着走了。翻板过来责怪表哥："对你这么好的人，你也舍得惹她生气？"舒致怀大喊冤枉："我哪会不晓得叮叮好，我巴不得整天把她抱在怀里，我是要让她嫁给我以后，在人前有面子。"翻板不明白表哥的话："我俩这种下力人，能混成一个老板，是别人吃错药都不敢想的事，这还不算有面子，要怎样才算？"

舒致怀拉翻板转过身看野卤水凼："几年来，我俩从没停过从里面挑水熬盐，新盐井凿成后天天出卤水，野凼里的卤水也不见少，这下面如果没有名堂，我提起鸡巴朝石头上摔！"翻板听出话中另有含意，告诫表哥："巩老板一再说这地方凶险。你别咬了一口软桃子，就真以为自己牙齿硬。"舒致怀的脸红了，气也粗了："当初要是听他的，这口盐井能凿成吗？你以为他是好心？他是怕我们做成了赶超他！"

舒致怀耐着性子对翻板讲理由："我们已经在这儿凿出盐井，肯定会招来不少人，如果等更多的人拥到这坡上来，就没我俩什么事了。"

舒致怀指着翻板的脚："你买再多的鞋也有穿烂的那一天。你还想不想再穿新鞋？想不想你娶回的女人和生下的娃娃有鞋穿？"

舒致怀要翻板掂量："是像一些盐场老板那样跟在巩老板屁股后到处凑热闹，还是埋头做自己的实事？"

翻板静了片刻才开口，要表哥如实说，能凿成这口盐井，是靠舒家秘籍，还是碰运气。

舒致怀没好气："只要见到盐井，你管他个卵！"

多年以后，舒致怀盘点过往，凿第一口盐井桂芳离开，凿第二口盐井进一步衰减与三个妹子的温馨，那原本是他最看重的啊！他把这归罪于凿第二口盐井开工没有测个吉祥日子，也没有拜一拜神灵，都怪刚凿成一口盐井就狂妄。难怪巩德彬会说，发横财的人极容易浅薄。

舒致怀懊恼时，后患已显现。

按常理，有凿第一口盐井的经历，凿第二口自然熟练多了，何况舒致怀雇请的是原班人马，那搭配像一对上床多次的男女，彼此熟知对方每一个眼神及动作的含义。工匠们按舒致怀指定的位置，在野卤水凼的另一面山坡边沿搭起脚手架。这儿和前一口盐井之间隔着山丘，站在新开工的位置，能看到凿成的那口盐井的天车架上半截。

刚开凿第二口盐井，接连冒出两个桥段，两个都足以改写剧情。

第一个剧情的剧本出自巩德彬。

巩老板专门派人去盐业稽查处打招呼：国民政府已经几岁了，不能再用顾不过来做托词，土匪也有匪的规矩，政府不讲王法算个啥？有巩某人在，绝不允许盐都偏离道义。传递这番话，是专指舒娃擅自凿盐井。

前两年巩德彬除自卫队的事不顺，也吃不准国民政府的酸辣，尤其担心四房妻子能否保住。几年过去，巩老板想不看穿都难，国民政府官员中，不少人利用手上的权势捞利。人为财死是天理，巩德彬对此不在意，真正令他释然的是，自称新政的国民政府，仍然有好多官员拥有三妻四妾，大军阀更是一人娶几十个。巩德彬为此大松一口气，对官员说话又多了底气。

向盐业稽查处传递言语没多久，巩德彬自己先冷了，不是盐场护卫队的纠缠，也不是巩家七八处盐场三十多口盐井经营忙，而是巩老板看明白了国民政府的尴尬处境。盐都周边各路军阀混战不停，后来有史料记载，民国成立后的二十年间，四川军阀混战多达四百七十次，差不多一个月要打两次仗。是打仗，不是酒宴和房事，而且长年累月不断，最热闹的时候打进了省府所在的成都市区，政府不手忙脚乱才怪。处于这种折腾中，私凿盐井微小得可以忽略不计。再加之没听到有盐场老板怒揭被舒娃妨碍，舒娃的盐也由政府统包，没搞私销。既然没人送理由上门，巩德彬又何必花时间精力去帮国民政府打杂呢！

暂时冷淡还有个粉色元素，巩德彬闲时翻读野史，偶然读到宋朝名人欧阳修被侄儿连累。欧阳修的侄儿娶妻两房，侄儿与大房睡时，二房便与仆人偷情，与二房睡时，大房又把仆人拉进被窝。欧阳修名声大官位高，本就遭人羡慕嫉妒恨，家里出丑闻等于授人以柄，侄儿的家事被官场的对手无限放大，给欧阳修添了许多堵。巩德彬琢磨，假如欧阳修的侄儿能和两房妻子睡一起，仆人便只能抱着自己膝盖睡。而自己是四房妻子，左搂右抱也罩不住，比绿帽子更要命的是脸面，确实需要在这方面再多花点心思。于是告诉自己，荒坡的凶险摆在那儿，等着看姓舒的小盐工倒霉就行了。

这个剧情属巩德彬自导自演，舒致怀不知情。真正刺痛舒致怀的是另一个剧情：叮叮嫁人。

叮叮出嫁前先找舒致怀，闷闷地说棚子里干活的人多，想跟舒大哥单独讲几句话。舒致怀察觉叮叮情绪不对路，问她是不是有事，还好言安抚："我晓得你心里想的啥，不用急，这口盐井刚开凿，等忙过这段时间，我陪你去看戏。"叮叮勉强笑笑。很不巧的是旁边凿头的撞击声停了，舒致怀急着要过去看看，问叮叮还有什么话要说。叮叮脸色暗淡，缓慢摇摇头。舒致怀没留意叮叮的表情，转身朝工地奔去。

叮叮突然提高声音叫了声舒大哥，舒致怀不得不停下脚步回过头。叮叮从不这样做，舒致怀察觉到了异样，却没想到该拿出相应的耐心，慌着催促叮叮有啥话快说。

叮叮横下心，开口道："舒大哥，能不能都顾着？"

舒致怀没反应过来："啥叫都顾着？"

叮叮说："人和盐井。"

舒致怀没有认真琢磨叮叮的话，反而显出不耐烦："要干成一件事，靠的就是下横劲，在乎的越多，越做不成事！"叮叮脸上泛起浓浓的失落。舒致怀再次忽视叮叮的表情，匆匆承诺，忙过这几天一定好好陪她。话没完，已转身快步朝凿盐井处赶去，瞬间走出好远。

他不知道，叮叮一直在背后望着，他消失后很久，叮叮还呆立在那里。

叮叮要嫁人的消息是五妹子告诉舒致怀的。五妹子说她问过叮叮是不是想嫁人想疯了。叮叮说五妹子还小，不懂这些。五妹子猜测叮叮是被桂芳的情况搞得不淡定了，桂芳和叮叮同年同月生，桂芳的大娃儿会跑路了，马上又要生二娃。五妹子说叮叮："就算桂芳再生三五个，你也不用随便就嫁了呀。"叮叮不承认是乱嫁，只说有些事一时半会儿说不清，处在当下看不准今后，要过很多年才会晓得对不对。

叮叮声音哽哽地告诉五妹子："舒大哥要先凿盐井，就算我愿意等，我的年龄也不会等，凿一口盐井至少三四年，再过三四年，我是啥样子了？"

剧情都到这一步了，舒致怀还忘了问新郎是谁，直到翻板来找他。

翻板一脸紧张，自称要给表哥讲一桩很要紧的事，舒致怀以为讲凿盐井的情况，结果翻板说："叮叮要嫁给我了。"舒致怀整个蒙了，山坡和盐场一瞬间全部消失，只剩下凿头的撞击声，每一下都像是在他的脑袋里凿。

越想把事情讲清楚，翻板的话越不流畅："是叮叮要嫁给我，不是我要娶她。你是我表哥，又是合伙人，哪怕我再想娶女人，也不敢和表哥争。叮叮啥也不说就抱住我哭。都说男追女，隔座山，女追男，隔层纸，这话听了好多年，我算是头一次遇到……"翻板突然很流畅地警示，"表哥啊，桂芳已经嫁给酿酒的人了，我要不答应，别的人也会把叮叮娶走！"

舒致怀使劲装平静："你是我表弟，你能娶到叮叮，我替你高兴。"轮到翻板发蒙了，一再说他亏欠表哥。舒致怀不想听翻板说话，抢着讲眼下要趁手顺，抓紧时机干大事，别为一个妹子耽误大好运气。他要翻板放心去操办婚事，凿盐井这儿有他顶着。

翻板咚地跪下，放声大哭："表哥，我欠你……一个……很大的人情！"

舒致怀迅速转身离去，一路上任由泪水乱流。

夜里五妹子一个人来到荒坡，苦口婆心劝舒致怀："叮叮真的很喜欢你，她一再说，只要舒大哥马上娶，她绝不嫁给别人。"

舒致怀问是不是叮叮让她来的。五妹子说是自己来的。舒致怀不相信。五妹子说："这么些年，我们三个妹子处得很愉快，桂芳出嫁，我和叮叮都为少一个好伙伴难过好些日子，现在叮叮又勉强出嫁，我怕今后会离愉快越来越远了。"舒致怀说："你不是说过，再圆的饼，早晚都要分开吗？"五妹子叹口气："说一说很容易，遇到了才晓得是咋回事。"

五妹子一再强调："叮叮为了帮你看秘籍，一直在学识字。"这话舒致怀深信不疑,他忘不了叮叮给他穿褂子那夜的情景,那原本是他最甜蜜的记忆,从此以后将成扎心的针。世上唯一听到过一点舒家秘籍真相的女人,再也不属于舒家。

即使惨痛,舒致怀也没忘记直面现实,一个大男人,真可怜或装可怜都没多大的作用,他硬起心肠告诉五妹子:"喜欢和不喜欢,都是一段时间的事,这阵子过去,下一阵子也许就变了。从桂芳嫁人的事我就开始看明白,真正不容易变的只有盐井。"

说到这儿,舒致怀长叹一口气,幸好还有盐井!

舒致怀其实想过去找叮叮,也料到叮叮会改主意,只是,即使争过来叮叮也不会有耐心再久等,而他自己,宁死也不会从正在凿的盐井上分心。

五妹子想不通:"翻板都可以边凿盐井边娶女人,你为啥不行?"

舒致怀一听就想发火:"要是都去忙着娶女人养娃娃,这口盐井凿得成,除非有鬼!尿尿擤鼻子,两头都抓着,两头都弄不好。如实对你说吧,我舒家几辈人想做的事都没做成,到我这儿已经摸到门槛了,我要这样松手,别说对不起祖宗先人,连自己都对不起。"

舒致怀抬手朝周围荒野指画:"盐都遍地都是我这样的盐工,远的不说,单是最近这一百年间,有几个盐工能挣到一口盐井?五妹子,你扳着指头数一数,有几个?或者说,有没有?"

## 六

翻板办喜事那天,舒致怀没去,留在坡上和凿盐井匠人一道,在做传动的圆木上拼命来回踩,一个人的喘息声超过几个人。

中途停凿,匠人们取下凿头,换上抓钩,把凿碎在砂锅般大的深洞里的碎石抓出来,倾倒在旁边空地上。舒致怀插不上手,拿起钉耙把碎石往不碍事的地方刨,累得直喘气。凿盐井的领头师傅走到面前他也没停下。

领头师傅直接说事:"她命中不是你的女人才会嫁别人,男人要有成大事的心胸,别把无法挽回的事搁在心上。"

舒致怀被戳到痛处,头埋得更低。

领头师傅说:"等你的盐场开大了,属于你的女子自会找上门来,到那时候,你娶个大房,还有本钱娶二房三房。你看看那些官员和大老板,哪个不是这样?"舒致怀有些发急:"不是娶不娶女人的事。"领头师傅不明白还有啥。舒致怀把到嘴边的话强咽了回去。

入夜。舒致怀独坐荒坡,茫然望着四周逐渐灰暗的山野,满脸是无法遮掩的落寞。默默重温他与桂芳、叮叮、五妹子一道嬉闹,舒致怀下意识地摸摸贴身的裰子,那晚抱着叮叮做的事说的话,全都清晰得如同在眼前。

五妹子提着马灯突然出现,舒致怀来不及抹泪,很尴尬。

五妹子毫不客气责怪他:"新郎是你的表弟,新娘是这些年相处很好的妹子,你不该躲着不去参加婚礼。"舒致怀搪塞:"凿盐井要人盯着,我顶在这里也是帮表弟。"还强词夺理,"你不也没去吗?"五妹子好气又好笑,她一直在那里,没看到舒致怀,才找上坡来的。

"你不娶叮叮,看见别人娶了又不好受。"五妹子说话很实在,"都知道叮叮原本是要嫁给你的,现在她嫁给了翻板,你觉得丢了脸面。"

舒致怀不得不承认,要么叮叮嫁远点,要么翻板娶别的妹子:"他俩这样做,是在打我的脸。"五妹子嘲笑:"人都放得下,偏偏脸面放不下。"舒致怀愤慨:"翻板不这么大操办,我心里还好受一点。他的声势闹得越大,我越丢脸。"

五妹子说:"翻板能大办婚事,是你拉着他挣到的钱,你应该脸上有光才对。还有,翻板如何办婚事是他的事,踩着你哪只脚上的鸡眼了?"舒致怀嫌她年幼不懂。五妹子冷笑:"叮叮也说我不懂,到底谁才懂?"

这种时候,能有个人在面前说东道西,堵塞在心里的东西似乎找到了出口,舒致怀的话也多了:"表弟明明清楚我的性子,清楚也这样做,更令人想不通。"

星光照出五妹子稚嫩脸上听得很认真的神态,舒致怀下意识闭上嘴。五妹子要他继续说。舒致怀摇头,丢脸面的事,他不想多讲。

坡下传来放鞭炮的声音,鞭炮炸出的火光在夜色里跳跃,拉出许多奇异古怪的联想。五妹子劝舒致怀:"人家已经入洞房了,别再东想西想了。"舒致怀不回答,也没转过眼来。五妹子突然悟到什么:"舒大哥,你不是责怪翻板,你是舍不得叮叮!"

舒致怀再次诧异五妹子的判断力，无奈承认确实有点那意思："叮叮是个旺夫命。"五妹子问他啥时也学了看相算命。舒致怀说了叮叮扛竹子把他扫下野卤水凼，那以后，用凼里的卤水熬盐，顺畅多过挫折。

五妹子愣了愣才回想起，猛地笑了："把你扫下水凼的，是我。"

舒致怀不相信。五妹子比画着讲："叮叮和桂芳两人抬一捆，不可能扫到谁，我是一人扛一捆，我故意扭一下腰，用竹子把你扫进水凼的。谁叫你俩看见我们还站在那里像野狗一样尿尿！"

五妹子还讲了舒致怀刚开始熬盐，也是她提出可以去坡下接野气，三个人划石头剪子布，叮叮输了罚她跑回熬盐棚子报信。五妹子越说越得意，哈哈大笑起来。舒致怀很不自然地跟着笑了几声，还嘀咕了一句什么。五妹子没听清，问他说的啥。他反问五妹子："你是喜欢为梦想打拼，还是喜欢像叮叮那样。"五妹子认为他问得好笑没回答。

两人在星光下摆龙门阵，很投入，忘了坡下的婚礼。五妹子没有留意舒致怀心里想的始终是盐井，等到好久以后意识到这一点，剧情已经无法改写。

舒致怀和翻板凿成第二口盐井，五妹子成为舒致怀的第一个妻子。两人定亲竟是从一句调侃话开始，舒致怀说："我见过你穿开裆裤的模样，干脆嫁给我算了。"五妹子说："这不能算理由。"舒致怀于是说："桂芳和叮叮都嫁人了，我不信你不急。"

然后两人就商量如何办喜事。

娶五妹子那一年，桂芳和明哥的第三个儿子都会笑了，叮叮和翻板的大女儿也满地跑了。舒致怀不甘落后，加紧造人，终于赶在他满二十六岁前，迎来大儿子的满月宴席。那个年代的人在这个年纪，娃娃少说也该七八岁了，舒致怀像输在起跑线上的选手，落后了一长截。

散了满月宴，舒致怀面带愧疚，掏出一把金掏耳勺，递给五妹子，实说是在旧货市场淘的，小是小，却是纯金的："你为舒家生了后人，该买个大礼品给你，不巧我和翻板正凑钱买一口盐井，是一个老板搞不走了逼着卖的，很便宜。等过些日子资金活了，我去金店给你买全套金首饰。"五妹子不嫌小："别说是金子，就是竹子做的，只要你想到了，我也很满足。你把家业做大，别人把你放眼里，我也沾光。"

这话很对舒致怀心思，舒致怀连连感叹这辈子娶对人了。五妹子说："管你是不是娶对了,反正这辈子跟定你了。"舒致怀兴致高,跟着逗趣:"万一哪天我甩下你跑了呢。"五妹子不在乎:"你跑到哪里,我跟到哪里,看你有没有本事跑脱。"

舒致怀没料到,两口子随口说的逗趣话,竟然是命运埋下的伏笔。

满以为曾经很要好的三个妹子都各自安家,互相之间的戏份应该差不多了,但舒致怀不可能知道,剧情通常不按角色的心思走。没过多久舒致怀就发觉,三个妹子和他的戏才刚刚演完第一幕。

舒家的得和失果然与女人有关联,父亲吊着最后一口气的提示不是没道理。

舒致怀和翻板的盐场成形了,以野卤水凼为中心,荒坡左右各一口盐井,一边一座天车架。翻板说这局面像一对蜡烛,舒致怀为这话别扭了好久,点一对蜡烛不一定是喜事。

加上新买的那口盐井,舒致怀和翻板是三口盐井的老板了。舒致怀每天最愿做的事就是默默望着绞盘车带动长长的篾绳,经由天车架顶垂下,从盐井里提起装卤水的竹竿。望自家盐场,心境分外不同。

盐场雇了几十个盐工,人一多,翻板的派头也随着增大,刻意摆谱的样子惹得舒致怀暗暗好笑。翻板的做派极像自己曾经的"报复性享受",自以为很了不起,其实等同自慰,与手淫异曲同工。自从翻板大张旗鼓娶了叮叮,表兄弟俩再没像过去那样有啥说啥。舒致怀也明白翻板察觉到了变化,明白归明白,仍然不愿和翻板多说话。

倒是翻板更加关注表哥的言行,尤其见表哥总是望着野卤水凼发呆,猜测表哥又有了新想法。翻板回家对叮叮说:"劳累这么多年,又与表哥有了隔阂,没心思再陪他折腾了。"叮叮知道那地方凶险,她担心的不是舒致怀有啥新想法,而是表兄弟俩的运气还能延续多久。翻板不认为是运气,应该是舒家秘籍在起作用。

叮叮是唯一听舒致怀讲过舒家秘籍真相的人。舒致怀亲口对她说秘籍与外面的传说不一样。叮叮信守承诺,对翻板也不曾泄露。

叮叮要翻板别瞎猜,直接去问表哥。

不等翻板开口问,舒致怀主动对翻板讲他的新想法:"这个野凼怎么折腾也不见卤水减少,下面的卤水泉肯定很旺。过去护着它,是要靠凼里的卤水熬盐卖钱供运行，如今手握三口盐井，如同捏了一把好牌，打法自然就变了。

"巩家要不是有三十多口盐井，能有几个人认得巩德彬？我们要挣到三十口盐井，再是两辈人都不可能。要超过巩家，唯有另找门道。假如能凿成一口与众不同的盐井，谁都得把你我放在眼里。"

舒致怀话中始终没丢开翻板，强调动手的理由也和前次大同小异："我俩在荒坡两侧凿成两口盐井，旁人肯定眼红，早晚会有人来抢地盘。"还有一句话舒致怀没说，就因为自己下手慢了，桂芳和叮叮才睡到了别的男人的床上。

翻板担心再干会伤了这儿的风水："我们已经凿成两口盐井，又买到一口，比上是不足，但至少超过了很多人，不如安心经营好到手的三口盐井，别一不留神弄得啥也没有了。"

舒致怀说他和凿盐井的领头师傅议过，野水凼中间应该是最好位置。领头师傅再是想揽活儿，也得考虑凿不成盐井会坏匠人名声。说话间已经是一副按捺不住的模样："舒家几辈人的愿望极有可能要在我手上实现，我从小到大一天到晚盼的就是这种事。"

翻板很为难，凿，怕风险；不凿，又怕看到表哥成大老板。迟疑片刻才表明态度："你说干就干，我不怕累，就怕弄得你我弟兄生不如死。"

要到几年后舒致怀才会咬牙切齿骂翻板，说好话不见效，说倒霉话太准。

翻板答应跟表哥一起冒险，无意间透漏出是叮叮让他这样做的。舒致怀一听就想起叮叮给他穿裤子那个夜晚，如果他那时拿出凿盐井的劲头，果断拉下叮叮的裤子，现在就该是叮叮给他出主意了。直到那天在街上偶遇叮叮，舒致怀才惊觉对她的惦记已在心里堆积如山。

叮叮称呼他表哥，叫得舒致怀心里酸酸的。好在叮叮的第二句话好听："表哥只顾着在野卤水凼中间凿盐井，都把我忘了。"

舒致怀这次没犹豫，立即邀请叮叮晚饭后到盐神庙喝牛肉汤、听川戏围鼓，还特意补明："今晚是翻板在凿盐井工地监工，我有空。"叮叮很干脆，劈口道："我也有空。"

舒致怀摩拳擦掌，恨不得早早把夜幕升起来，没等天黑就去了盐神庙。庙外散乱着若干家卖牛肉汤的摊子，盐都用牛量大，吃牛肉的概率也高，这种关联看起来理直气壮，细想却有些别扭。好在杀牛吃肉要坐牢是唐朝的王法，好在唐朝早已消失。

牛肉汤摊子中间夹杂了两家卖坝坝茶的，几个人围坐一团，敲打川戏锣鼓，自唱自伴奏，这便是著名的唱围鼓，也叫票友自乐，顺带满足喜欢听戏的人。舒致怀找了个离唱围鼓圈不远不近的座位，能听戏也不因锣鼓声妨碍聊天，安排好一锅牛肉汤，安然期盼。

舒致怀是伪戏迷，只听不看不来劲，枯坐一会儿竟伴着锣鼓声睡着了，直睡到牛肉摊子和唱围鼓的收工，叮叮都没有出现。

不知叮叮是忘了还是不想来，那以后再没下文。那段时间，野卤水凼中心的盐井凿得正酣畅，舒致怀顾不上计较。再往后，舒致怀便没机会计较了。野卤水凼中心这口盐井，从舒致怀的大儿子未满三个月时动工，凿到大儿子过六岁，二儿子满三岁，五妹子怀上第三个娃，几乎耗掉凿两口盐井的时间总和，依旧没见到盐井的真身。舒致怀和翻板的积累全部贴进去，还四处欠下巨债。舒致怀哀叹凿盐井比造人更难，凿前两口盐井咋没这种感觉？身心疲惫时才惊觉，巩德彬的话真不是瞎说的，可惜醒悟太晚。

这口盐井一开凿，野卤水凼很快干涸，幸好凿前两口盐井没动水凼。原水凼中心竖起的脚手架一再增高，表明盐井已凿得够深，却始终没见出卤水。领头师傅多次拿起刚起出的石渣闻、舔，每次都是默默丢下。每当看到领头师傅的脸色，舒致怀心里总止不住地发慌。

翻板步履沉重一脸沮丧地从坡下回到坡上，又没借到钱，还听到很多难听话，见到表哥就诉苦："家里能当几个钱的东西都当空了，叮叮和两个娃娃没钱买菜，天天豆瓣酱和泡茶下饭，我连一碗茶钱都掏不出，几个月没敢进茶馆了。"

还没想出该对表弟说什么，领头师傅找来，面露难色，要趁两个老板都在，提一个小小的请求："本来不想提，匠人们家里等着救急……"舒致怀不听也明白，快一年没发工钱了。只好先安顿领头师傅，重复说过多遍的话，要师傅尽管放心："我和表弟手上有三口盐井，大不了卖一口，不会欠匠人们一文钱。"领头师傅不想太过分，犹豫着勉强离去。

不等领头师傅走远，翻板低声告诉表哥："三口盐井的工人也在催发工钱，还有一些债主，天天坐在账房里等卖盐的钱，收回一个拿走一个，收回一个拿……"

给匠人做饭的厨师大约也是见到他俩在一起，匆匆赶来，摊开手掌要舒老板和王老板看："伙食钱就剩这几个，打酱油都不够。米吃完，菜没了，别说割肉打酒，连买青菜萝卜的钱也没了，总不能拿盐给匠人们下饭吧。"

敷衍走厨师，舒致怀要翻板回去和叮叮商量，看看家里还能不能找出可以当几个钱的东西，先救个急。翻板很烦躁："家里只剩我和叮叮还有两个娃娃了，人家当铺又不收。"

翻板情绪上来，索性要表哥把秘籍拿出来，找几个识字的人帮忙看看，以前是不是没读懂。舒致怀也急了，要翻板回忆一下，凿前两口盐井，啥时候提过秘籍。翻板怀疑表哥是有意瞒他，又找不到合适的话反驳，一甩手，怒气冲冲走了。

第一次被表弟当面发火，舒致怀很尴尬，很憋屈，很不适应。

## 七

看到舒致怀进家门，五妹子想说什么，见他满脸沮丧，又把话咽了回去。其实，五妹子不开口舒致怀也能料到，家里又断粮了，大人可以少吃，娃娃饿得可怜。为去当铺当钱凿盐井，家里已记不清翻箱倒柜找过几遍了。

舒致怀还是提醒五妹子："如果是劝我停凿这口盐井，就不要开口。"五妹子说："不是劝你放弃，是暂停，等手上的资金活了再凿。"舒致怀一听就烦躁："说过多次了，停一阵子再开工，比新凿一口更麻烦。舒家几辈人的愿望，都走到这一步了，我要停下，哪有脸面对祖宗和后人。"话一开头，五妹子也不顾了："前几辈人都没能做成，你能比先人们强多少？"舒致怀暴跳起来："别人小看我，你也小看我！"

五妹子要舒致怀静下心来想一想，一家人眼下如何过日子。舒致怀说等盐井凿成就好办了，话没完自己先语塞，担心五妹子问凿成以前怎么办。幸好，五妹子没再问。

盐井凿成这样，舒致怀心中也没底，又拉着领头师傅背开其他人商谈。凿头在地底深处撞击出的沉闷响声远没有领头师傅的话沉重："岩石层很硬很厚，总也凿不完，有些话不讲也不行了，我凿盐井几十年，从来没遇到过这种情况。"领头师傅不忍心看舒致怀的脸,"地底下的东西,隔着地皮,别说你舒老板,我们吃这碗饭的人也看不透。"

果然是谁来这儿搞,谁倾家荡产一无所获。凿第一口盐井那阵,舒致怀还小心翼翼,不动野卤水凼,尽量留后手。到凿成两口盐井,再没把不合自己心意的话当回事。现在倒回去琢磨,如果前两口盐井不是避开荒坡主体去侧面凿,可能早倒霉了。

太想做成一件事,很容易一厢情愿,也就很容易把自己困起来。

翻板对表哥的敬重也淡了,擅自领两个外省来的投资人到坡上。舒致怀沉下脸怪翻板咋不问问他的想法。翻板压低嗓音制止表哥:"他们听得懂我们说话,你不要想说啥就说啥。"舒致怀明确表示不要人来投资。翻板很缺耐心:"啥办法我俩都试过了,除非你能拿出救急的办法。"舒致怀被翻板呛得无话可说,人一倒霉,放屁也不响了。只得咽下憋屈由着翻板安排和外省人谈。翻板强调不只是谈一谈,是要签合约:"好不容易才把人请来,是我们在求人家。"舒致怀越发反感翻板的强势语气,坚持要先谈。

投资商很老练,开口先说一大堆不看好这口盐井的理由。舒致怀说不看好可以不谈。翻板抢过话头:"风险和收益就像猪牛羊配种,多是蒙着干的,等到配出一大窝崽才有惊喜。"外省投资商听懂了,点头认同。

再谈条件。第一个投资商只愿出一半资,签约十年,从凿成盐井那天起,除按卤水分成,出资人还得享有保底数,每天出的前六十担卤水先归出资人,如果当天出的卤水低于六十担,则全部归投资者。舒致怀听明白了,愤愤道:"我两弟兄等于替你打工十年。"投资商纠正道:"投入的资金要不间断回收,还得有利润,这是投资的起码法则,全天下都一样。"

第二个投资商答应全额投资,条件是签二十年合约,可以不按卤水分成,改为按时间分,每个月三十天,二十四天归投资人,其余六天归老板。第二个投资商说话很不客气:"在盐都,按这个比例分成的不是十家八家,也不是近几年才有的事,你可以去打听,啥叫资本运作。"舒致怀回答:"我很懂,你是要分我们的钱,还要打我们的脸。"翻板比投资人先发火,语气很重地责怪表哥:"没有钱投进来,我们的一大堆债没法还,这口盐井也没法往下凿,别忘了你在盐都早就没有退路了。"

舒致怀不愿当着外人和翻板争吵,只强调投资商的分成方案太苛刻,假如谁愿降低一点条件，就和谁签约。两个投资商都回应这是最低的底线："按资本市场规律，你没有谈条件的优势。"翻板一再告诫表哥："你那脸面这会儿一分钱都不值，眼下是钱定生死。"

满肚子屈辱还不能说，谁都有死的一天，怕只怕拖累家人。舒致怀被迫强压下火气，选了个缓冲办法，要翻板先不把话说死，拖着两个投资人再谈，他去找其他投资人，看有没有条件稍微温和一点的。来盐都的外地投资人还多。

舒致怀其实是暗暗期盼这两天凿穿硬石层，他认为只要凿成这口盐井，就没人再敢小看自己，也打这强硬的外地投资商的脸。舒致怀忽视了一个客观概念，自己特别看重的事物，在别人那里几乎不算事。

桂芳在凿盐井工地面临断炊的紧急关头送来应急的伙食钱，惊喜中，舒致怀眼前活现当年和桂芳等人玩游戏的情景，不得不再次掂量父亲留下的那句话，舒家与女人真的有牵连。

桂芳夫妇送来存给孩子修房娶媳妇的钱，明哥直抱歉，自己只是一个酿酒工，能拿出的钱太少。舒致怀一脸愧疚，都混成盐场老板了，还要向酿酒工借钱。桂芳晓得舒致怀在意面子，故意说是一起长大的毛根朋友，舒致怀做成了自己脸上也有光。桂芳还说他若能走出来，他们这些打工人也可以多看到几条路子。舒致怀没细听，始终在竭力掩饰脸上的尴尬。

送走桂芳夫妇，舒致怀还深陷内疚。翻板催表哥快跟投资商签合约，桂芳借给的钱只够用一段时间，工钱发不上，更别说还债。舒致怀不想听翻板念叨，转身去凿盐井处。荒坡上的野草和树正处在茂盛生长季节，透过茂密的树冠和野草，能望到四周伫立的天车架，众多天车架凸显了这片土地的独特，也仿佛在讲述什么实质性的东西。

终于忍受不下表哥的固执，几天后翻板痛下决心摊牌，两人在荒坡上严肃相对，还没开口便都明白，这是一次事关二人命运的交谈。

翻板承认早想说了："实在熬不下去了，如果哪句话不妥，表哥千万别生气。"舒致怀要他不必绕圈子。翻板恳求表哥放他一条生路，一番话他已反复琢磨好些日子："表哥你是成大气候的人，我没那个命。人一辈子只能活这么多年，一晃就过去了，实在没心劲再折腾。如果表哥真有秘籍，我愿再陪表哥拼一把，如果表哥的秘籍只是个传说，我就不奉陪了。求表哥千万要体谅。"

再是有心理准备，舒致怀依然有些喘不过气，便问翻板与叮叮商量过没有。翻板回答商量了好多次，有两次正在做那事，议得分神，不知不觉软了，滑出来了都不知道。突然意识到表哥是叮叮的前任，立即闭上嘴。

其实舒致怀没听翻板唠叨，他在忙着推测叮叮的态度，再推测叮叮有没有对翻板泄露舒家秘籍的真相。翻板如此坚决闹分手，不会没有原因。

明白再纠缠不会有实际意义，舒致怀主动接触实质："你琢磨了这么长的时间，肯定早想好如何分财产了。"翻板有些慌乱，说出的话却丝毫不偏："主要是正在凿的这口盐井难办，实效没有，欠债一大堆。"又刻意指出，从一开始他就不愿凿这口盐井。舒致怀截断翻板的话："还在凿的这口盐井，包括债务，全算我的。"翻板大松一口气："其余的就好分了。"

这句话舒致怀是硬着头皮说的，以为翻板会自觉承担一点费用，结果，翻板连客气话也没一句，舒致怀只好自我安抚，这样也好，不留亏欠。

翻板以买回的那口盐井不在一块儿为由，要分去共同凿成的两口盐井。买回的那口盐井要差一点，舒致怀还在犹豫，翻板又说和叮叮商议过，她也是这意思。

都把旧恋人扯出来了，舒致怀没心思再计较，反正多的已经放弃，再多一点也无所谓了。至少在未来的日子里，不会愧对曾经给过自己温馨的叮叮。

就这样，舒致怀牵头折腾十多年，分到一口买回的盐井，以及正在凿的这口还没资格称作盐井的深洞。

凿盐井匠人知道了两个老板分割财产，团团围住舒致怀，要求结算之前的工钱。舒致怀要匠人们别担心，他不会赖账："哪怕这口盐井不能凿成，大不了卖了分到的那口盐井，各位师傅的工钱一分不会少。"这句话舒致怀几乎是憋着泪道出的，盐井是他的命，从没考虑卖。

匠人们都迟疑不表态。舒致怀明白，到这个分上，即使拿性命担保也不会有人相信，因为他的性命对别人没价值。舒致怀不想哀求，就算能打动别人也解决不了麻烦，索性讲实在的："以前两口盐井也是你们这班人凿的，我没做一件亏待你们的事。凿成那两口盐井，也让你们身价大增。眼下看起来是帮我过难关，实际上也是帮你们自己，盐井的成败直接关乎你们的名声。"

这话碰到了匠人们的命门，领头师傅叹口气，盐井不继续往下凿，匠人一分钱拿不到，接着凿下去，多少还有一点盼头："好在舒老板还有一口买来的盐井，到实在无路可走那一天，只盼舒老板别忘了这伙匠人的工钱。"

领头师傅开了口，其他匠人虽不敢反对，还是闷着头不移动脚步，毕竟事关养家糊口的生计。领头师傅又劝说众匠人："我不是随便什么人的话都答应的，同舒老板打交道十多年，他咋样对人，你们清楚。"

听到领头师傅这么说，舒致怀像得到什么封赏一样暖心，立即表态："到非要卖盐井那一天，哪怕我一分不留，也不欠你们半文钱。如果各位还有疑虑，我把那口盐井的契约交到你们师傅手上。"

说到这儿，舒致怀又是一阵剜心地痛。

舒致怀回家取契约，二儿子坐在地上哭，大儿子躺床上一动不动，五妹子挺着大肚子拿热帕子给大儿子敷额头，告诉舒致怀，大娃两天吃不下东西了。舒致怀问为啥不找用人抱去找医生。五妹子说哪还有什么用人，没钱付工钱，早退了。舒致怀愧疚得直跺脚，自己走背路，害家人也受苦。

五妹子说家里欠下好多药费，医生不愿再赊账。舒致怀无奈，要五妹子先弄点草药给老大吃。五妹子答应试试，也要舒致怀听她讲几句。五妹子的话不全在预计中，也没超出多少，要凿这口盐井，眼下已周转不动，能不能把分到的那口盐井卖一部分股份出去。

卖股份犹如割他的肉，再联想到投资人的苛刻条件，舒致怀怒气直往上涌。愤怒毕竟不是应对办法，一时之间他悲愤交加，一个字也说不出。

离开家，舒致怀想暴走一阵消消气，不想又被给匠人做饭的厨师找到。一见厨师舒致怀便料到，是桂芳借给的伙食钱用完了。厨师不说钱，而是说米，一颗米都没有了。

没心思说话，舒致怀直接领厨师去米行。厨师跟在身后念叨，油荤太少，匠人们说不如庙里的斋饭油星子多。舒致怀没勇气瞪一眼厨师，埋头从陈旧的石板街上走过，猛地看见茶铺里有一个熟悉的身影，放缓脚步侧过目光，果然是翻板坐里面，指手画脚地对身边茶客谈论着什么。翻板和外地人合伙经营，近些日子过得很轻松，还到处露脸操派头。舒致怀知道叮叮在家地位高，翻板敢这么张扬，是不是得到叮叮默许？那么，这两口子会不会有意做给自己看？

不想让翻板看见，舒致怀快步走过。厨师追上来告诉他："昨天遇见你表弟，我问他为啥不借点钱给你维持凿盐井的伙食。你表弟先是说动用资金要合伙的投资人点头，然后说你其实可以不那么艰难的。"厨师问舒致怀，"你表弟这话是啥意思？"舒致怀想责怪厨师对翻板提借钱，又担心翻板在茶铺里望见自己，闷着头拐进旁边小巷，不料走错巷道，去米行多绕了一大圈。

舒致怀让厨师领着两个工人先把米扛走，自己一个人留下，满脸屈辱地按米行老板要求朝字据上摁手印。米行老板对着字据上的红手印念叨："每次两百斤，已经赊几次了。"舒致怀又提有盐井做担保，就算人跑了，盐井也跑不动。米行老板丝毫不客气："一口盐井能换十家我这种米行，能和舒老板做生意，是我高攀。"明知是嘲讽，舒致怀也只能当好话听："那你还烂起脸做啥？"米行老板提醒："舒老板已欠下小店一千二百斤大米钱了。"舒致怀没好气："少了你一两米的钱，我拿身上的肉来抵。"米行老板脸色继续不友善："小店卖米，不卖人肉包子，拿你的肉来没用。"

临离开，米行老板又叮嘱："舒老板有口盐井在正常出卤水熬盐，收到卖盐的钱，麻烦先结清米账，小店本钱小拖不起。"舒致怀实在说不出口，每天有若干债主在他那口盐井边守着，卖盐的钱他自己连影子都见不到。

被米行老板奚落一顿，舒致怀心里堵得慌，没料到厨师会倒回来找他，称老板娘托邻居带信来要舒老板马上回家。五妹子有身孕行走不便，平时从不托人带话，舒致怀立即赶回家，果然是大儿子病情加重，连草药水都喂不进了。

五妹子拿出家里唯一还能当几个钱的金挖耳勺，要舒致怀去当了给大儿子治病。这只金挖耳勺是大娃满月那天他在旧货摊买来奖五妹子的，如果不是这原因，早拿去当铺换钱了。当时说过要去金店买全套首饰给五妹子，没想到大儿子都六岁多了还没兑现，如今连小小的挖耳勺也保不住，舒致怀的心，比凿盐井掏出来的石渣更碎。

去当铺的路上，舒致怀不得不琢磨要不要暂停凿这口盐井，想来想去难下决心，凿到这一步停下来，自己遭人小看，婆娘娃娃在人前也抬不起头。

舒致怀一再提醒自己，已经山穷水尽，硬撑没用。又想到挺过了那么多磨难和屈辱，还是没争到想要的那口气。舒致怀想问问老天爷公理何在，马上觉得这念头很荒唐，凿的时候没问老天爷，搞砸了才问，算谁的！

途中如果没遇到意外，或许剧情就像舒致怀想的那样往下走了，现实是他遇到了。后来回忆，或许是被遇到的意外误导，才从此陷入更揪心的纠结。

所谓意外，其实在理。舒致怀路过茶铺，又听见翻板在里面高谈阔论。茶铺本身就是说东道西的场合，关键是翻板的话。翻板说缺本事的人才想方设法吹嘘自己，还说了几句带贬带抱怨的话，虽然没指谁，但舒致怀仍从中听出说的是自己。翻板在背后损他，不意外，越善于当面讨好的人越会在背后泼人脏水，这做派明眼人都心知肚明。此刻真正让他揣摩的是，叮叮平常和翻板交谈了些啥。

从当铺出来，没走多远，看见厨师朝他匆匆走来。厨师来回跑两三趟，似乎有点不正常，但焦头烂额的人没心思在乎别人是否反常，即使不处在倒霉期，他也不会琢磨厨师在剧情中是个什么角色。

厨师满脸神秘，手里捏了个布包袱，非要领舒老板去没人的野地里说话。包袱里面裹着什么东西，不大，沉甸甸的，引起舒致怀遐想，居然跟着去了。这也应了一句老话，有欲望的人才容易被牵引。

到无人处，厨师将布包袱放地上，打开，里面包着碎石渣。厨师问舒老板认不认得这些石渣。舒致怀的好奇盖过了失望，厨师越发做作："他们不敢说，我敢说，我是做饭的不是凿盐井的，丢脸丢不到我头上来。"舒致怀听得手心发痛，抬起手才看到是拳头里捏的铜钱弄痛了掌心。

舒致怀突然冒出一个怪怪的念头。

那天傍晚的剧情，按理不适宜写进史料，偏偏好多版本的盐都史料都有记载。舒致怀拿当金挖耳勺的钱买了酒肉，跟着厨师去了凿盐井工地，他忘了五妹子正守着奄奄一息的大儿子，望眼欲穿地盼他拿钱回去救人。

天还没完全黑，一大盆回锅肉、一甑子干饭，外加两坛白酒，摆在马灯下的地上。舒致怀满脸庄重，朝凿盐井匠人们拱手："没别的意思，只求各位师傅吃饱喝足再凿最后一夜，天亮后我立即卖掉那口分到的盐井，给各位师傅补发欠下的工钱和利息。"为让匠人们放心，舒致怀当着众匠人的面，把那口盐井的契约交到领头师傅手上。

领头师傅心情沉重，凿了七年多没凿成这口盐井，几十年的名声面临危机。有匠人自我辩解，自己尽力了。领头师傅怒骂，世人大多只看结果，有几个会在乎你尽没尽力？有匠人又说摊上这地势，只能怪运气差。领头师傅要匠人们都闭嘴，到这一步说啥也是废话，喝了酒早点动手。

装满酒的土碗被举起，碗里荡漾着马灯昏黄的光，暗淡而无力。众匠人无话可说，跟着舒老板和领头师傅哼一声，仰面喝干碗里酒。舒致怀将碗放地上，请各位师傅慢慢喝，他要去伙房陪厨师喝一口。

刚走出马灯的光圈，就听到有匠人提醒领头师傅仔细看看，手上捏着的盐井契约是真的还是假的。舒致怀连生气的劲儿也提不起来了。

舒致怀没去伙房，还在做回锅肉时他就与相处多年的厨师告别过了。舒致怀特意问过厨师，为啥要对他说凿盐井起出的石渣。厨师似乎要讲，不知为啥又把话咽了回去，含糊嘀咕："不是我的意思。"问他谁的意思，厨师搪塞："这不重要。"再追问啥才重要，厨师严肃道："反正和我无关。"

舒致怀没再去找厨师，而是去了最早搭建那个小棚子。这棚子一度从简陋走向热闹，如今因翻板另修熬盐棚，早已空置，算是由辉煌走向了没落。翻板带人朝坡下的新棚搬东西时告诉舒致怀，他分到的两口盐井在两边坡下，坡上这棚子就留给表哥了。舒致怀看出，翻板是想离他远一点。

空旷的棚子里胡乱扔了一些杂物，包括几只挑过卤水的木桶。曾经火焰昼夜不断的几口熬盐灶冷冷地待在那里。舒致怀举着马灯，逐一打量各个角落，看到的是他和桂芳、叮叮、五妹子在这里的各种趣事，尤其是叮叮给他穿裤子那晚，他搂着叮叮在那堆谷草上躺了好久。如今，曾经温暖到心底的一切，全部像过去了的年龄，再也找不回来了。

清楚自己正在孤注一掷赌最后一把，不是豪赌，而是困兽的挣扎。听好赌的人说过，彻底输光的结局，最简单的是上吊。那时候舒致怀就问过自己：如果输光最后一把，你会怎么办？

使劲吐一口胸中的闷气，舒致怀在散乱的废旧物中找出一根绳子，目测一下绳子的长度，放下马灯，试了试是否结实，再把绳子放到选定的位置。

舒致怀默默祈祷大儿子熬到天亮，等卖了那口分到的盐井，还完债，怎么也会有治病的钱，还会有五妹子和孩子们过一段日子的钱，唯一的愿望是，大儿子别拖得太难受。

山风吹过小山坡，满坡的树叶和棚顶的谷草沙沙响。风不大，不凄厉，该是啥季节了？舒致怀没心思梳理。

# 八

好多年以后舒致怀都记得,他干过的最沉闷的活儿,就是号称凿最后一夜的那晚,没人喊号子,没人说一个字。有匠人压抑得难受,说了一句简短的荤笑话,立即招来其他匠人的白眼。舒致怀明白是自己坏了大家心情,生死关头也顾不得了,如果有幸挨过这关,今后请这些匠人进春楼实战。

剧情走到这儿,这一幕的结局已经很清楚了。这口异常折磨人的盐井在黎明前咳嗽似的发出几声闷响,突如其来的怪声音吓得众人一愣。接着,从地底深处快速涌上来刺耳的呼呼嘶叫声,天然气带着卤水喷出井口,直达几人高的上空。领头师傅脱口大叫:"日他妈,是火井!"

匠人们凿了几十年盐井也难见到这么强的压力,一齐呐喊着绕盐井狂跑。最该惊喜发狂的舒致怀反倒比所有人平静,站原地任由喷上去的卤水回洒到身上,混淆了脸上的泪水,他现在满脑子里想的就一句,回去给五妹子报喜。

舒致怀忽视了成功的代价。

盐都多种史料上记载有这口与金挖耳勺有关的盐井,记载有这次赌命似的最后一凿。这段真实的老剧情历经多次修志也没被删除,至今仍是盐都人津津乐道的龙门阵。剧情看起来有些偶然,不过,世上不少大事都来自偶然,很多精彩大戏也离不开偶然,当然,各种史料也记载了偶然后面的必然悲情。

舒致怀跑进家门就看见白布包裹好的大儿子遗体,所有惊喜一瞬间变得冰凉。五妹子不看舒致怀,默默用布带搂起大儿子的躯体背到背上,挺着大肚子往外走,临出门重重瞪了一眼舒致怀。五妹子从小到嫁给他的这些年,没用过那样的目光看舒致怀,充满恨意,刀子一般从此深插在舒致怀心上。

二儿子嘶哑的哭喊声惊醒了舒致怀。二儿子哭着告诉他,妈妈一直盼爸爸拿钱回来,整夜都在对大哥说你爸马上回来了,你爸马上回来了……

舒致怀顾不得抹眼泪,抱起二儿子追出门。二儿子还在他怀中说妈妈不断给大哥唱歌……即使二儿子不说唱的啥,舒致怀也清楚,五妹子唱的是"爬山豆,叶叶长,爬山爬岭去看娘……"两个娃娃都是在五妹子这首童谣声中长大的。如今,大娃又在这首童谣声中咽气。

舒致怀抱着二娃在周围转了几个来回,皆不见五妹子人影,只看出五妹子的去意有多强。

另一个意外已经在等候舒致怀。

厨师的异样表现逐渐梗上心头，舒致怀想问个究竟，厨师已不辞而别。

凭厨师以往的性情，不会有心思插入老板的剧情。但厨师用围裙包着碎石渣，满大街寻找舒老板，要舒老板辨识，认不认得这些石渣。事后想来，厨师的确热情得出奇。

厨师先说了他们不敢说，我敢说，我不是凿盐井的，丢脸丢不到我头上来，然后才说，凿到这么深还不见卤水，每一次起出石渣，领头师傅都焦急地拿舌头舔，仔细品咂，有几次见到领头师傅面露喜色，过一天又见领头师傅重新皱起眉头。厨师自称问过领头师傅，为啥不把异常迹象告诉舒老板，领头师傅强制封口，轻易说三道四，只会让人小看。难怪厨师要先告知，丢脸丢不到他头上来。手艺人在乎声望，是在乎自己的本行。如今盐井凿成，厨师至少可以享报信的功劳，反而放弃有饭吃有钱挣的活儿走了，是啥意思？

当时舒致怀正深陷悲喜两重天，没心思过问厨师的事，准备过一阵子再静下心梳理整件事情。不知舒致怀是否听说过这句话：时间有很强的掩盖力。

若干年后，有个别史料补充记载了厨师戏份的缘由，用的是"据说"二字开头。据说厨师是叮叮的亲戚，厨师来这儿做饭，是表兄弟俩分手前叮叮要翻板安排的。那天厨师拿围裙包着石渣满街寻找舒致怀，是叮叮私下催促厨师做的，并一再叮嘱厨师不要提起她。叮叮想要舒致怀通过石渣的异常看到希望，千万别轻易放弃。但叮叮没料到舒致怀会用当金挖耳勺医孩子的钱做最后一搏，厨师也没料到会给舒老板家造成那么大的变故，以为闯下大祸，吓得跑了。

其实舒致怀自始至终没想过要找别人的原因。

少有人关注到舒致怀家破人亡，人们狂传的是荒坡上凿成一口气压和卤水很旺的火井，神秘莫测的鬼地方能凿成上等盐井，绝非常人能做到。听到这事的人第一反应是舒家秘籍。据说巩德彬也一度动摇对舒家秘籍的质疑。

翻板来到荒坡上，心绪复杂地站在远处遥望。喷射已停，盐井经匠人处置妥当，又继续往深处凿。如今程序增加了，先要起完盐井内的卤水再凿，等卤水多了又停凿再起。有了卤水，凿头砸出的声音也柔和许多，凿盐井匠人的吆喝声更加狂野和自信，仿佛刚从征服了的女人身上下来。

盐井出卤水了仍然继续凿，是舒致怀的主意。翻板听到这说法后，望得更加出神，不断有围观的人从他身边走近凿盐井处，小路窄，那些人一再挤擦翻板，竟丝毫没影响他凝望。

巩德彬居然来了，同样远远地看着。这种地方能凿成盐井，令他想不通，平常他很少在什么地方久站，在这儿却立了好一阵。巩德彬到离开也没认出翻板，这让翻板想起表哥的话：我们还没资格让巩老板记住。

过去以为表哥心眼小，到这会儿翻板才悟到表哥心思深，合伙时不露痕迹，分别后就凿成上等盐井。表哥手握祖传秘籍，早看出这是一口不一般的盐井，故意留了一手，不，是故意借困境排开合伙人。

翻板想见表哥，却找不到人。后来又来过两次，也没见到。翻板正琢磨表哥是不是故意躲他，舒致怀找上门来，开口就向翻板和叮叮打听，五妹子去了哪里。叮叮凝重摇头。翻板的回答很潦草："我们哪会知道你的婆娘在哪里。"

那些日子，舒致怀一直在到处寻找五妹子。盐井凿成也治愈不了五妹子离家和大娃去世的痛，舒致怀跑了好多地方，找遍可能知情的人，没人给他帮助，唯有住在几十里外的桂芳夫妇告诉了他五妹子的去向。桂芳身上散发着酿酒作坊常有的酒糟香，开口就问舒致怀："五妹子离家，除了你说的原因，还有没有其他事，比如你瞒着她做过什么。"舒致怀大喊冤枉，一激动就露出一个深层秘密："舒家几代嫁进门的女人，只有两人看过舒家的秘籍，一个是曾祖婆，一个是五妹子。"

桂花暗暗惊讶，舒家果然有秘籍。舒致怀大约察觉失口，立即闭上嘴。桂花了解舒致怀的性情，不纠缠这个话题，提供了五妹子的地址，并反复提示，女娃要哄，先想好咋说再去。

舒致怀演练好一肚子话，捧着新买的全套金首饰去接五妹子。接下来的剧情毫无新意，人去屋空，房东只知道五妹子连夜搬走，不晓得搬到哪里去了。舒致怀眼前一再闪现他与五妹子的那段温馨调侃——

舒致怀逗趣："万一哪天我甩下你跑了呢？"

五妹子："你跑到哪里我跟到哪里，看你有没有本事跑脱。"

现在，事情翻了个个儿，舒致怀百感交集。那时候他还不知道，这只是他和三个妹子剧情的第二幕，还有多幕尚未上演。

这口经历各种坎坷乃至家破人亡的盐井，又凿了一年多，到了昼夜不停提卤水也不见干的境况才停凿。史料说，盐都人称这口盐井叫挖耳勺井。

听说挖耳勺井的卤水出不完，都推测是和海连在一起了，在盐都人脑子里，抽不干的咸水只有海里才有。舒致怀在意的不是这推测，而是巩家的三十多口盐井中，没有一口盐井有这么好，于是在肚子里编纂类似人生感悟或获奖感言："要想别人把你看在眼里，就不能跟在别人屁股后走。"他一面任由民间称呼那口盐井为挖耳勺井，一面找人起了个用于挂牌的别名：深海井。

深海井的天车架比盐都所有的天车架都高，旁边的绞盘车及棚子也比别的大，由于体积大相隔远，篾条绳也被加长，两边盐工靠吆喝已无法交流。盐井口的盐工伸手抓住盐井里升起来的竹竿时，要拉动手边细绳，细绳连接铜铃，铜铃挂在绞盘车棚里。听到"叮当"铃声，棚里的人和牛便停下脚步，等盐井边的盐工用手中的小铁钩钩开竹竿底部的牛皮阀门，放出黑黢黢的卤水，又拉响铜铃，几个盐工才赶着三头牛再拉动绞盘车。已经有几分隔空呼叫的节奏了。

凿盐井师傅不知是欣慰打响了自家招牌，还是心怀愧疚想弥补，主动将见闻科普给舒致怀。领头师傅说老办法提卤水辜负了深海井，眼下有种洋机器叫蒸汽机，这家什不用人和牛拉，耗费很少的油，每天从盐井里起出的卤水多很多。舒致怀怀疑，那么好的家什，姓巩的为啥不买？领头师傅说太重，盐都不通公路，运不回来。舒致怀涌起压抑不住的豪情，老舒要走在姓巩的前头了！

领头师傅很奇怪，舒老板啥时开始自称老舒了？

几十个船工组成庞大的拉纤队，拉动由多艘船拼一块儿的组合船，沿釜溪河逆流进盐都。组合船和超大的拉纤队很扯眼球，沿途招惹两岸目光。组合船面整体铺上厚木板，放上沉重的蒸汽机，四周护着十多个拿篙杆的船工，既撑船，也防止纤绳与其他船碰撞。组合船进到运盐码头，河坎上早已挤满了看稀奇的人，等着看舒老板如何将这么重的家什从码头搬到舒家盐场，好几里路哩。

一个汉子手举小旗拉长嗓音高吼一声："起！"两百多个盐工同时用力抬起蒸汽机。史料记载，这是盐都史上抬杠组合最多的一次，除专门承重的粗大长杠，还有延伸的短杠和一百零八条抬杠。为保证四百多只脚步子不乱，四五个人站上粗大长杠，每人手握一面小旗，跟随居中的领头人，按统一节奏挥旗呐喊。

沿途提前调整出宽宽的路，队伍前还跑动着几十个拿锄头和铁铲的人，随时准备按需要修整。两百多人节奏分明地喊号子，声音震天动地。坡上坡下到处可见从各条小路跑来开眼界的人。舒致怀不动声色地在附近跟着，既监看抬蒸汽机的队伍，也仿效曾祖父，左顾右盼收集群众的反应。

到处都在议论，一个盐工，一口深海井，一台洋机器，开创了盐都新景象。舒致怀听了很享受，只遗憾找不到亲近的人炫耀。那一路，想得最多的就是三个妹子，舒致怀好想对她们说几句获奖感言，可惜，无一人在场。

果然如领头师傅所说，用蒸汽机替代人和牛带动绞盘车，一竿接一竿地从深海井里提起卤水，几乎昼夜不停。舒致怀好希望五妹子能领上桂芳和叮叮来现场，看看当下的自己是如何样，遗憾的是，五妹子依旧毫无消息。

舒致怀的炒作方式还没有进化到买媒体，他选用的是大办流水宴。上百张方桌安放在那座著名的荒坡旁。丘陵地不好找到宽大平坦的地方，临时拓成几个坝子，巧用地势布局成"错层式"宴席区。远远望去，起伏山丘怀抱一大片围着方桌吃喝的客人。

舒致怀几乎请遍方圆百里的盐场老板和与盐业相关的人士。宴席不分时间，随到随吃，从早到晚有源源不断的客人光临，走路的，骑马的，坐滑竿来的，应有尽有。到达后亮出大红请柬，便有穿围裙的男女招呼和接待，安排上餐桌就座，立即有人端上粮食酒和"九斗碗"菜。

流水席不间断地办了七天。

桂芳夫妇步行几十里来祝贺，舒致怀专门去敬酒。桂芳说得最多的是五妹子。一说这事舒致怀就神情黯然，一再多方寻找，有几次似乎接近，最终还是失望。舒致怀坦言很想五妹子，盐井越成器，越想。

叮叮夫妇接到请柬，翻板对着大红纸上的请字凝视许久，然后，慢慢把请柬撕成一条条的纸屑。叮叮换好衣服走出卧室，很奇怪翻板撕毁请柬。翻板要叮叮也不去："表哥操办这么大的流水席，是故意做给我看的，让我后悔和他分道扬镳。"叮叮以为翻板想多了。翻板忍不住道出愤懑："表哥故意隐瞒秘籍，故意搞得那口盐井凿得寸步难行，故意用阴招逼我和他分道扬镳，故意不让我分享舒家的祖传秘籍。"翻板自己都不清楚用了几个故意。

叮叮还是想不明白，不至于为此搭上五妹子和他的大娃吧。翻板很有把握地说："我和他一起多年，我太清楚他了。"

几个盐场老板上门约巩老板去吃流水席，巩德彬有些好笑："你们觉得我会去给姓舒的捧场吗？"盐场老板们面面相觑，不知该如何回答。巩德彬明确表示，看不起这类土豪显摆，俗气、无聊，"舒致怀是个什么根底？他把排场闹得这么大，是在向正统观念挑战。这类发横财的幻想灌输多了，不安分的人会怎么想？不安分的念头多了，世道会怎样？"

巩德彬当着几个盐场老板的面，吩咐管事的太太："告知巩家上下所有人，谁也不许去舒家的流水席。"

管事的太太等客人离开了才单独告诉丈夫："姓舒的没有给我们家送请柬，巩家极有可能是方圆百里所有盐业老板中，唯一没接到请柬的。"

巩德彬的震撼有如炸雷当头，费了好大劲才强压住怒火，骂了声小人得志，然后再次宣称："哪怕姓舒的双手捧着请柬送上门，再加上八人大轿来接，巩某人也绝不去给他捧场。"

这种假设不会存在，巩德彬很明白也很愤怒："我巩家是有根有底的大户人家，辉煌了百多年，他舒家那么多年在哪里？我家爷爷连慈禧太后指派州府大人专设的宴席都吃过，还会在意一个暴发户的流水席？盐都知县专门设宴为我家爷爷接风，宴后派四十名清兵护送我家爷爷回家。那样的场面，舒致怀连看的机会都没有。"

巩德彬把舒致怀的无礼牢牢记下了。

后来的盐都史志上，记载最多的是舒、巩、姚三个家族。遗憾的是，姚家的后人还没有来盐都亮相，翻板就要提前退出剧情了。按几十年后的说法是，提前下线。

翻板的厄运来得之快，大出舒致怀的意料，更没料到的是，翻板倒霉会把他也拉上风口浪尖。

舒致怀刚听到翻板被大群债主逼债的消息，翻板就找上门来了。自从办流水席后，翻板再没见过舒致怀，这次来得很急，立足未稳就慌乱告诉表哥，欠条全是合伙的投资商写的。前些日子是投资商打理盐场，看到亏损太多，外地来的投资商卷款走了，去哪儿找人都不知道。翻板向债主们赌咒发誓他不会跑，名声比钱财重要。但债主们不关心翻板的名声，要他马上还钱，没钱就卖盐场。

听着惊讶却不意外，舒致怀早料到翻板不会善终。

翻板先夸表哥已是盐都大名人，好些人学他"边栽秧边收割"的办法凿盐井，盐都掀起了一波凿盐井的热潮，又有十多家盐场学表哥用蒸汽机替代人和牛，甚至连搬运蒸汽机的方法也是学表哥的。看到舒致怀脸上表情变柔和，翻板才求救，恳求表哥拉自己一把。舒致怀默默望着翻板，脑子里拉西洋片似的跳出当初翻板大张旗鼓娶叮叮、主张分道扬镳、在背后编造谎言贬自己……一帧帧画面令人过目难忘。翻板显然猜到舒致怀心思，一再骂自己眼光短浅、糊涂。舒致怀不说话，默默把西洋片拉到翻板在茶馆高谈阔论的画页。

直到翻板找不到新鲜话说，舒致怀才不紧不慢地摇头："我手头也很紧。"

舒致怀料到这事没完，果然，叮叮又找上门来。叮叮说："翻板已到处碰壁，唯有表哥这儿有望，我厚着脸再来。"

舒致怀马上想起小时候的亲密，想到叮叮给他穿上亲手做的褂子，二人搂抱着躺在棚子里，也想到了那个晚上叮叮放他鸽子，害他借了一个桶，很狼狈地把一大锅牛肉汤提回荒坡。以为叮叮会解释一下那晚的失约，没有；又以为叮叮会声明她没有对翻板泄露舒家秘籍的真相，也没有。舒致怀想听的话，叮叮一个字也没说。

叮叮说得最多的是翻板不该和外地来的投资商合伙，如今后悔已晚。舒致怀摇头，合不合伙是一回事，关键是翻板不该把一切丢给合伙人打理，自己当甩手掌柜，整天泡茶馆操派头。叮叮恳求舒致怀不计前嫌，出手帮帮翻板也是帮她。舒致怀一脸实在："想帮，可惜手上没现钱。"叮叮没绕圈子："是不是还记恨当初我没等你，嫁给了翻板？"舒致怀承认："那件事是很伤面子，不过，和借钱没关系，我真的拿不出现钱。"

叮叮一丝苦笑，转身离去。舒致怀熟悉三个妹子的傲气，稍觉不妥都会转身走人，舒致怀来不及挽留，有些发蒙。

叮叮没走几步又返回来，问舒致怀看不看她"那里"。舒致怀一时没反应过来，叮叮提醒："我答应过的，你拿秘籍给我看，我脱裤子给你看前面，你没有拿，不过，你对我说了秘籍的秘密，我不失信。"说话间，叮叮解开裤腰，让裤子坠到脚踝，亮出圆圆的肚脐，以及肚脐下的一大片开阔地。事后舒致怀才意识到，他当时完全被震得发愣，什么也没看清。

叮叮说："我不欠你什么了。"一边系裤腰一边朝坡下走。舒致怀呆望着叮叮顺小道远去，没料到叮叮还会回头再望一望，那目光，没有抱怨，没有仇恨，一如既往地闪耀着温馨。直到叮叮融入荒野，舒致怀才痛苦地想到曾经在这儿和她有过好多亲密，才过去多久，所有亲密如她的身影一般，被荒野整个吞没。

丢不下与叮叮曾经有过的亲密，舒致怀去街上打听翻板欠下的数额，没听到准确答案，只打听到一个令他瞠目结舌的大概数字，如果要帮翻板和叮叮搞定这个数字，这么多年就全白干了。舒致怀不愿因翻板让自己又退回到小盐工，却又总是放不下叮叮曾经的温柔，纠结中记起父亲警示的那句舒家与女人的魔咒，周身烦躁，一不留神真就惹下祸事。

十字路口围着看启事的人群激起了舒致怀的好奇，问识字的人，得知是现款出售王家盐场。舒致怀问哪个王家盐场，路人告诉他是翻板的。舒致怀慌忙挤进人群，打听标价，贴启事的人回答竞标拍卖，没现钱别来凑热闹。舒致怀突然发飙，一把抓下启事撕得粉碎，告诫贴告示的人："不许再贴什么鸡巴告示，翻板的两口盐井是和老舒一道凿成的，要卖，也只能老舒买，其他人休想！"

事情闹僵，警察把舒致怀抓走，关了好半天。放前警告，如果不是核实了他盐场老板的身份，会继续关，盐都要按国民政府的王法办，谁也不能例外。舒致怀勉强搞懂，天下和清朝刚垮台那些年不再是同一概念，国民政府已过二十岁，男人到这年龄都该有儿女了。

那天夜里，舒致怀连续做怪梦，全是梦见被翻板分走的那两口盐井，梦见盐井哇哇往外喷血，吓得他不敢再入睡，抱着双膝坐在床上，想了很多很多。

翻板的王家盐场就在舒家盐场侧面坡下，拍卖王家盐场的戏，近乎在舒致怀隔壁上演。现场照例不缺围观的人。三个公证人陪着一大群债主站在人群正中，单看债主人数，便明白翻板招惹的麻烦有多大。

公证人再次强调，给现钱，不赊欠，要拿卖得的钱安顿债主们。

抢在开拍前舒致怀匆匆赶到，身后跟着两个戴瓜皮帽穿长衫的人，这打扮是那个年代账房的职业装，有人认出是某个钱庄的人。舒致怀立足未稳便大喊："谁要和老舒抢，老舒和他没完！"一句话便改变了现场气氛。

好多人都听说了舒致怀撕启事被关押的事，对他的不思悔改很意外。也有少数人默默揣摩舒致怀不管不顾的心思。

舒致怀当众问公证人："王法允不允许老舒说话？"公证人说他们同意就可以讲。舒致怀问要怎样才同意。公证人说没制止就是同意。舒致怀骂了句屁过场太多，骂过才大声讲："变卖家产还债是世间常理，老舒不反对。老舒要讲的是这两口盐井，随便哪一口都浸满老舒的血汗，还搭上老舒的婆娘和大娃，包括没见过面的三娃。老舒把这些渊源告诉各位，是想把话讲在明处。老舒从小做盐工，没读过书，不懂规矩，干过不少说不出口的恶事。现如今，老舒正学着做规矩人，刚开始学的时候，再干一两件恶事也不是没可能。"公证人打断舒致怀，要他别说出格的话，也不用这么强势，此刻只认现钱不认人。

舒致怀回头指指带来的两位穿账房职业装的人，要公证人和他们谈。公证人追问舒致怀和职业账房的关系，舒致怀不耐烦，谈了就晓得。公证人和债主们于是哗的一下围住两位职业账房。

桂芳和明哥意外出现在舒致怀面前。桂芳问舒致怀："你有现钱买翻板的盐场，为啥不借给翻板？"舒致怀愣了愣才回答桂芳："你和明哥如有需要，老舒拿身家财产作保也会帮，其他人，不值得冒那个险。"桂芳生气道："过去怎么没看出你是这样的人？"舒致怀脸上挂不住了："你们不了解老舒的真实处境。"明哥和桂芳没心情了解，双双赌气走了。

一种说不出的情绪涌上舒致怀心头，三个妹子全与他翻脸了，最不愿看到的戏份偏偏上演。尽管五妹子说过，再圆的饼早晚也是要分开的，还说过今后别互相嫌弃，如今，已经远不是分开和嫌弃，而是一步直接跨入仇恨。

翻板从两口盐井的老板变得一无所有，比财产消失更痛的是一辈子的价值，失去盐场的同时也失去了生存的底气。翻板揣摩叮叮一定很后悔嫁给他，这个念头压得他异常沮丧，迅速病倒并拒绝治疗，很快走到了生命尽头。咽气前还怪怪地来了一声"何时再雪耻哪"。叮叮一再解释是翻板出现了看戏的幻觉，然而，没人相信她的解释。

还在翻板发病前叮叮已感身体严重不适，翻板一走，叮叮也紧跟着离开了人世。临终前叮叮将两个不满十岁的女儿托付给桂芳两口子，一再叮嘱卖盐场还债剩下的钱别用于她和翻板的后事，尽量多留给孩子，让她们多读书，重振王家。叮叮还根据外面传闻预测翻板的临终遗言会招来横祸，恳请桂芳尽快将两个女儿送到外地去。

桂芳也听到逼过债的债主们已确认翻板给两个女儿留下遗言，要报复上门追债的人。谁也说不准两个女儿过几年会嫁啥样的男人。四川境内各路军队不断打仗，如此乱的世道，买通几个兵油子神不知鬼不觉就把事情做了。债主们深感危机，反复商议是等死还是主动消灾。

听到风声的桂芳夫妇被迫迅速应对，赶在天亮前，由明哥把叮叮和翻板的两个女儿送离盐都。酿酒工明哥不缺力气，将包袱挂胸前，背起翻板小女儿，手牵大女儿，挤进黎明前的浓雾中。

舒致怀听到债主们的打算后赶来提醒桂芳。桂芳黑着脸把舒致怀挡在门外，要他少来假惺惺那一套。舒致怀异常惊诧桂芳的态度，要对她解释。桂芳不听，用力关上门。舒致怀被晾在门外，从心底涌出哀叹，又一次以为他和三个妹子的缘分彻底凉了。

更让舒致怀发蒙的是，盐都开始流传翻板的死与他有不可分割的关系。巩德彬根据传言把他定性为一个利欲熏心不讲道义的人，并提出："有这样的人在，是整个井盐界的耻辱，巩某人从此和姓舒的势不两立！"舒致怀闻言，既愤怒也憋屈：老舒不贿赂不算计不抢不盗不在背后搬弄是非，凭借自身努力打拼，和别人有卵的关系？怎么就成了恶人！

那时候舒致怀并不知道，他的履历和现状已经具备引发大风波的条件，在后来的某一天，他将引出盐都千年不曾上演过的剧情。

是幕大戏。

# 卷二 被逆袭

关键词：自家的娃　别人家的娃

## 一

盐都近代史上最著名的又纠葛得特紧的三家人，除了舒家和巩家，还有姚家（即清咸丰和同治年间坐镇过盐都的姚知县）。过往的剧情里，多处与姚知县有关，包括在州府大人刀下挽回巩德彬爷爷，在码头下令清兵释放舒家曾祖父，不过，真正令姚知县进入盐都史志的，是那次叛军过境。

一支战败的云南籍叛军拖着伤号朝盐都逃亡过来。谋反的庄稼人，打赢了进城享福，打输了逃回老家，盐都是这支队伍返家的必经之路。

败军过境，绝对是件恐怖事，这样的队伍极容易放纵撒野。盐都大街小巷人心惶惶，被绝望笼罩，就算举家外逃暂时保命，老板和盐工赖以生存的盐井也无法搬走，打一口盐井耗时数年，毁坏一口盐井只需转眼工夫，返回后饿死和逃前被杀死，异曲同工而已。

绝境逼出大批壮汉的豪气，舒家曾祖父说，盐工人数比战败的叛军多，一人扯两根卵毛也能把他们绑了。人们习惯了大事要官方认定，盐场老板和盐工一起拥向衙门找知县拍板。

姚知县也在受煎熬，朝廷传旨围剿叛军，而姚知县手中所有清兵衙役不及叛军的十分之一。向上峰求援的"快马"没求来一兵一卒，只捎回一封急令，要姚知县先堵截叛军残部，围剿大军随后到。姚知县问围剿的军队这会儿在哪里，"快马"答正准备动身，距离盐都约一百里。姚知县长叹，来收尸都嫌迟了。

面对高喊拼命的民众，姚知县不得不实话实说，这支叛军多次打赢朝廷大军，即使战败，也与临时凑集的百姓不是同一个量级。姚知县坦言惨死的都会是无辜百姓，人死了还不一定能保住盐井。

此时，叛军残部已接近盐都郊外。

姚知县一身素衣，独自骑马迎向叛军残部，刚到开阔处，就见滚滚尘土挟裹着一大群战袍凌乱的叛军拥来。叛军脸上神情落寞，依旧遮不住手中长矛大刀闪烁的寒光。

得知来者是本地知县，叛军首领吩咐把这个土地菩萨砍了。姚知县不求饶，仇官仇富是起义的一大动力，不杀知县反而不是叛军。姚知县只求先说两句："盐都是你们必经之路，砍了下官，对你们最想做的事不利。"叛军首领斥责道："不许你们你们的，要称好汉。"姚知县直言："各位好汉无非想吃饱喝足早些回家，下官承诺礼送好汉们过境，唯一要求是不扰民。"叛军首领不屑谈："队伍到了这一步，不好带了。"姚知县斗胆在话中藏话："快望见家门的人，肯定不想节外生枝，天下的尊重都是相互对等的。"

叛军首领骑在马上看了看漫山遍野高耸的天车架，盐场和酒作坊一样离不开干力气活儿的人，有这么多的盐井，不得不掂量有多少壮汉。叛军首领问姚知县："我弟兄们的安危如何保障？"姚知县回答："首领不是称下官是土地菩萨吗？这事交给土地菩萨办。"叛军首领说："老子凭什么相信你？"姚知县信誓旦旦："下官把人头放在好汉马前，随时可取。"

得到承诺，姚知县赶回城说服民众，却达不成共识，都说兵不厌诈，万一叛军翻脸，怎么办？姚知县口干舌燥劝众人，他们征战多年，死掉无数亲人和弟兄，幸存的人早已厌倦打仗，巴不得早点回老家耕地种田过安稳日子。包括舒家曾祖父在内的大批民众仍不信，这世上，好心得不到好报的事情太多了。

姚知县也赞同防人之心不可无，同意将两千精壮汉子藏于临近大路的小巷，舒家曾祖父就在其中。姚知县一再强调是以备万一，不可轻举妄动。担心民众不习惯军令，特意把衙门的人留下指挥，即使身边无人护卫，也顾不得了。

叛军残部进盐都，姚知县一步不落地陪在叛军首领马前。叛军也有想法，队伍前面是伤病号，后面摆放精锐。双方都留有后手。

一见路边备好的食物和水，叛军顷刻间散了，各自忙着朝嘴里塞食物灌水。叛军首领十分紧张，问姚知县："路边站的大多是妇女及老弱，你藏起精壮汉子要干啥？"姚知县平静作答："路边站多了壮汉会引起首领和众好汉误会，更实在的是，盐工要留在盐场干活，否则家人会挨饿。"叛军首领挑剔道："日子这么艰难，为啥不揭竿起义？"姚知县说："像首领这样有胆识的勇士世上极少,百姓上有老下有小,要顾忌身家性命。"叛军首领依旧皱着眉头,不转眼地望着不远处的杂乱民居。

姚知县请首领看路边:"送水送食物的老少妇女全是盐工的家人,带来的都是一家人过日子的食物,盐工们如果想要做什么,会让家人把自家糊口的东西送到你们手上来吗?"叛军首领看到路旁的老少妇女都面带善意,任由弟兄们拿取食物和水,愣了愣,回身对骑马的将士下令:"别人拿我们当客人,还绷啥鸡巴臭架子!都给我滚下马来。"

骑马的将领全部下马牵着走。叛军首领还是不随队伍走,陪姚知县站在路边。姚知县明白叛军首领心思,此刻他最担心的,不是首领腰间那把刀,而是一条条小巷内的盐工壮汉。

直到殿后的精锐走完,叛军首领才伙同最后一拨人离开。走上垭口,叛军首领立脚回头,面朝大路两旁的百姓,双膝跪下,身边所有叛军跟着跪了一大片。姚知县知道剧情终于没有背离剧本,顿时像散了架的草堆,软软地坍塌到地上。

盐都的史料记载了这段剧情,也记载了朝廷查处姚知县。

姚知县被革职,反而劝慰夫人:"尽管避免了尸横遍野及井盐产地成废墟的惨剧,做官依旧得讲做官的规矩,我违反了围剿叛军的军令,没被砍头已是最好结果。我这德行,原本就不适宜做官。"夫人不惋惜夫君的职位,天下事皆有得有失,夫人担忧的是他该如何面对姚氏宗亲。

清晨,姚知县和夫人离开县衙。几十个衙役比平时更早地排列两旁,见姚知县夫妇走出,一齐跪下呼唤知县大人。姚知县心里一热,回应:"是原知县。"

县衙外,柔和的晨曦中,为姚知县送行的人群望不到头,站在人群最前面的居然是生性傲慢的巩德彬爷爷。据记载,巩德彬爷爷说了一句著名的话:"我们这种偏僻地方,要遇到一个好官比娶一个好女人更难。"

随着巩德彬爷爷的手势,几个人抬出两口木箱,揭开盖,两箱银子,很满。

姚知县下意识退后一步,抱拳拱手道:"如若收下一文钱,下半辈子都会在愧疚和惶恐中度过,下官喜欢心气平和的清爽日子,恳求巩大老板和众位乡亲成全。"巩德彬爷爷又提一请求:"几百家盐场老板商量过,联合成立个井盐会,我当会长,拿二品牌子来顶风雨抗骚扰,姚大人留下做常务会长,俸禄超知县的薪金,可以任性自在,也能够日子清爽。"姚知县再次婉拒:"有众人一大早来送行，已足够欣慰半生。"

姚知县踏上原野上起伏的浅色路面，无数本地百姓顺路旁站立送行。姚知县不曾料到能有幸享受如此待遇，眼含热泪，一路走一路拱手抱拳答谢众人。

一位老者拿出一幅装裱好的画，是姚知县的肖像，平静站立，儒雅随和，更像教书先生。连姚知县夫人也惊叹画得像。

道路两旁送行的人长达十里，姚知县在人群中步行，抱拳的手一直没放下来。回到老家，手臂肿了七八天，靠夫人每天用热帕敷。姚知县龇牙咧嘴，那表情，很难说是痛苦还是享受。姚知县夫人念叨着，做官看起来很风光，其实不是轻松活儿。

姚知县后来在自己的肖像画后题了一句话：姚家后人，多读书，做学问，不做官。八十多年后，姚徽远带着祖上这幅肖像画回盐都，除纸张略有发黄，画面依旧清晰，尤其背后那句话，没有一笔模糊。

姚徽远是姚氏家族中第一个回盐都的后人，他到盐都时，叮叮和翻板已去世十年，史料记载是1942年，也有写作民国三十一年。那个年代，注定会留下很多文字。

姚徽远怎么也没料到他会成为盐都市长，更没料到，刚去就遇上盐都千年不曾有过的群体事件。

这件空前的大事就发生在舒家盐场，后果影响深远。大家都认定这是舒致怀给姚徽远挖的坑，而且是深坑。

事后才知道，发生在舒家盐场的大事件只是个封面，翻开才晓得内容有多复杂。盐都多种史料都没有遗漏这段剧情。

事件发生在8月3日中午。

舒家盐场的蒸汽机又坏了，舒致怀照例去大棚里伙同几个盐工拉绞盘车。那是个枯燥乏味的体力活，又逢三伏天，盐工全身仅套一裤衩，肩上斜背布袢，边拉边拍眼前的牛屁股，人和牛一同转动巨大的绞盘车，没完没了地走在那圈被踩得发亮的圆形泥道上。舒老板与盐工的唯一区别是他穿了条长腿裤。裤腿也可以成为身份的标志。

盘下翻板的盐场后，舒致怀下大功夫打造深海井。其间巩德彬利用在盐业界的影响力处处与他过不去，舒致怀厌恶把岁月消耗在人际纠葛上，几番要变卖盐井，离开盐都另谋去处。偏偏深海井不断有突破，舒致怀无意中多了感悟，真正的享受很可能就在和巩德彬的较劲中。舒致怀由此好状态爆棚，连床上的女人也拍着他的光屁股称赞。舒致怀于是记住评书中的一句话：小成功要借助朋友，大成功离不开敌人。

深海井成为全盐都出卤水最多的盐井，日产量和总产量都稳居第一。舒致怀在舒家盐场的重要位置竖起一块碑，刻上曾祖父、爷爷和父亲的名字，鞭策自己进一步实现志向。

寻找五妹子期间，舒致怀没少和名不正言不顺的女人做不安分的事。自深海井登顶，舒致怀迅速断掉"外援"，娶回适合生儿育女的专职妻子，无师自通地称之为六妹子。被称作六妹子的女子实则是他的粉丝。看到当家的逆袭上位后仍冒着酷热和盐工一道拉绞盘车，六妹子很自豪：有几个盐场老板会这样做？

人与牛间隔站位，围住绞盘车拉，费力且枯燥，舒致怀的父亲就是在这条圆形土道上走神，摔倒后被紧随身后的牛踩坏的。干这种枯燥活儿难免发闷打瞌睡，出事的人不在少数，舒父不是头一个也不是最后一个。

8月3日这天不一样。

舒致怀拉绞盘车还带来一份特殊福利：雇了一个穿旗袍的歌女，坐在车棚边石柱前咿咿呀呀唱小调。女子前凸后翘，仪态妖娆，唱的歌词带彩色："八月里来桂花香，桂花树下躺鸳鸯……"拉绞盘车的盐工不在意歌女唱些啥，兴趣全在走到歌女面前可以伸手摸一把，爱摸哪儿摸哪儿。歌女极有职业素养，该唱啥自顾唱，眉头也不皱一下。盐工摸了一把又惦记下一把，嘴里呵斥牛，脚下步子加快，绞盘车转速添了不少。舒致怀用旗袍女子化解枯燥，刺激速度，自己却不伸手摸，这和长腿裤异曲同工，区别开老板和盐工。

绞盘车转速加快，篾条粗绳也蠕动得更勤，通过天车架顶端垂下来，不断从深几百丈仅砂锅大的盐井里提起装卤水的竹竿。舒致怀和盐工都兴奋，没人想到这种氛围下会出大事。

驻军士兵到舒家盐场前，新市长姚徵远先到。假如姚徵远和士兵同时到，就不会有史料记载的千年一遇的大麻烦。事实是，士兵被遍地天车架弄糊涂了方向，一路打听耽误了时间。

盐都称雷阵雨为"偏东雨"。姚徵远进舒家盐场时，偏东雨尚在酝酿中，乌云低垂，闷热得令人透气不顺。扛运帮的齐帮主嫌只给拉绞盘车的盐工提供旗袍歌女，调侃舒老板待人不公。说这话时提卤水的竹竿刚出盐井口，在井边操作的盐工拉响铜铃，叫停绞盘车。舒致怀趁短暂间隙，问机车帮郑帮主，蒸汽机要多久才能修好。

郑帮主忙得满背湿汗，顾不上抬头，从后脑勺发出声音："缺零件。"知道战乱年头零件难买，舒致怀无可奈何骂了声狗日的，稍好一点的角色都难侍候。这已经不是单指蒸汽机了。

明知舒老板心情不好，齐帮主还继续取笑他弄个女人到盐井边，坏了规矩，洋机器也跟着倒霉。一群扛盐包的盐工不知是讨好帮主，还是习惯起哄，一齐哄笑。舒致怀脸上挂不住了："老舒前些年就找过歌女来，你们也摸过，以前咋没出毛病？"看出舒老板被惹怒，齐帮主照样不停嘴："前些年管盐井的神仙也让你带着乱摸，忘了管事。"这话又引发一波哄笑。舒致怀脸更黑："你要比老舒懂，为啥没当老板！"

修蒸汽机的郑帮主抬起头劝舒致怀："齐兄弟晓得舒老板以前当过盐工，想和舒老板亲近才找你说笑。"郑帮主与齐帮主是拜把兄弟，两人都是盐工帮会中的头儿，互相帮着说话是常事。舒致怀要依赖郑帮主照料蒸汽机，被迫压住火气："盐工吃得最多的菜是牛肉，谁都晓得牛肉吃多了想干啥。老舒请来粉子，是替盐工着想。"

就在舒致怀气不顺的时候，姚徵远来了。三伏天的太阳即使藏在云层后，照样把人烤得像枯枝枯叶一样没光泽。随行秘书忙着给姚徵远舀上一大碗凉茶，同时大声喊舒老板来见市长。

舒致怀心情正不佳，烦秘书咋咋呼呼，沉下脸走过去："盐都变成省直管市才两年多，这是第四个还是第五个市长了？"旁人都惊讶舒致怀不会说话，姚徵远却不在意："不奇怪，还会有第六个。"

石柱前哼唱的女子扯走姚徵远眼球，尤其看到拉绞盘车的盐工走过她面前都伸手摸一下，姚徵远诧异这是啥情况。舒致怀也不遮掩："想多摸女人，就把绞盘车拉快点。"姚徵远不理解怎么用这种方法鼓劲。

舒致怀看是对市长解释，更多的是朝刚才取笑他的盐工撒气："老舒以前也是下力人，当了老板不会拿棍棒和责骂对待盐工。女子的出场费不是个小数，老舒给大家买个高兴。"姚徵远问为啥不换个高雅一点的方法。舒致怀还没化解完肚子里的气，说话有些冲："前两天就听说新来的市长喝过洋墨水，学问大，市长不如派人拿张报纸来这儿念，看看是啥情况。"

感觉一时说不拢，姚徽远选择不回应。舒致怀以为市长不接话是嫌他没读过书，赌气抹一把汗，转头骂天气闷热。

舒致怀不可能知道，来盐都做市长，完全不是姚徽远的本意。

按祖上训示，姚徽远潜心读书做学问，先后留学过三个国家，然后留在国外研究时下很前卫的化工，并和一个共事的外国女孩结为夫妇。不料传来"七七事变"的消息，中国又一次被日本侵略。好长时间姚徽远食无味睡不实，到1941年12月终于看到中国正式对日宣战的新闻，姚徽远不明白为啥会拖这么些年，他对洋妻明言："徽远早就潜不下心了，想回国效力。"洋妻问他一个文弱书生能为战争做什么。姚徽远自信学的是新潮专业，能做别人做不到的事。洋妻提醒他，这里研究条件优厚，一旦回国，很难再出成果。姚徽远知道这些仍旧不改变主意："报效祖国是全世界志士的共同志向。华人在国外屡受冷眼，眼下家国又遭日寇欺凌，有良知的人都在抗击侵略者，要是等别人忙过才回去享受，你也不会喜欢那样的人。"

离开洋妻回国，姚徽远意外被四川省府列为盐都市长候选人之一。海盐因战争停产，井盐便成抗战时期的重要物资，盐都为此升格为省辖市，两年多时间换了几任市长，一直未有合适的人选。姚徽远一再申辩他所学专业与做官不搭边，没人理会。姚母先想通："世上的事很难由得各人安排，不妨顺其自然。"姚徽远很沮丧，白留学三个国家了。姚母不那么认为："盐都大小也是省辖市，好多人竭尽全力去钻那个市长职位，你要没留学经历，凭啥让你当候选人？也许，这仅是国民政府借此表明重视人才，到正式选举，你自然会光荣落选。中国自古有官文化传统，有了这次提名，今后更有利于你发展专业。"姚徽远的郁闷稍减轻，真以为提名一次对发展专业有利。结果，如同意外提名，他意外当选。

事后听说是几个候选人争抢很猛，个个有来头有背景，上面干脆让没背景也不争的人上位。姚徽远未上任先写辞呈，理由是他学的化工专业，对施政没研究。姚母说盐也属化工范畴。姚徽远抛出祖上的话：多读书、不做官。姚母摇头，此乃家事。姚母再问他回国的初衷是啥。姚徽远找不到不上任的理由了。

来舒家盐场前，姚徽远已去过多家盐场，鼓动多出盐，他没过多留意舒致怀的情绪，忙着讲新的法规："国家急需盐，已责令各路军队停止来盐场征兵。"这话换作当时的口语就是，不准来盐场拉壮丁。

舒致怀留意的却是市长已去过多家盐场，不是专门来拜访自己，心里一堵就暗暗挑剔市长的读书人腔调，空话不值钱。秘书察觉舒老板的脸色难看，想起刚才他没轻没重说第几个市长，走过去低声告诫舒致怀："人要懂游戏规则，否则注定吃亏。"

也许市长及随从都没有恶意，但舒致怀理解成是小看他了。1942年8月3日这一天，扛运帮齐帮主和市府官员都触碰到了舒致怀最大的痛处。

没人料到这个日子要上史料。

惹出大麻烦的驻军士兵已经离舒家盐场很近。

舒致怀黑着脸催盐工快干活，又斥责石柱旁的女子："给够了出场费就该把旗袍分开点，摸一摸又不会少肉！"转身再抱怨蒸汽机，"越是急着出盐越出毛病，老舒的深海井是盐都一万多口盐井中最好的，犹如女人中的女人，守着最好的女人拿不出最好的办法，和阳痿有啥区别？"

郑帮主听不下去，好言劝舒老板，情绪不好容易添麻烦，先歇歇火气。

假如齐帮主不再次凑热闹，后来的剧情或许会改写。可惜齐帮主肩上压着盐包，要找缺口散闷，他顺着郑帮主的话继续调侃舒老板："都那么大的家业了，还来拉绞盘车，不怕累坏了屙不出尿？"没见到舒老板回应，再添一句，"你要在路边给我扛运帮站两个歌女，我保证每人给你多扛二十包盐。"扛盐包的盐工人多，哄笑声自然响亮，还有人假劝真帮腔，要齐帮主别得罪舒老板，会扣他工钱。

齐帮主被众人哄抬，像脱口秀收到反响，甩出更大包袱："谁敢少半文钱，我就带扛运帮的弟兄把他倒抬起游走。"

扛运帮是盐都十家盐工帮会中的第二大帮会，有七八千弟兄，齐帮主平日里就喜欢伙同弟兄们荤素不论地瞎说，舒致怀其实都知道，只是被哄笑有违自己性情，再加天气闷热，想不生气都难。

舒致怀板起脸朝牛屁股一巴掌，猫下腰把肩上的布袢拉得笔直。

离引发盐都危机的那队士兵到来只差半分钟，一个手捏板胡的男孩从侧面跑进舒家盐场。

是齐帮主的义子齐耕读。

孩子来练琴，路上听见士兵们沿途打听舒家盐场，他担心义父，抄近路从山坡斜插进盐场。跑到义父面前，齐耕读喘得说不出话，抬起手指了指舒家盐场的正门方向。

十余个驻扎盐都的士兵踢着黄土走进舒家盐场那道简易牌坊似的门栏，每个兵脸上都写满了热出来的烦躁。空中的乌云颜色更深，整个是偏东雨要来的节奏。

领头兵在众多目光聚焦下十分神气，大声喊叫："老板在哪里，给老子滚出来！"舒致怀很不情愿取下拉绊走过去。领头兵见舒致怀赤裸上身，要他去叫老板来。舒致怀在肚子里骂了声狗眼，不卑不亢道："就是老舒。"

天太热，领头兵没耐心，直接居高临下吩咐："提供几个乡下来的盐工，咱要抓壮丁。"舒致怀默默嘀咕自己就是乡下来的，回绝道："市长刚来这儿讲了新法令，政府要盐，不在盐场拉壮丁。"领头兵很横蛮："现在是老子在说话！兵饷少还欠着不发，咱拿啥养家？当兵的随时要上战场，咱不怕死，总得让家人活下去。"

舒致怀明白遇到兵油子了，一再说自己的盐场小，盐工少，请老总们去别的盐场。领头兵根本不听，嚷嚷着："都这样支派，咱岂不白出门一趟。"

领头兵降低音量告知舒致怀："如果配合抓人，卖了钱分一份给你。咱们抓来卖给外地的地方军，没人会过问。"舒致怀想都不想就拒绝了。领头兵冷冷哼一声："不抓你盐场的人也行，反正你是大老板，你赞助一笔钱，咱拿回去安抚弟兄们。"舒致怀抹抹光着的上身："老舒这模样像钱多的人吗？"

领头兵开始失去耐心："你少在老子面前装，你以为咱们是走错路来到你这儿的吗？不掏钱也行，把你家的祖传秘籍借给咱用几天，咱拿到秘籍马上走人。"

舒致怀明白被人"点水"了，慌乱中憋出一副苦脸："老舒真要有什么秘籍，还用大热天光着身子劳累吗？"领头兵已临近发火的边沿："老子把话说在前头，咱绝不空手离开。"舒致怀不得不权衡，秘籍肯定是不能拿的，拿钱消灾最简单实用，自己不在乎几个钱。

几乎要答应出钱，舒致怀突然想起齐帮主和扛运帮的弟兄刚才的哄笑声，要为不尊敬自己的人出钱消灾，没有必要。

事后很久舒致怀都在为这简短的犹豫懊悔，人惹麻烦很多时候是憋不下一口气，难怪说倒霉的根源是性情和心境。这样的话总要出事以后才听得进去。

　　舒致怀的迟疑激起其他士兵的反感，饱受闷热折腾的士兵们一把推开舒致怀，扑向近处围观的盐工，胡乱抓了几个扛运帮的人要强行带离。齐帮主招呼扛运帮的盐工们拦住他们。扛运帮人多，其他帮会的盐工也拥过来助威，转眼工夫，一百多个盐工将十余个士兵围在人群中。

　　闷热天气躁动人的情绪，士兵们端起枪哗啦哗啦拉枪栓，大声呵斥滚开。齐帮主挺身挡在前面，非要他们留下盐工弟兄。士兵们和盐工争执起来，在乱哄哄的推拉中枪声响了。齐帮主倒在8月3日的枪声中。

　　一场酝酿好久的偏东雨，瞬间笼罩舒家盐场。

## 二

　　事发后舒致怀不见踪影。

　　大伙都猜到舒致怀是吓得躲起来了。一群盐工闹着要闯进舒老板家找人，郑帮主说老板躲了政府躲不掉。就这样，舒家盐场的风波卷向全盐都。

　　机车帮在十家帮会中人数最少，但蒸汽机是时髦的洋玩意，玩得转洋机器的人不简单，各个帮主平时就十分尊重郑帮主。剩余九个帮主立刻冒雨集结各自弟兄。雨刚住，众多盐工用门板抬上齐帮主遗体，浩浩荡荡拥向市政府。多种史志记载：公历八月三日下午，万余盐工抬尸请愿，盐都千年史上，这种规模的群体事件是头一次。

　　八十多年前姚知县在此任职，上演过砸水厘局的剧情，姚知县的后人来盐都上任没几天即发生千年一遇的大请愿。前次是巩家发起，这次是舒家引发。

　　扛运帮的弟兄抬着白布覆盖遗体的门板走在最前面，门板后走着各家盐工帮会的帮主，帮主身后跟随庞大的盐工群，高举各家帮会的旗幡，旗幡上是各帮会的名称：橹船帮、山笕帮、牛牌帮、车水帮、捆盐帮、烧盐帮、扛运帮、机车帮、转盐帮、山匠帮。一眼能看懂，帮会名即盐场某个工种。

　　不断有从各条岔道上赶来的盐工加入，光膀子的人潮簇拥着彩色旗幡，其阵仗和规模，远远超过咸丰年间砸水厘局时的那场闹剧。

市政府被围得水泄不通。铁栅栏大门紧闭，门内站满黑制服警察。盐工群隔着铁栅栏朝市府内大喊："请市长申冤！"警察头目在栅栏内板起面孔大声回应："市长不在里面。"再用更大声音宣布，"抗战期间，聚众闹事者，杀无赦！"盐工不听，随着喊声有节奏地摇晃铁栅栏大门，两旁粗大的砖柱摆动起来，警察头目刚指挥枪上膛，铁栅栏大门嘎嘎惨叫，缓缓倒下。

姚徽远就是在这种氛围下出现在盐工群后面的，他没意识到局面有多复杂，也不听随行人员劝阻，念台词似的说："民众找市长，我就该见民众。"随员们再要劝已经迟了，盐工拥过来围住姚徽远乱哄哄地责骂，除听清出了事就躲，其余全是嘈杂声。

姚徽远一再解释他检查河道去了，河道如果出问题，生产再多盐也运不出去。姚徽远的声音被乱纷纷的指责声掩盖，看来当市长和想象中的不是一回事。

慌乱中，姚徽远看到光膀子人群里多了不少穿衣服的人，一个穿阴丹蓝布上衣的女子凑在郑帮主耳边说了什么，郑帮主带着疑惑朝姚徽远这边望了望，回头招呼其他帮主，很快，现场逐渐安静。阴丹蓝布女子的话起作用了，好奇和不服气同时在姚徽远心里涌起，她的话凭啥比现任市长管用！

姚徽远忍不住低声问身边秘书："穿阴丹蓝布的女子是干什么的？"秘书回答尽快安排人查。姚徽远不以为然："不要动不动就查，了解一下就行了。"

郑帮主牵着头缠白色孝布的齐耕读走过来，请市长申冤。郑帮主说盐场舒老板是帮凶，行凶的是丘八。秘书担心市长在国外待太久，不懂民间土话，翻译，丘八就是兵。姚徽远刚表态要严查，一听秘书的话立即愣住，战争时期，不允许地方政府过问军队的事。

犹豫归犹豫，姚徽远还是果断抬起头："去找驻军。"

庞大的盐工群抬着齐帮主遗体，举起各帮会的旗幡，顶着雨后太阳的暴晒，跟随姚徽远拥向驻扎盐都的步兵营营房。

事态进程比预想的更尴尬，步兵营门前多了障碍物，一队士兵端枪站立，刺刀在烈日下闪烁寒光。领队军官大声警告："战乱时期，靠近军营者，杀！"政府秘书通报，是市长。军官不认："没有命令，谁也不许靠近。"秘书提醒："非常时期，出了乱子你担当不起。"军官出言刻薄："连个小地方都管不好，回家喝盖碗茶去吧。"

庞大的盐工群被激怒，驻军营房外顿时如起旋风。姚徽远忙告知郑帮主，战时军民发生冲突，后果严重。郑帮主回答："盐工帮会不是乌合之众，我们懂王法，我们可以等，等市长解决好命案，我们才开工。"

姚徵远无奈地望着庞大群体潮水般退去。盐都是目前全国唯一稳定的井盐集中产地，这里停工，国家去哪儿找盐救急？

姚徵远被迫亲自去一个个盐场动员开工。这一走才惊诧地发现，盐工帮会的号召力比预想的高太多，盐场不仅停工，连人也很少见到，偶尔见到三两个留守盐井的工人，对市长的提问，也都是以摇头回应。

秘书第一次受这种冷落。以前的市长出巡，骑马坐轿，前呼后拥，哪像现在这么狼狈。姚徵远知道这位秘书跟过前几任市长，问其他市长遇到过大麻烦吗。秘书说前几任市长没出啥大事，只是运出去的盐不见增多，所以总在换人。

姚徵远听明白了，这场大停工又该触发换市长的程序了，这倒符合他的心愿，但就这样离开，姚徵远又很不服气。

望着炎热炙烤下的山野和默默耸立的天车架，姚徵远决定再去舒家盐场，火是那儿引燃的，解套的关键也应该在那里。

舒家盐场的现状更糟。盐工帮会将齐帮主的灵堂搭在深海井旁边，盐都出卤水最多的盐井，在急需盐的时段却被关闭。

各家帮会的帮主都在灵堂里，这儿成了盐工帮会临时忠义堂。姚徵远找郑帮主商量把灵堂换个位置。郑帮主说不搭在这里，政府不会认真处理这桩命案，出了命案舒老板也一直不露面。

郑帮主把话摊明："这里不动工，全盐都一千多家盐场都不动。我们的弟兄连命都保不住，哪能安心干活！"其他帮会的帮主更不客气："市长有闲心来这儿废话，为啥不去找军队交出凶手？"

处在随时会莫名其妙死亡的状况，谁都不可能有心思做事，姚徵远想得通。

回市府姚徵远立即吩咐给省里发加急电报，要求给盐都驻军打招呼。他留在办公室等回复，一边看弟弟为他找的盐都历史与现状的资料，几乎读了个通宵。到早晨上面的批复来了，就一句：火速复工，贻误者按破坏抗战罪就地正法！

比死更可怕的，是遗臭万年的破坏抗战罪。

没等喘过气，省里第二封电报接踵而至：乱世用重典，不惜杀一儆百！

姚徵远拿着两封批复赶到步兵营，依旧被拦在营房外。值班军官远远地喊话:"咱营长正忙军务,没空。"姚徵远举起手中电报,省上有指令。值班军官说上峰有令,军队不得干预民事。

都听出军官的意思是地方政府没权力过问军队的事。秘书发火了:"你们连国民政府都不服从,算什么国军!"值班军官不回话,冲姚徵远敬了一个军礼,转身进营区。姚徵远望着戒备森严的军营,神态比门口的士兵更冷峻。

盐都一千多家盐场、一万三千多口盐井全部停工,河道上的运盐船也停泊在码头上。盐都有文字记载的历史超过千年,群体事件的记载只有清朝咸丰年间砸水厘局,规模远不如这次。姚徵远自嘲:"一来就遇到千年不曾出现过的状况,老天很把徵远当回事啊!"

在国外多次听人说中国劳工缺少组织,是一盘散沙,现在看来,这话纯属想当然。就职前上司专门训诫过他,战争改变了盐都的地位,盐都已不是以往那个处在偏远内陆的井盐产地,而是国家举足轻重的命脉。抗战期间主政盐都,成功或失败都在一个盐字上。母亲也叮嘱他别让姚氏族谱出现耻辱记录:"祖上也是战乱时期在盐都为官,也是遇到突发事件,祖上能做到有百姓给他送行、画肖像,你不能差得太远。"

姚徵远真有些怀念搞专业的日子了。

秘书破例开口劝上司:"市长新来,不了解盐都的事,盐场停工没进账,还要承担各种费用,老板比政府更急。"姚徵远摇头,真要这样,舒致怀就不会躲起来。眼下最耗不起的是政府——抗战缺军费、民众缺食盐,要考量的,已经不是盐场的亏损了。

秘书提供一个主意,舒致怀是趁世道乱熬野卤水起家,没有后台,不妨利用他的软肋强迫他复工。只要舒家盐场一开工,其他盐场老板肯定不会白白看着舒老板挣钱。姚徵远不愿靠这办法来解决麻烦:"人是在舒家盐场死的,单看盐工帮会在深海井边搭灵堂,就知道舒致怀不可能左右开工。"

秘书发觉新来的海归市长缺少当官的思维,不懂一切为政绩,也不想想盐都为啥接连撤换市长,难怪舒致怀要说姚市长把书本和现实搞混了。

发生在自家盐场的命案,把舒致怀送进了惊恐悬疑的剧情。

灾祸来得太突然,舒致怀来不及往外躲,被迫猫在家里。他派出用人四下打探,搜集回的信息令他恐慌。盐工帮会、政府、盐场老板……天知道还有谁，都拿他当祸害。底层逆袭上位惹人眼红的舒老板，转眼间成了众人围堵的老鼠，藏在角落里不敢露面。

透过堂屋的窗户遥望小山坡下的舒家盐场，眼看正一步步接近舒家几代人的梦想，却被一场从未见识过的大风波黏上，他完全不知道该如何应对了。

被称作六妹子的现任妻子进来问他，死盐工的事以往又不是没发生过，无非是谁的责任大谁赔钱多，有必要这么焦急吗？话还没说完，舒致怀就烦躁地挥手示意她出去。

当初凿盐井陷入困境，哪怕准备了上吊绳子，舒致怀也没如此慌乱过。这次惹恼十家帮会几万盐工，惹恼一千多家盐场的老板，还惹恼政府衙门，远不是自己一条命那么简单的，弄不好几十年的打拼全完蛋，还会给舒家带来洗不掉的恶名。这一来倒是让人放在眼里了，却不是几代舒家人想要的。

舒致怀一再强撑自己没做错什么，却始终无法平静。

怪自己没拦住那些兵？战争年代的兵，市长也惹不起。兵是说过卖了壮丁和自己分账，但自己哪会挣那种钱！兵要自己出钱，自己确实犹豫了。犹豫一下就该遭到如此报应吗？究竟是自己第四个本命年该有一劫，还是父亲警示的那句舒家与女人如何……这次哪来女人？莫非是来盐场唱歌的女子八字不好？

堂屋外传来二儿子的说话声，好像是吩咐人把手风琴拿回他卧室去。舒致怀猜是六妹子安排人去找回的。舒家上下都清楚，舒老板的二公子是舒家盐场未来的掌柜。

二公子随身带有手风琴证实他没去教育局上班。儿子一进门舒致怀就指责："那个唱歌队到底哪儿好？不就女娃多一点。平时去也就罢了，家里都成这样了，你还有心思去拉琴。"当年五妹子赌气离家时，舒致怀抱着二娃追出门好远，曾经在他怀里哭喊的二娃，如今已成舒家的颜值担当，招惹来好多女娃喜欢。

二公子声明去歌咏队是唱抗日歌，是为抗战，是当下全国人民倾力做的头等大事。舒致怀没心思谈时局，要儿子透过窗户看坡下舒家盐场的惨境。二公子推诿："刚才路过看了。"舒致怀很不满意儿子对盐场冷淡："舒家产业里含着你大哥的命，还有你出走的娘，包括你娘肚子里的娃。家破人亡换来的家业啊！你就不能操点心吗？"

舒致怀现有两男两女四个娃娃，只有二娃才是他和五妹子生的，也只有二娃让他最看好，偏偏二娃一门心思要走仕途，也不知中了什么邪。

二公子突然发问："外面的人都说，打死齐帮主的兵是你引来的，真的吗？"舒致怀从椅子上跳起来，二公子依旧不闭嘴，"如果不是，你就该站出来，对盐工把真相说清楚。"舒致怀气不打一处来："所有人都在气头上，老舒凭啥站出去让他们出气！"

舒致怀怪儿子不懂盐工，不懂老板："盐都从古至今没闹过这么大的事，十家盐工帮会成立多年，历来是各搞各的，这次为啥一下子变得这么齐心？一千多家盐场老板也由着盐工帮会去闹。这背后肯定有鬼名堂！"

二公子不讨论，直接问父亲如何应对眼下的麻烦。舒致怀强撑着不在儿子面前露出慌乱："新来的市长口口声声说政府急等要盐，事情闹得这么大，我不信市长会不来擦屁股。"

二公子很惊讶父亲的想法，问道："市长要不擦呢？"舒致怀其实真没把握，狐疑地说："他不是说抗战需要盐都的盐吗？"

二公子又提出一个很奇怪的问题，问父亲和方老师是什么关系。舒致怀有些傻眼，方老师是谁？二公子回答，就是跟着盐工帮会闹请愿那个穿阴丹蓝布上衣的女子。舒致怀没去请愿现场，没看到，也没听说过。

轮到二公子奇怪了："在请愿过程中方老师很热心，但帮会的人都不认识她，帮主们怀疑是你派去的探子。"

这话把舒致怀说愣了，人一倒霉啥麻烦都来，莫名其妙又栽上一条。

果然和女人有关。

## 三

不得不留意阴丹蓝布女子。

深海井立足于当年野卤水函的中心，舒宅就修在深海井旁边的小坡上，是舒致怀亲选的位置。丘陵地的坡不高，足以让舒致怀在家里俯瞰左中右三口盐井。三口都是舒致怀亲手参与凿成，就像亲生的娃。还有什么能比看自己娃更顺眼的？另有一点不宜说破的话，不管到没到现场都可以掌握自家盐场的实况。做盐工时曾因被暗中监视，舒致怀骂过老板"心凶"，当上老板又用这方法对付盐工，不是自己如何，而是世道本就这样。

没出命案前，坐在堂屋看自家盐场是件很享受的事，出事后深海井边多了个灵堂棚子，像刀插在舒致怀胸前。就在这种心情里，舒致怀看见阴丹蓝布女子走进舒家盐场简易牌坊似的门栏。

阴丹蓝布女子手拿一个镜框走到灵堂前。舒致怀猜测是齐帮主的遗像。舒致怀看见郑帮主接过遗像，冷冷望了阴丹蓝布女子一眼，那一眼，隔着一段空间也能感受到郑帮主的疑心。儿子没传递错，盐工帮会确实对阴丹蓝布女子不熟。处于当前状况，不信任不熟的人很正常，只是，凭啥要说她是自己的人？

悼念齐帮主的人在深海井边来来去去，令舒致怀很扎心，一咬牙不躲了，冒险出家门，去看命根子一样的盐井，顺便摸摸阴丹蓝布女子的底。

沿左弯右拐的石梯道走下去，直接去深海井边。盐工用厚木板将盐井口盖得严严实实，还压上一块体积超过盐井口的石头，舒致怀稍微松口气。但盐井边的灵堂太刺眼，这是全盐都独一无二的深海井啊！如果不是齐帮主死在舒家盐场，谁在此搭灵堂，自己不提刀拼命才怪。盐工帮会明显是逼自己露面，能如此准确抓到自己命脉，很难说背后没有高人指点。

舒致怀心绪复杂地走进灵堂，里面真有两个不是盐工的人，除阴丹蓝布女子，还有一个穿时髦学生服的教书先生，两人都是二娃那般年纪。

舒致怀一边打量两个外人，一边等待盐工们招呼。没人出声，以往隔好远便有人招呼舒老板，今天都看不见自己了。

遗像上的齐帮主依旧是啥也不在乎的神态，这让舒致怀暗生出一丝埋怨，假如齐帮主不是这德行，他不会丧命，自己也不会遭此一劫。

棺材是十家帮会凑钱买的，舒致怀听用人说过，帮会还请来干这行的高手，在棺材里抹了几遍糯米浆，用大绸裹严遗体，搞严谨的防腐措施明显是要拖延下葬时间。意识到这点，舒致怀又是一阵按捺不住的心慌。

直到舒致怀点过香烧完纸钱，才有几个人围过来指责他："你的盐工死在你的盐场，你当老板的躲着不露面，啥意思？"有人指责舒致怀反而松了一口气，至少比冷落实在。

看到郑帮主走过来，以为他会好说话一点，好歹是舒家盐场雇的管蒸汽机的人。哪知郑帮主一开口，舒致怀周身都凉了。郑帮主要他再躲呀，出来干啥？舒致怀脸上有些挂不住，说道："老舒也深受牵连。"郑帮主的话越发尖锐:"齐帮主在你的盐场出力多年,就算他平时说话没高没低得罪了你,你也不该勾结丘八来抓他扛运帮的壮丁。"

舒致怀惊讶中透出慌乱:"老舒哪有这能耐?"

郑帮主摆出理由:"政府有法令,不准拉盐工当壮丁,你舒老板不点头,丘八哪会来你的盐场抓人?"

一句话点醒了舒致怀,盐都有一千多家盐场,为啥兵独独来舒家盐场?

郑帮主不想啰唆:"舒老板要是没有解决事情的诚意,就别来这儿演戏。"舒致怀终于忍耐不住:"你们是我的盐工,就这样对我?你们也要靠深海井谋生,三百多丈深的盐井啊,通体只有砂锅大,把灵堂搭这里,别说出了意外难清理,就是伤了盐井灵气,受损的也不单是老舒一人。"郑帮主声音很沉:"你以为我们愿意这么耗着?你的命根子重要,盐工的命就不算事吗?盐工十大帮会联合请愿,市长都认真对待,就你舒老板躲起来不露面。"

话很刺人,舒致怀想申辩又明白不会有结果,当初为这口深海井家破人亡,眼下受点委屈算啥。他再次强咽怒气试着要郑帮主把灵堂挪得离深海井远一点。郑帮主要舒老板自己去和十家帮主说。舒致怀碰了个软钉子,满肚子怒气再也压不住,怎么说自己眼下也是盐都知名的大老板,有人称是底层逆袭的典范,更有人夸自己给盐都的井盐业闯出一条新路子,都这样了,凭啥还要受窝囊气!

脾气上来,舒致怀甩手离去,转身的一瞬间,看到阴丹蓝布女子正用充满仇恨的目光望着他,疑惑顿时梗在舒致怀心里:她为啥恨自己?

疑点增多,舒致怀的恐慌也加重。那时候他还不知道,有人正在暗中运作要取他性命。

姚徵远来舒家盐场灵堂上香也遭到冷遇。

守灵的盐工或睡觉,或就着花生喝酒闲聊,没人搭理市长。只有郑帮主开口,话里却带着嘲讽:"看市长的阵仗,就晓得找驻军的事没进展。你们当官的,哪怕做了一点事,也会带一串人前呼后拥来显摆。"姚徵远强作客气,说想和盐工帮会商量,先让盐场开工。郑帮主截断话头:"事情丝毫没解决,你觉得我们会开工吗?"

郑帮主不让姚徵远讲大道理:"你们当官的说那些话谁都晓得。为啥不想一想，假如你们当官的随时保不住命，你们当官的会不会安心做事？"郑帮主一口一个你们当官的，透出明显的对立情绪。其他帮主也说，不惩办凶手不开工，谁也别想把这事拖化。姚徵远在国外见识过，联合起来的劳工不会在乎任何人，这种情况，谁要强求，谁出丑。

姚徵远只好放弃劝说，告诉帮主们他已安排人调查，如果舒老板真是帮凶，绝不放过。现在他就去舒家，责成舒老板协助处理好齐帮主的后事。

说话间，姚徵远看到阴丹蓝布女子也在现场，立即想起在市府门前，阴丹蓝布女子的话比市长的话更管用。明知这种不平衡心态有些俗气，他还是想知道背后是啥原因。

去舒家的坡不陡不高，距离也不长，但顶着烈日上行对姚徵远来说依旧有点艰难。洋妻说过他回国干不成专业，洋妻料到了，姚徵远没料到。

秘书随行报告市长布置他调查的事。姚徵远记不起布置过啥调查。秘书露出干练，在市长和帮主们谈话的时候，他已再次核实，阴丹蓝布女子叫方凤婕，开了家卖报纸的商行，她参与群体事件是因为死去的齐帮主是她的家人。报告完，秘书静候市长赞赏，不料姚徵远回答，复工才是当务之急。

舒致怀已在门口等候，直言早就看见市长进舒家盐场。"料到市长会上来，如果市长大人不来，老舒也要来求市长大人替老舒做主了。"舒致怀边说话边领市长进堂屋，姚徵远立即被眼前的情形弄得心里直发怵。

堂屋像个武器展销摊位，摆满步枪、火药枪、大刀、长矛，一些衣着利索的汉子正来来去去收拾和擦拭武器，一副马上开战的架势。

姚徵远问舒致怀要干啥。舒致怀做委屈状："外面传言是老舒害大家停工，要来找老舒的麻烦，老舒只得准备打群架了。"姚徵远警告道："盐都这场风波闹得省上也坐立不安，不许再扩大事态。"

舒致怀暗暗冒出一丝得意："天王老子坐不安，也不关老舒的事。"

姚徵远声色俱厉："上峰电令，破坏抗战，就地正法。"

"难道要老舒坐在家里等别人来打？"舒致怀大叫，"老舒本来就是穷盐工出身，大不了把家当全部打光，重新去挑卤水扛盐包。"

要按上峰指令，舒致怀根本没机会挑卤水扛盐包了。姚徵远咽下到嘴边的话。他反复研究过弟弟帮他找的资料，多篇文章评说舒致怀的成功带动了更多人参与井盐业，自舒致怀凿成第一口盐井后的三十年间，盐都同比增加了两百多口盐井,大部分出自非商非富的民众,全靠蚂蚁咬蛇似的集力集资,明显是受舒致怀的影响。一些史料虽然流露出对舒致怀不以为然的语气,倒也承认舒致怀触发了某种积极因素。

姚徽远还注意到一句很实在的话:底层平民,成功难,成功了更难。正是这句话和前面的评说,延缓了姚徽远惩处舒致怀的打算。

即便如此,他还是难以接受舒致怀的某些习性。

压下反感情绪,姚徽远对舒致怀谈事实:"事情出在你的盐场,你怎么想?"舒致怀很委屈:"老舒也是受害者。"姚徽远冷冷地提醒:"情绪不是理由。"舒致怀被姚徽远的冷静镇住,改装弱势:"都把祸事朝老舒头上推,无非是欺负老舒没后台。"姚徽远不觉得这话新鲜:"驻军是外地来的,当兵的哪会知道你的背景?"

"如果不知道,为啥开口要老舒拿出秘籍,明明是有人在背后指使。"

"是谁?"

舒致怀大声指出:"巩德彬!"

回答如此干脆,姚徽远想不意外都难,再追问证据,舒致怀跳起来:"市长大人换着花样审老舒,你要不相信,老舒就不说了。"

秘书在一旁呵斥:"换成别的市长,早把你抓起来了,哪轮到你来发火。"其实,秘书不说,舒致怀也有感悟,这位市长的确和以往见过的长官不一样。

舒致怀马上借申诉把话朝有利于自己的方向引:"市长大人不知道,老舒也想马上复工,只是盐工帮会人多势大,又占死了人的理,故意把灵堂搭在深海井旁边,老舒没法复工。市长大人不能只找老舒。"

"你怎么知道我只找你?"

"难道市长大人找过巩德彬?这次老板和盐工闹得这么一致,背后肯定有掌火的。盐都这地方只有巩德彬才喜欢操纵局面,这是人人都知道的事。十家帮会历来各立门户,一下变得这么齐心,没人操纵行吗?还有那个阴丹蓝布女子,不是巩德彬派出的,难道是天上掉下来的?"

想起刚才秘书的话,姚徽远回答:"调查过,那女子是齐帮主的家人。"

舒致怀大叫:"奇了怪了,齐帮主在老舒盐场干了好多年,老舒怎么不知道齐帮主有这么一个家人?"

等市长离开舒致怀才独自爆发,怒骂市长像审问犯人一样和自己说话。二公子、六妹子听见骂声进堂屋。六妹子劝当家的:"骂得再多市长也听不见,反会让坡下听见你的声音。"舒致怀被迫悻悻作罢,吩咐用人把堂屋里的刀枪棍棒收回库房去。二公子看清那些器械很不以为然:"都啥年代了还拿这些家什吓唬人。"

等其他人离开舒致怀才单独告诉二娃,他特意布好阵势等候市长,想探探市长的心思,哪晓得反而搞得自己一肚子气。二公子提醒父亲,老板再大,大不过王法。舒致怀不在乎,无非是死,人一死啥也不可怕了。二公子把话说得更明白,破坏抗战是千古大罪,上辱祖宗,下害子孙。

听出儿子的意思是怕影响当官。二娃啥都好,唯有想做官令舒致怀反感。几十年来自己从没惹过王法一根毛,会笨得去得罪王法吗!

舒致怀借口累了要独自坐一会儿。二公子不愿在父亲生气时离开。儿子的态度令舒致怀的火气略有消解,谎称马上要回房间,二公子又犹豫片刻才走。

独坐太师椅上,舒致怀闷闷地透过窗户望坡下盐场,除深海井边的灵堂偶尔有人进出,其余皆不见人影。夜色逐渐笼罩整个空间,灵堂外两盏马灯的昏黄亮点更显冷清。舒致怀情绪越发低落,恍恍惚惚闭上眼睛。

待到睁开眼天已全黑,不知是谁点亮了桌上油灯。茫然望着火苗,舒致怀心绪更郁闷,儿子怎么会担心自己破坏抗战?自己再蠢也知道鬼子来了会毁掉自己打拼来的一切,尤其这份家业中含有家人的性命。

舒致怀心里一直愧对离家出走的五妹子和早逝的大儿子,还有五妹子肚里的娃,至今不知道是儿是女。

突然感觉有人在暗中偷窥,舒致怀的神经一下绷紧,屏住呼吸聆听,可疑的响动仿佛在左边,又像是在右边,再凝神关注,似乎到处都不对劲。

舒致怀赶紧吹灭灯,待在黑暗中聆听,没听到动静更不踏实,踮起脚尖走到门边,透过门缝望外面。星光下,天井一片朦胧,啥也没看见。

止不住心里的慌乱,舒致怀对着黑暗低声告白:"齐帮主,你的死和老舒无关,如果你冤魂不散,就去找当兵的,老舒也被狗日的丘八害得很惨,正巴不得提刀去拼命……"说着勾起肚子里的委屈,同样是受害人,为啥独独让自己来承担罪名?自己是从盐工白手爬上来的,只是爬得丝毫不轻松啊,赔上了家破人亡的代价!

朦胧中看见五妹子挺着大肚子，身背大儿子的遗体从他面前走过……舒致怀跳起来追出门，一路大喊，直到把自己喊醒，才惊觉是在堂屋椅子上做了个噩梦。

二公子一大早进堂屋，舒致怀还一脸疲惫地待在太师椅上。他要儿子看看他的头发和昨天比有什么异样。二公子说没变化。舒致怀悻悻道："唱戏的说，有个姓伍的一夜白了头发……"

二公子冒起忧虑，一再打量父亲的神态是否正常。

找巩德彬是姚徵远的计划，和舒致怀的话无关。

出门前姚徵远吩咐机要员催问一下，省上啥时批复关于协调军队的报告。机要员说没人敢催上司。姚徵远不理解。机要员说国内就这样。

秘书建议多带几个随从，巩老板和别的人不一样，排场小了镇不住。姚徵远不愿在这种事上花心思。秘书再提示，巩德彬身上有他爷爷的基因，人越多的场合越喜欢表演，找他谈事情最好避开旁人。

秘书姓管，这个姓很少见。盐都这两年换了几个市长，管秘书能留任，总有他能留下的理由。

姚徵远在弟弟找的资料中看到不少有关巩氏家族的文字，有巩家爷爷领人砸水厘局、掏钱改善监狱、捐七万两白银赈灾、慈禧太后赐给二品待遇，也有姚家祖上任盐都知县时救过巩家爷爷，巩家爷爷挽留姚家祖上当常务会长……弟弟一再要姚徵远上任时带上祖上画像，巩家后人如今在盐都一呼百应，见了这幅画，即使不鼎力支持，至少不会唱反调。

姚徵远从箱子里取出祖上那幅肖像画，正是祖上在盐都挣到过好名声，姚徵远才没把画像挂出来。离家赴任时母亲一再叮嘱，乱世为官更考验品德和才能。姚徵远重新把画像放回箱子，若需要借助祖上面子，还谈什么才能！

巩家人来人往，与舒家是两种格调。巩德彬正送几个外地来督运盐的老板出门，几个本地的盐场老板陪同着，看到市长，巩德彬当着众人面大大咧咧取笑本届市长是个小白脸。好在管秘书提醒过别给巩德彬当众发挥的机会，姚徵远说有要事和巩老板单独谈。巩德彬很大派："巩某人也有事要找市长。"

巧了，舒致怀也这么讲，都是正要找市长。

巩德彬吩咐本地的盐场老板代他送外地客人，然后才领市长去他家后院。

姚徵远纳闷去后院干什么，巩德彬头也不回："看了就知道。"

还没到后院，便听到一个女声伴着钢琴练唱，唱的是风靡全国的《松花江上》。女孩不是完整地唱，是反复练习其中两句：我的家在东北松花江上……松花江上……松花江……透过开着的门窗，姚徵远看到布置淡雅的屋内有个模样出众的女孩坐在钢琴前边弹边练唱，极其认真。

巩德彬炫耀道："市长见多识广，听到过这么美妙的歌声吗？"管秘书抢着对姚徵远介绍："巩老板在众多儿女中最宠爱这个女儿。"巩德彬脸上布满得意："盐都的歌咏队这次参加全省抗战歌曲大赛，是省城以外唯一杀进决赛的队伍，靠的就是我女儿的领唱。"

巩家小姐被惊扰，起身关上门窗，责怪巩德彬又妨碍她练唱。巩德彬被抢白不生气还哈哈大笑："巩某人的女儿，模样全盐都第一，唱歌、弹琴、打排球，样样第一。"管秘书对姚徵远补充，在盐都，敢于当面指责巩老板的，只有这位巩家的宝贝。

巩家后院的状况和舒家堂屋差不多，一些人在集结刀、枪、长矛，一副要打群架的架势。姚徵远没有在舒家时那么惊讶了，问道："巩老板要我看的就是准备打架的阵仗？"

巩德彬气势很盛："姓舒的王八蛋哪配得上巩某人去打他？是他要来打我。他那儿出了命案，我一直没出面，因为我清楚姓舒的没根底，自卑，心胸狭窄，肯定想发泄他的恐惧。这不，让我说准了。我要是不应战，就正不压邪了。"

"舒老板说是你要去打他，我该听谁的？"

"盐都地盘上，和别的人斗巩某人没兴趣。一方土地，总得要人出面主持正义，你们国民政府靠不住，只有我巩某人来挑这份重任。"

姚徵远和祖上相隔近百年来盐都为官，却都遇到牛哄哄的人，是姚家的官运不顺，还是盐都出牛人？没法，要让一千多家盐场开工，巩德彬的带动作用不可低估，姚徵远只好强撑着听。

巩德彬直接发难："在抗战最需要盐的时期，姓舒的王八蛋造成盐都全面停工，要是摆不平他，你这个市长就不称职。"管秘书提醒巩老板说话注意分寸。巩德彬不屑："干不成大事的人才整天花心思掂量分寸。"管秘书反驳道："天下大事多，不单是盐。"巩德彬指责他才混了个秘书，就学会说大话："你们上巩某人的门,难道不是为了盐?"

姚徽远看出,巩德彬不是任性胡闹,也不仅仅是出出风头。

果然,巩德彬条理清晰地数落道:"沿海盐业停产,正是井盐大显身手发展自身的机会。咸丰三年,清政府和太平军打仗,也是打得海盐停产。那几年,每天数不清的船在盐都装满盐运往长江运出四川,转运到各地救急。也就在那几年,盐都一下子多出一百多个上规模的大老板。如今又到井盐上升的机会,偏偏被姓舒的王八蛋搞得一千多家盐场一万三千多口盐井全部停产。还说国家等着井盐救急,你去第一滩看看,橹船帮都停船了,如何救急?"

姚徽远请巩老板讲如何才能开工。巩德彬不拒绝也不绕圈,直说:"这回挥令旗的是十家盐工帮会,首先得让盐工帮会平息怒气,方法就一个,摆平姓舒的,关键是看你这个市长有没有魄力下手。"

姚徽远再谈疑点:"案发后,有个穿阴丹蓝布上衣的女子与盐工帮会接触很多,巩老板是否知道这女子?"

巩德彬傲慢地说:"穿旗袍的我都应付不过来,哪有闲心和穿阴丹蓝布上衣的打交道。"接着又说,"那女子是舒致怀的爪牙。"

姚徽远要证据。

巩德彬霸气地说:"我就是证据。盐都的人和事,巩某人全清楚。别说我没提醒你,姓舒的很会利用人,尤其喜欢利用官员和女人。"

姚徽远则称:"官员被富商掌控,都是官员自找的。"

"别背诵书上的话,现实要像书上说的那么明白,人世间就太寡淡无味。"巩德彬对着姚徽远冷笑道,"你上任这么多天,一直没来巩某人家,这次也是先去了舒家才来这儿。巩某人完全有理由怀疑,姓舒的有没有收买拉拢你。"

## 四

走出巩家好远,姚徽远还一脸烦闷。秘书小管见惯不惊:"巩家百年前就这德行。据说,慈禧太后曾在金銮殿当着众官员感叹,能捐七万两银子救灾的人,谁能说他不是义士?带头和朝廷唱反调固然可恶,大清朝倒也不可缺少这样的人,民众过于平顺,反而容易滋生贪腐官员。"姚徽远瞪大眼望着小管:

"慈禧太后真说过那句话吗？"

姚徵远刚来盐都时，秘书处的官员曾报告，小管年轻干练，熟悉职能，市长如果不喜欢，随时可以换秘书。姚徵远没想明白，为啥要来句如果。

小管借口调整心情有利思考，把姚徵远领到盐业管理局。

姚徵远知道这个机构是省上专门设在盐都管盐的，按理说新市长该来串串门，遗憾没顾得上。既然走到这儿，索性随小管进大门。从一个吊脚楼戏台下走过，穿过戏台前不大不小的坝子，办公室都关着门不见人。堂堂省属机构，居然没人上班，姚徵远警觉，会不会和所有盐场停工有关？

小管将姚徵远领进一间宽大的办公室，里面有一个年轻的女职员。小管很气派地招呼她给市长泡茶。女职员没像常人那样露出惊宠笑脸，反而说管秘书又领市长来了。姚徵远一听便猜到小管以前的剧情。

小管介绍，年轻女职员叫何清晖。

何清晖端来茶碗，随口问了句姚市长在忙盐场复工的事吧。姚徵远明白刚才自己的警觉没错。果然，何清晖指了指空荡荡的办公室说："局里的官员和同事都出去了，有的去找帮会的头儿，有的去劝说盐场老板，据说这次上面的指令属史上最严，谁执行不力严惩谁。"姚徵远正想检讨自己的辖区不争气，小管抢先说何清晖的上司又留她守办公室，生怕她晒太阳。这话连姚徵远也听出有其他内容，何清晖却平淡应对："我留下给你和市长泡茶。"

这不像一般的小女生，姚徵远正琢磨，何清晖主动问起："市长顶着暑热跑复工，是怕丢官、怕丢命，还是怕其他什么？"姚徵远回答是职责所在。何清晖不听官腔，要市长直面内心。姚徵远较真了："如果非要触及怕字，徵远最怕的是背上昏庸无能、贻误抗战的臭名声。"

何清晖突然主动帮姚徵远提建议："停工看起来闹得很大，要解决也不难，关键在两个人，一个是不按规则出牌的祸害舒致怀，一个是以牛气为荣的巩德彬。如果市长能镇住这两人，就能镇住盐都。"

感觉到何清晖不是信口开河，姚徵远试着回答不想镇住谁，也不希望被别人镇住。何清晖说他这么说话不像个市长。姚徵远幽默地问："是不是长相不合适？"何清晖很正经："你的话颠覆了你的思维。"

再次打量何清晖，姚徵远想起国外的同事兼妻子，洋妻说话也是直接而智慧，于是叹一声："何小姐不做学问来当职员，可惜了。"

"你对做学问那么感兴趣,何必来当官?"

姚徵远回答当市长不是他的本意。何清晖嘲讽道:"占了机会还叫屈,原以为国内的人才这样,没想到从国外回来的也如此。你要真不想当可以辞职,不会有人绑着你干。"姚徵远回答得很诚恳:"一事无成就打退堂鼓,不是徵远的习惯。"

何清晖问市长打算如何办舒致怀。姚徵远没听懂。何清晖解释是本地人的说话习惯,就是惩办的意思。"你要不能惩办舒致怀,哪怕明天就不当市长,也休想体面卸任。"

姚徵远听明白了,何清晖和巩德彬一样,主张严惩舒致怀。

刚出盐管局小管便急着告诉姚徵远,何清晖的前男友是舒家二公子,就是舒致怀前妻生的儿子,名叫舒廷钦。他俩分手也与舒致怀有关。何清晖曾明确告诉舒廷钦,他爸是她今生恨不得杀了的人,他俩不可能在一起。

"她真的当面这么说?"

"都这样了舒廷钦还是舍不得分手,照样常去缠何清晖。不过,没希望了,何清晖的顶头上司在追她。这位顶头上司很会利用手中资源,大热天出外勤几乎都留她在办公室乘凉。"

姚徵远问小管是不是也在追何清晖的阵容中。小管很坦然:"曾经动过心,后来见追的人多,就不凑热闹了。其实我也是从舒致怀的经历中受到的启发,要想成功,别往人多的地方挤。"

说来说去都离不开舒致怀,姚徵远忍不住发出一声感叹:"莫非真要靠惩处舒致怀来化解麻烦?"

市长与何清晖说话的事很快传到舒致怀这里。

处在倒霉关头的人本来就惊惶,听说又一个女子卷入舒家麻烦,舒致怀一边惊叹舒家和女人的渊源,一边吩咐人打听姓何的女子是何方人士,那时候舒致怀还不知道自家二娃与何姓女子的纠葛。

只顾打听阴丹蓝布女子与何清晖,舒致怀漏掉一个大消息,省上为舒家盐场惹下的祸特意派出专员,冒着战乱危险长途跋涉几百里赶来盐都。省里的特派专员到了舒致怀才听说,顿时惊出一身冷汗。

舒致怀立即安排人打听,了解到市长也不知道特派专员要来,这就不单是针对自己了。刚松口气又冒出一丝内疚，再怎么说也是舒家盐场出事招来的，真要给姓姚的市长带来什么厄运，自己这辈子欠他的就多了。

再吩咐人打听专员有没有带新市长来，打听的结果是专员没带接替市长的人来，但带来严厉指示：妨碍盐都出盐者，一律格杀勿论。

舒致怀不得不反复琢磨，如何才能说清楚不是自己妨碍了盐都出盐。

那两天舒致怀全部心思几乎都随着省里来的专员转，得到的信息却与自己关联不大，大多是说姓姚的不懂得陪上司。市府职员安排了品尝检查盐帮菜、视察检验春楼设施，姚徽远竟然不到场。送专员离开时，尽管队伍中多出两匹驮土特产的马，外加不少感谢专员不辞劳苦冒战乱风险来视察盐都的话，专员还是黑着脸告诉姚徽远，接待上峰也是地方长官的职责。听到这里连舒致怀也叹一声，隔行如隔山，姓姚的没搞懂做官和做学问的区别。

舒致怀问打听的人，特派专员真的就这样走了。过一会儿再追问是不是真走了。问了几遍才开骂，啥鸡巴专员，顶着战乱赶几百里路，不来舒家盐场倒也罢了，咋不去一趟驻军营房！

没想到又冒出一件更令他发蒙的事，姓姚的市长选了一家茶馆，要请二三十个有影响力的盐场老板"吃讲茶"。这本是帮会和民众的调解方式，政府对老百姓从来都是贴布告。舒致怀不明白是国民政府换套路了，还是姓姚的市长花样翻新。看来还有人比自己更不讲规矩。

更令舒致怀回不过神的是这次不是地保送通知，也不是贴告示，而是政府的人将请柬送上门。舒致怀的请柬是秘书小管送来的。小管说是市长点名要请舒老板。舒致怀一得意便多出一句话："如果有姓巩的参加，老舒就不去。"小管露出不耐烦："舒老板给盐都惹出这么大的麻烦，这次吃讲茶也是给你擦屁股，你还有心思较劲？"

小管板脸了，问他知不知道妨碍抗战是要丢头的。舒致怀说宁丢头，不丢脸。小管嘲笑他两手空空搞出这么多的财富，舍得丢下吗。舒致怀称舒家有人接班，丢不了。小管说他的接班人宁可去缠何清晖也没心思看盐场，接什么班？舒致怀猛地愣住，这才知道何姓女子与二娃有关系。

送走管秘书，立即找来六妹子询问。六妹子说："我以为你知道。"舒致怀不高兴："老舒是管这些事的人吗？"六妹子说："我家二公子出众，当年喜欢你的妹子也不少嘛。"舒致怀听出六妹子话外有音："莫非二娃还有其他花花事?"六妹子扭扭身子:"不晓得算不算花事,我家二公子和巩家小姐好像也有啥。"

舒致怀大惊,怎么偏偏和仇家的后人搅到一起,不是演戏不是讲评书,这剧本也太神了。

六妹子补刀:"很多人看见他俩在歌咏队眉来眼去,一个琴拉得好,一个歌唱得美,配得严丝合缝。"舒致怀陡然大怒:"娶谁家的女子也不能娶巩家的!"六妹子讥笑道:"是巩家的人嫁到舒家来,又不是我家的人嫁到巩家去。"

六妹子是半路加盟舒家,属于戏文里说的旁观者清,有些话真还值得听。二娃与巩家小姐搅到一起是舒家稳赚不赔,既然这样急个啥。不过,何姓女子的事不可大意,舒致怀吩咐六妹子安排用人多打听。六妹子说不是叫她打听穿阴丹蓝布衣服的女子吗。舒致怀说一同打听。六妹子刚要嘀咕那句舒家和女人如何的话,看见当家的神态不佳,又把话咽了回去。

舒致怀还在纠结吃讲茶,小管的态度令他多了疑心,姓姚的出奇招会不会是针对自己?六妹子的视角不一样,她说一千多家盐场才通知二三十个老板,怎么也是一件讲资格的事。六妹子还说这场大麻烦出在舒家盐场,不去更遭人怀疑。六妹子的话紧贴实际,舒致怀不得不收敛性子。

收敛了又不服气,别人混出名堂就有资格昂首挺胸,自己混出点样子怎么就成了灾祸源。

也许可以趁吃讲茶时摸摸舒家盐场祸事的来源,探一探是什么人在算计自己。舒致怀像要去赶场(赶集)似的,未出门先盘算卖啥买啥。

倒是去了,却化不开愤慨情绪,自己一无所有的时候遭人讥讽,成功了照样没被高看,反而添灾祸,这成功还有什么意思!

走到吃讲茶的茶铺已憋出满腹怨气,突然冒出被人盯着的刺感。

四下打量,相邻的茶铺里坐了不少人,有督运盐的外地老板,有报馆的记者,还有一些不知干什么的……穿阴丹蓝布上衣的方凤婕也在里面。来的人如此杂,再回想小管的态度,舒致怀对六妹子的判断动摇了。

历来是老板请当官的吃喝,今天拐杖倒过来拄有违常理,外面不少人怒斥舒致怀惹下这场大祸,这茶局该不会是戏里唱的"鸿什么门"吧。舒致怀心想自己虽不害人,但多少得有防人之心啊。

仿佛要印证舒致怀的猜疑,茶铺里传出巩德彬的大嗓门,屋外听得清清楚楚，姓巩的在鼓动市长惩办引爆麻烦的人。

舒致怀赌气要离开，猛想起管秘书告诫过妨碍抗战罪是要丢头的，自己不怕死，顾忌的是舒家几代人的名声。

又冒出被人盯住的毛骨悚然滋味，舒致怀再次打量四周，旁边小茶馆里，方凤婕不是盯，而是恨着自己。这眼神在齐帮主灵堂见识过，舒致怀一直没想明白自己怎么会成她的仇人。

吃讲茶的茶铺里又传出巩德彬的话音，几乎句句冲舒致怀来。舒致怀知道巩德彬擅长借声讨旁人来表达欲望，也知道巩德彬常编造谎言来诋毁对他有潜在威胁的人。舒致怀的火气再度被点燃，要冲进茶铺和姓巩的大干一场。

临抬腿猛地意识到今天不适合任性，于是改为离开。但要走得合情合理，还需找个人做挡箭牌。

舒致怀迎着方凤婕的仇视目光走过去，装出客气样子："妹子，我家二娃说你是他的老师，有事可以找你帮忙。"趁方凤婕有些发蒙，他快速表达，"老舒家里突发急事，茶铺里正在讲紧要事情，不便打扰。想请妹子等会儿把自己来了又走的原因转告市长。"

不等他转身，方凤婕快速回应道："这么多人放下自己的事来解决你惹的祸，没得到邀请的也在门口盼消息，最该配合的是你，最没有诚意的也是你。"

原来那些看似与吃讲茶无关的人是在等候开工的消息。那么，应该是市长沉不住气了，倒贴茶钱给盐场老板们搭台阶，不是专为自己设的"鸿门茶"。

没等舒致怀缓口气，方凤婕又冒出一句："别以为有秘籍就可以蹚平一切。"怎么又扯到秘籍上去了，看来这也是一个嫉恨自己的人。

舒致怀只得回应："老舒巴不得马上开工，只是老舒不能又出力又挨鞭子。"方凤婕回怼："舒老板为啥不拿这话想想齐帮主？"这语气和表情不像巩家爪牙，不像盐工帮会背后的高人，也不像市长的人，舒致怀心里更没底了。

几乎要改变主意进茶铺时，屋里再次传出巩德彬讨伐自己的声音，仅听嗓音已难容忍，绝无耐心去看脸，舒致怀无暇多想转身走了。走出好远，还感觉到方凤婕满带仇恨的目光刺在他背上。

自出事以来，方凤婕天天来舒家盐场，每次见到舒致怀她都瞪眼恨着，到底有多大仇憋不住？

舒致怀仔细梳理过过往岁月，当年有情有义的三个妹子都留有这样的目光，五妹子是离家出走时，叮叮和桂芳是在自己拍下翻板的盐场时。方凤婕会不会与三个妹子有关？

三个妹子不单温暖了自己的孤儿时段，后来又倾力帮自己熬野盐、凿盐井。再后来，桂芳和叮叮匆匆嫁人，五妹子进了舒家，给自己生了两个儿子，又怀上第三胎，临到该她当老板娘，她却消失了。自己和三个妹子的好缘分太短！

如今儿子也和妹子有了瓜葛。假如与二娃亲密的真是巩家小姐，会不会是她老爸在打舒家秘籍的主意？当年巩老板为啥没下手，现在不惜赔上宝贝女儿，莫非真把深海井与舒家秘籍连在一起了？假如与二娃好的是管秘书提到的何清晖，那么，何清晖又为了啥？

索性绕道去盐管局看看何清晖长啥样。

途中遇到外地来督运盐的崔老板及其女儿，待在盐都的外地人不多，又是与盐打交道的，舒致怀见过这父女俩。

督运盐的崔老板对舒致怀客气得近乎谦恭，舒致怀也点头回敬，却因心情不佳提不起精神，打个招呼即转身离去。

走出好远，还能感觉到崔老板父女的目光，回头望那父女俩，果然在目送他，那目光，与方凤婕的完全两码事。舒致怀再次朝崔老板父女点点头。牲畜都懂回报，何况人。

没走几步，又惊悚地感受到目光刺人，舒致怀以为是方凤婕，四下一望，却是几个盐管局的职员路过，其中一个女职员正侧目怒视自己。舒致怀仿佛被飞来的石块击中，几乎惊叫出声，那目光，简直和方凤婕一模一样。

有盐管局的同伴招呼怒目的女子，竟然称呼是何清晖！这就是传言和二娃如何的女娃？她也恨自己？

舒致怀眼前叠印出方凤婕与何清晖的面容，两双仇恨的目光被放大似的排列在一起。舒致怀不在乎多一个恨自己的人，多一个少一个照样过日子，令他发蒙的是，两个妹子的目光太熟悉。

鬼使神差又冒出那个念头：和当年的桂芳、叮叮、五妹子有关系吗？如果没有，这两个年轻人凭啥恨自己？

# 五

吃讲茶的剧情让姚徽远再次领略到巩老板的风采。

巩德彬自选居中位置坐,说话音量充足,嘲讽了市长标新立异,又讲巩氏家族过去的辉煌,讲了好一阵还不准备画句号。姚徽远刚提醒今天只谈盐场开工,巩德彬就露出不快,问市长想不想听人讲话。

有了这个情绪垫底,巩德彬再讲惩办惹事的罪魁祸首就显得更冲:"现在要解决的重点是你们政府的态度。"姚徽远略微解释一下,巩德彬的火气就爆发,"你不听我们讲,还吃啥讲茶!"

撂下这句话,巩德彬当真抬腿走了。

片刻后,一个又一个盐场老板以各种借口走出门,有的还拱拱手,有的则深埋下头,仿佛一路寻找地上的什么。

上任后亲自策划的第一个亲民活动就这么快速谢幕。不是说市长是一方诸侯吗,为啥没人把诸侯当回事?

专员临走前对他说过,各地断盐的民众越来越多,国民政府要是再拿不出盐安抚民众,就得拿钱维持治安。如今财政哪来钱?连国军精锐部队都严重欠缺军费。姚徽远从旧报纸上看到,被称为王牌部队的十七军二十五师,从南方杀到北方,一两万士兵大冷天还穿草鞋……这类消息,过往的报上远不止十起八起。更揪心的是,姚徽远占着个重要职位,却拿不出半点为国为民解难的业绩。

茶铺整个空了姚徽远才想起另一个主角,吩咐小管去问门口的警察。小管很快回来报告,舒致怀在茶铺门口和方凤婕说了几句话就离开了,没人听见他俩说的什么。

姚徽远马上想起盐工抬尸请愿那天,在市府门口,方凤婕的话比他这个现任市长更管用。

想不警觉都难。自舒家盐场出事以来,方凤婕频繁露面,据说她与政府、盐场老板、盐工帮会都无关系,那么,她会不会真与舒致怀有啥?

舒家盐场的命案越闹越烦。

那些士兵从一千多家盐场中选中舒家盐场,总有选的原因。舒致怀脑子里逐一倒带发生命案的场景，再反复重播关键细节，真还品咂出两句有深意的台词，一句是"你以为咱们是走错路到你这儿的吗"，另一句是"把你家的祖传秘籍借给咱们用几天"。明明是带着预谋冲自己来的！

舒致怀独自琢磨了很久很久，然后就干了件出乎所有人意料的事——亲自带人给守灵堂的盐工送来盛夏最佳清凉滋补的荷叶鸡汤。

香气突然塞满灵堂棚子，闲坐的和刚醒来的盐工都眨巴眼睛搞不懂是啥情况。舒致怀早准备好台词："先前不该对盐工弟兄发火，特意来给各位赔礼。"

没人知道等待用人熬鸡汤时舒致怀有多沮丧，自己的家业如不是家人性命换来的，如不担心某天五妹子回来无法面对，舒致怀绝不可能蠢到由着别人随意修理。

送鸡汤也是摸清舒家盐场命案底细的一种手段。

用人盛好鸡汤，盐工都不伸手接。郑帮主招呼弟兄们尽管吃，吃了才有精力守灵和请愿。这情况尽管在舒致怀预料中，但他仍觉难堪，忍不住念叨自己从没做过亏待盐工的事。郑帮主也不含糊，要舒老板看清楚，谁不把盐工的命当回事，盐工也不会把他当回事。舒致怀叫屈，这次的事真和自己没关系。

郑帮主把话讲明："凭一点小恩小惠摆不平这么大的事情。舒老板把心思花在这上面，不如多想想如何配合盐工帮会请愿。"荷叶鸡汤换来这么一句话，舒致怀察觉这群下力人似乎比以往精明了许多，再次认定后面有高人指点。

灵堂里除了穿阴丹蓝布的方凤婕，还有一个穿学生服的青年男子引起舒致怀的警觉。男子是王家祠堂管日常事务的阳理事。因为老镇学校是王家祠堂出资办的，所以阳理事也兼学校的老师。舒致怀和王家祠堂有合伙关系，与阳理事熟悉，也见过他教齐耕读拉板胡，他来齐帮主灵堂似乎不意外。意外的是用人私下禀报过，方凤婕和阳理事从不互相搭理。

既然都看对方不顺眼，为啥还天天朝同一地方跑。

舒致怀正琢磨如何打听那两人，郑帮主过来问他："舒老板知道那两人为啥对齐帮主的事这么热心吗？"舒致怀一脸愕然不知如何回答，郑帮主理解错了他的诧异，主动解释请愿的事牵扯几万盐工兄弟，有不熟的人加入都得弄清楚。

舒致怀一直怀疑这两人是盐工帮会背后的军师，谁知盐工帮会也在防范他们，是自己没搞懂剧情，还是盐工帮会故意造悬念？

留意到方凤婕没喝鸡汤，还不时拿满带仇恨的目光恨自己，那眼神的确与何清晖的一模一样。自己过去没见过方女子与何女子，就算舒家真的要牵扯到女人，也该知道牵扯到的是何方神圣。

鸡汤没白送。回到堂屋舒致怀立即叫来六妹子，问她知不知道二娃去了哪里。六妹子说出门时背着手风琴。舒致怀暗暗叹一声，唱歌队里妹子太多，换成自己也招架不住那种诱惑。

再问六妹子有没有打听到二娃究竟是和哪个妹子有勾扯。六妹子脸上泛起一抹暧昧，先调侃舒家有遗传，再抢在舒致怀发火前抛出实弹："是在和巩家小姐恋爱。"舒致怀问啥叫恋爱。六妹子说就是相好。舒致怀跳起来："哪个找哪个？"六妹子被吓得一哆嗦。

舒致怀重问："是二娃找巩小姐，还是巩小姐找二娃？"六妹子回答不晓得，然后重复，确实不晓得。

舒致怀满脑子凌乱，好不容易等到儿子回家，急不可耐地要他讲和巩家小姐的事，究竟是谁先找谁。二公子说这不重要。舒致怀说这很重要："无论是你亲妈，还是你小妈，都是她们找的老子。"二公子露出不屑，拒绝开口。

舒致怀不再纠缠过程，直接给儿子布置："姓巩的不是得意他女儿盐都最美吗，不是讲巩家小姐天下无双吗，你就爬到最美的天下无双的身上去，杀杀姓巩的气焰。"二公子皱起眉头不想听。舒致怀追问："走到哪一步了，摸没摸，亲了吗，那个没有？如果没有，就抓紧做。"二公子转身要离开，舒致怀很不满，"嫌不好听是不是？不顺耳的话都实在。"

二公子说父亲和巩老板都有盐场要经管，闹来闹去有啥好处。舒致怀来情绪了："姓巩的派方女子来害老舒，你难道没看见？"二公子不知父亲这话是从哪儿听到的，盐场停工，损失最直接的是盐场老板。就算盐工帮会背后有人出谋划策，也不一定是巩老板。舒致怀异常痛心，儿子刚和巩家小姐恋到一起，就帮巩家说话了，难怪舒家的得失会和女人有关。

二公子认同舒家盐场命案背后可能有预谋，但不认为是巩老板，舒家盐场出事对巩老板没好处。

舒致怀气不打一处来："这几十年，姓巩的一直想看到老舒倒霉，这次他如愿了！"

"假如巩老板真要做什么，当初你刚动手的时候他为啥不做？"

"他当初低估了老舒，现在见老舒做大了，他后悔了。"

二公子建议父亲不要花精力瞎猜，有些事需要时间来证明，树叶掉了，树上的东西自会藏不住，眼下最要紧的是尽力消解命案带来的冲击。

察觉儿子也在琢磨舒家命案背后的蹊跷，堵在舒致怀心里的气勉强松了一点。儿子终于和老子有了同步的念头，尽管儿子这么做极有可能是为当官。

没等舒致怀气顺，二公子爆出一个严峻问题："当兵的来舒家盐场抓壮丁，是不是许诺卖了壮丁分钱给你？"

"你也猜疑老子了！"

"除了我，没人会把外面的话如实转告你。"

二公子说了一件奇怪的事，出事那天，方老师和阳理事都是收到一张纸条才赶到舒家盐场的。纸条上的内容一样，七个字：舒家盐场要出事。两人以为是二公子写的，还问凭啥认为他们在关注舒家盐场。

舒致怀更在意的是，他俩为啥怕人知道他们在关注舒家盐场。

二公子答非所问："方老师和阳理事之间有怨气，方老师原本在老镇学校教书，听到阳理事要来学校，立即辞职去开商行卖报纸。后来阳理事组建歌咏队，我曾提说方老师教过音乐，歌唱得好，建议邀请入队。阳理事一听就黑脸。"

方凤婕和阳理事怨气再大也和自己没有一毛钱关系。令舒致怀上心的是，他俩是对头，为啥又都盯着舒家盐场，还都不愿让人知道。这中间要没鬼，自己就脱光裤子去盐都街上走一圈！自从舒家盐场出了命案，这两个年轻人天天泡在这儿，就算不是盐工帮会的军师，也肯定没好事。

年轻人没理由和自己过不去，会不会与他们的前辈有关？

舒致怀的疑问姚徵远也有，为啥年轻一代也认为要开工先要惩办舒致怀。

稍一比较，姚徵远选择去盐管局。何清晖是管盐的政府职员，和舒家二公子交往密切，可能知道常人所不知的秘密，再加上同何清晖已有交谈的基础。

大办公室里依旧只有何清晖一人。

何清晖仍然没像别人那样朝市长满脸堆笑，但泡茶的动作利索，暴露了内心的热情，惹得小管又冒酸水："与小何妹子相处那么久，从没得到如此待遇。"何清晖回应："我是不是该请你把市长领走？"

看到姚徵远在一旁笑，何清晖辩解见惯了装腔作势的官员，遇到一个另类市长，也忘了拘泥规矩。

何清晖先发问："市长来是不是想听我讲舒致怀？你不会是来这儿吃讲茶吧。"姚徵远要她别再提吃讲茶，很尴尬。何清晖不认为是失败，至少显出了市长的风格。

何清晖没拒绝谈舒致怀，但提出交换，互不欠人情。姚徵远问她想换啥。何清晖要听市长讲为啥不想当官，是受社会上仇官心态的影响，还是另有隐情。小管责怪何清晖和市长做生意，姚徵远却满口答应，还叮咛小何妹子不许赖账。小管暗叹，本届市长不是不在意异性，而是会咬的狗不叫啊。

大概想交换到需要的内容，姚徵远先主动讲："人最大的快乐莫过于做自己乐意做的事，你无法体会干自己擅长的事时的自在和愉悦，那种天马行空般的境界，无比惬意！"

"那你为啥还当得这么认真？"

"是读书养成的习惯，草率轻浮，害人害己。也有客观原因，国难时期，应该出力。在徵远这里，名声比生命重要。"说到这里，姚徵远迅速打住，"该听小何妹子谈舒老板了。"

何清晖继续问："市长为啥对舒老板这么大兴趣？"姚徵远说刚才的条件中没有再提问。何清晖叫起来："真做生意呀！"

何清晖先谈挖耳勺盐井，尽管史料上有，那个年头过来的盐都人也都知道，但何清晖有她独到的看法："一个为凿盐井把家人性命放在次要位置的人，为啥对盐场停工反应不强烈？盐井是舒家的，政府又鼓励多产盐，舒老板既占理也合法，他要阻挡搭灵堂，要强行开工，谁能拿他怎样。"姚徵远探讨："也许舒老板是不想背上罪名，要等政府和驻军找出凶手。"何清晖的想法很老到："这世上，久拖无结果的事难道还少了？"

按何清晖的说法，舒致怀这次太反常，是有意为之。

姚徵远索性直面疑点："小何妹子为啥恨舒老板？"何清晖反问："难道他不值得恨？"姚徵远明确表示想听何清晖的独家理由。谈话刚要接近实质性内容，一个最不该出现的人走进办公室。

来人是舒家二公子舒廷钦。

二公子一进门便察觉来得不是时候，好在何清晖抢着招呼他缓解尴尬。二公子解释是来请何清晖给歌咏队提意见的。歌咏队要去省城参加决赛，借用盐管局的吊脚楼戏台排练，该下班了，正好请何清晖指点指点。小管带着鄙夷把话挑明，二公子想让何清晖看他拉手风琴。

何清晖满口答应，还邀请姚市长参观一下这支改写本地文化史的歌咏队。小管说市长很忙，姚徼远却答应留下，还说他早想见识一下这支省城外唯一唱进省决赛的歌咏队。小管再次认定市长不属于不近颜色的人。

姚徼远只愿在办公室透过窗户看，还要舒廷钦别告诉任何人，以免影响排练。舒廷钦想请市长去台上鼓励一下歌咏队，被何清晖拦住。姚徼远赞赏何清晖很懂得理解人。小管在旁边偷偷揣摩市长望何清晖的眼神。

歌咏队要借用两张凳子，何清晖帮舒廷钦送去台上。

姚徼远不免纳闷，何清晖那么恨舒致怀，也与舒家二公子分手，咋对他还这么亲热？小管认为是二公子缠着何清晖不放。姚徼远问何清晖和舒致怀有啥仇，小管也不知道。姚徼远奇怪他是本地人怎么会不清楚。小管说确实没听说过。姚徼远调侃，市长还要干侦探的活儿。

外面传来试敲大鼓的声音。姚徼远透过办公室窗户的小木格望出去，歌咏队的几十个年轻人正在戏台上摆放带来的长条凳。吊脚楼戏台前的坝子里，闻声赶来围观的人迅速增多。盐都这地方平常没啥可看，任何响动都能召唤来众多好奇者。戏台上的合唱队按阶梯站好队，给人一种像回事的观感。尚未开唱，姚徼远已有几分期待。

鼓槌在大鼓边沿敲出梆梆两声，台上人静下来。姚徼远看见阳理事举起鼓槌，在头顶挽了个花式，快速落下，敲出一串极具韵律味儿的节奏。随着这节奏舒廷钦拉响手风琴。手风琴的旋律和轻重快慢有致的大鼓声交相辉映，特殊的组合格调令姚徼远暗暗称奇。

前奏一过，领唱亮声："我的家，在东北松花江上……"一开口便镇住全场，连见多识广的姚徼远也暗叹如此甜美的嗓音很罕见。小管在旁边轻轻评述："这便是传说中的巩艳燕，巩德彬的小女儿，老镇学校著名的校花，据说她每从街上走过一次，都会有男人扭痛脖子。巩德彬强悍霸道，养出的女儿却如此甜美多能，这个世界是不是很搞笑？"

合唱声起，居然是分了声部的正儿八经的合唱，一群唱功很一般的人，整体能捏合到这个水准，相当于将一把普通的牌打精彩。小管介绍，组织和培训这支歌咏队的就是打鼓的那一位，名叫王峻阳，在省城读过大学，眼下是王家祠堂的常务理事，大家都称他阳理事。大鼓加手风琴加板胡是他的创意，据说这也是他们征服预赛评委的一大特点。可惜，拉板胡的齐耕读在舒家盐场守灵，没来排练。

听小管介绍，姚徽远意外察觉到一个现象，巩艳燕唱歌时不断扫描坐在队列前拉手风琴的舒廷钦，眼神意味深长。姚徽远惊叹掉进传统剧情的纠葛里了，巩德彬和舒致怀严重对立，会容许女儿和舒家二公子走到一起吗？

吊脚楼戏台前的人群中出现十多位外地来督运盐的老板，这些老板本来因缺盐的事揪心，意外发现市长在盐管局，一齐拥到办公室窗户前，指着姚徽远质问："盐都搞成这样，市长还有心思听歌！"

外地老板围着市长大闹，歌咏队只好停止排练。盐是本地人的生存命脉，歌再好听，始终排位在衣食之后。

阳理事和二公子一道回舒家盐场，一路遗憾，早晓得有这么多人看排练，就该叫上齐耕读，少了板胡一下少好多味道。

二公子开口极少，自从出了齐帮主命案，阳理事一直待在舒家盐场不离开，二公子不可能没想法，只是尊敬老师，他不愿讲。

刚刚在歌咏队听到有新的说法，二公子急着回家告诉父亲。

"有人怀疑舒家命案是嫉妒你的人怂恿士兵们干的。你有深海井，又有秘籍，别人不服气也在情理中。"舒致怀问这话是谁说的，二公子搪塞道："谁说的都一样。"舒致怀非要知道说话人是谁，二公子犹豫片刻才承认，"是巩艳燕。她爸就多次遇到这种情况。"

二公子补充巩艳燕的看法："不管对方是恶意贬低，是借你自吹，还是心胸狭窄故意使绊子，都离不开这个原因。"

这样的话出自巩家的人，不能相信。自己确实有遭人嫉恨的本钱，不过，用命案来发泄，未免太夸张太过分。二娃说可能还掺杂了其他因素。舒致怀听不懂，斥责他别总是念书上的词。

同是家业宏大，为啥巩德彬被吹捧，自己就要遭暗算？是因为自己属于底层逆袭，巩家是祖上正统下传，还是觉得自己是沾了传说中的秘籍的光，算歪门邪道？舒致怀很不服气。

出门透透气。天已经黑了，坡下灵堂的马灯刺得舒致怀心痛，他发泄似的把脚边一个拳头大的石头踢出去，听到石头沿野草稀疏的小坡往下滚，舒致怀又紧张了，万一砸着人咋办。他竖起耳朵，听石头滚到坡底砸在路上再跳进路外荒地才松了口气。人在倒霉时放屁都得小心。

灵堂里传出板胡声，婉转凄凉的琴声在夜里尤其揪心，不知不觉触到舒致怀内心深处的痛点。齐耕读的父母战死在抗战前线，得到官方的遗孤保育院安置，得到齐帮主和好多人的关照。而自己也是幼小成孤儿，独自在悬崖边摸索，拼不出来是死路，拼出模样依旧遭卑劣之人下黑手。

假如用不凿盐井来换现在的安宁，如何？

这念头刚浮现立即被舒致怀自我否定，如不打拼，现在极有可能是另一种不安宁。并不是所有人都有资格被羡慕嫉妒恨的。

仰望灰暗夜空，舒致怀长叹一口气，好一阵没有改变姿势，直到察觉没有了板胡声，才看到齐耕读和方凤婕提着马灯走过舒家盐场简易牌坊式的门栏，从小坡旁挤进夜幕深处。舒致怀琢磨，方女子和齐帮主的义子如此亲近，莫非她真是齐帮主什么家人？

坡下猛地传来齐耕读声嘶力竭的喊叫声，嗓音完全走样，听不清喊的啥，怪怪的声音在夜晚的山野间异常瘆人。灵堂棚子里拥出一大群人，提马灯拿棍棒，乱哄哄地朝发出喊叫声的地方跑去。

几盏马灯照见一脸惊魂的齐耕读和方凤婕。齐耕读惊魂未定地对郑帮主诉说："有个人……拿刀……威胁方老师，要方老师远离……舒家盐场。"郑帮主问是什么样的人，齐耕读和方凤婕都说不清，只知道是个蒙着面的男人。

二公子带着舒家几个孩子及用人惊慌冲出家门，舒致怀说自己在这里。舒家人松了一口气。二公子问坡下的事，舒致怀轻轻嘀咕一句，二公子没听清，舒致怀重复，二公子还是没听明白。舒致怀气不打一处来，加重语气："又在老舒地盘上生事，存心把老舒朝死里整！"

# 六

舒家盐场麻烦不断，舒致怀思来想去，祸事根源极有可能是舒家秘籍。强势的曾祖父就因秘籍遭遇横祸。

又感觉被人暗中窥视，异样的刺感令舒致怀浑身不自在，反复四下打量，啥也没看见。堂屋本是舒致怀眺望盐场静心养神思念五妹子的独享场所，这些日子却成了蜷缩在这里舔伤口的地方。

恍然间传来一种怪怪的声音，伴随怪声不断重复，一个孕妇背着一小孩遗体从面前走过，孩子身躯尚未完全僵硬，贴在孕妇背上，一双小脚随孕妇行走晃得人揪心。孕妇重重恨一眼舒致怀，一声不吭走出堂屋。舒致怀惊叫一声五妹子，跳起来追出去。

外面不是熟悉的模样，没有天井，没有房屋，白茫茫一片。舒致怀瞪大眼四下搜寻，啥也看不见，只隐隐约约听到怪声从不明处传来，越急越找不见，猛地惊醒，才发觉自己满身大汗躺在床上，六妹子光着身子在一旁酣睡。

回味梦境，舒致怀百感交集。

梦中那个隐隐约约的怪声还在继续飘来，舒致怀起身披上衣服，顺声音走出舒家大门，到屋子侧面，二公子一个人坐在那里练手风琴。二公子没奏完整的曲子，而是一组一组音阶反复练指法，听起来难免怪异。

少说也听过千百遍儿子拉琴，从没觉得过声音怪，舒致怀生出一股没由来的紧张，莫非是不好的预兆？念头一出又自嘲，以前的自己哪有这么多顾虑，到底是人倒霉缺底气，还是真有神灵在暗示？

二公子停下拉琴对父亲解释，昨晚听齐耕读拉琴进步不少，他不想原地踏步。舒致怀没在意儿子说啥，吩咐道："刚才在梦中见你娘的神色不好，不知是不是提醒什么事，你马上出去看看。"二公子认为父亲是忧虑太多。舒致怀也厌恶自己疑神疑鬼，只是，走霉运的人不敢大意，非要儿子到外面看看。

舒致怀独坐堂屋里喝早茶。盐都的早茶就是早上喝茶，滋润内脏并提神，不囊括早餐。用人端来泡好的茶，舒致怀一看就发脾气，责怪茶叶放少了。六妹子闻声进来检讨是她抓茶叶没用心。舒致怀端起茶碗又嫌不是鲜开水，还不如自己的尿热。六妹子劝当家的别烦躁，情绪不好容易惹事。

这话又令舒致怀深感不吉利。

看到二公子匆匆赶回的神态，舒致怀情不自禁紧张起来。二公子带回的消息比预想的更糟，舒致怀手中的茶水溅洒一身。

二公子刚下坡即遇见老镇来报信的人，王家祠堂一千多宗亲，不满意和舒家合伙的分成比例，一大早聚集在老镇上，要过来讨公道。王家祠堂有六口盐井的公产，这些年一直和舒致怀合作经营，从没嫌分成不公平，偏偏在舒致怀倒霉的时候毫无征兆地发作，转眼聚集上千人。

舒致怀不让儿子替他擦身上的茶水，催促赶快去找打理祠堂事务的阳理事。二公子说阳理事昨夜就回老镇了。舒致怀几乎跳起来："你马上去老镇王家祠堂让他等着，我随后就来。"

很难见父亲急成这样，二公子匆匆出门。

舒致怀连续两次没将脚放进裤腿，气得提起裤子乱摔。六妹子用手撑开裤腰，让舒致怀逐一放进脚，刚把裤子提上，用人领来一个人，说是老镇来的。来人说王家祠堂的宗亲要学盐工帮会，去找政府主持公道，一千多人拥出老镇，怎么也拦不住。市府的一大群官员和警察正朝老镇赶。

舒致怀急得穿着拖鞋就出家门，六妹子提着布鞋追出帮他换上。六妹子问要不要黄包车，话音未落，舒致怀已顺台阶走下去好远。

做过盐工的舒致怀身板结实，一路快奔。路上见不少赶去看热闹的人，个个兴致蛮高。看别人火烧屁股也算乐趣？舒致怀气不打一处来，有工夫看热闹咋不多做点实事？不穷才怪！

要不是靠着自己帮忙经营六口盐井，王家祠堂哪来钱维持开支？哪来钱办一所像模像样的学校？逢年过节哪来钱给几千宗亲发红包？手上阔绰了，日子好过了，却不记自己的情，还故意选在自己倒霉的时候翻脸，而且一出手动静就不一般，存心把自己朝死里整！

老镇是百里盐道上最古老的重镇。有第一滩在那儿，运盐船去王爷庙码头需要逐一上五级船闸，许多船会先泊在老镇。老镇码头由此成为橹船帮的第二聚集地。木船和船工集中难免出事，各朝各代对老镇都看管极严。停工后老镇码头停船数量狂增，其中还夹杂一百来艘装上盐没运走的船，警察基本上是二十四小时盯着。王氏宗亲偏偏选在最不能出事的时间和最不该出事的地点闹事。盐场命案已搞得舒致怀焦头烂额，看到挤满老镇场口的王氏宗亲和满头大汗的警察及政府职员，舒致怀大热天也直冒冷汗。

趁人群较劲，舒致怀像罪犯一样沿人少的巷道进老镇，二公子正站街边等他，说阳理事在王家祠堂等着，他借口来接父亲是有话要先讲。

二公子说出了这么大的事，却看不到打理祠堂的阳理事着急，问父亲是不是和阳理事有啥纠葛。舒致怀没好气："我要不答应他当王家祠堂的执行理事,他理个屁,他能和我有啥纠葛!"马上又抱怨,"啥叫纠……葛?"

舒致怀催儿子领他去见阳理事。这世上没有替自己挡风的墙,也没有供自己依靠的山,那就只能自己弄清是哪来的风。

刚走不远就见街边有督运盐的外地老板拦住几个王氏宗亲说话,舒致怀低声招呼儿子别让那些人缠住,转身快速溜进旁边小巷。二公子慢了半拍,几个被问得很拘束的王氏宗亲都指着他,要外地老板去问舒家二公子。

为替父亲挡驾二公子被迫站下。外地老板们要二公子讲讲舒家与王家祠堂的内情。二公子不按外地老板的问题回复,而是以一种念公文的口气回应,自己是盐都教育局的职员,有关教育方面的事尽可问,其他问题请找相关部门。外地老板们没想过要关注教育,有些发愣,只有崔老板指明他是当事人家中的二公子。二公子敏捷回应,自己的志向不在盐场,盐都很多人都知道。不等外地老板再问,迅速宣告有急需处理的事,如果没有关于盐都教育的问题,自己便告辞了。

转身那一刻,二公子察觉到有张靓丽的青春面孔直直对着自己,认出是崔老板的女儿。对方看到二公子望着自己,丝毫不退避,两眼继续放电。二公子猜测又是一个迷他拉手风琴的粉丝,这样的粉丝太多,二公子不想太在意,也没忘做作一下,再次回头对外地老板们来一句官话:"政府各部门的人都在老镇场口,市府长官也在那里,一切以他们说的为准。"做作完毕,才罩在那双追灯似的目光里,昂首离开外地口音群。

二公子赶到王家祠堂却不见父亲影子。

人都去了镇口,宽阔的王家祠堂里空无一人。二公子转了一圈重新出祠堂,望着空荡荡的街面琢磨,会不会是阳理事把父亲接走了?

二公子以为父亲和阳理事是因王家祠堂六口盐井的运作有分歧,却丝毫没料到,阳理事编写的剧本是要父亲的命。

王家祠堂爆发的新剧情,是阳理事一手编写的剧本。

在大学期间,有同学杀过日伪汉奸,让阳理事看出战乱年间杀人似乎比做学问更容易,比写揭露文章更方便脱身。阳理事中断学业,离开省城,直接回盐都,就是要找机会杀舒致怀。他把这事定位是为民除害。

即便如此,阳理事还是给杀人剧本设置了一个前提:绝不因杀舒致怀耽误自己的远大前程。毕竟自己才二十岁出头，还要做很多惊天动地的大事。

没料到这个前提会大大增加难度，使得阳理事反复纠结如何下手，直到舒家盐场出命案，他才长叹机会终于来了。

兴奋仅一闪而过，一个细节令阳理事陡然警觉。舒家盐场出事前一刻，有学生捎给他一张纸条，上写七个字：舒家盐场要出事。捎纸条的学生不认识更说不清给纸条的人。那么，谁会知道他在关注舒家盐场呢？

最初以为是唯一可能知情的方凤婕，没等阳理事打听，方凤婕在随抬尸请愿的盐工去市府的路上先问他，是不是他找人带的纸条来，阳理事这才惊讶地知晓，方凤婕也收到一张同样的纸条。

反复推测，只大致猜到这也是一个盯着舒致怀的人，却不知道这人是谁。多出一个同盟等于多出一扇窗口，极有可能触碰到杀人剧本设定的前提，杀了舒致怀再搭上自己，性价比太低。阳理事越发不敢轻举妄动。

舒致怀去灵堂棚子送鸡汤把阳理事逼急了，生怕舒致怀和盐工帮会缓和怨气，正构思如何应对，有人持刀在舒家盐场边闹出么大的动静，搞得人人警觉，更难对姓舒的下手。同时，政府也在抓紧与各方面的人协商开工，杀舒致怀的机会像烈日下的水渍一样快速蒸发。这个机会里含有齐帮主的生命代价啊，难道就这么在犹豫中被白白消耗掉！

灵感来自那张七个字的纸条，盯舒致怀的不止一人，顺势想起平时王家祠堂宗亲对六口盐井分成的牢骚。阳理事这次没犹豫，连夜赶回老镇，找来一拨王氏宗亲的骨干，这些人原本就不满舒致怀一人所得等同众多王氏宗族，稍一煽动便达成共识。特别令阳理事震撼的是，宗亲们对舒致怀的怨气不仅局限在分成上，更不满舒致怀过去比众人穷，如今却比大家阔。"一个仅仅是裆里夹条屎的小盐工，外加谁也没见过的秘籍，就混成盐都排列前几位的盐场老板，这世道还有啥鸡巴公理！"

事情比预想的顺利很多倍，听说是打击舒致怀，一夜之间竟鼓动起一千多人。阳理事算是进一步懂得黄巢、王小波、李顺、洪秀全等人为啥能一呼百应的另一层原因。

哗啦一声拉开盐都八月第二波大戏的大幕。阳理事既兴奋又担心，生怕舒致怀像前一次，蜷缩在家不出门。好在这次舒致怀选择主动前往老镇，姓舒的被命案吓出防范意识了。这也让阳理事警觉，即使藏在背后折腾，也难免被察觉，所以更需要早作了断。

从二公子口中得知舒致怀已出门，阳理事抢先赶回王家祠堂等候，看到舒致怀火急火燎地赶来，阳理事暗喜，这正是杀人剧本所需要的基础。

听到舒致怀气急败坏地指责自己，阳理事心里很享受，表面却装委屈，故作神秘地说有内幕，要换个地方单独谈。舒致怀要等儿子来了一道谈。阳理事不同意，假如被人察觉是谁透露的内幕，今后没法在这儿处。舒致怀说二娃本来就是舒家未来的当家人。阳理事坚持多谁也不行，否则不谈。

舒致怀正处于被烈火熏烤的境况，被迫屈服。屈服后又很伤感，这些年自己算是被人看在眼里了，却依旧说话不算话，真他妈没意思！

阳理事领着舒致怀去王家祠堂侧门，舒致怀一看就发火："老舒是名正言顺的老板，偷偷摸摸的算个啥？"阳理事顺口编理由："不想在这个时候让别人看见我和你单独相处。我宁可不当这个理事，也不想戴上走狗帽子。"

舒致怀只好憋下怨气。

大伙都去镇口凑热闹了，偌大的王家祠堂空无一人。舒致怀一路都在指责王氏宗亲选在自己倒霉的日子里闹事，居心不善。看到阳理事不急不躁的样子，猛想起二娃怀疑阳理事的态度，问道："你早就知道王氏宗亲要闹事？"

阳理事不解释，故意朝严重的方面说："你占王家宗祠六口盐井的收益太多，宗亲们不满好长时间了。"

"协议是几年前定的，为啥以前没听他们说起？"

"以前没有合适机会，谁都看出这几天是好时机。"

舒致怀断定有人在背后挑动，和舒家盐场的灾祸一样。

阳理事不否认："如果没受到伤害，谁也挑动不起来。"

两人来到偏僻角落里的一间小屋，阳理事推开门走进去，舒致怀还在生气，糊里糊涂跟进屋。里面散乱着各种杂物，乱七八糟的模样显示平时很少有人来。

舒致怀本能地警觉："怎么选这种地方说话？"阳理事依旧宣称不想让人看见。舒致怀再次想起刚才儿子问自己和阳理事有啥纠葛，莫非二娃听说了什么？

舒致怀迅速打量屋内每个角落。

二公子在老镇街上寻找父亲和阳理事，意外遇到秘书小管。二公子历来反感小管太做作，不准备搭理，管秘书却不放过，拦住他问他父亲在哪里。二公子勉强回答自己也在找他。小管很气盛，老镇就这么大，他能躲到哪儿去？二公子不满这语气，两人像公鸡斗殴似的僵持。

　　方凤婕的到来看似巧合其实在理，她也在焦急地寻找阳理事。二公子说阳理事拉父亲单独谈事情去了，方凤捷更急，一句话就说服二公子："老镇出这事与你家有关，市长肯定急着找你父亲，你是政府机构的职员，应该主动配合。"

　　二公子对方凤婕的话表示赞同，小管的疑心却上来了，自舒家盐场出事，好多人猜疑方凤婕为啥分外热心，难怪市长也盼咐了解方凤婕，尽管市长不主张用查字。

　　小管说："老镇出了大新闻，报纸更好卖，方老师急啥？"

　　方凤婕反问："管秘书找舒老板是为新闻，还是为平息群体事件？"不等小管回应，方凤婕催二公子，"谈话地点很可能在祠堂里，快领管秘书去找。"

　　二公子也担心父亲处境不妙，但他不想单独与小管一起，便邀方凤婕一道去。方凤婕不想耽误时间，领先朝王家祠堂走去。

　　三个人在王家祠堂里转了好几处，毫无收获。要找人打听，整个祠堂不见一个人影。小管急得直责怪方凤婕判断失误。

　　舒致怀反复打量堆放杂物的偏僻小屋。阳理事看出端倪："舒老板怀疑在这种地方谈话不正常？"舒致怀承认差不多有二十年没在这种场合谈事情了。阳理事说话刻意带刺："二十年前能谈，现在凭啥不行，坏德行都是钱多惯出来的。"

　　"你今天说话怎么这么呛？"

　　"万一有人看见我和你密谈，我会成众人的死对头。"

　　舒致怀更闹心："老舒啥时成瘟神啦！"

　　急于打听闹事的深层根源，舒致怀被迫搁置怨气谈正事："那些人究竟想闹个什么名堂？"阳理事故意把问题甩回去："你说呢？"看出阳理事在卖关子，舒致怀偏不回应。

　　阳理事没收到想要的效果，只好装作漫不经心的样子："王氏宗亲的想法很明白，要出一出被你欺诈的恶气。"

"闹饿了还得回家吃自己的饭,老舒照样不少一根毛。"

按照自己拟定的杀人剧本,阳理事尽量选舒致怀担心的内容细数:"没人会因一根毛和你较量。知道他们为啥选这个时候闹事吗?眼下国家有难,盐都的盐成了政府高度重视的焦点,你的盐场在这种情况下出人命,引发一千多家盐场一万多口盐井全部停产,逼得盐都大小官员忙成一团,上面视为火烧眉毛的大事。那边还没摆平,你又在老镇惹出新的群体事件,换成谁都会和抗战的国家大事连起来看,后果不用说你也很清楚。"

二娃也说过类似的话,舒致怀脸上露出几分慌乱。

看见有了成效,阳理事更来劲:"无论什么人,无论多大的老板,只要摊上破坏抗战的罪名,下场都会很惨——枪毙、杀全家、没收全部财产、子子孙孙背上永远洗不白的污点……"

舒致怀打断阳理事:"越严重的事,越要讲证据。这话是市长说的。"

发觉舒致怀没有预想的那么好恐吓,阳理事明白还不宜下手,自己是比姓舒的小二十多岁,但舒致怀从小干粗活,当了老板也没歇着,真要硬来不一定打得过。更重要的是杀人剧本设置有前提,不能因姓舒的搭上自己的远大志向。

还是按构思的剧情走,先用后果严重的话饱和攻击,击垮舒致怀的意志再伺机下手。

其实舒致怀已经沉不住气了,反复追问邀约这么多人去市区闹事,是谁出的主意。阳理事尽量把话题绕到继续吓唬上:"到这一步,谁的主意已经不重要了,王氏宗亲都知道政府正准备收拾你,选这个时候找你肯定是瞅准了时机的。"阳理事一得意就多说了几句,话一多反而引舒致怀起了疑心:这娃的话太有条理,明显是事前想好的。难怪二娃会问自己和阳理事有什么纠葛!凭二娃的心智,不会平白无故那么问,于是要阳理事回答,身为常务理事,是怎么对王家祠堂的宗亲们解释的?阳理事故作冷漠:"所有人都晓得,大小事必须你当老板的点头,我这个理事只干具体活儿,我的解释没用。"舒致怀指着阳理事鼻子:"我在那么多人中答应让你做常务理事,你就这样对我?"

舒致怀突然从阳理事眼中看到一种熟悉的仇恨目光,与方凤婕、何清晖十分相近,顿时大惊。两个女子的仇恨目光已让舒致怀深感不安,再多出一个阳理事,是老天刻意要收拾自己,还是他们三人原本是同伙?

舒致怀的恐惧感不断上升,压也压不下去。

阳理事也开始焦急起来，按他的剧本是先把姓舒的吓蒙，有利于不声不响做事，没想到始终没见舒致怀崩溃，姓舒的到底是反应迟钝，还是承受力太强？剧情卡在这儿，设计好的桥段没法上演，阳理事不得不当机立断，换B计划。

既然要为民除害，就不能再挥霍绝好机会。一千多王氏宗亲掀起的风波极有掩护效应，如此大的群体事件中死一个姓舒的，不等警察查出结果，自己已带着歌咏队去了省城，参加完决赛直接从成都参军去前线。赶在离开盐都前完成心愿，才不窝着恶气上战场，才能专心致志打鬼子。

没必要再与姓舒的啰唆，B计划的下一页剧本是趁舒致怀心神不宁，将其打昏，吊到小屋的梁上，然后，当面对他说知道为啥要杀你吗。这样的桥段在戏里见过多起。按剧情需要他也早备好道具。

阳理事用眼角快速斜瞄一下脚边杂物，那儿提前放有一根很称手的短棍，此刻，短棍依旧在原处候场。

阳理事慢慢向放在杂物上的短棍靠近。

# 七

舒致怀从阳理事的眼神中看到仇恨，对其一举一动也就多了留意，自然没漏掉阳理事眼球瞬间晃动，发觉脚下杂物堆上有根与其他物件不一样的短木棍，棍上没半点灰尘。舒致怀暗暗嗤笑一声，就这么个家什？

底气逐渐回升，舒致怀的声音也粗了，一再追问王氏宗亲闹事的真正起因："肯定不是对分成不满，当初是王氏宗亲找上门和老舒洽谈的，分成方法也是他们提出的。"阳理事说几年过去，啥都变了。舒致怀来气了："这是做生意，白字黑字写有守约，还讲不讲规矩？"

"你早些年也是不讲规矩才凿成盐井的，知道这事的人多了去了。"

"老舒从拿野凼卤水熬出第一锅盐，就没乱卖过一两，全是按规矩交官府统销的。"

"你在公家的地盘上凿盐井，报批了吗？"

"那时候皇帝都没了，官府军队争地盘打得你死我活，哪个来批？"说得来气，舒致怀怒斥，"你那时候还没进你娘的脚肚子，从哪儿听来这些屁话？"

舒致怀认定说此话的人就是领头闹事者："老舒不招惹别人，不拿别人做遮掩自己丑事的借口，也不会容忍谁在背后算计老舒，大不了一同拼到阎王殿去，反正老舒这辈子想要做的事也做得差不多了。"

舒致怀非要阳理事说出领头闹事的人，阳理事拒绝牵扯旁人，两人不知不觉争吵起来。

吵闹声无意间放大，堆放杂物的小屋门被人推开，门口站着二公子、管秘书和方凤婕。阳理事满脸懊恼地怒视屋外三人。

小管打着官腔要所有人离开，他要单独向舒老板传达市长的指示。阳理事愤怒难耐："这是我的地盘。"二公子也帮着说，阳理事是王家祠堂的常务理事。小管正想有人看他表演，当着旁人训斥舒致怀："市长要你立即把王家祠堂的宗亲们安抚好。"

舒致怀很烦小管居高临下的态度："老舒还没弄清楚是咋回事，咋安抚？"

"等弄清楚是咋回事，早已轮不到你出面了。知道你接连惹出大麻烦，对盐都乃至对抗战，带来多严重的影响吗？"

"毛都没长直的娃娃也来训老舒！"舒致怀既反感也鄙视，"只要没事求你，再大的权势在老舒这儿也不值一文钱。"

舒致怀厌恶地掉开脸。小管很生气："惹了大麻烦的人，还有脸理直气壮！"舒致怀不服气："你怪老舒，老舒又怪谁？"小管怒斥："怪你自己！"舒致怀横了："老舒长短就这一坨肉，咬我头，硬；咬我脚，臭。随你们咋办！"

一句话惊得二公子眼珠子都不会转了，父亲到底是不知道后果，还是真的绝望了？

吵闹声把姚徵远也引到了偏僻小屋。

逼姚徵远进王家祠堂的，是盐都面临的另一大损失。

姚徵远本来在街边木楼上召集有关部门的头儿，紧急磋商如何化解老镇的危机。舒家盐场命案未了解，老镇又来千人声讨，到场的人争相分析盐都接连发生超大群体事件有多严重，似乎不说出点什么就是头脑简单，众人讲了很多，却没讲出任何可操作的建议。

唯独有一个发言刺痛了姚徵远。

发言说，沿海盐业被战争逼停，一家大老板亲自来盐都考察投资，一来就遇见盐场全部停工，今天老镇又出群体闹事，这样的投资环境，人家还会来吗？

姚徽远稳不住了，这事他清楚，来者是想投资井盐深加工，化工范畴的事他比常人懂得多，这事若成，盐都未来会更上一层楼。不能让难得的机遇毁在自己手上！

姚徽远离开官员们去王家祠堂找舒致怀，凭吵闹声找到这间偏僻小屋。

小管建议另寻地方谈话，小屋太简陋，不适合市长办公。姚徽远哪有心思计较环境，吩咐只留下舒致怀，其余人先行离开。

堆放杂物的小屋里只剩下姚徽远和舒致怀，门外站着两个满脸严肃的市府人。舒致怀突然多了疑心，小屋里的所有剧情会不会是姓姚的想出的花招？真不可小看读书人的弯弯肠子。于是横下心问："是不是老舒的死期到了？"姚徽远肚子里憋满怒气，不想开口。舒致怀心里更没底，只望干干脆脆把自己杀了，别搞什么羞辱的把戏。

姚徽远强忍怒火："知道维护尊严就好办。"

舒致怀没听懂，按自己的理解回答："我舒家辈辈代代是下力人，没人把我们看在眼里，只能靠自己。"

"有没有想过，为啥这么多人和你过不去？"

"老舒要在乎别人的心思，这会儿还在挑卤水。"

"你的盐场在紧要时期引发大停产，你经管的王家祠堂盐场又闹群体事件，几十年后，你就拿这些告诉你的后人，说你在抗击侵略者的年代里做了些什么吗？"

舒致怀不是被吓住，而是被姚徽远的气势镇住，盐都接连发生的群体事件确实与他有关，于是坦诚相告："老舒也遭受了巨大损失，老舒没偷没抢，无非是别人站那里吃瓜子看热闹，老舒在埋头拼命。假如没拼出名堂，老舒只剩一堆白骨，拼成了……为啥别人干成就是领军人，老舒就成了妓女的屄，谁都可以搞整？"

难听的话引起姚徽远的同感，无论过去、现在还是将来，总会有屌丝逆袭，总会有人由此进入史册，也总会有人经历或轻或重的冲击。但这并不能化解姚徽远对舒致怀的怨气。

有人听自己说话，舒致怀的惶恐反而少了："舒家从曾祖父起，无一人有要给乡土添乱的念头。老舒承认年轻时瞎撞，做过好多不合规则的事，如今老舒懂事了，类似伤害盐工、欺压邻里的丧德事，打死老舒也不会做。"

　　舒致怀摊出他的判断，这次盐场停工，一千多家盐场老板都能容忍，背后肯定有什么名堂。为强调此判断的分量，又说儿子那一辈年轻人也是这个看法。

　　姚徵远也意识到有人在利用这场风波，但他无意和舒致怀讨论，只问有何具体线索。

　　舒致怀怀疑小屋的剧情与市长有关，不管姚徵远说啥他都认为是在作秀，索性陪着秀："除了盐，老舒别的事都不懂。"

　　看出舒致怀在耍滑头，姚徵远正想指明这套招数很陈旧，突然想到在舒家盐场频繁露面的方凤婕，问道："有人发现你和一个女子联系很紧，是什么原因？"

　　舒致怀本能地察觉到小屋里的危险系数在逐渐降低，脖子一下拉得笔直，回复道："老舒想和一百个女子连紧，谁要替老舒拉了皮条，老舒重谢。"

　　连门口站着的两个市府职员也气得想揍舒致怀。

　　离开堆杂物的小屋，舒致怀憋了一肚子火气，走出王家祠堂又看到儿子与何清晖在一起，立即大声呵斥儿子立即回家。二公子料到父亲和市长谈得不愉快，忙问市长说了些什么。舒致怀重申，立即回家。

　　不用二公子告别，何清晖已自行远离，临走不忘重重地恨一眼舒致怀。

　　二公子又问市长说了些什么。舒致怀反问儿子："你打听我和阳理事的纠葛是啥意思？是不是听到什么风声？"二公子说是看阳理事这些日子的言行不合情理。阳理事和方凤婕都是教过自己的老师，觉得可疑但也不便多想。

　　舒致怀不满意儿子的态度，感恩和弄清事实与做生意差不多，要讲人情，也要做买卖。

　　然后斥责儿子不该与何清晖单独接触，让巩家小姐看见会怎么想。二公子说王家祠堂风波与盐有关，她是盐管局的，是来办公事。

　　二公子再次问刚才在小屋里市长说了些啥。舒致怀说回去谈。二公子说哪能这就回家，王家祠堂那么多宗亲还在老镇边等着安抚呢。舒致怀似乎被惹横了，政府收了自己的税，就该他们去摆平王氏宗亲。二公子更觉得父亲与市长的谈话不可小视，别别扭扭地跟着朝回家的路走去。

镇上人大多还在镇口围观，没了人气的老镇更显苍老。舒致怀挨市长训斥后窝了一肚子气，儿子又一再缠着打听谈话内容，惹得舒致怀直想发火："你究竟是担心老子，还是怕妨碍你当官？"二公子要父亲别总拿当官说事："我能把民众的事办好，为啥不可以当官？"

"你只顾着当官，为啥不替老子想想？谁都小看老舒，老舒还像个什么人？"

"我要做了官，你自然会得到尊重，不正合你的意吗？"

这话似乎有道理，舒致怀答应不再过问儿子当官的事，儿子真要当上个什么卵，也免得人人都爬到自己头上来拉屎。

不过，舒致怀也告诫儿子："别对老子说官话。"

舒致怀始终不提在小屋与市长的谈话内容，二公子断定所谈内容不妙，要讲点什么又担心父亲指责是官话，只好劝父亲抓紧开工，避免有更多的麻烦找上门。舒致怀很不高兴，难道自己连这点都不晓得？自己有命开大盐场，却没命得到人尊敬，在儿子眼里也缺少威望。

舒致怀赌气加大步子在前面走，满以为儿子会追上来，昂着脖子走出好远才察觉没响动，回头一看，儿子连人影也不见了。

二公子被巩艳燕拦下了。

巩艳燕本来与同学在一起，看到二公子立即丢开同伴跑过来。巩艳燕不许二公子愁眉苦脸："难道我还不值得让你高兴起来吗？"

二公子说正在想如何弄清舒家为啥接连闹出大风波，这中间有没有掺杂其他因素，否则，下一个大风波又会降临。

巩艳燕说："你活得真累。有那心思去陪练别人的套路，为啥不静下心好好做自己的事。人一辈子几十年光阴，挥霍一点少一点。你不至于一年下来就盘点自己斗气赢了几次，隔阻了几次不满你的人吧？"二公子急了："巩大小姐，我家已经被逼到风口浪尖上了！"巩艳燕不听那个称呼，要他重新叫。二公子没心思闹，巩艳燕不答应，二公子犟不过，只好放柔声音叫了一声艳艳，巩艳燕这才重新开口说事。

"你家要没成就，谁来抹黑你？不是谁都可以享受这种待遇的，我家就是在这种氛围中走过百余年。"巩艳燕说话的神态虽带有平时的傲娇，但少了常见的妩媚，"被挑剔也好，被贬低也好，甚至被人编造谎言或者被算计，都说明你走在他前面让他感受到了压力。"

巩艳燕说："舒廷钦先生，别说本小姐没对你讲有价值的话。"

近些日子二公子不断在巩艳燕与何清晖之间徘徊，巩艳燕很好玩，何清晖很温馨，二者都好。问题是人一辈子不可能全是玩，若某一天担任重要职务，身边傍着的总不能是一个嘻嘻哈哈好玩的娇妻，怎么也该是可以辅佐丈夫的贤夫人吧。此刻一听巩艳燕的话，二公子又觉得需要重新评估巩家大小姐了。

陪同美女走在古老的石板街上，有种历史与现实混搭的感觉。遗憾的是二公子心思不在这上面，他一再告诉巩艳燕，身为政府职员，长时间不在事故集中点不妥当。巩艳燕要他别担心，世上的人大多属于人来疯，人越多表现欲越强。王家祠堂闹事的人里喜欢出头露面的角色不会少，一时半会儿安抚不出个名堂来。

二公子惊叹巩艳燕的脑子不简单，巩艳燕半俏皮半认真地说："我是谁？我再告诉你，遇到突发的群体事件，正是官员显示本事的时候，你去凑热闹，自己累还妨碍别人表演。"

巩艳燕的话听得二公子几近心惊肉跳，他下意识地快速反思自己，以往在巩艳燕面前有没有只顾炫耀，忽略了把握分寸的时候？

有，还是没有？

# 八

从老镇归来舒致怀一直将自己关在堂屋里生闷气。这种独自在堂屋发呆的习惯终于激发了六妹子的醋意，质疑当家的是在这里和五妹子神交。六妹子的憋屈显然不是一天两天，问他五妹子是不是要高明很多，家里出了麻烦，一个活鲜鲜的六妹子就在眼前，再怎么也能替他分点忧，但他却看也不看。

六妹子高屋建瓴地吐槽："人总是怀念过去的，不珍惜眼前的。"舒致怀连生气的劲也提不起来，闭上眼拒绝搭理。

等堂屋里又空了舒致怀才暗叹女人的敏感好神奇，自己确实常常坐在这里想念五妹子，有时候甚至想得泪流满面。

每当念及五妹子，总要同时想起三个妹子，如果要问前二十多年最温馨的记忆是啥，自己的回答肯定毫不犹豫。

无奈越是在意的，越不容易留住。

眼下能帮自己缓解麻烦的人只有桂芳。只是，自从拍下翻板的盐场，桂芳再也没对自己说一个字，甚至不正眼看一看。凭桂芳与另外两个妹子的情谊，故意生疏自己不知是否包含有五妹子的意思。

桂芳出嫁时，小小年纪的五妹子就说过再圆的饼也会分开；叮叮嫁给翻板，又是五妹子上荒坡陪自己度过烦恼。那时候舒致怀就感觉五妹子有主见。如今家里接连遇到大麻烦，假如五妹子没离家出走，她一定有办法帮自己解扣，而不是像六妹子那样仗着一身嫩肉冲自己耍性子。

满脑子凌乱间，二公子终于回来了。舒致怀来不及责怪儿子偷偷离开，二公子已抢着催父亲快讲与市长的谈话。舒致怀羞于复述被训斥的话，又不便再推诿，只简略敷衍，无非是责怪自己惹祸，要自己认清抗战形势。二公子听得一脸惨白，说道："这话够严重了！"

舒致怀很憋屈："要是不严重会找老舒当替罪羊吗？除了责怪老舒，他们做了什么？"

二公子控制情绪对父亲讲现实，老镇闹事的人散了，下一步需要父亲和王家祠堂重新协商分成比例。舒致怀承认在小屋答应了这么做，市长说有公平才有合作："一市之长只晓得念书上的话，咋不听听盐都的说法：世上如有公平，鸡巴也有骨头。现今老舒已不把减少一点分成看作是割肉，真正愤怒的是老舒受了羞辱还要替市长消灾。"

舒致怀突然想起儿子回家前自己的判断，原以为老镇风波与舒家秘籍有关，仔细回味小屋里的剧情，阳理事和姚市长都没提半个与秘籍相关的字，由此认定这次不是冲秘籍而是冲人来的，于是愤愤说道："再不还手，别人会以为老舒真的软弱可欺，拼命的事老舒又不是没干过！"二公子问父亲朝谁还手。舒致怀的目标很明确，"姓巩的，姓姚的，还有几个瞪着眼恨老舒的年轻人。"

二公子再次控制情绪，劝父亲不必跟着别人的脚步走："当初如果你不跳出众人思路，坚持熬野凼卤水凿盐井，哪有今天的舒家？"舒致怀茫然问儿子有啥想法。二公子说砍了树子免得听乌鸦叫，索性公开舒家秘籍，省得今后麻烦不断。

舒致怀劈口拒绝："到这个地步才摊开秘籍，旁人不会相信是真的。更严重的是愧对父亲、爷爷和曾祖父，先辈们丢命都要保住秘籍，舒家几辈人就是靠秘籍壮胆，哪能说放弃就放弃。"二公子一急，坦言他从来没把秘籍当回事。

舒致怀最烦的就是二娃不与自己同步。

舒致怀和五妹子本该有三个娃娃，老大病死，五妹子挺着肚里的三娃离家十多年不露面。好在二娃比如今家里几个娃娃都强，满以为是老天爷留给自己的念想，谁知二娃一门心思做官。舒致怀曾问过儿子，当官有啥好。儿子说人各有志。舒致怀不屑，有靠山有门路吗？儿子丝毫不退让，将相本无种，青年当自强。舒致怀有气无处发，舒家盐场摆在那里，有多大本事也够施展，为啥偏要去想不实际的东西？

想到这些话却不便出口，舒致怀在老镇答应过儿子不再过问他当官的事。

改谈对王家祠堂小屋剧情的怀疑。姚市长、方凤婕、阳理事同时出现在那儿，是巧合还是有预谋？本来舒致怀还想说何清晖出现在老镇也可疑，顾忌儿子正与她亲近，这种状态不说还好，一说他会更来劲。不得不感叹舒家那句著名的遗言，舒家的得和失和女人有关。

又抱怨儿子没抓紧把巩家小姐哄上床，真要与巩家小姐成了那事，不单打巩德彬脸，对巩粉们也是一记响亮耳光。二公子说父亲有这些无聊的心思为啥不多想想舒家的危机。父子俩都想要对方顺从自己，对话怼成争辩，直到用人领方凤婕走进堂屋。事后两人回忆，那一瞬间都以为方凤婕是在坡下灵堂听到父子俩在家斗嘴，故意来看舒家两代掌门的斗气秀。

二公子招呼方老师。舒致怀却纠结方凤婕与何清晖及阳理事相同的仇恨目光，假借责备用人来发泄自己情绪。方凤婕要舒老板不用作秀："是我有话急着告诉你，如果你不愿听绝不勉强。说实话，一进门我就后悔来你家了。"

舒致怀脑子里飞快闪过与方凤婕在吃讲茶门口的交谈，尤其方凤婕说话不像巩家爪牙也不像盐工帮会的人。舒致怀不敢大意，违心表示："老舒在茶铺门口不是听过你讲话嘛。"

方凤婕不愿多待，如实说她刚从老镇来到坡下灵堂："突然想上坡来提醒舒老板一句，盐场不开工很可能会再出乱子，说不清下一个麻烦是啥。你倒霉是活该，妨碍了出盐，我们盐都人羞于面对正在抗战的全国同胞。"说罢转身，边走边补充，"说完了，怎么想是你自己的事。"

舒致怀追着说："你帮过老舒，老舒会记在心里。"

方凤婕立住脚回过头："不是帮你，是我自己的事。"

方凤婕的目光，舒致怀总觉得自己见过，忍不住问她老家是哪里，父母是做啥的？方凤婕很生硬，这和开工没有关联。舒致怀抱屈，每次都是麻烦来找自己，自己想开工也没用。

方凤婕临抬脚又拿仇恨目光盯了盯舒致怀，没说半个告辞的字。二公子追出去送方凤婕。舒致怀一脸茫然地望着家门，想不通她为啥如此恨自己。

好一阵二公子才返回，主动说出门后方老师又强调老镇风波与她自己的事有关，否则不会来舒家。舒致怀不相信她有啥事会与老镇风波有关，表面的理由儿子也信，脑子太简单不适合当官。二公子这次没争辩，只是异常平静地要父亲仔细掂量方老师的话，盐场再不开工，真的还会出乱子。

类似的话舒致怀在吃讲茶门口也听方凤婕说过，莫非她知道什么内部消息？或者她是个有来头的人？如真是那样，再不开工，自己的寿辰恐怕到头了。

上床时舒致怀忍不住朝六妹子嘀咕，自己也想开工，关键是谁会听自己的。

一番认真琢磨，舒致怀想出了应对的招数，而且一出手就是两招。一大早舒致怀就慌着出门实施，谁知这个上午真他娘的不是个好日子。

先按第一招，去齐帮主灵堂问郑帮主，假如不纠缠军队方面，如何做盐工帮会才答应开工。肚子里的盘算还没来得及端出来，郑帮主先开口问舒致怀："昨天傍晚，都看到方凤婕去你家通风报信，她是你什么人？"

惊讶只是一瞬间，随即就是幸灾乐祸，方凤婕拿自己当仇家，没想到也有人猜疑她。明知是个挑拨离间的机会，舒致怀却不用，做卑劣人和卑劣事迟早会现形，舒致怀不想给自己添烦恼。

如实说盐场出事前从没见过方凤婕，她昨天来舒家是提醒自己该开工了。仿佛知道舒致怀接下来要说什么，郑帮主主动接话："我是你雇请的工人，眼下十家帮会推我牵头，几万弟兄的生计搁在我肩上，别随便和我提开工，免得我顶撞你。"

算是再次领悟到，人在缺少势力的时候千万别去招呼别人做什么，哪怕他是你的雇工。

在盐工帮会这里碰了壁，舒致怀又改行第二招，顶着逐渐升高的烈日去市府。

正要收买门卫放行，一群人前呼后拥伴着姚徵远走出来。联想到在盐工帮会那儿碰的软钉子，舒致怀忍不住嘀咕，姓姚的下台后还会有这么多人捧他吗？

姚徵远问舒老板是不是有话要说。小管在一旁插话，看舒老板的表情就知道是有事情需要市长帮忙。舒致怀不想受冤枉气，回怼，谁当官自己找谁，要不当了，脸对脸自己也不会招呼。话出口，记起刚才暗评前呼后拥，默默自嘲，自己也很势利。

姚徵远说："舒老板如果要说与开工有关的话，就请讲，其他事稍缓。徵远约了人不能失信。"舒致怀要求单独谈。姚徵远略一思忖，吩咐小管领其他人先走。

舒致怀试着套市长的话："有个姓方的女子，上门来催促老舒开工，是你派来的吧？"姚徵远回答不必在意谁派来的，只要她的话有道理就该听。确认了方女子和市长无关，舒致怀心里多出几分踏实。

明知市长有安排，舒致怀依然由远及近表达："反复想过市长在王家祠堂说的话，老舒不是不想开工，是盼市长撑腰。老舒接连被人算计也没跑路走人。老舒不想让在舒家盐场挣钱养家的几百盐工失望，老舒的税费交得比好多人多，也不想让政府受损。"表白一番后，才说自己私下向市长提一个请求，"如果市长给了老舒面子，今后老舒全听市长的。事情很简单，市长出面请老舒吃一顿饭，花再多钱都由老舒付。"

姚徵远不理解为啥国内同胞动辄就是吃饭："徵远不在意钱，在意的是时间。请了你舒老板，其他人也得逐一应酬，我这个市长如果每天坐在宴席上，就算老百姓不反感，徵远自己也烦了。舒老板如果诚心出力，等全部开工后，我私人掏钱请你和一批盐场老板一起吃饭。"

没料到堂堂市长也有这么多顾虑，舒致怀很失望，这副德行，买通了也没多大用。

姚徵远仍在按自己想法说："如果换成我，绝不同官员套近乎，这种做法可能一时得逞，到头来难免坠入噩梦。"

自己的脑子又没进水，如果没事，谁愿意劳神费财搞这一套！回家讲给儿子听，本意是暗示当官没啥好处，不料遭到儿子抱怨，怪父亲给市长留下了坏印象。

　　舒致怀不服，这一招叫借符压邪，免得又有人暗中给自己设绊子。二公子说父亲缺乏辨识力，一看姚市长就不像是搞那一套的人。舒致怀来气了："你有心思研究市长，为啥不帮老子研究一下背后使坏的人？"

　　过去舒致怀只有姓巩的一个仇家，如今看得见的多了方凤婕、何清晖、阳理事，还有看不见的。更恼人的是，至今不晓得为啥招惹上麻烦，这么复杂的处境，亲儿子也不搭一把力，还嫌老子妨碍了他的仕途。

　　两个招数全不灵验，这个上午真不吉利！

　　姚徵远也深感这个上午闹心。

　　领一群人出市府到各家盐场给盐工发《缓役证》，一到巩家盐场就听了巩德彬不少刺耳的念叨。

　　来巩家盐场前姚徵远再次纠结要不要带上祖上的画像。当年姚家祖上在盐都任知县与巩家相处融洽，巩家爷爷还挽留姚家祖上在此任常务会长。如今巩家后人在盐都一呼百应，见到这幅肖像画肯定会鼎力支持。

　　姚徵远从箱子里拿出画像又放弃了，要靠这种关系来做事，自己有什么资格坐上市长位置？

　　到了巩家盐场才庆幸，幸好没带祖上的画像。

　　巩德彬在查看盐井。明明看到市长一行人来了，巩德彬故意检查得很仔细，直到姚徵远走近身边才转头招呼，自称停工后最担心有杂物掉到盐井。

　　现场人多，巩德彬说话便很呛："市长大人不开口我也晓得你来干啥。顶着烈日上门肯定是劝巩某人开工。不是巩某人说你，你要是不拿洋知识来套本地的事，各家盐场早开工了。"

　　不能计较巩老板的语气，还得耐心解释自己正按本地实际逐个解决。巩德彬追问解决了些啥。姚徵远指指旁边开始忙碌的政府职员，市府刚制作完《缓役证》，赶着发给每个盐工。盐工可以凭《缓役证》避免被抓壮丁。

　　巩德彬一脸蔑视："军队认你那个小本本吗？你给每个盐工发十个《缓役证》也没用。"

姚徽远耐着性子问巩老板有啥具体建议。巩德彬说："具体起来很简单，只要惩办了姓舒的，一千多家盐场马上回到正常状态。巩某人现在就可以打包票。"

巩德彬的方法不是独家，在老镇议事时也有部门负责人鼓动如此办，姚徽远反复权衡多次，要顺巩老板们的意惩处舒致怀不难，只是理念变了，失去的远不止是盐。

姚徽远问巩老板为啥对舒致怀那么反感。巩德彬嫌这样的问题也要问，假装看盐井，掉开头不面对市长。姚徽远不得不重新掂量，提不提姚家祖上和巩家爷爷的事。

巩德彬突然冒出一句话："比起你家在此地当知县的祖辈，你差得远了！"

姚徽远大惊，原来巩老板知道自己是谁的后人！

更令他惊讶的是巩德彬的想法："如果不是念在你家祖辈救过我爷爷的命，你在盐都根本待不下去。"

一句话令姚徽远明白了自恋的丰富性，没人会因陈古旧事给你面子，除非有利于他的现实。干脆谈事实："不是没想过惩办舒致怀，是没有证据。随意惩办对人不尊重。假如把舒老板换成我，我就希望惩办得让我口服心服。惩办别人也等于展示自己。国难当头，民意尤为珍贵。"姚徽远也没忽略另一种态度，"一旦查到实据，该怎么做，徽远绝不犹豫。"

巩德彬冷笑道："等你找到所谓证据，不知道又出几个群体事件了。"

姚徽远还是坚持己见："在老镇和舒老板单独聊过，感觉他是一个视盐场为命根子的人，不会拿自己倾心的事业来冒险，更不至于轻易沾惹人命关天的事。"

巩德彬承认他的宝贝女儿也说过，死人多半是意外："不过，再是意外，也是他姓舒的引起的。"

姚徽远故意调侃很荣幸能和令千金的看法相近。巩德彬嫌他堂堂市长，也就相当于一个女孩的水平。姚徽远笑笑："巩家小姐不是盐都第一吗？"巩德彬大怒："你比我女儿差很远！"

撂下这句话，巩德彬昂首离去，把一市之长晾在盐井边。

小管劝姚市长别太在意，巩家历代都喜欢对官员指手画脚。姚徽远坦言见识了书本上没有的知识，省辖市市长，说来很光鲜，照样身不由己。

姚徵远吩咐随行职员，给巩家盐场的盐工发完《缓役证》，继续去下一个盐场发放。忙碌中不免叹息，这个上午很不顺心。

阳理事也在嘀咕这个上午不对劲。

老镇的剧情没有按拟定的剧本收尾，阳理事沮丧加愤慨，又在梦里执刀追赶舒致怀，沿盐场各个角落紧追不舍，追上后挥刀狂砍，直到把自己砍醒。

满头大汗躺在老镇卧室的床上，睁大眼茫然对着黑夜。这样的梦多了，烦恼也更多，为什么在梦里才那么酣畅淋漓，现实中却不能痛痛快快。假如现实中有一次像梦中那样尽兴，自己早去战场上杀敌立功了。看来，要为民除害，立下志向不容易，要实现更难。

阳理事懊恼地骂自己：想得太多，臭毛病！

望着窗口显露的晨曦，阳理事决定重返舒家盐场，那里才有机会。小屋里的桥段被中途打断，舒致怀肯定猜不到自己要做什么。

刚进舒家盐场那道简易牌坊式的门栏，就看见郑帮主和方凤婕在争辩，两个人的神态都不冷静。方凤婕正在据理力争："我是受害者家人，大家容易接受。"郑帮主有些急躁："这儿不是课堂，大道理讲多了，更让那帮兄弟反感。"

刚说到这儿，阳理事走近，郑帮主转身离去，方凤婕神态也不自然。

阳理事没有幸灾乐祸，一声不吭走进灵堂。没料到郑帮主在里面等他。

"你和方凤婕应该很熟吧？"

阳理事不明白是啥意思，有些紧张。

"方凤婕自称是齐帮主家人，她和齐帮主究竟是啥关系？"

阳理事不敢含糊："你没问过齐耕读？"郑帮主说他还是个孩子。阳理事只好很不情愿地说出："齐帮主是方凤婕未婚夫的亲哥哥。"

郑帮主愣了片刻才惊叹，齐帮主的弟弟确实在当兵打仗，自己怎么没往这上面想呢？真是愧对死去的拜把兄弟了！

阳理事忍不住问他刚才和方凤婕争论啥。郑帮主愤懑未消："她要我们边开工边请愿。她也不想想，真要开了工，哪个还会把盐工的事当回事？"

话是这样说，但郑帮主感到为难，一边是几万盐工帮会弟兄，一边是遇难拜把兄弟的家人，都是需要两肋插刀的人哪。

同样陷入焦急的还有阳理事，如果方凤婕由此得到盐工帮会信任，杀舒致怀的障碍将无限放大，自己所有的计划都会打水漂。

阳理事一急就引发一段狗血剧情。

不顾曾发誓不搭理方凤婕，趁她去绞盘车棚边，阳理事匆匆赶去，一路憋好怒斥的话，要质问她为啥恨舒致怀又要帮他。赶到方凤婕面前才发现，棚子边还有一个穿制服的妹子，是盐管局的女职员何清晖。

阳理事有些尴尬，假如来句自嘲的台词，迅速抽身，这段剧情会到此结束。偏偏在吊脚楼戏台排练那天，何清晖夸过他打鼓有新意，正是这句夸赞此刻留住了阳理事，让剧情变得狗血。

何清晖没有像其他"鼓粉"冲阳理事媚笑，她保持习惯性的冷淡说了句调侃话，大意是打鼓有创意，对待恋人却难脱俗套。阳理事马上反应出她说的恋人是方凤婕。阳理事最反感旁人如此看待他和方凤婕，又不便对何清晖翻脸，想幽默却把话说得很生硬："要给我指定恋人，也该了解一下我的原则。"终于想起可以换个调侃角度，立即重新发声，"盐管局还管这种事？"

何清晖没回应，更多的是在观察阳理事的表情，她突然抛出一个阳理事和方凤婕都很看重的事情："舒家盐场出事那天，我知道是谁找人给你俩各带去一张字条。"

这事牵涉到阳理事最大的秘密，慌乱中阳理事盯了一眼默默站在旁边的方凤婕，发觉她也不淡定。猛想起齐耕读说过方老师也收到过一张同样的字条，于是推测何清晖和方凤婕刚才也许是在说这件事。

才过一点点时间，剧情又增加人物，二公子朝三人走来。二公子肯定是在坡上家里看到何清晖，凭二公子对何清晖的心思，没啥能妨碍他赶着下坡来。

何清晖抢在二公子走拢前低声提示阳理事："如果猜不出是谁送的字条，可以来盐管局找我打听。"

多了二公子，交谈不宜再继续也不宜立即结束，方凤婕带头改议盐工帮会如何才会复工，盐场老板与盐工帮会两大群体能不能像停工一样再同步。即兴转变话题难免说得有点磕磕绊绊，二公子一眼看出端倪。看出却没做任何表示，没有白操练仕途上的套路。

真正令二公子上心的是，这已是第二次因他出现，何清晖中止与旁人谈话。第一次是在她办公室，交谈的另一方是姚市长。那么，还会有第三、第四乃至更多次，二公子有种被风吹散架的失落感。

同样失落的还有阳理事。阳理事甚至不知道自己为啥失落，仿佛端上来一盘美味，刚要放下又端走，这比不端上来更扫兴。忍不住嘀咕这个上午怎么回事，处处别扭。

何清晖、方凤婕抬起头扫视了其他人。四个人都有些不自在。

其实二公子不只为何清晖而来。二公子在高处看到何清晖与盐管局几位同事进舒家盐场，此乃常规，他还心情颇好地筹划如何去与何清晖说几句话。没等他动步，三个最恨舒致怀的人齐聚在绞盘车棚边，这画风对当下的舒家太过敏感，二公子下坡有一多半是为这。

不幸的是，三个人的表情证实他的敏感是正确的。三位都是他乐意接近的人，二公子想不纠结都难，亲密与仇恨，啥更有力度？

他决定下午单独去问问何清晖，自己父亲真的值得他们那样做吗？

没人知道，舒致怀也在堂屋窗口看到三个用同样目光恨他的人聚在绞棚车边密谋。恰好又处在小镇风波的第二天，这样的小团体会商量什么事，再迟钝的人也会疑虑。

这个上午的天气便显得比往天更闷热。

六妹子听用人说老板神态有异，赶来探视。舒致怀没赶她离开，念叨着："没打拼出名堂，遭人看不起，打拼成了，又不断飞来横祸。"六妹子看出，当家的不是要说什么，是咀嚼自己的心事。

六妹子嘀咕："还不到正午，就热得人毛骨悚然了。"

这个炎热的8月上午，最终成为盐都所有人刻骨铭心的日子。

盐都上空传来轰鸣声那一刻，很多人以为是打雷，还纳闷怎么不像雷雨天的气象。

突如其来的轰鸣连续不断，不是雷声的节奏，发蒙的人们抬头张望，烈日高挂的天空像皮肤上长疙瘩似的冒出几个黑点，黑点迅速扩大成几架飞机，机身上，红色膏药似的徽记逐渐清晰，很刺眼。

有人大声喊叫是日本鬼子的飞机！鬼子的飞机来了！众人这才意识到，议论过若干遍的省城成都被轰炸的灾难，降临到盐都了。

巨大的轰鸣声在头顶震荡，令人恐慌，有人往外跑，有人朝屋里躲，一些无知无畏的人好奇，站空地上仰起脖子数多少架飞机。听到过成都被炸惨状的人不断大喊,到野外低矮处趴下,喊话效果不明显,人们各行其是,一片混乱。

鬼子飞机在头顶绕了几圈,奇怪的是没对着盐都城俯冲,转到远处河边,才丢下一串炸弹。

爆炸声很大,尽管离得比较远,很多人还是脸色大变。

# 卷三 纠缠

关键词：盐都

# 一

舒致怀一度以为空袭会转移人们的注意力，舒家的麻烦会相应减少，后来连他自己都懊恼，自己啥时候变得这般不实际了。

人们的记忆和后来的文字都不模糊：1942年8月11日，农历六月三十，舒家盐场命案发生后的第八天，立秋后的第三天，老镇事件后的第二天，日寇开始空袭盐都。标注日期冗杂是因史料版本多，综合在一起难免如此。

飞机的声音还没消失，舒致怀就站到视线好的位置打量鬼子投弹的方位，大约是老镇码头那一带。停工以来那里已陆续停泊有两三千条船，如果出事，运盐出去会变得相当艰难。一着急舒致怀就忘了自己历来讨厌别人看稀奇，也忘了昨天在老镇的窝囊，匆匆朝那儿赶去。

小路和荒野上散布着众多朝落炸弹位置赶的人，很多人不了解空袭，还一路奇怪，这就是传说中的轰炸呀？无非声音大一点而已。

一小段河岸被炸得凌乱破碎，两棵合抱粗的大树刀砍斧劈过似的断得一塌糊涂，几块大大的岩石如同开膛一样崩裂。舒致怀和所有围观的人一样，算是初步见识到什么叫炸弹。

大家都庆幸没炸到老镇，炸弹也没落到停泊的船群里，更令人后怕的是没炸到五级船闸，釜溪河是往外运盐的唯一通道，炸坏船闸等于关闭盐都。

所有人都在猜测，鬼子为啥只炸空地。

舒致怀比别人多了一种不明不白的忧郁，不知道这是不是儿子嘴上说的预感。如果是，又在预示啥呢？

鬼子能找到位置偏僻的盐都，显然了解到这儿是目前国内唯一的井盐集中产地。姚徵远吩咐管秘书立即召集人布置防空，立即向省上报告。小管掏出本子记录，问道："两个立即，谁排第一？"姚徵远匆匆答都第一。

刚回国姚徵远就在成都陪母亲躲过空袭。母亲年近花甲，缠过脚，每当警报声一起即提起固定的常备小包朝市区外走。弟弟姚晓告诉姚徵远，从1938年11月8日鬼子首次轰炸成都起，空袭连连制造惨剧，最惨的三次是1939年6月11日、1940年7月24日、1941年7月27日，每次死伤一千多人。尤其是1941年那次，108架日寇飞机狂炸成都，几天后还能看见街边树上挂着无辜市民的肢体和内脏。弟弟雇过滑竿抬母亲躲空袭，姚母坚持不坐，就要让国人看到老人跑着躲空袭，激起更强的抗战斗志。

姚徵远翻阅过有关空袭的史料，日寇为破坏抗战大后方，除轰炸成都外，与盐都临近的泸县也曾遭到18架日机狂炸，死1160人，伤1445人。随着大批海盐产地沦陷，盐都成为全国食盐主要供应地，日寇不可能不寻找这个井盐集中产地。邻居泸县的惨剧已在盐都拉开序幕。

有不好预感的舒致怀对着炸裂的岩石和大树久久发愣。

身边一大群围观的人还在揣摩鬼子为啥把炸弹朝空地上扔。有猜鬼子飞机的油不够怕回不去，盐场蒸汽机就有过缺油熄火的事；有怀疑日本鬼子手艺拙，瞄不准；也有人脑洞大开，推测鬼子误把天车架当成高射炮，从高空下望，遍地天车架极像庞大的高射炮群……所有议论都拦不住舒致怀整个凉下来的心，不能做个大盖子把盐场盖上，也没法将盐井移到安全处去，几十年的打拼还能剩下啥？

凿盐井陷入困境时多少还残留一丝幻想，如今，舒家盐场遭遇的麻烦丝毫没化解，又面临新的威胁，茫然间舒致怀突然怀念起当年与三个妹子无忧无虑的岁月，连他自己也没搞明白这会儿想那些有啥用。

心情低沉地离开现场，无意间看见方凤婕在前方行走。这几日已看出，方凤婕与舒家盐场的麻烦有不小的牵连，舒致怀不知不觉跟在后面，走了好远才留意她是要去抗战烈士遗孤保育院。当年三个妹子中的桂芳如今在那里当院长，领着一群保育员照看抗战烈士遗留的三十多个孤儿。

桂芳的丈夫明哥已升格为明叔，也在保育院里做事。听说桂芳两口子是自愿来保育院的，明叔为此离开干了多年的酿酒坊。他俩来的理由一度被渲染得五花八门，最狗血的一个是保育院属官办，桂芳看上院长职务，好歹带长字。舒致怀忍不住骂了一句嚼舌头的人必遭报应。

多次想来找桂芳，与三个妹子那段经历是舒致怀前半生最温馨的记忆。无奈桂芳视他为陌生人，面对面走过也不直视。拍卖翻板盐场时桂芳两口子曾当众骂过他，别人骂他不在乎，桂芳骂他就很想辩解，但他没有勇气承受被当面拒绝，怎么说自己也不再是当年的小盐工。

跟在方凤婕身后接近保育院，舒致怀又翻动心底关于三个年轻人的悬念，要解开这些悬念只能靠桂芳。好不容易来到这里，不如由着桂芳骂一骂。与这些天自己接连遭遇的横祸比，骂已算最轻。

桂芳和一个保育员各提一个大竹篮，从保育院外的树林子里走出，手上的篮子里装满各种旧鞋，杂乱零碎，过了好一会儿舒致怀才猜到是空袭时慌乱所致。隔得远远的打量桂芳，止不住心脏怦怦乱跳，仿佛出现的是三个妹子。

听见方凤婕叫桂芳姑姑，看得出她们常有往来，这让舒致怀心里陡地多出几分阴影，不知道方凤婕恨自己的目光是否与桂芳有关，这念头不知不觉阻止了他靠近的脚步。

桂芳和方凤婕走进保育院，舒致怀留在院外的几棵大树后进退两难。犹豫中看见姚徵远带着几个随从走来，姚市长和多数人进了保育院，却留下两个安保人员站门口。战乱时期市长带两个安保出行很正常，空袭后关心烈士后代也正常，不正常的是把藏在树后的舒致怀限制住了。假如让人看见自己躲躲藏藏的猥琐状，或者看见桂芳夫妇当众给自己难堪，那会很打脸。

偏偏只有桂芳夫妇能够说清方凤婕、何清晖、阳理事三双仇恨目光是和叮叮有关，还是与五妹子有关。明知断绝往来十余年的桂芳夫妇不会轻易告知实况，迫于面临前所未有的烦恼，舒致怀不得不厚着脸试一试。如果不是恰好走到这儿来了，舒致怀真没勇气专门来此，只希望这么多年过去，桂芳夫妇的气会消解一些，好歹是一起光着屁股长大。

背靠树干坐地上等市长及其随从离开，揣测方凤婕遇见姚市长会不会讲些对自己不利的话，明叔会不会带着偏见讲自己的过去。近些日子被压力折磨，这会儿又用脑太多，舒致怀不知不觉睡着，突然惊醒，看见市长一行人正在离去。舒致怀不再多想，拿出熬野凼卤水的蛮干劲，快速走进保育院。

大院里的状况与舒致怀预想的不同，除一个保育员端着竹筐匆匆走过，基本是空场。几处屋子里都传出声音，舒致怀就近走进一间，屋很大，二十来个娃娃坐桌前画画，都不超过五六岁，三个保育员在屋里照看。

　　有保育员招呼舒老板。被人认出，舒致怀心里稍觉舒畅，问桂芳在哪里，保育员要他去隔壁看看。动步前舒致怀操老板派头，埋下身子问娃娃画的啥，娃娃腼腆，推推画让舒致怀自己看。画上，一人举枪朝天上的飞机射击。另一娃娃胆稍大，指着画讲要把鬼子飞机打下来。保育员低声告诉舒致怀，画画的娃娃是刚送来的，他父亲在前线牺牲了。舒致怀心里一颤，又看了看孩子稚嫩的面孔。

　　另一间大屋里也没见到桂芳夫妇。十多个年龄十来岁的娃娃在屋里贴墙报，全是孩子们用毛笔写的大字，所有字在舒致怀眼里同样陌生，唯一认得的正字却不在列。

　　方凤婕不知啥时出现在旁边，告诉舒致怀，孩子们写的是同一句话："时刻准备扛起父亲的枪，上前线打鬼子！"然后问舒老板，"四万万人口的大国被弹丸小国的倭寇欺凌，你憋不憋气？"

　　料到她是要谈开工的事，舒致怀抢着说只要没人反对，自己立马开工。以为回答聪明，不料方凤婕的反问更生硬："当年你在荒坡凿盐井熬野凼卤水，为啥没在乎别人？"

　　舒致怀不是被这句话击痛，他的痛感来自桂芳。

　　桂芳一出现就和舒致怀预料的一样，不与他说话也不正眼看他，像他面对的满壁大字一样陌生。舒致怀主动招呼桂芳院长，连他也不清楚为啥要加上院长二字，这份生疏不单刺了他自己，也刺了桂芳。桂芳转过头将目光投向舒致怀，不友好的眼神再加默默无语，令舒致怀突然想起当年一起玩游戏的亲密情景，有一瞬间他的眼泪差点涌出。

　　试图挽回一点尴尬，舒致怀主动提出要给保育院的娃娃们捐点伙食钱。桂芳一句淡淡的回答让他整个心凉透了。

　　桂芳说姚市长刚才已有安排，你还是做你该做的事吧。

　　满腹憋屈离开保育院，一路上见到几拨市府职员对着图片给民众讲防空知识。回想起刚才方凤婕说的大国被小国欺凌的话，舒致怀更来气，活了几十年，无缘无故被日本鬼子欺负。又气愤国民政府不争气，有本事教大家躲，咋不也去空袭一下狗杂种！

二公子带回新消息，方凤婕要代表盐工帮会来见父亲。

舒致怀问方女子这会儿在哪里。二公子说下面灵堂。二公子路过盐场那道牌坊似的门栏时是齐耕读告诉他这件事的。歌咏队伴奏就三人，阳理事打鼓，齐耕读拉板胡，他拉手风琴，三个人相处很亲密。舒致怀不想听歌咏队的事，更在意为啥处处都有方女子。

二公子还在说齐耕读为啥要报信，是担心舒老板说话伤害方老师，齐耕读说义父生前一再表明要关照方老师，义父死了，他要接着关照。

舒致怀突然觉得接近真相了：方女子是齐帮主的家人，齐帮主是郑帮主的拜把兄弟，眼下十家盐工帮会是由郑帮主在提头，方女子多半是要和盐工帮会合起来演什么戏。

刚灵光闪现，儿子又让舒致怀犯迷糊。

二公子说刚才方老师和帮主们在灵堂里闹得有些不愉快。舒致怀不相信郑帮主会让旁人对拜把兄弟的家人黑脸，多半是二娃脑子里装的女孩太多弄混了。二公子说齐耕读讲得很清楚，方老师拿刚出的新报纸去灵堂，劝盐工帮会换个方式维权。帮主们问她为啥开始支持停工请愿，这会儿又变了。方老师回答开始是想替齐帮主申冤，后来意识到盐都的盐和抗战连在一起了。有帮主指责方老师不是盐工尽可说大话，谁都知道鬼子炸到头上来了该做什么，无奈心里梗着疙瘩，就算勉强开工也很难安心干活。还有帮主怀疑方老师得了舒家好处，不顾几万盐工弟兄的死活。

说到此，二公子当真问父亲有没有给方老师什么好处，问得一本正经。

即使是亲儿子的质疑照样令舒致怀反感，他懒得回答，反问齐耕读还说了啥。二公子说齐耕读担心舒老板会像帮主们那样和方老师争吵。舒致怀没好气，怕吵就别来。二公子说是方老师自己要求来的。舒致怀问，她想来说什么。二公子转述，帮主们知道军队的事一时难办，改口要市长和盐场老板保证惩办凶手，承诺不再随意伤害盐工，如果做到这一点，帮会就答应开工。但帮主们担心外界误认为盐工帮会挺不下去了，有些犹豫。方老师主动应承出面传递，让舒老板先对盐工帮会做出承诺。

舒致怀问方女子这么热心是为啥。二公子说帮主们也这么问方老师，是郑帮主解释齐帮主是方老师未婚夫的亲哥哥，帮主们的态度才有了变化。

字面上的理由大多不是理由，方女子不是市长的人，也与盐场无关，对复工如此热心，换谁也会有想法。猛想起方女子指责过自己仗着有秘籍如何如何，还责怪自己不开工，那么，方女子是不是伙同盐工帮会拿开工换自己的秘籍？

再次吩咐二娃留意打探几个年轻人的根底。二公子嫌这种做法猥琐。舒致怀很不满这态度，自舒家盐场出事再经历老镇风波，舒致怀察觉到自己在儿子面前威望大减，这比丢失钱财更痛苦。正要严厉洗刷儿子几句，用人进来禀报有客人来。

方凤婕到来让舒致怀更加不满，她讲话全朝着二公子，仿佛舒致怀不存在。还没交班茶就凉了？

方凤婕带来几张刚出的报纸，自己让二公子念用红笔圈出的两篇。舒致怀不屑，要是读报能打跑日本鬼子，自己出钱请人每天读一百张。二公子有些奇怪，圈出的文章没写日寇空袭盐都。方凤婕要二公子照念，她刚给帮主们念过。

第一则消息是，四川多地出现抢购盐的风潮，大小商店已无盐可售，有奸商趁机哄抬盐价。另一则是，战场上下来的伤员多，医疗药品紧张，各医院之前就在用盐水给伤员洗伤口，最近买不到盐，老百姓把家中泡菜坛里的盐水舀出送到医院去……

产盐地也缺盐了！舒致怀要方凤婕别绕圈子："你不是来卖报纸的，有啥话直接说。"

总算见方凤婕把脸转向自己，正面转达盐工帮会的意思："如果舒老板承诺不再由着外人随意伤害盐工，就立即在舒家盐场开工。"

沉闷好一会儿舒致怀才强压情绪开口："鬼子的飞机来了第一次就会来第二次，抗战的事情会越来越实在，老舒拥护开工出盐，这是真心话。老舒只是想不通，让老板去向自家雇的盐工做保证，是不是搞颠倒了？老舒要承诺了保障盐工生命安全，不就证明老舒是害死齐帮主的帮凶吗？老舒都成那样的人了，今后哪有脸在盐工面前做人？"气愤使舒致怀说话分外露骨，"谁都来欺负老舒，这世道还有公理吗？"

方凤婕问舒老板以前在乎过哪些公理。舒致怀问方女子与十家帮会是不是有啥交易。方凤婕又露出舒致怀熟悉的仇恨目光，要舒老板想清楚："盐场是你的，停工损失最直接的是你。这次大停工的起因出在你盐场，就算其他一千多家盐场的老板拿你没办法，你也别侥幸，盐都没有运盐出去，政府早已失去耐心，一旦动手，第一个倒霉的肯定是你。"

舒致怀反而横了，皇帝老儿也有死的一天。

二公子看见担心的事情要出现，忙提醒父亲："自从我家盐场出事，过去和你有来往的人都不上门了。方老师不欠你一分一厘，还一再来传递真话，她的话值得仔细思量。"

二公子的插话稍微缓和僵持，舒致怀嘴上要儿子不必多说，心里赞赏儿子拿捏得正是时候。他回头装傻："老舒没文化，不喜欢在肚子里打转转，方女子能不能说句明白话，你到底是要帮老舒，还是帮其他什么人？"

方凤婕不搭理他的问题，要舒老板明确答复，她该如何回答盐工帮会。

舒致怀也干脆："开工的事，老舒出力出钱都不在乎，还愿意给齐帮主家人一笔安抚金。但盐工帮会的保证不能做，怎么说老舒也是老板，丢脸比死更难受。"

方凤婕怒视的目光近乎喷火，舒致怀不得不警惕她会不会做出不理智的行为。方凤婕没顺着他的思维演绎，转身走了。舒致怀忙示意儿子赶快追出去送，顺便听听方女子还会说点什么。

堂屋突然空下来，舒致怀的失落与好奇同时冒出，以为方凤婕要提拿秘籍换开工，结果，她和姚市长、阳理事在王家祠堂一样，只字未提舒家秘籍。

## 二

二公子非要送方老师回去，嘴上的理由是前几天刚出过恐吓事件，没说出的话是想顺便打探方凤婕的底细。二公子不赞同父亲这个念头，但碍于舒家面临的事会牵连仕途，也不愿被父亲指责好高骛远不踏实，即使以前对方老师有好感也顾不得了。

二公子安慰自己，要怪就怪方老师不尊重舒家。

方凤婕主动对二公子说很后悔刚才的冲动，到舒家前郑帮主提醒过她，别因为对舒老板有成见妨碍对话。方凤婕答应控制情绪，事到临头又没忍住。方凤婕说："舒廷钦，我有个补救措施，不如我俩先达成共识，然后借助你在舒家的分量，再倒回去影响你父亲。"二公子找不到托词拒绝，又不愿遵循方凤婕的设想，索性少开口。

两人走进盐都的黄昏，明晃晃的阳光收工了，天地间像煮熟的米饭，色泽与硬度都柔和许多。四处伫立的天车架凸显出其他地方没有的气韵。路上逐渐增多的行人表明到了市中心热闹区。二公子多次听到人私下指责方凤婕过度热心，因此不想与她一道在人前招摇，偏偏方凤婕经营的报纸商行在闹市区的另一方向，自己许诺了送她回家，还要暗查她的底细，不得不硬着头皮陪她横穿热闹街区，少不了又在心头抱怨父亲。

每到傍晚这个片区都很热闹，今天人也不少，只是不能与鬼子空袭前比。盐都成为省直辖市靠的是集中产井盐，和城市规模无关。1942年的盐都市区中心极少有两层木楼，多是青瓦平房。石板街两旁挤满与盐有关的产业：酒楼饭馆的招牌写着盐帮菜、醉盐都；春楼的店名是盐工乐；赌馆叫盐延顺；理发店叫盐都头面。卖卤菜熟菜的摊子上也全是本地特色菜，火边子牛肉、麻辣牛肉、酱牛肉……盐都一万多口盐井至少有十万头牛拉绞盘车，累死病死的牛成了盐都人的主菜，顺便带来相关的延伸产业，单是牛肉的烹饪法就上百种。唐朝杀牛吃肉要判刑，在盐都不能把牛生前死后的价值充分利用，会被看作是一种愚蠢。

吊着担心的二公子果然运气欠佳，不仅看到最不想遇见的阳理事在买卤牛肉，而且，阳理事明明看见他和方凤婕却故意掉过头。这个插曲打乱了二公子的心境，没看到明叔在杂货铺门口打量他俩。

报纸商行位于行人稀少区域，一排当街平房，青瓦盖顶木板为墙。与其他商铺不一样的是门口那块方形招牌，靠这块长相小众的木牌子透出几分文化气息。几个中年妇女在里面整理报纸，方凤婕告诉二公子，大多是没卖出去的报纸，战争年代的报纸时间性没那么强，准备拿到小镇和乡下去卖。

沿着报纸堆走进里间小屋，简陋格局让人看出商行不阔气。二公子问方老师为啥要放弃教书来开商行。方凤婕如实回答不愿和阳理事在学校闹别扭。二公子曾对父亲说过两个老师不和，想继续听，方凤婕却不再多说。

桌上小相框里的照片是个穿军装的男子，二公子明知故问是不是齐帮主的弟弟。二公子欣慰又多掌握一点父亲不知道的情况，知情度超过父亲越多，在父亲眼里的分量自然会越重。

大屋里的妇女进来询问明天的业务，趁方凤婕回应妇女，二公子翻了翻桌上几份报纸，有《自贡民报》《新运日报》《川中晨报》，全是正儿八经的报纸，没有街头地摊那些花里胡哨的东西。二公子曾陪同长官去市场清查过，那些低俗读物总有野火烧不尽的生命力。

　　明叔意外出现，二公子不想让明叔听到他和方老师对话，主动告辞。方凤婕送他出门，二公子请方老师别对盐工帮会说自己父亲拒绝了，暂时说他答应考虑。方凤婕勉强同意，要二公子转告父亲，一旦日本鬼子入侵盐都，所有人的脸面和利益都会归零。

　　方凤婕叮嘱，务必要提脸面二字。

　　二公子以为有收获，回家却遭到父亲责怪，嫌他与方女子单独待的时间太长，会招惹麻烦。二公子不服，父子俩又争论起来，舒致怀气愤儿子对他的敬畏减弱，直言新一辈眼高手低还嘴硬，自己像这个年纪正一步一个脚印从屌丝迈向大佬。二公子回怼那时候你是为自己凿盐井，我们如今是在呼吁民众齐心抗战。舒致怀要儿子少说空话多拿点实在的东西出来。二公子怪父亲那代人落伍了。舒致怀一时找不到合适的话，想砸个什么东西泄愤，抓这样觉得可惜，砸那样也觉不忍。

　　争吵声惊动舒家上下，六妹子进来提醒当家的："猪吵卖，人吵败，吵吵闹闹是败家的前兆。"舒致怀惊讶地望着六妹子，这女人仗着长相肉感合自己心意，平时少不了拿些暧昧的话与自己调笑，却从来没像这般严肃地论事。人在倒霉时期分外畏惧异样状况，舒致怀不知不觉声音软了。

　　父子俩下意识望向堂屋外，天井里已装满夜色。看不见反而更多顾忌，舒致怀收敛了情绪却放不下架子，嘴里又嘀咕几句。

　　六妹子有意淡化父子俩情绪，谈起按当家的吩咐去找了算命先生。算命先生说咱家有富无贵。舒致怀很沮丧，难怪挣下这么大的家业还是得不到人尊敬。二公子不相信算命，穷的时候想富，不缺钱了又看重贵，人都这样，不用算。舒致怀说舒家没富以前就很在乎在别人眼里的地位。二公子仿佛想到什么，说："难怪每一代都要炒作那个秘籍。"

　　舒致怀几乎跳起来："哪像你整天梦想有人给你委任个官。"二公子差点又忍不住了："你答应了不再拿这个来说事的。"舒致怀很委屈，还没人敢说自己说话不算话！

　　六妹子暗示二公子找个理由离开。

　　等二公子完全消失，六妹子换了个表情笑眯眯地望过来。舒致怀责备她不该在自己生气时乐。六妹子刻意抖抖胸前的肉："要有那么多气发不出去，就到床上去发。"

　　事后二公子很不情愿地发现，父亲对他送方凤婕耗时过多的后果看得太准，最先招惹到的麻烦竟来自他最在乎的何清晖。
　　何清晖看似点赞实则嘲讽，她表扬二公子进步神速，傻乎乎地陪父亲陪葬的同时，还懂得拓宽渠道讨好美女了。何清晖对舒致怀的态度二公子早已熟知，诧异的是她会对方凤婕不满。
　　何清晖如实说阳理事看见了二公子送方凤婕回家。二公子心里顿时多出一大片阴影："你与阳理事有交往？"何清晖要二公子多想想如何摆脱舒致怀，别瞎浪费心思。
　　在二公子记忆中，何清晖没用过这语气和他说话。
　　最担心的还是送方凤婕一趟会有多少副作用，仕途是一条很拥挤的路，没有瑕疵也会有人给你制造，与众人质疑多的人亲近，肯定会被无端演绎出许多版本的剧情。
　　二公子再次疑惑阳理事这些日子为啥要在舒家盐场久待。
　　趁歌咏队排练的空隙，二公子想绕着圈子说事，还没绕拢那件事，阳理事已主动告诉他："灵堂的人都看到你送方凤婕离开，你回来又和你父亲争吵，坡下守灵的人都听见了。你父亲是个敏感的公众人物，方凤婕热心过分已引得众人猜疑，你还和她亲近。"阳理事把话说得很明白，"提醒你是替歌咏队着想，偏远地方的歌咏队能挤进全省决赛，还是省城外唯一的队伍，怎么说也不该辜负这个奇迹。歌咏队靠我们三人构成有特色的伴奏，前次在盐管局吊脚楼戏台排练耕读没参加，缺陷很明显，不能再出意外。"
　　二公子没解释为啥送方老师回商行，只说看见阳理事买卤菜，没想到阳理事一听就露出紧张，连连问他还看到什么。
　　二公子再次很不情愿地承认，父亲要查找几个同龄人底细的做法不荒唐。
　　阳理事慌着解释，买卤菜是为歌咏队进全省决赛给自己鼓鼓劲。盐都遭到日寇空袭，肯定妨碍决赛前的排练。话没完竟再次问二公子有没有看到其他啥。
　　没等到二公子质疑，阳理事主动说他买卤牛肉时遇到崔小樱，就是那个盐都唯一的外地女娃。二公子察觉阳理事谈崔小樱时流露出些许不自然，主动提起老镇出事那天崔小樱也找他聊过。阳理事纠正，崔小樱不是话多是大方，她走过的地方多，见识和习惯与盐都青年不一样。二公子说阳理事老师也走过不少地方啊。阳理事说我没她开朗。

阳理事没透露详细剧情，买的卤牛肉其实是和崔小樱分享的。阳理事随口一句客气话崔小樱欣然应允，两人坐进小酒店叫上一壶粮食酒，崔小樱没喝几口画风大变，夸阳理事打鼓很潇洒，夸盐都几个值得嫁的好青年，其中也有舒家二公子。阳理事说二公子在和巩家小姐恋爱。崔小樱不知是酒劲还是真自信，声称敢和巩家小姐竞争，不是挑战巩小姐的盐都第一，而是赌二公子身上遗传的德行。舒老板把凿盐井放在家人之上，他的儿子也会在仕途与爱情之间首选仕途。

喝到不能再喝时两人都争着要送对方回家，互相拉扯着走出小酒店。凌晨阳理事醒来怎么也记不起自己如何回到舒家盐场的，更不记得和崔小樱出小酒店后还演绎了些什么剧情。首次任性喝酒就搞得阳理事很懊悔，要想做成一件事，真不能太放肆。

二公子的懊恼丝毫不亚于阳理事。送方凤婕回商行还招惹到了巩艳燕。单看排练结束巩艳燕招呼他一起走的语气，二公子就明白摊上事了。巩艳燕一脸傲娇兼霸道，丝毫没有协商的空间。

巩艳燕把装有排球的线织网兜甩给二公子提。二公子问刚练了唱歌为啥又要练排球。巩艳燕不允许提问。二公子早听她说过学校赶新潮，准备下学期举办女子排球赛。二公子说今天有急事要求改天练。巩艳燕抬起下巴说："我就是你最急的事。"她这一说，二公子反而乐意去了。

夏天傍晚的野外适合做任何事情。巩艳燕蝴蝶似的在面前飞，一路蹦蹦跳跳，和任何一次一样，总有男人的眼珠子黏在她身上。二公子又像往常那样私下考量，今后自己走上仕途，夫人太过扯眼球会是什么情况。

才走到人稀少的地方，巩艳燕就一本正经地训二公子："鬼子飞机找到盐都了，都在赶着做急需要做的事，你居然有闲情亲近与你无关的女孩。"巩艳燕要他仔细想，身为立志从政的时代青年，这算什么境界，"只会让你陷入流言蜚语，连辩解的机会都不好找。"话刺耳，却让二公子想起志同道合以及大家闺秀的定义。

正胡乱思索，巩艳燕将脸蛋伸过来："我讲完了，你可以亲一下。"二公子觉得好玩，嘟起嘴唇挨了挨。巩艳燕宣布这个项目结束。二公子以为风雨已过去，故作调皮要求亲另一边脸。巩艳燕摇头道："足够让你记得不在傍晚单独送别的女生了。"又一次让二公子明白，在巩艳燕这里，任何人的剧本都不好使。

以为该练排球了，谁知巩艳燕不让二公子从网兜拿排球出来，她说不练她也是绝对主力，无非找个理由约会。二公子夸她有天赋，巩艳燕不盲从："你一会儿说我唱歌有天赋，一会儿又说我排球有天赋，到底是啥？"二公子说都有。巩艳燕规定只能选一样。二公子故意思考片刻才说唱歌进步更快，巩艳燕说是阳理事指点得好。

二公子瞬间的走神被巩艳燕看出："不许吃醋。阳理事也是你的老师。"二公子说是又想起阳理事这些日子有些反常，长时间耗在舒家盐场，原本就闲不住的人怎么会白白消耗日子。巩艳燕没心思研究别人，只要二公子回答她是个怎样的人。二公子当然清楚巩艳燕的自信程度，任何人的评价都是白评。

整个过程巩艳燕都在憧憬如何做合格的时代青年，如何集中精力干自己擅长并对社会有益的事，并数次提到要热情绽放花一样的青春。二公子越听越觉得父亲把婚姻和做官看得太现实，难怪巩艳燕要说老一代已落伍。

稍一分神，二公子就忘了观察路人看见巩小姐的反应。这次从旁边走过的是几个外地老板，其中的崔老板两眼的光散发得尤其强，脑袋像卷进某个磁场似的跟随巩艳燕转了好大幅度，竟同迎面走来的人撞了个满怀。崔老板没难堪，反倒叹息："天下真有如此美貌的女孩！"


查找几个年轻人底细的事进展不大，却让舒致怀意外听闻一些消息，几乎每一条消息都令他不安。

最先传来姚市长让市府职员上门去各个盐场动员开工的消息，市长自己也顶着酷暑到处跑。空袭使盐都失去了后方的宁静，省里又一再催促出盐，姚徵远坐在市长位置上不紧张才怪。令舒致怀心惊的不是市长的做法，而是各家盐场老板的态度——

A盐场的老板看似姿态恭敬，实则苦着脸一再对姚徵远禀报，政府的征收费一涨再涨，已经多达三成，如今卖一百斤盐有三十斤的钱归政府，盐场的老板没有钱赚哪有心思开工？

B盐场的老板不掩饰愤慨，当面冲市长大人说难听话，鬼才相信多征收的钱是拿去做军费了，谁敢保证没人借机发国难财！

C盐场老板走的是诚恳路子，反复表明开盐场的人讲求实在。开盐场能到手的利润只有一瓢水，政府多喝，留给盐场的就会少。如果能公平对待盐场老板，开工的事用不着市长多操心。

所有盐场老板异口同声地把政府降低征收费作为开工条件，果然被自己猜中，老板们任由盐场停工，背后真有隐情。

核实猜疑，带来了更多不安。空袭后政府更要催促开工，盐场老板会趁政府焦急的机会拿征收费来要挟，市长无权少征，迁夫子逼急了照样急躁，最终倒霉的极有可能是引发停工的祸首，这个锅舒致怀想躲也躲不开，眼下唯一能降低风险的是找出肇事的丘八，偏偏市长又拿军队毫无办法。

从盐场老板们一致的台词也能看出背后有总导演，能在盐都有威望执导的只能是巩德彬。那么，还有一个可行的办法是让姚市长说服巩德彬。姚家祖上任盐都知县时救过巩家爷爷的命，姓姚的真迂，这么有利的往事不晓得用。

舒致怀清楚自己出面弊多利少，想出个迂回办法，让二娃去找能与市长搭上话的方凤婕与何清晖，让两个女子看在开工出盐支援抗战的分上，去提醒市长把那段老情缘用起来。二公子赞同这主意不错，但他不愿靠人际关系成事，即使做成了在众人眼里也没分量。舒致怀耐着性子要二娃看清眼下舒家的危机，再好强也不能在生死关头使性子："你不是把志向看得比命重要吗，难道你不支援抗战，不进官场了？"

这才把儿子说服。

很快，二公子回来告诉父亲，方凤婕与何清晖那里全说到了。舒致怀只轻松了片刻，转眼间就又不踏实了，平常二娃总是不轻易听吩咐，突然这么迅速地照办，换成自己来编戏，这桥段也不会这么简单。

眼下的处境不容大意，舒致怀反复掂量总觉得还是自己去见市长才放心，于是强撑脸面去市府，劝市长不要放弃祖上那张牌，直接找巩老板谈。舒致怀的话没说完姚徵远就告诉他，已经去过巩家了。

是巩老板先对市长算账：停工盐场没收入，国家没法收盐税补充军费，半个国家的民众等这里的井盐救急，如今盐都又被日寇盯上，下一步肯定更难办。摆出负面账单巩老板才说盐场老板们都愿意开工，只是市长必须先做到两点：一是惩办惹出大麻烦的祸首，二是降低征收费。做到这两点，一千多家盐场立即恢复出盐。

舒致怀问姚市长是怎么回答的。姚徵远说我问他咋由一点要求变成两点了，巩德彬说再不做还会变成三点。舒致怀问姚市长有没有提姚家祖上与巩家爷爷的旧情。姚徵远说没讲，不准备讲。

舒致怀在肚子里骂了声书呆子，很失望地离开市府。街上行人很少，烈日笼罩下偶尔拂过的小风也带热气，舒致怀闷得有些发喘，来之前他还因自家盐场惹下麻烦有些愧疚，这会儿想得最多的是去他妈的。

回家后舒致怀才听打探消息的人说，姚徵远在巩家碰了软钉子，很烦躁。

立了家训不做官的姚家反而在八九十年后又有人主政盐都，巧合的是也在任上遇到前所未有的大事。姚徵远在史料中看到多个关于祖上的版本，最大的感悟是如何给将来写史料的人留素材，至少不能让盐都未来的史料出现贻误抗战的内容。

舒致怀提醒他使用祖上与巩德彬爷爷那段关系，令姚徵远很惊讶，莫非旁人觉得自己非得靠什么关系才能成事？来盐都前母亲反复说，乱世为官最考验人的才能和品行。如果要靠祖上的功德来完成自己的业务，还谈什么才能！

姚徵远迅速做出安排，在大街贴公告并上门通知各家盐场，市府给前一百家开工的盐场发数额不低的奖金。秘书小管问市长哪来的钱。姚徵远说把市府掌握的资金全拿出来，哪怕停掉所有开支，包括缓发工资。小管担心下面的职员反对缓发工资。姚徵远说："你不是一再讲国民政府是官大的说了算嘛。"

应该都清楚，盐场不开工，征收费收不起来，同样发不出工资。

还有个更大的风险，姚徵远看到舒致怀来了才突然想到：鬼子已开始来这儿空袭，凭盐都眼下的重要性，驻军肯定会换成防空部队。一旦换防，在舒家盐场打死齐帮主的士兵会跟着部队离开。假如到那时盐场还没开工，处在停工状态的盐工帮会很容易集中起众多的人，拦住步兵营要求交出肇事者。真那样，事态将会更严重。

要尽快让盐工回到谋生的岗位上去！

# 三

　　日寇第二次空袭紧随而至。防空的宣传没能改变混乱场面,不过多少还是让民众知道了如何躲避。听到引擎声,众人扶老携幼朝山坡和树林跑。

　　混乱过后的田野更显得空旷。鬼子飞机在头顶盘旋,打雷似的轰鸣声时远时近,蜷缩在隐蔽处的人有的抬头偷看,有的抱着头恨不得钻进地下。六妹子脸色惨白,招呼自家娃不许说话,怕飞机上的鬼子听到。有这种担忧的人不少,史料记载,就在本次空袭中,一位哺乳的妈妈为制止孩子哭出声,拿乳房堵住孩子嘴,惊恐中忘了力度,空袭结束才发现孩子已被憋死。年轻母亲捧着小孩遗体,浑身颤抖满脸泪,哭得撕心裂肺。

　　舒家和一群盐工躲在山坡侧面树林子里。舒致怀坐在靠树林子边沿的位置,方便观察自家盐场和坡上的家。飞机巨大的噪音震得人浑身发紧,无辜被侵扰,舒致怀异常恼怒,一个人嘴唇嚅动不知在念叨啥。当飞机再次转到头顶,他骂了声狗日的日本鬼子,回头叫两个用人跟他一起去开炮。用人不明白,有些发愣。舒致怀大声鼓动用人:"老舒都不怕,你怕啥!"

　　舒致怀领着两个用人跑出藏身的树林子,隔着人群的六妹子想招呼当家的别乱走,又怕被飞机上的鬼子听到,就对二公子比画,要他跟去看舒致怀要干啥。二公子刚出藏身处,鬼子飞机盘旋回来,巨大的轰鸣声吓得他忙抱住一棵树。

　　等二公子赶到深海井旁边,舒致怀已指挥用人爬到天车架高处捆绑烟花爆竹。很快,天车架上的烟花爆竹被点燃,各种颜色的焰火带着响声不停朝空中喷,大白天也很耀眼。舒致怀冲儿子得意道:"像不像高射炮?吓死他龟儿子!"二公子感觉不合适,又不知该如何办。舒致怀还在自豪:"不是说鬼子把天车架看成高射炮了吗,老舒就是要比别人先做点什么出来。"兴致上来又教训儿子,"担心太多做不成事。老舒当年要是怕这怕那,哪有今天!"

　　舒致怀放烟花冒充高射炮,当时就震惊了巩艳燕。巩家在盐都的另一方躲空袭,这儿树林大躲藏的人多。巩艳燕待在隐蔽处不停朝舒家盐场方向观望,突然看到那个方位喷起火花,惊叫一声舒廷钦,跳出藏身地,不顾巩家人呼喊,也不顾鬼子飞机的刺耳轰鸣,直奔舒家盐场。

　　街上几乎无人,三两个躲躲藏藏的执勤警察事后回忆,在充满飞机引擎声及炸弹爆炸声的空旷街道里，巩艳燕穿越硝烟弥漫的战场，姿态优美，横扫充满死亡气息的阴霾氛围。

最先看到巩艳燕远远奔来的是舒致怀，他突然想起当年的三个妹子也是这般不管不顾扑向自己。后来的岁月他无数次回味，如果没有三个妹子，他很难有那种不顾一切的打拼劲。

舒致怀咽喉一哽，红着眼圈拉二娃，要他看跑来的巩艳燕。二公子忘乎一切地扑出去，完全没有了刚才缩手缩脚的样子。

炎热气候加剧烈奔跑，巩艳燕早已汗湿衣衫。二公子双手抱住巩艳燕又放开，放开又抱住，嘴里不断念叨："我爸在旁边，还有小妈，还有弟弟妹妹，还有用人，还有那么多人……"巩艳燕根本不管二公子说啥，只是紧紧抱住不松手。

舒致怀得意地对六妹子炫耀："老舒放烟花吓唬了日本鬼子的飞机，还招来著名的巩家小姐，老舒就是老舒。"六妹子低声嘀咕了一句什么，舒致怀根本没听六妹子说的啥。

舒致怀料到空袭后巩家父女会有一段争吵，猜到了过程，却没猜到结果。

空袭结束巩德彬赶着查看自家盐场，虽然没受损，依旧愤懑难平，莫名其妙被空袭惊吓，一肚子恶气不知如何发泄，回到家即训斥用人躲个空袭也弄得满院子乱七八糟，成何体统。

巩艳燕赶巧走近，立即被追问不顾空袭乱跑啥，难道不怕父母担心。巩艳燕要父亲别盯她，把心思放到该放的事情上去。巩德彬刚要责怪女儿说话没分寸，巩艳燕提前制止道："别惹我不高兴。"

巩德彬只好换种语气开导女儿："你爸是盐都的领军人，别给我惹事。"巩艳燕觉得好笑，巩德彬不明白这有啥好笑："人家说你是校花，你不也很自豪吗？""那是别人看到我在歌咏队领唱，在排球队打主力，你当领军人物，体现在啥地方？""体现在比姓舒的强一百倍。""你敢和舒家二公子比吗？"巩德彬气得跳起来："那个混账小子，有什么好！"

巩艳燕不满父亲轻视二公子："听听他给自己起的名字就比你有文化。舒廷钦，廷字是辈分，钦，字典上说是敬重敬佩，还和皇家有关。瞧你给我起的名字，艳燕，怎么念都是盐字的谐音。一个男娃还可以，我一个女孩子全是盐构成，叫什么话？"说罢扭身回自己房间，根本不给巩德彬再说话的机会。

巩德彬舍不得对宝贝女儿发作，又嫌娇惯过分，追到女儿房间讲规定："从现在起，凡有舒家二娃在场，你不许去唱歌。"巩艳燕劈口拒绝："为私人恩怨，连宣传抗战也要阻拦，还是不是中国人？"巩德彬反驳道："你对姓舒的唱一百首歌，他也不会支援抗战。"巩艳燕回怼："舒廷钦是歌咏队的主力，和他父亲是两码事。"巩德彬理直气壮："你见过红苕藤上开牡丹花吗？"巩艳燕不屑再争论，道声要换衣服，半带撒娇地把父亲推出房间，砰的一声关上门。

以为镇住女儿了，巩德彬得意收兵。巩艳燕却深感二公子不容侵犯，不愿轻易翻篇，换衣服的过程中找到新的理由，即刻去找父亲。

一脚踢开父亲房门，巩德彬正搂着两个妻子在凉床上做什么，天热，都一丝不挂，一眼望去一床肉，批发白斩鸡似的。巩德彬惊慌中抓过蒲扇胡乱遮挡，连声催促女儿快出去。他左右的两个妻子都不是巩艳燕的生母，没有巩德彬那般尴尬慌乱，哈哈放声大笑。

巩艳燕不惊叫不退缩，指责父亲左搂右抱，旁边屋子里还有两位排队等候："女儿找一个有啥不可以？你不支持就罢了，还恶意贬低女儿选中的人，像个主持道义的领军人吗？"吐槽完毕才昂首离去。

被女儿搞乱心境，巩德彬负气出门瞎转，好几处地方都有人在收拾刚才空袭炸毁的建筑。还在查看自家盐场时他就听说有人死伤，好好的盐都怎么就变成这样了！情绪正不好，有人叫了声巩老板，巩德彬回过头看见方凤婕身上脸上沾着尘土朝他走来。好多人传言方凤婕过于热心，果然不假。

巩德彬故意问方女子要对自己说啥，如果是帮姓舒的说话就不必开口。这些天盐都到处在抱怨姓舒的，他还嫌热度不够，刚才空袭又拿烟花冒充高射炮，以为天下人都像他一样愚蠢。

等巩德彬的发泄告一段落方凤婕才开口，她说躲空袭前就想拜见巩老板，鬼子一再到家门口欺负人，很想听听巩老板对此有啥打算。巩德彬要方凤婕别拿教书的语气对自己说话："巩家为国为民分忧的时候你娘还没成人，你离人世更远。"方凤婕承认自己经历少，但她读过好几本史料，里面都有记载，盐都只要有事，巩家都会有人站出来。"正是冲着这一点才来找巩老板，听听著名的领军人有什么打算。"

巩德彬夸她对自己的领军威望看得很准："你肯定是想讲盐场开工，你的意思很清楚，巩某人也不含糊。姓舒的搞出灾祸引发众怒，市长对此毫无作为，你有精力缠着巩某人不如去找市长。只要市长满足众人的要求，第一个开工的肯定是巩某人。"

齐耕读匆匆跑来打断了两人的交谈，他叫了声方老师，一脸严峻地凑在方凤婕耳边低声说了句什么。方凤婕瞪大眼惊叹一声真的呀，一把拉上齐耕读迅速离去。

这个插曲把巩德彬弄得有些发蒙，猜测是方凤婕的商行出了意外，似乎又不像，刚才报信那娃是齐帮主的义子，莫非舒家盐场又出事？

回到家还没想出个名堂，外面不断传来嘈杂声，巩德彬正要吩咐用人出去看看，巩家的几个孩子从外面跑进院子，喘着粗气对巩德彬讲述院墙外面的突发情况，几个孩子争着说话，尽管听得不很清楚，巩德彬依旧像刚才方凤婕那样瞪大眼睛惊叹："真的呀！"


突然发生的事情让舒致怀提前看到自己的死期。

传来突发情况的消息时，二公子正在对父亲讲他上班听到的话，不少盐场老板抱团逼市长降低征收费，二公子要父亲千万不要参与。舒致怀不认为盐场老板的诉求有啥毛病，挣一个钱本来就不容易，征收多了确实很伤人。二公子说就算征收费过高也不能在这种时候提，国难当头提这样的要求，有趁火打劫的嫌疑。舒致怀责怪儿子想法太简单："哪像是要当官的脑筋。你又不是国民政府的爹，谁会轻易听你的话？不利用市长抓瞎的时候提要求，换个时候提，有狗屁的用！"

六妹子神色惊慌地跑进堂屋，以为她是要劝阻两人争执，听到她开口的声音有些发抖，才知另有意外。

六妹子只说了一句当家的最担心的事来了，舒致怀立即脸色大变。六妹子要他出去看，这会儿大路上全是人。舒致怀的声音瞬间变得颤抖："真的……要走了？"

二公子终于听明白，小妈讲的是盐都驻军换防。这是军队的事，老百姓连打酱油的资格都没有，正想问急什么，就见父亲仰天哀叹："老舒的死期到了！"二公子突然头皮直发麻。

舒致怀一副面临末日的神态，对儿子作最严峻的交代："有些话原本不想说，到这一步不得不说了。家里其他娃娃火候都不够，舒家往后只能靠你顶起来了。千万不能让舒家几辈人的心愿断在我们父子俩手里。"

舒致怀说："步兵营一走，在舒家盐场打死齐帮主的士兵也会随军队离开，盐工帮会如果没有胆量和军队硬扛，肯定会把怨气朝老舒身上撒。"二公子抱着一丝侥幸："冤有头债有主，又不是舒家的人行凶。"舒致怀摇头道："这样的话又不像是要当官的人说的了。找软木头咬是世人常用的战术，普通百姓惹军队和官府很难，惹个没有靠山的盐场老板，比尿尿吐痰更容易。世风就是如此。现在想来，你真要当了个什么卵名堂，哪还有人敢打舒家的主意。现在说这些全都是空话，太晚了。"

二公子从没见父亲如此灰心丧气过，暗暗心惊，一边给自己打气，一边鼓励父亲不要轻易放弃，再想想办法。舒致怀叹息都啥时候了还说这种话："老舒也不想放弃，无奈劫数到了，趁还有点时间，赶着给你交代舒家秘籍的事。"

这话提醒了二公子，忙劝父亲不如交出秘籍保命。

舒致怀咬牙拒绝："舒家先辈没有人拿秘籍做交易，哪怕是死也不交换。要给你讲的是另外的意思。舒家秘籍和外面的传说不沾边，我和你亲生母亲仔细琢磨过多次，曾祖父传下的秘籍实际上是几个找水源打井的个案。在缺水的乡下算是宝典，与凿盐井顶多算远房表亲。"

二公子没有多少惊讶，他本来就不看好那个传说，甚至一直觉得有些故弄玄虚。说难听点，近乎自欺欺人。

舒致怀没在意儿子想啥，自顾按实传递："老舒从小看重秘籍，曾经和你亲生母亲再三思谋，既然秘籍已经传了四代，索性按最初说法继续传下去。这秘籍看起来不实用，却是舒家的精神支柱，支撑起几代舒家人的信心。"

归根结底一句话，保住秘籍，才能保住舒家的底气。

二公子这代人早已对秘籍淡化，和父亲有积怨的何清晖、方老师、阳理事，从来没有提说是因秘籍与舒家生恨。舒家的对头巩老板也没拿秘籍说事。还有姚市长，舒家在他心目中有位置，主要是深海井，而不是传说中的秘籍。

二公子说就算秘籍不是舒家的祸源，也是一大负担，舒家先辈中多人因秘籍受累，不如就此摊开真相，最起码的好处是可以减少别人算计舒家。

舒致怀还是不答应，此时公开，就算没人说是为保命作秀，就算有人相信，舒家也会因为没了秘籍传闻少了神秘感，别人更不会放在眼里，舒家今后在人们心目中的地位会因此降低很多。

舒致怀还有个侥幸想法，咬牙要为齐帮主复仇的是盐工帮会，如果舒家借助秘籍的光环，说不定十家帮会中会有人提出让自己用秘籍凿盐井，由此给自己一条活命的路。

即使在家里，舒致怀也能感觉到军队换防的脚步声不断逼近，等到换防结束，自己这辈子也到头了，除非有谁能拦下肇事士兵。

二公子要找人想办法。舒致怀叹息只好这样了，并叮嘱儿子，巩德彬不能找，何清晖、方凤婕和阳理事也不能找，那些人都和舒家有仇。

二公子要想找的恰好是前女友何清晖。两人一直往来亲密，何清晖又在管盐的机构做事，深知如何与老板和盐工打交道，找她既可靠也管用。

二公子有些看不起父亲临阵慌乱，想不出当年父亲是凭什么挺过凿盐井的困境的，他反问父亲，不找他们几个人又找谁。舒致怀说这种时候，稍微靠谱一点的是找市长。二公子不相信市长会为舒家做点什么，舒致怀说舒家盐场出盐多，又有名声很大的秘籍，除非政府不要盐。二公子说姚市长整天到处跑，事到临头不可能找到。舒致怀毫不犹豫地说，去十字路口。

到父亲提示的地点，二公子不得不调整对父亲的偏见。

姚市长果然在十字路口，身边围了一群政府职员。几根竹竿撑起两幅横幅，分别写着"恭送步兵营""欢迎高炮营"，两支被提到的军队正沿不同方向交替走过。步兵营士兵背着挑着弹药箱往外走，来接替防务的高炮营则阔气得多，牲口驮炮弹，马拉高射炮，摇摇晃晃地从天车架旁经过。传说中的高射炮和天车架的长相相差甚远，连远房弟兄都说不上，挤在屋旁路边看热闹的男女老少指指画画评议，开飞机的鬼子再是脑壳进水也该能分清楚，还放烟花冒充！父亲在二公子心里的地位又随着民众的议论有了变化。

试着靠近市长，同事劝二公子此刻不宜过去，市长正被换防搞得像火上的烤肉。二公子这才仔细观察，市长果然要向来往的军队微笑，还要打量四周，同时迅速对管秘书和几个人说了什么，那几人立即分头挤入人群。堆砌的迎客笑容也掩盖不了姚市长脸上的担忧。市长都被搞成这样了，父亲的慌乱似乎又在情理中。

意外看见方凤婕出现在市长旁边，同样也在四下张望。方老师不是政府职员凑什么热闹？难怪不少人说她过度热心，难怪父亲要怀疑她。

此刻不方便靠近市长就朝方老师走。

方凤婕惊讶二公子出现在这里，焦急地问他有没有看到盐工帮会的帮主们。军队换防带走了舒家盐场肇事的士兵，盐工帮会对此肯定有想法，好些人在现场寻找，但一个帮主也没见到，姚市长很不放心又派人四下寻找。二公子意识到父亲的担忧不是完全没道理，只是不明白方老师为啥对这事这么着急。方凤婕说："你难道不担心盐都再出事？"二公子说："我担心是因为事情会牵连我父亲。"方凤婕说："我也有自己的理由。"

二公子注意到方凤婕衣襟侧面夹了一张字条，问方老师是啥意思。方凤婕惊叫一声，她也不知自己衣襟上什么时候多了张字条。再看字条上的字，个个毛骨悚然：再捣鼓盐场的事，就跟齐帮主去。

方凤婕回忆她在围观人群中寻找盐工帮会帮主的经过，来来去去询问过几个报童，只记得在人堆里行走磕磕碰碰，不记得哪张面孔与纸条相关。联想到那天晚上遭遇的恐吓，显然是同一目的。

家里的灾难转为悬疑剧情，二公子周身上下不适应。更令他不适应的是方凤婕被恐吓反而倔劲发作，说了一句"我偏要去"，不等二公子回应，她已挤进人群走向远处。

不用问她肯定是去舒家盐场，盐工帮会的帮主们没来军队换防现场，极有可能是在齐帮主灵堂，真那样更糟糕，帮主们总是有了想法在那儿议定。二公子更急着找何清晖。

靠歌咏队的同伴指引，二公子看到人群中的巩艳燕。巩艳燕正快速朝他走来。二公子还发现巩艳燕身后跟着外地来督运盐的崔老板。即使有几十万家乡人焦急地等待他运盐回去，崔老板照样不耽误追捧盐都的市花。

崔小樱拦下崔老板，二公子猜是崔小樱看到了自己。果然，后来崔小樱告诉二公子，她冒着挨训提醒父亲，心里有人的妹子，眼里看不见别的人。崔小樱还告诉二公子，心里有人的妹子也不怕竞争。当然，这是后来的剧情。

巩艳燕走拢就告诉二公子崔老板如何冲她炫耀，说他们那儿比盐都大，在那里唱歌不用扯着嗓子喊，对着麦克风轻轻哼一声一大群人都能听到。崔老板还许诺带她离开这个只有盐的地方。二公子截断巩艳燕的话，告诉她军队换防了。巩艳燕说："军队换防，你操什么心。"这句话一下把二公子点醒，何清晖历来不喜欢朝无关的热闹处凑。

二公子如实告诉巩艳燕有非常急的事需要去盐管局找何清晖。巩艳燕说想做啥不用编理由。二公子声明真的有急事。巩艳燕说："我也不是假的，你要敢另找女人，我就连续嫁十个男人给你看。"

二公子不善应对女孩撒娇，逼急了只好老老实实解释："打死盐工的士兵要随步兵营换防撤离，我爸快急死了。"巩艳燕更不理解："都这么急了你还有心思找何清晖。"二公子说何清晖是盐管局的人。巩艳燕不相信一个普通办事员能有多大作用。二公子说根据长期接触的感觉她能起作用。巩艳燕满带巩家的霸气，说："还长期接触？你到底弄没弄明白友情和爱情的区别！"二公子很无奈："我家真的要出大事了！"

令二公子意外的是巩艳燕把他送到盐管局门口，然后转身离开。二公子邀她一起进去，以示没有秘密。巩艳燕说："一起过来是看你心情不好，陪你走走。"二公子说："有你陪着走这么远，心里好受多了。"巩艳燕说："又不是表演节目，夸什么张。"二公子发誓是真的："等和何清晖谈完家里的危机，马上去找你。"话出口二公子自己也有些别扭，类似许诺不少，兑现的不多，但巩艳燕从来不怪，还说："需要你忙的事多表明你能干，我为你骄傲。"二公子几次感动得要红眼圈，心里仍旧放不下何清晖，尽管他清楚何清晖的态度。

这份心思二公子也没瞒着巩艳燕，他与何清晖是初恋，留下的美好一时难舍，他要求巩艳燕给他一点时间。巩艳燕说戏里也是这样设计的："太顺的剧情没人看，反正落下帷幕那一刻，你是本小姐的。"还自我调侃，"我清楚自己正患青春热恋症，这很正常，不经过这一段岂不白年轻一回了。"

巩艳燕催二公子快进去："你再不走我又要撒娇耍横了。"结果是巩艳燕自己先走。她转身那一刻，二公子看出她的眼圈有些发红，顿时心里发热鼻子发酸，在肚子里狠狠骂自己几句，又不得不回头面对盐管局大门。

每次看到盐业管理局门牌，二公子总有一言难尽的滋味。那年这个专门管盐的机构在省城公开招职工，何清晖看上的就是可以管盐都的盐场老板。二公子与何清晖从小在省城读书，离家几百里，何清晖不回家，二公子也两三年难回一次，长期在外一起求学，想不恋爱都难。恋人报考设在家乡的同一机构，快乐且充满希望，更可乐的是同时被录取。何清晖没像二公子那样欣喜若狂，只说一直在留意这个机构招不招人。

以为接下来该是民间故事常用的结束语：从此过上幸福生活。谁知上司在意冒尖的人，查出二公子的父亲是外派机构所在地的盐场大老板，按规定不能进这个机构。万幸的是上司没作处分，只是把他调整到盐都本地的教育部门。

二公子侥幸留住了走仕途的基础，只遗憾不能与何清晖常在一起，他不知道还有更大的损失降临。何清晖追究他为啥隐瞒是舒致怀的儿子。二公子如实说不想靠父亲，要亲自证明自己。何清晖冷冷地嘲讽他终于证明了。二公子一再恳求何清晖别生气。何清晖说交往这么久，哪能说翻脸就翻脸。没等二公子稍微松口气她就明确宣布，今后只能是普通朋友，恋人关系终止："你父亲是我不共戴天的仇敌，这么些年，我想得最多的事情就是如何对付他。"

以后好长时间二公子睡不好吃不下，手风琴也布满灰尘。好在何清晖除了常当面表露恨他父亲，对他依然友好。二公子也常觉得离不开她。

仿佛知道二公子会来，独坐办公室的何清晖先开口："让你父亲去急，你没必要担忧。"不等二公子惊讶出声，她又说盐都只有这么大，办公室的人都去迎送军队了，谁最怕步兵营离开，很明白的事。二公子沮丧道："我父亲已经在交代后事了。"何清晖的语气在三伏天听来也很冷："我只关注他啥候死。"

二公子讲了方凤婕去舒家盐场找帮主们："方老师和阳理事都恨我父亲，都是在对我父亲不利的敏感时刻出现在我家盐场。"何清晖纠正道："你父亲的首席仇人不是方凤婕，也不是阳理事，是我。我不是恨你父亲，是非常恨。你明白这一点就不会瞎操心了。"

## 四

盐工帮会的帮主们果然在灵堂里，他们正紧急磋商如何阻止军队趁换防带走肇事士兵。简单剧透一下，历史上十大盐工帮会最终没有阻拦军队换防，这一点包括姚徵远在内的一些人都料到了。但为如何对付舒致怀，灵堂里有过激烈的争吵。

有几个鹰派帮主提议招呼一两万人，抬上齐帮主的棺材拦路，让军队留下杀人的丘八再走，否则齐帮主白死了，今后盐工弟兄们也不会有顺畅日子。扛运帮代理帮主还找来十多个年轻力壮的盐工，拿着抬杠和粗绳子等候帮主们发话。后来帮主们莫衷一是，一方面，齐帮主的遭遇牵连着几万盐工弟兄今后的生活，另一方面，军队换防事关抗战。

然后争论如何在军队换防后集中对付舒致怀，停工久了几万盐工无法养家糊口，齐帮主的灵堂摆在这儿也离不开人照管，再拖延弊病越积越多。如何对付实际上就是尽快对付。

阳理事一直在灵堂旁听，帮主们尊重教书先生，容忍他留在现场。阳理事倒也自觉不插话，唯独谈到尽快处置舒致怀的时候才大叫好主意。

方凤婕走进舒家盐场那会儿已隐约见到步兵营远远摇曳过来。方凤婕不知道帮主们议事内容，一来就说假如齐帮主知道他的事情要引起新的混乱，他在那边也无法平静。阳理事反感方凤婕多事，斥责她帮舒致怀。方凤婕不承认与舒致怀有关，产盐是盐都当下最紧要的事。两个与盐工帮会无关的人争吵起来，不仅在场的帮主们感到为难，就连后来舒致怀听说这事也不解，到底这二人是真的互相有怨气，还是故意作秀。

帮主们都把目光转向郑帮主。

郑帮主明白该他这个领头人出面了，阳理事却抢在他开口前要求讲几句。灵堂里的人再次给教书先生面子。

阳理事是听到军队换防匆匆从老镇赶来的，他料到帮会有行动。设想换防期间假如舒致怀出意外，肯定会被认为是士兵临走灭口，自古剧情就是这个走向。歌咏队即将去省城决赛，阳理事将要做的事归纳为三个步骤：杀舒致怀为民除害、去省城参加决赛、决赛后就地参军。王家祠堂已浪费一个机会，换防机遇不可再错过，基于此阳理事一开口就显出紧迫，建议对付舒老板动手要快，别让他听到风声躲出去。

帮主们不相信十大帮会几万人会盯不住一个舒老板。阳理事显得比帮主们更紧迫："齐帮主帮过我，是我的恩人，不给齐帮主讨个公道，我不甘心。"

郑帮主被阳理事的话弄得有些诧异，他没听说过齐帮主和阳理事有往来，试着问阳理事有啥具体打算。方凤婕抢着对郑帮主说："舒老板就在那儿，早一天晚一天都能找他。盐都再不出盐，我们已经没脸面对国人了。"郑帮主已经知道方凤婕是齐帮主弟弟的未婚妻，正如此才更难理解方凤婕的选择，于是问道："假如你的未婚夫在这里，他放得下他哥哥的冤屈吗？"方凤婕说她知道郑帮主是在维护盐工弟兄："齐帮主的死肯定要讨公道，几万盐工弟兄也需要正常的生存环境，只是，鬼子第二次空袭已经炸毁部分盐井，并炸死部分无辜民众，今后任何人都不可能过正常的日子了。"

此时站在舒家盐场，已经能看清顺大路走来的士兵的面孔。

郑帮主突然提问："方老师能不能告诉我们，你究竟是哪方面的人？"方凤婕奇怪地问："为什么普通百姓就不可以为支援前线多出力？"郑帮主说："你比很多人更卖力。"方凤婕用一句话回答："我的未婚夫在前线，他和我有约定，我不想将来愧对他。"实际上郑帮主是替所有在场的人发问："就这？"方凤婕说："你觉得还该有什么？"

灵堂里能听到军队杂乱沉重的脚步声了。郑帮主制止再发言，既是宣布十家帮会的决议也是回答帮会外的人："我们是凭力气挣钱养家糊口的下力人，我们不懂国家的幺二三，不过，像打鬼子这种事，我们至少懂得多出力不添乱。"

郑帮主说："军队换防是去前线打鬼子，我们再有怨气也要支持。打死齐帮主的兵跟着军队走了，总还有走不掉的。那天那些兵没去其他盐场总有原因，我们就找舒老板说事！"

灵堂里的剧情舒致怀当时就知道，他安排人打探过消息。步兵营的脚步声从舒家盐场边传到坡上那一刻，舒致怀最强烈的感觉是脑子发蒙，但是，没有盐工帮会的人拥出来，也没有任何异常动静。这里已是闹市区外，路边围观的人有限，他站在堂屋窗前看长长的队伍顺盐场边大路走向远方，直到外面空寂，他依旧满脑子茫然。

到天黑舒致怀本能地感觉事情没完，借乘凉站家门口凝视坡下罩着夜色的盐场，心绪比当年凿盐井清出的石渣还碎乱。猛察觉有人在旁边，惊得一跳，看清是家人，明白是六妹子的指使，舒致怀没好气地驱赶家人各自去做该做的事。

坡下盐场令舒致怀百感交集，当初在那儿凿深海井受困，翻板闹分手，自己山穷水尽，五妹子要自己拿仅有的金挖耳勺去当铺换钱给大儿子治病，自己却拿当得的钱赌最后一把。家破人亡才得到的盐井和自己的缘分就要尽了，越想越伤感，不由自主缓慢朝坡下走。身后传来六妹子招呼他的声音，要当家的夜里不要下去，她一整天心神不宁眼皮直跳。

舒致怀想说离了盐场自己啥也不是，却没说出。反倒是六妹子把话说得很明白，军队换防期间事情变数大，又这么晚了。舒致怀没转身，继续朝坡下走，正是这个原因才要去灵堂探探风声，自己不想死得糊里糊涂。六妹子追问要不要叫人一起去。舒致怀不屑搭理，叫谁？赵子龙还是张飞。

进灵堂去齐帮主灵前敬了一炷香。没人与他说话，看他的人也很少，舒致怀深感不安，默默往灵堂棚子外走，步态更显疲惫。

在灵堂口见到方凤婕，不出所料，方女子仍旧用熟悉的仇恨目光望着他。

灵堂里所有人都在打量舒致怀，没人留意阳理事已悄悄溜出灵堂。

月光很淡，回家这道小坡舒致怀不知走过多少次，这次最吃力，几乎一步一停。

小坡侧面，阳理事已快速爬到预设好的高处，找到事先准备的三个适合翻滚的大石头。临到动手阳理事还在找理由为自己鼓劲："我这是在为民除害。"再给自己壮胆，"大学同学敢刺杀汉奸，我连惩处恶人的胆量都没有，算什么时代青年！"

看看舒致怀缓慢地走到合适位置，阳理事一咬牙，将三块大石头连续推出，大石头发出沉重呼啸声滚下山坡。

忽然听到侧面更高处也传来石头滚动声，阳理事大惊，怎么还有人？定睛一看，两块石头在朦胧夜色中发出闷响声从旁边蹦蹦跳跳滚下，和他推下去的石头一道直奔坡下的舒致怀。凭空冒出一个盟友，阳理事不高兴只恐惧。

几个大石头顺山势往下蹦跳，沉重的滚动声十分惊人。舒致怀从沮丧情绪中惊醒，慌乱中脚下踩虚翻身倒地，几块石头跳跃出轰轰声，朝他迎面滚来。

干了几十年的体力活儿此刻显出另类作用，他翻身爬起不转眼地盯着小坡上方，闪身让开第一个石头，马上盯着第二块，第三块石头又接踵而来，再上方继续传来轰轰的滚动声，夜色遮挡下看不清有多少个，舒致怀一边避让一边嘶哑着声音喊叫。转瞬间，坡下盐场，坡上舒家，都有人提着马灯跑出来。小山坡上一下多出许多灯光和人。

夜不宁静了，光线明亮许多，石头好像也滚完。众人围向舒致怀，舒家人更是举起马灯朝他身上左照右照。舒致怀两腿发软，硬撑出平静模样："石头……滑坡了。"众人抬头朝夜色朦胧的小坡上打量，没人相信这个说法，这种气候，想滑坡都难！

回到灵堂帮主们还在议论舒家究竟犯了什么讳，噩事一件接一件。橹船帮帮主认定这是人为的，舒致怀年轻时不节制，必定埋下祸根。也有帮主论证报应二字不是瞎编的。阳理事在一旁装得没事似的，但大感意外的是没有一个人把这事和士兵灭口联系起来，更令他不安的是刚才侧上方也有人往下滚石头，显然自己的一切全在那人视线内，怎么说也不是一件好事。

无意中看见郑帮主投过来目光，已察觉他多次这样看自己，阳理事只希望郑帮主别急着摊牌，等带歌咏队去了省城就解脱了。

阳理事想避开郑帮主，于是假意要喝水走向凉茶桶，突然听到一声压得很低的嘀咕："不值得。"声音很轻细，依旧吓他一跳，明白是方凤婕，阳理事恶狠狠瞪她一眼，压低嗓门呵斥："少管闲事！"

郑帮主过来说想和阳理事单独摆几句龙门阵。阳理事很意外郑帮主这么快就要摊牌。两人来到灵堂外空地。夜色中的舒家盐场像一幅水墨画，灵堂棚子口悬挂的两盏马灯算是给这幅画造了一团视觉上的留白。郑帮主有意离开那团有光的区域，更让阳理事意识到要说的内容不一般，有些紧张。

郑帮主如实讲观察阳理事好些日子了，夸他把一支偏远地方的歌咏队带进全省决赛，是有真本事的人。然后才提今天听说齐帮主帮过阳理事，有些意外。阳理事照实说明："齐帮主不单收养齐耕读，在我最无助的时候，也供我上大学。我和齐耕读是师生，也算是弟兄。"郑帮主愣了片刻才感叹："齐兄弟看起来大大咧咧，私下却做了不少善事。"阳理事补充道："齐帮主从没提说他帮过我，我还是从明叔那儿听到的。"

郑帮主说："我有一件要事想托付，又下不了决心开口，先生说齐帮主接济过你，我想托付先生照顾齐耕读。齐帮主不在了，这娃娃不愿回保育院，不把他安顿好对不起齐兄弟。无论是与齐帮主的关系还是教拉琴，先生都是最合适的人。"

阳理事这才醒悟，郑帮主之前是为这事观察自己。

郑帮主说他问过齐兄弟，保育院对烈士后代照管得很好，为啥还领养齐耕读？如果是尊敬抗战烈士，为啥非要领养这一个？"齐帮主没细讲，但他生前很在意孩子上学和拉琴，我们把齐帮主的这份情延续下去。"不等阳理事开口，郑帮主突然问他对今晚石头滚坡有啥看法。阳理事刚放松的心情再次绷紧，莫非这才是要谈的重点？

果然，郑帮主语气很严峻："今晚没风没雨，那道算不上陡的小坡滚下一连串不小的石头，肯定不是一个人干的。军队换防最适合下手，暗中动手的人选得很准。这次是针对舒老板，谁知道下一个会是谁？"

郑帮主说："几万盐工弟兄闹请愿，各家帮会推我出头露面，我知道领头会是啥后果，我不怕，只是想在我没出事前把孩子托付给你，到了那边也可以面对齐兄弟问心无愧。"

阳理事整个蒙了，怎么会有这样的反应！

一大早舒致怀就去到市府，在大门外遇见管秘书。小管说市长在和客人商谈，要舒老板等一等。舒致怀不高兴，春楼才会这么早有客人，是留在那里过夜的嫖客。小管嘲笑舒老板的见识决定心态。舒致怀强忍了，如果不是昨夜遇到滚石，自己凭啥来这里讨没趣。

远远看见姚徵远出来，果然是送客人。小管带着几分知情者的炫耀提示："市长亲自送，知道是谁吗，海边来的盐业老总，人家亲自来盐都考察，既是给他们那儿的实业另寻生路，也是给盐都带来新的活力。"舒致怀想起市长在王家祠堂小屋里的训斥，嘟哝一声："关我什么事。"

小管调侃道："一场命案把舒老板的知名度提高了，如今省城都有人晓得盐都有个舒老板，你当然可以名正言顺翘尾巴。"舒致怀看见市长送走客人走过来，立即问道："老舒有事禀报，是找秘书，还是找市长？"

舒致怀对市长讲了驻军换防引发的滚石风险："老舒眼下随时命悬一线，就看市长你管不管。"姚徵远问他有没有线索和证据。舒致怀不含糊："老舒仔细琢磨过，盐工帮会不会阴着来，肯定是巩德彬找人干的。多年来姓巩的一直在背后编造谎言黑老舒，他要对老舒下手，一点不意外。"姚徵远认为这是推测，不是证据。

一路说到办公室也停不下，舒致怀直言："要不解决好这件事，老舒只好躲到外地去。老舒是盐都交税费长期排在前三位的人，老舒一走你这市长脸上也无光。"等舒致怀说得大致差不多，姚徵远才开口："徵远也谈谈个人的想法。"舒致怀很别扭，讲就讲嘛，酸什么酸。

姚徵远像做学问似的逐一推演："巩老板是盐业世家，见过世面，懂得伤敌一千自损八百的道理。他要动手伤害你，必然要掂量巩家巨大家产和所处地位受不受影响，也就是说他要考量动手的价值。这里还有一个疑问，据说巩老板和你直接接触已有三十年，假如他真要对你做什么，为啥这么多年不动手，偏要等到最敏感的时期？巩老板不会不清楚，盐都再是抗战后方，政府也不会缺少防范措施。"

舒致怀不耐烦了："姓巩的不是只为收拾老舒，他是针对你们市府。市长不会没听说他煽动盐场老板逼政府减少征收费吧？"姚徽远顺势要舒致怀谈谈，如何看待眼下的盐场征收费。舒致怀不谈："老舒不当出头鸟，政府减少征收，老舒得利，政府不减，倒霉的还有一千多家盐场。"姚徽远追着说："舒老板的意思还是嫌征收费过高。"舒致怀不高兴："老舒的意思有用吗？"

姚徽远突然偏离舒致怀的思维："徽远特别不理解，明知国难当头，为何照样有人分不清牛和牛毛的关系？做官最烦的就是要做很多不愿做的事，要违心面对许多不愿面对的纠葛，做学问哪有如此伤神费力！"舒致怀不想听："市长别放话给老舒听，老舒没有伙同姓巩的闹，老舒的儿子也一再说不给抗战添乱。"

见谈下去没有好处，舒致怀干脆起身告辞。姚徽远似乎还在情绪中，一边起身送客，一边说："舒老板是个务实的人，的确是空谈误人生啊。"

舒致怀一路懊恼不该来这儿，幸好没有收买这人做靠山，该板脸的时候他一点不耽误，想要听的话他半句也不说，花钱在他身上还不如多买两头牛把绞盘车拉快一点。

舒致怀刚出门姚徽远就叫来警察局长，一脸沉重地谈盐都的意外事一个接一个，若干年后人们会如何书写这段历史。警察局长讨好道："市长眼光真的非同一般。"姚徽远说这不是一段普通历史，这里也不是普通的后方，盐都的一切已经和抗战紧密联系在一起了。警察局长说市长看问题就是有水平。姚徽远越听越别扭，干脆改谈具体事。今天一早门卫在大门口对姚徽远禀报，昨天有两个步兵营的士兵匆匆来找市长，那会儿姚徽远正在路边送别和迎接两支驻军。两个士兵听到市长不在，啥也没说，迅速离去，一来一去，眨眼工夫而已。舒致怀的到来引起姚徽远警觉，姚徽远要警察局长凭经验分析一下，两个士兵的闪现是否和舒家盐场命案有关。

警察局长先赞扬市长思维敏捷再谈自己看法，士兵不会不知道部队的行动，突然开拔措手不及，能在半道上找空隙绕到这儿来，绝非个人行动，至少班长或排长知道。警察局长借助手臂比画了一个弓形图，军队沿绕城大道在弓背上走，两个兵沿弓弦抄近道跑步来市府，按设定时间做完事情，可以赶在市区另一方向归队。姚徵远打断警察局长，要他直说，两个兵的行动会不会和舒家盐场命案有关。警察局长很肯定，多半是想报告那件事的真相。

可惜了！姚徵远好一阵惋惜，步兵营离开盐都，极有可能去前线，军队的行踪不是谁都可以打听的，错过解开舒家盐场命案悬念的机会。这让人想起那些老奸巨猾的编剧，越是观众关注的悬念，越不轻易解扣。

惋惜归惋惜，姚徵远还是对警察局长明确下令，迅速调查舒家盐场昨晚的滚石事件。

警察局长立即给下属交代任务，下属们很不情愿，嘀咕道："滚几个石头也要查？又不是滚人头。一个盐场老板有啥了不起，吓一吓又咋啦？鬼子飞机来的时候，我还腿直打闪哩。"警察局长知道弟兄们为啥嘀咕，本来薪水不多还欠着不发，把钱抽去刺激盐场开工，别说弟兄们叫苦，他心里也不服。

明白多说无益，警察局长来硬的："查，必须的！"还是有人不满："石头又不会说话，找谁查？"警察局长真来气了："那是你们的事！"


舒致怀在市长那儿把心情搞得很糟。自从姚市长第一次来舒家盐场就蔑视自己请歌女，舒致怀对姚市长的不满与日俱增。姓姚的不是书读多了人迂，是面带迂相心里嘹亮，每说一句话都把篱笆扎得紧紧的。看来，自己对读书人的确需要重新认知了，包括自家二娃在内的几个年轻人。

走到回家的小坡前，舒致怀看见阳理事从灵堂走出来，眼前一下浮起诸多与阳理事有关的闹心事，索性站在舒家盐场那道简易牌坊似的门栏边等他走近。

舒致怀问阳理事为啥不好好打理王家祠堂，老镇前两天才出那么大的事。阳理事正遗憾昨晚没收到预期效果，想探探舒致怀的心思，故意夸舒老板昨夜表现很精彩。舒致怀尴尬且恼怒："下次再有人偷偷摸摸下手，老舒饶不了他！"

阳理事问舒老板以前伤害过什么人："比如，外面传言你趁火打劫害得一同创业的亲戚家破人亡，会不会是你亲戚的冤魂找你论理？"舒致怀既惊讶也奇怪，呆在那里不知所措。阳理事却像吃了消痰化气的妙药，一身轻松地走了。

舒致怀呆在原地好久缓不过神，阳理事凭什么把话说得这么直？舒致怀脑子里再次像拉西洋镜画片似的，拉出老镇出事那天阳理事表现可疑的一帧帧画面。如果那些可疑属实，阳理事在整部剧中是个什么角色？

和自己一道创业的亲戚是翻板，翻板只有两个女儿。翻板咽气前说了句什么台词，惹恼一群追债人，翻板的两个女儿为躲避追债人下黑手，去了几百里外的成都读书。舒致怀两年前听谁说起过，在日本鬼子一次惨烈的轰炸中，两个女娃都被炸死了。

舒致怀进家门立即叫来六妹子，问翻板两个女儿被鬼子炸死的话是不是她说的。六妹子反问当家的，是今天才发觉阳理事不对劲，还是早就察觉不妥？舒致怀略一回忆，是老镇闹事那天开始警觉的，尤其在王家祠堂堆放杂物的屋子里，阳理事说了不少难听的话，先以为年轻人讲话不懂分寸，事后回想他看自己的眼神与方女子、何女子一模一样，才有所警觉。

六妹子劝当家的早点弄明白，别像昨晚那样，险些糊里糊涂地被人弄死。舒致怀不怕死，再说，真要动起手来，谁弄死谁还不一定哩。关键是舒家盐场出事这么些天了还没找到背后的主谋，也不知找谁打听。六妹子提醒道："你不是说保育院的桂芳院长曾经和你很亲密吗？"舒致怀说比亲密更亲，只是，翻板的事一出，桂芳彻底翻脸了。

很难说六妹子是不是有意为之，哼几声也扯得胸前的肉抖动："当家的不了解女人，对最初的相好，女人很难割断旧情。"舒致怀警觉了："你也这样？"六妹子胸前抖动的幅度更大："我最初的相好是你呀。"

几十年前刺激舒致怀逆袭的，除了舒家的秘籍和家训，除了命中受的各种屈辱，离不开三个妹子的促进。那些年舒致怀一厢情愿地想娶三房女人，最先表明愿嫁给舒致怀的妹子是叮叮，结果后来叮叮嫁给了翻板……

三个妹子与舒致怀翻脸，是舒致怀这么多年最大的心病。以前被人指责与翻板的过节，舒致怀还不在乎，反正众人早晚会看到真相，谁知旁人不关心真相，只顺应各自的情绪。

也许是阳理事的指责，也许是六妹子提起旧事，舒致怀又回到与叮叮惨别的情景：他听到消息一路疾跑赶去，离好远便看见叮叮家大门敞开，屋中央门板上平摊着叮叮遗体，两个年幼的女儿跪在那里哭泣，瓦盆里燃烧纸钱的味儿飘出来好远。舒致怀泪如雨下，隔着水雾看到叮叮手捧为他做的背心迎面走来，笑容很甜，甜美中带几分羞涩。舒致怀情不自禁迎上去，一抬脚叮叮不见了。

舒致怀在大声呼叫中惊醒,又是坐在堂屋的太师椅上打瞌睡。正当壮年便如此缺少精气神,令舒致怀很沮丧。

二公子大约从小妈那里听到什么,来堂屋见父亲。舒致怀神态疲惫,坦承以前白天从不打瞌睡,近些日子接连出事,竟衰老得这么快。又抱怨市长没给自己满意答复。二公子劝父亲不必过多解读市长的话,官员常有的思维是防止连锁反应,并非有意针对谁。舒致怀没兴趣讨论官文化,问儿子常去歌咏队,阳理事平常都和哪些人打交道。二公子问父亲是要了解方老师还是何清晖。舒致怀很不满儿子脑子里全是女子,一个都舍不得放手,难怪要研究什么连锁反应。

心里一烦躁就厉声对儿子布置,别整天把当官的事放心上,娶巩家小姐才能杀巩老板的嚣张气焰,只要能给舒家长脸,该对巩家小姐做啥尽管做,别管礼数不礼数。二公子皱起眉头声明,和巩艳燕只是普通朋友。舒致怀很恼火,普通朋友会冒着炸弹跑来关心?啥时候学会了遮遮掩掩,不会又是连锁反应吧?

二公子不想再与父亲争吵,梗在肚子里又很难受,就琢磨找个靠得住的人倾诉一下。

# 五

去找何清晖倾诉反而给二公子带来新的梗阻。他发觉不到半天时间,竟然有三个人上门找何清晖聊心事,那时候二公子还不曾料到这种"话聊"后来会成为一个职业。

三个人聊的都与舒致怀有关,包括二公子自己。

最先与何清晖聊的当然是二公子,照例是讲父亲不尊重他的志向,也谈舒家接连遇到麻烦所引发的困惑,但从讲的顺序和语气看,似乎对志向得不到重视更憋屈。何清晖耐心听了却没有讲出新的有疗效的话,依旧是劝二公子离开他父亲。二公子多说了几句话,憋在心里的气自动消解许多,看来"话聊"的秘诀是要有人认真且耐心听。这个秘诀似乎和舒家某个信条不合,二公子常听父亲念叨：自己的痒，要自己挠。并强调是上辈传下来的话。

收拾好心情，二公子又想起父亲嘱咐的查找底细，就绕着圈子了解何清晖与方老师、阳理事的交往。话到嘴边自己都觉得这么做欠厚道，顺口改成一句废话："几次来都是你独坐办公室。"何清晖没当成废话听，回答同事都去盐场了。随口一句话勾起二公子醋意："你的上司怕你受暑热。"何清晖还是惯常的冷默："你冒着这么烈的太阳，不会是来讨论这事吧？"

突然何清晖露出好玩的表情："昨晚你父亲逃过一劫，肯定整夜没睡着。"二公子暗暗奇怪，盐管局在城中间，舒家盐场在市区外，消息这么快就传到她这里，看来讨好她的人不少。何清晖推测道："你父亲肚子里肯定有一长串怀疑的名单，其中少不了方凤婕和阳理事，因为表现抢眼的和有血性的人很显眼。"话里透出对阳理事有好感，二公子心里又有些堵。

两人还在聊，下一个来找何清晖的人已在盐管局大门外徘徊。是阳理事。

硬着头皮到门口阳理事却心生犹豫。那天在舒家盐场绞盘车棚边，何清晖提到出命案前捎纸条的事，那副了如指掌的神态令阳理事很难平静。何清晖说过想知道真相就来找她，真来了又觉得她怎么说自己就怎么做，未免太那个。

何清晖送二公子出来，中断了阳理事的动摇。

阳理事的到来令二公子很意外，何清晖却来了精神，明确告诉二公子：你的老师是来找我的。说得二公子像咬了柠檬。何清晖和阳理事都是公开恨舒致怀的人，事实证明父亲对他们的疑惑没偏差。

二公子强撑着告辞，走出好远仍无法缩小心里的阴影面积。

何清晖领阳理事走过吊脚楼戏台，走进办公室，还没来得及夸阳理事打鼓蛮有韵味，一群盐管局的职员便从外面回来，领头的是何清晖的上司应科长。此人一出场，剧情马上出现转折。

应科长的办公室在何清晖隔壁，目光却穿过木格窗进到大办公室，盯得阳理事浑身不自在，只好道声不妨碍你的同事们休息，起身往外走。何清晖送阳理事走过吊脚楼戏台前的坝子，两人都感觉到应科长一直盯着没转眼。

出盐管局大门，阳理事抓紧谈来意："你说过，想知道是谁托人给我带纸条就来找你。"何清晖依旧淡定："这么明白的事，你不可能猜不出。"阳理事承认猜出个大概，想知道具体原因。何清晖说："你早晚会明白，现在不便多说，有些事还得核实一下。"

何清晖要阳理事先去街上转一转，马上要下班，到时再细讲。"不是故意造悬念，也不是在乎同事中有人搬弄是非，是要和你磋商如何惩治舒致怀。"

　　阳理事犹豫等不等，还没犹豫出答案，来见何清晖的第三个人登场。

　　还在街上二公子就看见方凤婕朝盐管局走去。盐都的街道不多，意外遇见谁都很平常，不平常的是今天见到的人都对舒家有仇。

　　难怪父亲一再嘱咐查三个年轻人的底细，不得不承认父亲的眼光怪异而且准确。二公子很罕见地没招呼方凤婕，急着回去对父亲讲见到的新动向。

　　看见方凤婕走来，阳理事板起脸要离开。没旁人在方凤婕少顾忌，大声喊："阳娃子，你还要赌多久气？"阳理事满腔怒火往外冒："少管我的事！"方凤婕压住音量再次叫阳娃子，阳理事严肃纠正："王峻阳先生。"方凤婕不计较："整个国家都在受难，你一个人出了怨气又能怎样？"阳理事突然爆发："别和我说国难，杀了姓舒的我立刻上前线。战死沙场我不怕，就怕死了留遗憾。这口恶气你方凤婕咽得下，我王峻阳咽不下！"

　　方凤婕猛地闭上嘴，目光异样地望阳理事身后。到下班时间了，有人陆续走出盐管局，最狗血的是，何清晖出现在大门口，目光怪怪地打量他俩。阳理事不想被何清晖看到他此刻的情绪，赌气走了。

　　何清晖对方凤婕说："你和阳理事见面，不是斗气就是斗嘴，很有意思。"方凤婕苦笑道："我是来找你的。"何清晖半带调侃："今天日子好，你是第三个来找我的人，正好，我也有话给你说。"方凤婕要她先说。何清晖说来者是客。方凤婕不再耗费时间："我想和你谈舒致怀。"何清晖说自己也是。

　　方凤婕讲空袭使得盐都从后方变前线，盐场开工不能再延误，要打破僵局，舒致怀是关键。在盐都，要制约舒致怀，两个人最有分量，一个是巩德彬，另一个是何清晖。因为舒致怀看重他的二儿子，舒家二公子最听何清晖的话，方凤婕想让何清晖说服二公子去劝他父亲答应盐工帮会的条件，别再维系那点毫无实际意义的面子。何清晖说方凤婕这些日子劝人上瘾，碰了那么多钉子还不死心，为啥不自己去对二公子讲。方凤婕说她去舒家讲过了，结果是讲了比不讲更僵。

　　何清晖说："必须告诉你，抗战这么神圣的事，和舒致怀这类人不沾边。你花费精力劝他，不如动员所有人和他对着干，一下就搞定了。"方凤婕理解何清晖对舒致怀的恨："我们过去是对付舒致怀的盟友，现在和将来也不例外。"何清晖半真半假插话："我俩远没到一见面就斗嘴的亲密程度。"方凤婕警觉道："你是在说我和阳娃子吧？"

何清晖说舒家盐场出事那天，自己赶着给方凤婕和阳理事一人带去一张字条："我应该够得上盟友吧，你呢？你当年那么踊跃地找我联手对付舒致怀，为何后来又那么认真地制止阳理事惩治姓舒的？是不是你和阳理事有了什么？"方凤婕奇怪为啥现在提这事，何清晖说："当时年龄小，现在心智和想法都变了。"

方凤婕承认阻拦阳理事蛮干有替他本人担心的因素，但不是戏剧里常有的那种关联剧情："我的未婚夫在前线打鬼子，我心里没有其他人。"方凤婕把话讲得很实在，"不是要放弃惩治舒致怀，阻止阳理事也不是为他一个人。而是近些日子我总觉得惩罚舒致怀的动作闹得太大，远远超出我们的预计，我怀疑这件事已经不是个人恩怨那么简单了。"

何清晖没心思与方凤婕争论，只暗暗把方凤婕划为不及格的盟友。

等方凤婕离开后阳理事才回盐管局。何清晖还站在大门口等他，直言料到他会转来。阳理事说这么热的天，不想汗腻腻地白跑一趟。何清晖问他冒着暑热来盐管局是想听什么，还是想商量如何收拾姓舒的。

阳理事要何清晖讲明白为啥给他送纸条，咋会知道他在盯舒家盐场。何清晖不动声色："你以为只有方凤婕才知道？"阳理事要求不牵扯她。何清晖坦言无法避开，"送纸条是因为我与方凤婕是盟友，你是顺带的。别问为啥顺带，一问又会牵出你不愿牵扯的人。"

那天，打死齐帮主的那队士兵被遍地天车架搞糊涂，找不到哪里是舒家盐场，拦住三个穿制服胸佩川盐管理局徽章的人问路，何清晖是三人之一。士兵问了路又核实舒致怀是不是很有钱，是不是凭借祖传秘籍发横财。何清晖一听就明白有人点水，她一面奇怪谁会怂恿士兵去舒家盐场，一面故意说舒致怀是位列盐都前几名的大老板。何清晖猜到舒致怀要吃苦头，抓紧向两个盯着舒致怀的人送出纸条，却没料到士兵会打死盐工。

阳理事嫌何清晖还是没讲为啥知道他在盯舒家盐场。何清晖平静得像念课文："人的心事像咳嗽，越想掩饰越要暴露。"阳理事看出她没恶意，略微放心："你为啥要帮我？"何清晖不承认："我是帮自己。"阳理事奇怪："你也恨舒老板？"何清晖说："你应该问我有多恨。"

何清晖实说她已把阳理事当作盟友:"你和那些自以为有血性的人不一样,我欣赏你干实事的格调。下次再想对姓舒的做什么,打个招呼。"阳理事脑子里一下闪过昨天夜里的事,何清晖仿佛看透他的心思,问他是不是想起昨夜在坡上陪他推石头的人了,然后说:"是我。"

惊讶归惊讶,阳理事还是表明不想牵连任何人。何清晖否认牵连:"都说过了,是我自己的事,你和我只是凑巧遇到了共同的仇人。"

何清晖突然问阳理事和方凤婕的关系是否很不一般。阳理事差点没跟上换话题的节奏:"为啥又扯到她身上去了?"何清晖说:"我很在意你和她的关系。"阳理事问她啥意思。何清晖露出几分调皮:"意思就是很在意。"

何清晖把话说得很明白,因为她与方凤婕是盟友,有些事才需要核实清楚。阳理事沉着脸不回答。何清晖不许他玩花招:"一说方凤婕,你就装糊涂,怕泄露你俩什么?"阳理事突然来气:"你要经历过我的遭遇,就不会说这种话了。"

阳理事突然抬腿走人,走出好远没听到何清晖招呼,他又感到失落,忍不住回头看,盐管局门口已经没有人了。

阳理事闷闷地自问:我是太敏感,还是太爱使性子?

日寇第三次空袭很猛。成群的轰炸机飞抵盐都,没盘旋直接俯冲投弹。高炮阵地上,新换防来的高炮营朝天狂射,无数弹道光飞上天空,绽开一团团火花,看起来挺像回事。

躲在隐蔽地的盐都居民都想看高炮营痛击鬼子飞机。很快,民众脸上挂起失望的神色,高炮营的火力挡不住鬼子飞机俯冲投弹,一连串炸弹震得大地抖动,不断有天车架和房屋在烟火中倒塌。民众的失望迅速演变为愤慨:不是说高射炮专门打飞机的吗?怎么这么不管用!

惊叫声中又是一轮轰炸,再次有房屋和天车架随着爆炸声倒下。吐槽高射炮的声音变成边哭边骂:国民政府收了那么多钱,都拿去干啥了?!

舒致怀一家猫在上次那片树林子里,这次的炸弹远比前两次密集。舒致怀惦记自家盐场,伸长脖子往外看,六妹子把他拉回。一阵强烈的爆炸声响过,他再次抬高身子看外面,六妹子在后面紧紧抓住他的衣服,带着哭声喊叫:"你还要命不!"舒致怀疯了似的:"没了深海井,老舒拿命来有卵用!"

一阵呼啸声过后，炸弹落在附近，掀起的泥土石块鸟群似的乱飞。爆炸声和烟火每一次升起都让舒致怀看到自己的伤痛：翻板在生死关头与自己分道扬镳、五妹子拿出仅剩的一把金掏耳勺要自己换钱救急、自己备好上吊绳恳求工人们再凿最后一夜、五妹子挺起大肚背着大儿子遗体走出家门……巨大代价换来的深海井，如今却在轰炸中无辜地战栗。

炸弹又在离深海井不远的地方爆炸，腾起的尘土飞向藏身的树林子。舒致怀甩开六妹子的手，跳出藏身的地方，仰头冲日寇飞机声嘶力竭地大骂："我日你日本鬼子的先人——"

四周不时腾起浓烟与火光，每爆炸一声，舒致怀就朝天大骂一声，身后树林里躲空袭的人都看到舒致怀的愤怒姿态，看到他在爆炸时，挺起身子朝空中怒吼。

连续大骂，舒致怀声音嘶哑，依旧不停。

骂到后来，舒致怀嘴里已经吐不出清晰的字了，鲜血流出嘴角，他仍然继续昂首挺腰，不停嘶嘶怒吼，依旧是爆炸一声骂一声，仿佛他要用嗓音和炸弹比威力。

这就是盐都史料记载的那次最惨重的空袭，无辜民众死伤千余人，大片房屋被炸塌，几十座盐场遭到不同程度损毁……

空袭结束，众多人拥到冒烟的废墟上搜救，搜出的尸体大多残缺不全惨不忍睹。盐都医院摆满伤员，还不断有伤员被送去，医生护士忙不过来，许多妇女忍着恐惧含泪去医院帮忙。都没料到高炮营的装备如此落后，也没料到鬼子对后方的空袭如此残暴。

外地督运盐的老板伙同当地人一道在废墟中搜救。看见巩艳燕满身尘土，崔老板问："你父亲知道你来做这事吗？"巩艳燕回答："我爸也在参加搜救。"崔老板不知想起了什么，说："商人应该重实利，但我发觉你父亲更喜欢虚荣。"巩艳燕纠正："是荣誉。"

崔老板问巩家盐场有没有受损。巩艳燕没讲自家，伤感好多人转眼就没了："两个歌咏队的同学，早上还见过也遇难了。"巩艳燕的情绪带出崔老板的感叹："这就是战争啊！军事术语说这种不分军和民的空袭，就是所谓的无差别轰炸。"巩艳燕愤怒道："这叫滥杀无辜！"

搜寻伤员的人在忙碌中议论："前两次空袭，鬼子飞机几乎是瞎撞，这一次怎么会知道炸哪儿？"都争着分析是不是地上有鬼子的奸细。再议奸细在地上如何指引天上的飞机，有说镜子闪光飞机上看得见，有说舞动颜色鲜艳的东西也行。阳理事把话说得很明白："放烟花更醒目。"有人说这次没看见有人放呀。何清晖在一旁冷冷补充一句极具煽动性的话："用得着每次都放吗？"

都听出何清晖是附和阳理事的话。阳理事朝何清晖投去一个会意的眼神。

有人索性挑明，舒老板前次在天车架上放了烟花，可是，这一次他也没能跑脱。另有人看法不同，演戏全靠演，如果演得不像，还不如不演。议来议去都议到舒致怀身上去了。

这次空袭舒家盐场损失不小。

舒致怀本来急着查找背后黑手，咬牙切齿要狠狠回击，绝不放过在背后折腾的王八蛋。恶气还憋着，更厉害的空袭来了。

一个弹坑赫然出现在舒致怀的绞盘车棚旁边，那位置离舒家人藏身之处近得令人后怕。整个车棚包括绞盘车碎成一摊杂物，粉艳歌女靠过的石柱断为几截躺在杂乱的木块竹片中。齐帮主灵堂也被摧毁，满地都是搭建灵堂的材料废渣，棺材被掀倒在地，万幸的是盖子还严严实实捂着。

绞盘车棚和灵堂缓解了炸弹的部分杀伤力，深海井及天车架侥幸保住，不过，天车架上有多处损坏。

舒致怀叫上二公子，先查看深海井，又去看了舒家的其他几口盐井。父子俩走来走去沿途竟没交流出一点相同的想法，舒家最适合接班的人选和自己想不到同一件事上来，舒致怀心里很烦躁。

返回深海井。郑帮主领着一群盐工在清理场地，把装殓齐帮主的棺材扶正。明明看到舒老板，盐工问下一步的打算，找的却是郑帮主，好像舒家盐场的老板换人了似的。这些人都是自己亲自雇的，长期在舒家盐场挣钱养家糊口，为一场意外灾祸搞得如此生疏。同甘共苦的船，说翻就翻。

想对儿子叹息几句，见二公子和抱着齐帮主残存遗像的齐耕读在一旁说得很起劲，舒致怀心里更不平衡。两个玩琴的娃娃都这么亲近，自己陪大家谋生反而生疏得如同路人。

回家后儿子才告诉舒致怀，齐耕读从废墟里刨出齐帮主的遗像，对他讲灵堂离深海井这么近，只炸坏灵堂，没伤到盐井，一定是齐帮主在暗示不要影响出盐。齐耕读还说歌咏队和保育院的同伴责怪他办丧事影响了支援抗战。舒致怀听了暗暗吃惊,现在的娃娃怎么回事,毛都没长全的年纪,开口闭口就是天下大事!难怪儿子要说自己落伍,难怪自己在儿子面前的威望下滑。

舒致怀好一阵不踏实,常独坐的堂屋也待不住了。

想从二娃口中了解一点当下年轻人的想法,前院后院找不到儿子,家人说二公子出门去了。舒致怀猜测,这次空袭太猛,儿子多半是不放心哪个女娃。

当天晚上,二公子带回盐工帮会为灵堂争吵的消息。舒致怀以为儿子掩盖去找女娃的事,真要有争吵,自己哪会听不到。二公子纠正,两个帮会的人是在烧盐帮帮主家里争吵。

烧盐帮帮主在这次空袭中伤到腿和肩,十家帮主和一些盐工去他家探望,帮主们都感叹桌上小瓦盆里的稀饭清得像汤。屋内两个烧盐帮的弟兄说盐场停工挣不到钱,物价又高,大部分人都是这样过日子的。烧盐帮的弟兄似乎想得开,没有这次停工也是过穷日子,保住命才会有出路,哪怕饿得喝冷水兑盐也愿意跟着各位帮主干。

几个扛运帮的弟兄不认同烧盐帮弟兄的话,军队换了,灵堂也炸垮了,扛运帮的弟兄建议帮主们想新的办法。这几个弟兄都是8月3日那天齐帮主从拉壮丁的士兵手中抢回的,齐帮主迟迟不能入土,他们心里不安,外面又传言扛运帮拿齐帮主的事妨碍开工,他们不想背这个锅。

烧盐帮的人主张恢复灵堂,不能让政府和舒老板以为这事结束了。扛运帮认为世上没有给同一人搭两次灵堂的事。烧盐帮的人说这些天的罪不能白遭。扛运帮说齐帮主的棺材摆在那里也没见有谁多在意。两家弟兄各执一词争论激烈,粗野话也冒出来,直到躺凉床上的烧盐帮帮主吼了一声,众人才闭上嘴。

烧盐帮帮主要弟兄们都听郑帮主的。

争吵让郑帮主多了一种警示,这种事久拖,随着具体麻烦出现,分歧会不断加大,十家帮会,几万弟兄啊!

帮主们都听说了盐场老板借十大帮会停工逼政府减少征收费,以前以为盐场老板这次对盐工帮会如此宽容是因为死了盐工,现在看来,明显是在利用盐工帮会。

郑帮主说,今天的事以后几代人都将面对,盐工帮会要对得起自己,也要对得起后人。

# 六

剧情突然转折，舒致怀才相信儿子带回的消息是真的，舒致怀不知自己啥时变得对坏消息容易信，对好消息反而多疑了。

十家盐工帮会联手把齐帮主安葬在山坡高处。站在坟前能看见四周伫立的天车架，那是盐都的标志物，是齐帮主生前最熟悉的景象，弟兄们希望远行的齐帮主不孤寂。

送葬的盐工几乎站满了那座小山坡。没人邀约，舒致怀主动加入送葬队伍，到坟前还挤到前面站立，舒致怀说不清自己想表现点什么。

郑帮主高举三支香，说道："请齐老弟放心，你的冤屈不伸，弟兄们不会轻易罢休。那不是你一个人的事，事关十家帮会几万弟兄。眼下鬼子的炸弹丢到家门口了，谁的生命也没有保障了，弟兄们选择一边开工一边请愿，是想实实在在为打鬼子出一把力。这是弟兄们给你选的地方，你可以随时看一看你的盐工弟兄，弟兄们也能随时看到你。"

方凤婕高举香对着坟墓轻轻念："我不会让你兄弟俩失望。"她又想起那个有橙色朝阳的清晨，她和齐帮主一道送未婚夫上前线。暖色调的阳光罩着人和山野，她和未婚夫的告别话就一句：别忘了我俩的约定。未婚夫骑上马又回过头，向齐帮主和她庄重敬礼。刚冒出山顶的阳光斜照在未婚夫身上，未婚夫和那一抹橘红色的阳光从此便深刻地印在她脑子里。

齐帮主大声叮咛弟弟："立功回来，哥给你们办盐都最热闹的喜事。"余音还在耳边缭绕，齐帮主已化作一抔黄土。

满山坡的盐工弟兄高举起手中香，红红的香头青烟缭绕，四周丘陵水浪似的延伸至天边，数不清的天车架给这片大地增添了许多立体感。

舒致怀在齐帮主坟前向大家道谢。在盐场停丧，就算不信世人说的会伤盐井的灵气，至少不是一件体面事，舒致怀把不再搭建灵堂看作是给自己面子，是这场灾难的拐点。

没人回应舒致怀的道谢，他有些心惊，力求把话说得诚恳："都怪老舒脾气不好，当时如果不赌气，或许就不会闹出人命。老舒和那些丘八真的没勾扯。齐帮主的死，老舒也难受。"说着，不由自主地承诺，"从今往后，老舒尽量善待盐工弟兄，要是做不到，老舒自己跳到釜溪河里去。"

总算听到郑帮主开口:"盐工帮会是不愿妨碍支援抗战才安葬齐帮主的,不是要放弃齐帮主的事,也不会停止替盐工弟兄争取安心过日子的条件。舒老板是从盐工走过来的,真要有诚意就多替盐工弟兄想想。"郑帮主越说越严峻,"别以为撤了灵堂就是你舒老板说了算,我把话说在前面,如果你妨碍解决齐帮主和盐工弟兄们的事,即使你不雇我,我也会长期留在盐都和你作对。就算我死了,还有那么多盐工弟兄,舒老板先想清楚了再点头。"

话不好听,舒致怀却赞同,换成自己也会这么想。想打量其他帮主的脸色,一斜眼,又感受到方凤婕和阳理事刺人的仇恨目光。两个年轻人站的位置离自己并不近,舒致怀照旧能从人群中提炼出那种眼神。

舒致怀眼前走马灯似的旋转着方凤婕、何清晖和阳理事的面孔。三张面孔上都有一双喷着仇恨目光的眼睛。自从屌丝逆袭上位,恨自己的人多了,偏偏这三人的目光让舒致怀不安,总是要去反复捋与过去相关的人。

三人的目光很像五妹子背着大儿子遗体离家,留给自己的最后一个眼色;也像没答应借钱给翻板,叮叮望向自己的那个眼神;还像在自己买下翻板盐场的拍卖现场,桂芳夫妇看自己的目光。五妹子、叮叮、桂芳三个妹子,曾经与自己好到任何时候想起都有暖流周身流淌,到后来都拿那种眼神对自己,舒致怀心里梗了好多年。

这目光如今又由三个年轻人延续。舒致怀很想弄清楚,方女子与何女子以及阳理事,谁和五妹子有关,谁和桂芳有关,谁和叮叮有关。

目光的事虽然堵在心里,但舒致怀不知不觉间减弱了急迫查找什么的心思。盐工帮会为恢复盐场出盐主动做出这么大的退让,齐耕读那样的少年也能区分啥叫天下大事,自己要是在鬼子一再空袭的情况下只顾着找仇家,是不是有点不合时宜。

以前从不在乎别人如何看自己,啥时候开始多了这种念头?

方凤婕在坟前看到桂芳和明叔,坡上人太多,不便招呼。葬礼一结束,方凤婕立即去了保育院。明叔问她急着来是不是想说什么。桂芳对明叔说,她不说什么就不能来了吗。都知道桂芳是故意这么说的。

方凤婕果然有想法,看到盐都开始复工,再联系到报上不断出现的抗战消息,她突然有了想要做点什么的冲动。还说不做点什么实事,有违自己的良心。

桂芳说："这些天你已经在做了呀，外面甚至传你热心得过分，一些人甚至猜疑你是要图啥。"方凤婕也听到这个说法，听到后反而觉得自己没做啥实在的事，说的人越多，她越担心将来无法坦然面对未婚夫。

桂芳问她难道不怕别人瞎说。方凤婕说自己不做什么别人也会说，索性各行其是。明叔问她准备做什么，方凤婕说没想好，想来听听他们的意见。桂芳和明叔都说盐场开工。方凤婕说那不是自己做的。桂芳一时想不出了，明叔也觉得要想一想再议。

方凤婕离开后，桂芳和明叔分析，方凤婕明知有人猜疑也不愿停，不如鼓励她顺着自己的意愿走一走。

只是一时想不出该建议方凤婕做什么实事。


像舒致怀那样以为盐场开工是灾难拐点的人不在少数，方凤婕是其一，姚徵远也包括在内，不过，姚徵远只兴奋了很短一会儿。

姚徵远在医院查看伤员的情况。这次空袭伤了大量无辜民众，医院的走廊、过道、街沿，到处躺满血肉模糊缺胳膊少腿的人，很多是垫着稻草直接躺地上的。姚徵远在狭窄的缝隙中小心翼翼地走过，不时和忙碌的医护人员及自愿参加护理的人相互让道。

伤员的呻吟声和骂声混合在一起，有抱怨这么大个国家，却被一个卵大的小国欺负，有哀叹日本鬼子把老子伤成这样，今后咋干活……姚徵远听得百感交集。

管秘书到医院来向他报告，舒老板按盐工帮会要求做出承诺，帮会已答应边开工边请愿，自己专门去多家盐场核实，隔好远就看见天车架上的篾条绳动起来了。从途中得到的消息看，至少有两三百家盐场开始动工或者准备开工。姚徵远惊喜，剧情真的出现逆转了？

老镇码头也传来消息，橹船帮人多船多，等米下锅的家庭也多，帮主刚发话，就有停工前装有盐的船相约一道驶出码头，隔好远便能看到河道上有船了。

姚徵远跟着小管疾走，一路询问盐都最大的巩家盐场情况咋样，小管说没有动工的消息。姚徵远心里掠过一丝阴影，隐约觉得复工剧情不会如此简单，盐场老板没达到少交征收费的要求，肯定还会有风波。但好歹要出盐了，又称得上是盐都了，他要去舒家盐场当面谢各位帮主。

刚收到弟弟姚晓的信，省里对他已有微词，官场在意结果不看重过程，这一点谁都心知肚明。被免职不可怕，可怕的是自己回来报国的心愿成笑柄，还有母亲一再强调的姚家的声誉。

小管拦下一辆黄包车请市长坐，姚徽远摆手，非要步行去见盐工帮会的帮主，以示敬重。小管说再怎么也是盐都一号长官，可以不腐朽不坑民，没点威严谁还听话？姚徽远说管秘书嘴上批官本位，心里想的其实不一样。

姚徽远和小管只顾着说话，车夫跟在他俩身后也受影响，都没听到远处响起三声枪声，直到身边出现众多往街区外跑的人，他们才望见高坡上的天车架顶挂起一黄一红两面旗子，那是刚设置的空袭预警信号。姚徽远提醒车夫就地放下黄包车，三人不敢怠慢，跟着人群朝街区外疾走。

与前次空袭怎么间隔这么短？这念头令姚徽远陡然警觉，如果盐都有鬼子奸细的传言是真的，那么，盐场开工盐都开始往外运盐，鬼子奸细肯定不会闲着。

等民众差不多全部躲到预选的地方，空中传来鬼子飞机的轰鸣声。这个时间差是设置预警信号争取来的。姚徽远与警察局长一道选了一座位置高的天车架安上滑轮，一有情况就将色彩醒目的一黄一红两面旗子拉升到最高处。公布的预警信号是鸣枪三发外加双色旗子，没听清枪声的人可以看旗核实。盐都与前方监视站保持通畅联系，只要日寇设在武汉的军用机场有飞机朝四川飞，前方监视站立刻通知盐都发出预警，留给民众躲藏的时间至少有三十分钟。灾难换来经验，惨痛代价中悟到学问。这句话来自后来的史料。

这一次鬼子飞机没有朝居民区和盐井密集的地方投弹，而是来回朝几座小山坡后面轰炸。姚徽远有一种要出大事的预感，他看出鬼子轰炸的方位是釜溪河，那是运盐的黄金水道。

没等鬼子飞机飞远，姚徽远已跳出藏身处直奔被炸的地方。半路上有警察迎面赶来，立足未稳便喘着粗气报告："釜溪河……盐道……出大麻烦了！"

釜溪河上的五级船闸被炸坏了。

往昔风光无限的五级船闸被炸出几个豁口，毫无生气地躺在浑黄的河面上，完全没有了黄金水道重要关隘的风采。船闸内若隐若现地浸泡着一堆堆掉落下去的条石和碎渣。姚徽远没心思听围观人群的惋惜和愤怒，默默望着毁坏的船闸，心情断崖似的往下跌。

釜溪河在这个位置分出一条岔道，主河道承接从第一滩飞驰下来的往外运盐的船，岔道则通过五级船闸将装盐的船一级一级送上王爷庙码头。许多盐场和盐包囤积点都有直达王爷庙码头的空中缆绳，地上牛车道也条条通那里。船闸一坏，船上不去，无法装盐。另一个位于老镇的码头离市区好几里远，运输成本会耗尽盐场的利润。更关键的是没有可通牛车的路去老镇码头，拿盐工的话说，想生孩子，没有年轻女人。

盐都无公路，自古以来釜溪河就是往外运盐的唯一通道，盐场开工才刚露出曙光，独生子一样的通道又彻底断开，产再多盐只能堆在库房里。这不是编戏的套路吗？一波接一波，一个桥段连一个桥段，啥时才能大团圆呀！

盐都的盐凭借釜溪河撒遍大半个中国，八九十里水路从盐都直达长江，号称百里盐道。一旦此道不通，盐都则因流通受阻被迫停产，这条运盐水道也因此被称作生命盐道。从古至今，每一任主政盐都的官员最担心的事情中，无不包括这条唯一的运盐水道。当年在此任知县的姚家祖上遇到兵难，却没遇到盐道堵塞，也算一大幸事。命运把这场大祸留给了姚徽远。

百里盐道两大关隘，一个是第一滩，一个是五级船闸，前者在盐都城中间，后者在稍下游的城边。

姚徽远上任当天便实地考察过釜溪河著名的第一滩，并非有意为之，而是出门散步，没走多远就看到激流咆哮的炫目景象。城中间长出一道险滩，姚徽远留学过三个国家，也是首次见到。

滩势很悬，一大片完整的石头河床中间裂开一线河道，载满盐的木船从这条缝隙般的河道中一条接一条飞流直下，看得人心惊肉跳眼花缭乱。随行人员告诉姚徽远，装盐的船都是从第一滩离开，进入到号称黄金盐道的釜溪河，驶上百里水路去长江。随时能看到运盐船在河面上来来往往，繁忙水道从另一角度诠释了什么叫盐都。

盐工帮会抬齐帮主遗体到市府请愿那天，姚徽远是第二次来第一滩，那次是有意安排——和所有前任一样，预防生命盐道出故障。但请愿的盐工不相信他是检查河道，认为是出了命案故意外躲，怎么解释也没用。令姚徽远内心很不平衡的是方凤婕两句话便将帮主们说服，卖报纸的老板说话凭啥比现任市长管用？这个疑惑一直存盘在姚徽远脑子里。

两次考察现场，姚徵远见识了生命盐道上的两大关隘。第一滩水势险水道窄，运盐船只能下不能上。岔道上的五级船闸则像楼梯，把空船逐级送到装盐的王爷庙码头，盐都的绝大部分盐都在那儿起运，仅极个别盐场才就近在老镇码头装船。

五级船闸已有数百年历史，如果能变换，哪用拖到如今！

任职前长官特意告诫姚徵远，主政盐都，第一要务是盐，重点是抓好产盐和运盐两大环节。盐场刚开始复工运盐道就中断，姚徵远除了哀叹运气太差，只能强撑着提示自己，抱怨和沮丧不解决任何问题。

马上吩咐管秘书，通知负责釜溪河的部门来现场商议抢修船闸。

管秘书请示是不是都来，这才令姚徵远恍然明白，在国外待得太久，不了解国民政府的内部运行机制，负责河道的部门远不止三五个，水运局管船，水文局管汛期与枯水期的状况，河道处管河面和河岸，警察局防抢盐土匪和私盐贩子……维修船闸究竟该哪家管，跟过几任市长的管秘书也说不清楚。这倒是应了当地一句俗语：三个雷公打一个爬灰老汉，不知该谁下手。形成这局面的原因就一个，管河道的权力大。

姚徵远没有了读书人的温文尔雅，厉声回答都来。

五级船闸被炸坏，舒致怀刚有的一丝轻松被堵了回去。那时候他还没料到自己倒霉的剧情不但没到拐点，甚至还会升级。

为消灾复工，舒致怀不惜放低老板身段对盐工做出承诺，谁知盐道封闭，盐不能卖出去，竟会因没地方堆放再次停产。就有了白白低头承诺的滋味，像做了亏本买卖似的。一着急又咒骂："老舒没动过小日本一根毛，他们凭啥这样害老舒！

急于弥补停工的损失，舒致怀又和盐工一道在刚搭起的草棚子里拉新绞盘车。绞盘车棚还没来得及围上禾秆墙，四面通透倒也适合热天。蒸汽机像挑逗似的发出轰隆声，舒致怀脸上还来不及挂起笑意，蒸汽机又哑了，郑帮主发出连连惋惜声。有人念叨这机器知道船闸炸坏，盐道十天八天通不了。这话又勾起舒致怀心事，日本鬼子咋就晓得船闸是盐道的要害？看来传言有奸细不是瞎说。

瞬间冒出一个念头，鬼子奸细害得盐都死伤那么多人，毁了那么多盐场和房屋，又把盐都的黄金水道掐断，假如自己能找出奸细，去除盐都一大祸害，从今往后谁还会给自己添麻烦？

越想越觉得这是个可以又一次逆袭的路子，不如暂缓查找对自己下黑手的人，先把鬼子奸细找出来。

舒致怀没想到要查找奸细的人还有很多，而且比他先下手。此刻，大批人直奔舒家盐场来，刚去掉代理二字的扛运帮新帮主发现争夺的人群拥来，立即大喊舒老板。舒致怀还没回过神，人群已拥进盐场，看阵势至少上千。盐场外的路上还有很多人赶来。

舒家盐场一下装满闹哄哄的喊声，只听到接连不断两个短句："抓奸细！把奸细拉出来！"单听声音，已让舒致怀领略到逼人的气势。

庞大的抓奸细群体是在釜溪河边形成的。看似即兴，实则有前因。

五级船闸受损，连装上盐的船也不敢出航，百里河道上的土匪几乎没消停过，战乱期间少量船在空无人烟的蜿蜒水面上行走谁知会遇上啥。被称为黄金盐道的釜溪河被迫停航，盐运不出盐都，众人情绪要多烦躁有多烦躁。

来现场围观的人不断增多，响起一片抱怨声。外地来督运盐的老板也叹息一次次陪着盐都倒霉，本想收拾行李走人，扳起指头一算，眼下全国哪里还有盐。

众人又吐槽高射炮看起雄壮，却像太监裆里的家什。一些人拿戚继光来佐证，古时候就打得倭寇不敢喷痰，到民国反而不如古人。

再说下去，质疑逐渐变得具体，鬼子怎么会知道五级船闸？答案很肯定，有奸细。再议奸细在哪儿，阳理事又提放烟花的事，何清晖也跟着附和。一看众人听到这番话的表情，阳理事兴奋地赞扬何清晖配合很到位，人世间这么大，能遇到一个目标与做法一致的人很不容易。何清晖说下一步会配合得更默契。

此时，巩德彬已加入声讨奸细的人群中。

本次空袭到来前，巩德彬已被惹怒，舒致怀擅自对盐工帮会做出承诺，引发一波复工潮，如此重大的转折，怎么能由姓舒的主导！怎么可以和自己无关！

近些年巩德彬越来越感受到来自舒致怀的压力，为保持领军地位，巩德彬把更多精力用来均衡盐场的老板群体，为此被迫减少妻妾陪侍。四房妻子因房事骤减曾联手赌气,搞得巩德彬很烦心。

　　来河边前巩德彬已在多个场合声讨舒致怀损坏老板群体的利益,政府还没降低征收费姓舒的就终止停工,这些日子停业的损失白丢了。巩德彬不缺人附和,听到众多盐场老板抱怨他当即下了决心,事关今后谁来决定盐都秩序,必须重击姓舒的。正是由于三十年前太放任姓舒的为所欲为,才让屌丝逆袭成老板,还给盐都带来一波又一波随意性很强的凿盐井热,既乱套,也乱规矩。

　　这次空袭前巩德彬找过姚市长,希望市长出面管一管舒致怀放烟花给鬼子飞机指引轰炸目标的罪行。姚徵远依旧要证据。巩德彬列举第一次空袭刚结束,姓舒的就窜到烈士遗孤保育院找一个叫明叔的外地人。战乱时期外地人待在保育院本身就可疑,明叔每次出现还都挑一对箩筐,一次是偶然,两次是必然,三次以上就是有意为之,不得不考虑那箩筐是什么道具或暗号。姚徵远嫌这个设想太戏剧性,依旧不采纳。

　　就算做学问的人喜欢独立思考,也不至于如此坚持己见!巩德彬索性不再利用姚海归,而是亲自找机会。

　　船闸边的气氛很符合巩德彬的设想,于是果断站出,用惯有的气派大声告诉众人:"空袭时放烟花不是儿戏,不能简单拿愚蠢来评价,如果姓舒的愚蠢,能空着双手爬到盐都前几名吗?"

　　巩老板的话引来一片赞声,粉丝多巩德彬更激昂,进一步明确姓舒的放烟花就是通敌手段。众人一齐大喊千刀万剐狗奸细。巩德彬因势利导,大幅度一挥手:"去抓奸细!"

　　靠了巩德彬拿捏的时机和方式到位,抓奸细的庞大群体瞬间形成,浩浩荡荡拥向舒家盐场。众多看似忠实的巩粉大多是借偶像寄托自己想法,动起来像打了鸡血一般亢奋。其他围观者包括督运盐的外地老板也顺势跟进,抓奸细的队伍像喷了激素似的迅速长大。

　　阳理事、何清晖仿佛等到了食堂开饭的铃声,理所当然地跟随众人去了。

七

　　刚开始舒致怀没意识到这股浪潮是瞄着他来的,见来势汹汹的人群瞬间挤满舒家盐场，他还学戏里的豪杰挺身站出去，要众人有事找自己，别妨碍干活的盐工弟兄。舒致怀刚刚在齐帮主坟前承诺过要多替盐工兄弟着想，不想让旁人认为自己说空话。

众人将舒致怀团团围住，同在圈子中间的还有巩德彬。巩老板拿犀利目光直直对着舒致怀。盐都名声最响亮的两个大老板，一个是传统世家，一个是草根逆袭，多年来看似井水河水般无交织，突然间当众对峙，不仅当时引发震动，事后很久也是盐都人的谈资。据说多年后有写史料的人曾将其付诸文字，但定稿时大多被删掉。

两个站在圈子中间的大老板默默对视着，等到人群几乎安静下来才开口对话，竟然都很简短。舒致怀说："凭啥说老舒是奸细？"巩德彬傲慢依旧："众人清楚，你也清楚。"一大群替巩德彬助威的人一齐呐喊："就是！"

舒致怀强忍着没开骂："老舒连鬼子是扁毛圆毛都不晓得，奸细个屁！"本来还想骂两句粗话，意识到对待严肃的事不宜爆粗，咽了回去。舒致怀的犹豫被巩德彬看成是沉不住气："盐都有谁见过鬼子？你敢说没人给鬼子飞机点水？"助威的人群又一齐大喊："就是！"

舒致怀赌咒："老舒要是和鬼子有半点勾扯，死得爆肠爆肚！"巩德彬冷冷回应道："没做你为啥慌乱？"替巩老板助威的人群再次发出呐喊："就是！"

喊叫几乎就是怒吼，声音很大，舒致怀明白慌乱等于心虚，正竭力镇静，突然看到二公子在身边，立即朝儿子递了个眼色。二公子看懂父亲的意思，轻微地点了一下头。亲儿子到底还是了解父亲，舒致怀暗暗生出一丝欣慰。

二公子匆匆赶回小坡上，刚好在家门口拦住小妈和几个弟弟妹妹。二公子要他们千万别下去。六妹子手指坡下盐场密密麻麻的人群，声称当家的在下面遭人欺负，她死也要和他站一块儿。二公子被迫对小妈把话挑明："父亲不想让你们对他失去信心。"

安顿好家里人，二公子赶回父亲身边。见父亲已稳住神开始反击："自从老舒露头，这么多年你巩老板是如何防老舒，如何恨老舒，太明白了。你今天不来闹，明天也会来闹，不过是早晚的事，无法避免。"

巩德彬依旧保持居高临下的态度："也太高估你自己了吧！你配得上巩某人防你恨你吗？"给巩德彬助威的人全都发出哄笑。舒致怀不接众人招，盯着巩德彬："你怕老舒超过你。"巩德彬哼一声："你有那本事吗？"给巩德彬助威的人群又一齐跟着起哄。

众人的嘲笑声很伤舒致怀情绪，尤其是不时爆发出一声震耳欲聋的喊叫，如山崩，如洪水，舒致怀数次觉得被深埋下面透不过气来，有一瞬间，竟冒出凿盐井陷入绝境时找上吊绳子的感觉。

或许正是当年那种感觉，让舒致怀横下心来，无非就那样了！

有了支点，舒致怀重新振作再怼巩德彬："你要不在意，为啥在背后恶意贬低老舒？为啥总对别人编造老舒的坏话？而且刻意选听话人最在乎的内容挑拨，为满足私欲不惜使用乡下长舌妇的战术，也不怕遭人笑话！别以为你一再招呼听话的人不要说出你，也不想想盐都再大，总归有各自的圈子，你的一举一动老舒都很清楚。"本来想说敢和自己拼个同归于尽吗，觉得空说不如实做，暂把这话留下。

这番话的确出乎巩德彬意料，巩德彬下意识地边回怼边洗白自己："你拿脏卤水熬盐，巩某人过问过你吗？你胡乱凿盐井，搞坏规矩，巩某人教训过你吗？要阻挡你还用等到现在？实话告诉你，巩某人根本没把你放在眼里，和你争斗，只会降低巩某人的身价。"助威人群的情绪大多还在巩老板这边，再次一齐发出哄笑。

舒致怀承认做过一些别人不认同的事："开盐场的人没有谁能做到让所有人赞同。"巩德彬反驳道："有哪个开盐场的正派人会给鬼子做奸细？"舒致怀说："老舒死也不会给鬼子当奸细。"巩德彬突然想到姚徵远的话："你拿什么证据让人相信你没有帮鬼子？"舒致怀想不出有啥可做证据："老舒如果给鬼子当奸细，不得好死！"

关键时何清晖提示性地发声："赌咒算不上是证据。"阳理事补充似的跟着加码："靠赌咒没有说服力。"两个人有唱有合，看似平常的话引来众人齐声赞同。阳理事正要进一步追击，猛地察觉二公子正瞪大眼望他。

阳理事突然担心起歌咏队来。

为保障歌咏队去省城决赛，安葬完齐帮主阳理事专门找二公子单聊过，明确说二公子和齐耕读是歌咏队取得好名次的重要人物。当时二公子没谈伴奏的事，只希望阳理事明示和他父亲有啥隔阂，他愿协助父亲改正。阳理事含糊道早晚会知道。二公子拿他和阳理事是师生来央求，阳理事确实喜欢且在乎这个学生，换了个说法搪塞，要二公子回去问他父亲。

刚才阳理事只顾着配合何清晖，忽视了二公子在现场。马上要去省城参加决赛，那是求之不得的比金子更贵重的机会，假如少了二公子，他引以为豪并征服初赛评委的伴奏组合就没了，歌咏队的竞争力也将大减，去省城决赛必然成为打酱油。阳理事一下不知所措，回头望何清晖，想从她那里得到一点启发。

不巧的是何清晖误读了阳理事的目光，以为他在找另一位同盟。何清晖拿目光左右搜寻，她这动作无意间扯动了二公子的眼球，二公子也跟着何清晖的视线转了转，理所当然地察觉到一个现象：三个公开恨父亲的年轻人，现场只出现两人，少了一个方凤婕。

姚徵远和一小队警察赶到舒家盐场，这不意外，但令众人意外的是，方凤婕也在这队人中间。

还在抓奸细的大队伍离开河边前，方凤婕就曾惹恼巩德彬。

那会儿几乎所有人都随着巩老板骂舒致怀是奸细，偏偏方凤婕很不合时宜地发出杂音，她说轻易指认奸细，会让真正的奸细钻空子。巩德彬怒视方凤婕，问姓舒的给了她什么好处。方凤婕声明不是替谁说话："是怕影响刚刚起步的开工势头，我们这地方不能再乱了。"巩德彬的回怼气势如虹："不抓出奸细，盐都无法平静。"

巩德彬环视周围手上拿有报纸的人："方女子帮奸细说话，你们还买她的报纸？"一些人立即把刚买的报纸扔了，还有人想讨好巩老板，将报纸塞回小报童手上。这些报童都是暑假勤工俭学的学生，年龄小的吓得大哭。方凤婕顾不上说话，搂着小报童安抚。

庞大人群奔舒家盐场去了，方凤婕自知无法劝阻，掉头朝市区跑。明叔满头大汗地追去。明叔猜到方凤婕是去找市长，特意跟来告诉她，刚才来河边时，看到姚市长和几个官员在船闸边旧棚子里。

幸好明叔指点，否则方凤婕就跑到市区去了。

方凤婕赶到那个废弃的熬盐棚，浑浊的河水加上炸毁的船闸，映衬得熬盐棚更显陈旧。姚徵远和几个人果然在里面商讨修复船闸遇到的问题。

小管要方凤婕过一会儿再来，抢修船闸的事很烦人，市长不会有心思见她。方凤婕很急促："好不容易才有部分盐场开工，乱抓奸细会引出新的问题。"一句话激起小管的好奇："关你什么事？"

方凤婕顾不得客气，反问小管全民抗战怎么讲。小管直说她和别人比，热心得不正常。方凤婕怕耽误时间，迅速终止争论："可能是我太想做自己。"小管纠缠着追问为什么。方凤婕急了，朝着棚子里大声叫姚市长。

破棚子不隔音，姚徵远早已听到方凤婕的声音，顺势又想起盐工请愿那天，方凤婕的话比他这个市长管用。带悬疑味儿的记忆更具诱惑力，方凤婕喊叫时姚徵远已走出棚子。方凤婕说自己知道不应该直接找市长，但事情太急，顾不得了。姚徵远要她直接讲事。话还没听完，姚徵远已显得比方凤婕更急。

姚徵远最初知道舒致怀从底层逆袭成盐场大老板时，没过多在意屌丝逆袭凭借的是什么，更多的体会是人类进步离不开各种逆袭，一旦这种逆袭被当作什么歪理，被妨碍的将不再是单个人的命运。舒家盐场出命案以来，姚徵远几乎是本能地按这个感悟行事，即使遇到误解和指责他也没解释，他认定天下许多事都是越解释越黑，最终总是事实说话。

这次空袭前，姚徵远收到上司的电报，成都、重庆都遭到鬼子大编队机群的轰炸，死伤惨重，城市毁坏严重。姚徵远清楚国力太弱才无力抵御侵略者屠杀，更急着让自己执政的盐都实实在在地为国出力。如今刚显出希望的盐场，复工又面临干扰，急得他差点跺脚。

姚徵远几乎是手忙脚乱地朝舒家盐场赶，反倒是小管有经验，通知警察局长带一队警察快速赶来半路会合。围观民众不知是看到市长还是警察，主动让出一条缝隙。姚徵远走进人圈里层，巩德彬和舒致怀正吵得脸红脖子粗。

看见市长出现，两个当事人都下意识地愣了片刻。舒致怀清楚巩德彬对书生市长不服，担心事情会更糟。巩德彬却相反，和姓舒的当众争吵他觉得很掉价，正好来了接盘的人，立即顺势把麻烦扔给姚徵远："市长来得合适，你来处理抓到的奸细。"

姚徵远还是那句话，要看证据。巩德彬怎么看也觉得姓姚的缺少地方长官的魄力："你们政府是干啥的，难道还要老百姓帮你们找证据？"姚徵远真心奇怪："没有证据，为啥带这么多人大张旗鼓地抓奸细？"巩德彬沉下脸："姓舒的不承认是奸细，他有证据吗？"

姚徵远早认定盐都有奸细。盐都盐场刚停工，外国媒体马上报道中国内地最大的井盐集中产地停产，并预测单是盐荒就够国民政府应对。省里来的专员也说外国媒体快得不正常。刚才路上方凤婕也对他说，指认舒致怀是奸细，不像是个人恩怨那么简单。连普通民众都有如此感觉，姚徵远哪会不警觉，只可惜缺乏证据支撑。

姚徵远既是回答巩德彬，也是告知现场的人："正因为盐都要严防奸细，才更需要稳慎，不能给真正的奸细可乘之机。"巩德彬很反感市长的书面语，故意发难："市长是不是找理由给姓舒的开脱。"舒致怀担心市长靠不住，抢着自我申辩："老舒身上没有值得脱的东西，我不信要把老舒的裤子脱了。"四周发出各种笑声。巩德彬满脸蔑视，嘀咕了一声低俗。

姚徵远请巩老板冷静分析，舒老板有几处盐场，十多口盐井，其中还有全盐都最著名的深海井，鬼子轰炸也没放过舒家盐场，舒老板通敌的理由不充分。巩德彬不认同市长的话："姓舒的把亲生儿子和合伙亲戚的性命都不放在眼里，这样的人还有什么事做不出来？"这话来得太突兀，不单是姚徵远，就连舒致怀也猛地瞪大眼。

方凤婕突然站出来说话，难怪好多人要说她热心得过分。这一次她没面对市长，是直接对巩德彬讲的："巩老板是主张重道义的人，历来维护盐都的名声，我说两句话请你评判好不好？"这样的话巩德彬爱听，也就拿出耐心容忍。

方凤婕说："我们这个偏远地方能被全国很多人知道，说到底就是因为盐。我们最能为抗战出力的事也只有盐。今天这事看起来是针对个人，但恰好出现在盐场刚复工的时候，很难说没有直接牵连。盐都好不容易才有部分盐场开工，假如再闹出乱子，不知又会是啥后果。"巩德彬越听越不耐烦："你一个卖报纸的，和盐场有多大关系？"方凤婕说："我是盐都人呀。"巩德彬更不满："土生土长的盐都人遍地都是，为啥只有你帮姓舒的说话？"一大群替巩德彬助威的人同时跟着巩老板质疑："就是！"

这种群体性的喊叫声很刺人神经，著名读书人姚徵远也受影响，说话少了婉转："难道我也是在帮谁说话？是不是我也得跟着某种情绪闹才行？舒家盐场出命案那天正逢政府要求盐都多出盐，这次又是盐场刚步入复工节奏，为啥不想想是否巧合得有些离奇？"

姚徵远越说越来情绪："鬼子来家门口滥杀无辜，后方已经变得像前方，都这样了还闹私人恩怨。身为本地市长，我都觉得无脸见人了。"巩德彬不服："市长真要想为盐都办好事，就先封了舒家盐场，再安排警察办案。"支持巩德彬的人果然不少，轰地又爆发出一片赞同声。

姚徵远的耐心和涵养平时看起来蛮多，此时也显得不够用了。

所有人都没料到郑帮主会发声，而且是大吼："舒家盐场的事，有十大盐工帮会定！"

抓奸细的人拥进舒家盐场那一刻，郑帮主和干活的盐工都没有被包裹进人群里。郑帮主一眼看出情况异常，以往盐场老板之间不缺争斗，但极少有老板和老板面对面吵闹。郑帮主要扛运帮新任帮主马上派人分头去找其他帮会的弟兄。待到多家帮主带着众多盐工拥进舒家盐场，郑帮主才掐准时机大声说话。

郑帮主开口，众人察觉盐工帮会的人已成多数，场面立即安静许多。

巩德彬摆出威严质问："你们盐工帮会想干啥？"郑帮主丝毫不胆怯："弟兄们要在盐场干活，要挣钱养家。"所有的盐工也学之前的助威人群，一齐大喊："对头！"

郑帮主说："绝大多数人都在说要支援抗战，这种大事不能说空话，盐工帮会维护开工，就是要为前线出力。"盐工又一齐大喊："对头！"

此刻，舒家盐场内外到处站满盐工，就连去舒宅的小坡上也全是盐工帮会的人，从河边过来的群体中也有不少盐工，这会儿都自动归位。听到喊第一声"对头"，谁都明白，十大盐工帮会插手，其他人基本没事了。

巩德彬意识到自己刚才说话过于大意，盐工离不开盐场，停工这么多天刚复工，尤为珍贵，随口说要封舒家盐场的确欠考虑。但当着众人面巩德彬不会退缩，照样理直气壮："盐工帮会也要讲道义。"郑帮主恭敬中带着强硬："多谢巩老板操心。盐工帮会如果不讲道义，就拢不住几万盐工。"盐场内外又是一声大喊："对头！"

明白是盐工帮会替自己解了围，舒致怀情不自禁红了眼圈，给自己制造尴尬的是这群人，解救自己的也是这群人。他身边的二公子也不知不觉湿了眼眶。

姚徵远意识到机会来了，立即向众人强调，眼下最现实的做法是多出盐，快运盐，所有事都得服从这一条。

一个督运盐的外地老板很礼貌地举手提问："盐都往外运盐的唯一通道堵了，怎么运盐？"姚徵远的情绪明显好转，心情决定思维，话也流畅了："釜溪河是盐都的生命通道，政府绝不会容忍盐道堵塞，也不会放过奸细，更不会减少产盐。盐都要是不能在抗战中体现自身价值，哪有脸见国人。"

189

姚徵远多说两句，人们的视线就偏离巩老板了。巩德彬不愿被掩盖，再度强势吐槽："你们国民政府根本没搞懂盐都的事，巩某人先把话撂这儿，任何情况下，只要有人坏规矩坏道义，巩某人都会站出来斗到底。"姚徵远有些忍无可忍，提醒巩老板："仅靠个人出面，很难支撑得起这么大个地方。"

感受到市长的不敬，巩德彬越发不高兴："别只顾背书上的话，到时候你才晓得啥叫东西南北。"不想再待下去，巩德彬拂袖而去，一大群人也跟着离开。姚徵远想不愤慨都难，居然如此不尊重长官！马上他又警觉，自己啥时候这么在意身份了。

刚才人气超爆的舒家盐场现在则像散场的剧院，气氛断崖似的转化。盐工走向各自干活的位置，有人一路长声吆吆唱山歌：人老力气衰，屙尿打湿鞋，心想屙远点，越屙越拢来。歌词该归类俗文化，姚徵远第一次从俗中听出人生的无奈。

姚徵远向郑帮主致谢。郑帮主淡淡否认道："我们帮会是为盐工弟兄，和你们政府无关，即便有啥，也是顺带的。"然后道声要修蒸汽机，拱拱手离去。明知郑帮主不一定是针对自己，姚徵远心里还是别扭，地方长官和自己的民众如此分生，至少不值得庆幸。

姚徵远想缓解这感受，于是回头夸方凤婕："如此场合方女士也敢开口，令徵远刮目相看。"方凤婕如实说她已经后悔了，去废弃的熬盐棚前明叔才提醒过她，事到临头仍然没能控制住自己。姚徵远记起有人质疑明叔，问她明叔提醒啥。方凤婕复述："即使做一件人人都认为该做的事，方式欠妥，也会添意外的障碍。"姚徵远不解："设多了限制，不妨碍思维吗？"

姚徵远的心思立即转到思维方式的差异上，进一步推论自己确实不适宜从政。不知不觉又纠结起盐工抬尸请愿那天，方凤婕说话比现任市长更管用，只是这会儿姚徵远却觉得，她没有想象的那么强大。

盐都的事情一再令姚徵远惊愕，不得不怀疑是没读懂弟弟找的资料，还是没读出资料中蕴含的关键信息，如同研究一门学问却没进入核心区域，忙也是白忙。于是质疑，自己是不是还没找到那道门槛？

人潮散去，舒家盐场重新显露出平静，舒致怀闷闷地看着熟悉的一切，仿佛站在一个陌生环境里，看到和听到的，依然是刚才被当众训斥时众人的哄笑与声讨。

舒致怀缓缓走过简易牌坊似的门栏,神思恍惚地踏上回家的坡道,每迈出一步都异常吃力,好像拖着沉重的后缀。近些日子舒致怀已逐渐明白,发家太快难免被人仇视,只是没料到恨自己的人竟如此多,而且大多完全不相干。一直以为成了大老板能得到众人敬仰,谁知照旧被欺负被羞辱,这样活着还有啥意思!

太专注于内心,大白天竟被面前突然出现的陌生大脚惊得一跳,抬起头才看清是外地来督运盐的崔老板。让外地人看笑话使得舒致怀更没好气,不料崔老板一开口竟令舒致怀深感意外。

崔老板说:"他们没有权力那样对待一个成功的盐场老板。"

舒致怀瞪大眼鉴别崔老板是真心还是假意。崔老板一脸愤慨:"我好几次想要站出来,又想到我是外地人,怕把事情搅得更糟。我也知道现在说这些等于废话,不过,这确实是我的真实想法。"舒致怀心里一暖,眼眶竟湿了,这个时候能听到一句暖心话,胜过平常很多好听的言辞。

崔老板说他故意没和同伴一道走,留下来想单独和舒老板聊几句。舒致怀立即露出明显的警觉神情:"老舒不需要同情。"崔老板发觉触碰到了舒致怀的禁区,慌忙道歉:"怪我没说清楚。其实,我接近舒老板的真实想法,是希望得到舒老板的帮助。"舒致怀被绕蒙了,自己都这样了,还能给他啥帮助?

崔老板说:"我从大老远的地方来这儿,无非想多运盐快运盐回家乡。我们那儿等盐已等得心急火燎。舒老板的盐场多,还有著名的深海井,假如舒老板卖盐申报时能特意把我们列为主要对象,作为回报,在下愿意出份力,包括出钱。"舒致怀摇头道:"崔老板能在这个时候留下和老舒说几句话,感觉远比钱财珍贵。"崔老板似乎理解他的心思:"我当然知道舒老板更看重的是尊重。人都有这个诉求,很正常。"

舒致怀猛地察觉到什么,盐都大大小小一千多家盐场,崔老板为啥独独找正在倒霉的自己?崔老板大约看出什么,主动说出真实想法:"凭舒老板的身家,要是没遇到一点挫折,我这个外地人能够靠近你吗?"舒致怀暗叹一声,到底还是有人把自己当回事啊。

越是这样,越憋满委屈与愤怒。姓巩的这么多年都在寻找打压自己的机会,到底还是让他编造出来了。想不通的是,竟然有那么多人跟着他上门来和自己翻脸,有那么多人像看大戏一样围观自己出丑。一直以为自己是舒家的成功者,没想到竟成了舒家最丢脸的人。

回到堂屋,舒致怀立即吩咐二娃:"把今天的日子刻在堂屋柱子上,只要老舒在世,绝不忘记。"

比起父亲的愤怒,二公子更多的是惶恐,庆幸遇到一个另类的市长,也庆幸盐工帮会和方凤婕声援,否则,任由剧情发展,不堪设想。

二公子说刻在柱子上会长期恶心自己,天下自有公理,劝父亲尽快把这一页翻过去,安心做自己想做的事。舒致怀骂一声卵的公理:"要翻你自己翻,老子翻不动!"

都说人世间不止靠实力也要靠背景,现在看来这话不全是瞎说,像自己这种草根平民,不成功没人过问,打拼成了招惹横祸,假如舒家是有背景的大户人家,不仅没人敢惹,别人还得毕恭毕敬捧着。那些人肯定是眼红自己靠秘籍暴发,也不想想,即便是凭秘籍也离不开实实在在的打拼。

猛想起今天和老镇那天一样——没人提秘籍。莫非自己把事情想简单了?

又惋惜儿子没有早些与巩小姐配对成功,如果成了,姓巩的还会领着大群人打上门来吗?想抱怨儿子几句,又顾忌儿子大了,还混了个公事人身份,怎么也该替儿子顾着面子了。

胡思乱想一阵,到底还是没忍住,对儿子念叨:"世上总是成功的一方被人说三道四,尤其像老舒这样空手起家的人。想不通的是,凭啥要拿鬼子的事来抹黑老舒?老舒又不是日本鬼子的爹!"

这正是二公子特别担忧的事,于是忙劝父亲认真回忆有啥事做得欠妥。舒致怀不屑想,二公子只好把话挑开,通敌是臭几代人的事,一旦沾上,很难洗掉。

以为儿子又和当官牵扯上,舒致怀很反感:"当不成官,当大老板照样牛。"二公子近乎哀求:"理想毁灭是人生中极其惨痛的事。"舒致怀比儿子更急:"当官哪由个人安排,遍地都是想当皇帝的人,金銮殿挤得下吗?为自己无法做主的事操心,不如多想想如何早点把巩家大小姐弄到手。"二公子忍无可忍:"假如舒家真的沾上通敌罪名,哪个女子会跟我?"舒致怀更烦:"给你提巩家小姐,你就回应所有女子。盐管局那个何女子真要对你有意思,今天就该站出来帮你说几句话。结果呢?还不如外地来的崔老板。"

二公子哑口了，准确地说是走神了，今天何清晖亲眼看到自己和父亲倒霉的样子，不知会是什么想法。

舒致怀无心再与儿子费口舌。以为儿子又会急着去盐管局找何女子，后来才听六妹子说二娃出堂屋后，一直把自己关在卧室里。六妹子担心二娃憋出毛病，舒致怀的看法不一样，假如有事就朝何女子那儿跑，更不像个要走仕途的人。演戏也不能一再重复同一动作，懂得沉下来琢磨才成熟得更快。

说这话时舒致怀已找到应对抓奸细的办法。仅仅是手上有秘籍还提高不了多少身价，还得要做出让盐都人另眼相看的事才行。

要查找奸细，同时兼查对自己下黑手的人。找到奸细能改变自己的处境，找到下黑手的人可以出恶气。自己的脸可不是随意打的。

按几十年后流行的说法，舒致怀再次被当众打脸后，重新修改了反打脸的剧本。

## 八

舒致怀只顾着查找线索，却忽视了有人在重点研究他。这人正是市长。

抓奸细的剧情让姚徵远再次联系到舒家盐场命案和老镇风波，以及恐吓与滚石头，近些日子每次出事都与舒家盐场有关，几乎都指向舒致怀，会仅仅是个人恩怨吗？姚徵远埋在弟弟给的资料里反复阅读，仍然没挖到想要的证据，于是再去舒家盐场。

去之前姚徵远脑子里有个预案，如查到实证，尽快将舒致怀抓起来。不能容许盐都一再出大的群体事件。

还没过那道牌坊似的门栏，先看清天车架上粗长的篾绳蛇一样蠕动着，证实深海井仍在往外提卤水，姚徵远的心稍微踏实了一点。

是蒸汽机带着绞盘车转动，盐都使用蒸汽机替代牛和人，就是这样操作的。姚徵远曾奇怪为啥不用蒸汽机直接带动水泵，非要带动绞盘车牵引篾条绳，一竹竿一竹竿地从地底深处往上提卤水。很快他悟到了，除深海井超过千米深度，大多数盐井也都深达七八百米，通体仅人头大，目前还没见到相应的提水设备。让新机械和古老方法组合也算一种进步，世界的进程往简单点说就是新的逐渐替代旧的。

谈舒家盐场必谈深海井，谈深海井多半会提到舒家秘籍，姚徽远不相信世上有什么秘籍，但他知道独享的恶果，否则，有经验的政治家和经济家也不会花巨多精力研究贫富悬差比例的"危险点"。

抓奸细的剧情看似来得突兀，似乎又不意外。只是，单靠几句临场口号，很难形成如此大的场面。盐都是抗战后方的重要物资供应地，丝毫不可大意。

舒致怀罕见地没在盐场，后来姚徽远才知道舒老板自拟了查找剧本。来搭话的是郑帮主。前一天姚徽远在这儿答谢过盐工帮会，虽然那个答谢郑帮主没接受，但他应该感受到了来自市长的尊重，否则不会主动来说话。

郑帮主以为市长来找方凤婕，昨天就是市长和她一起来这儿制止随意抓奸细的。郑帮主说方女子领着几个报童来卖报纸，刚离开。外面对方凤婕太过热心的传言不少，姚徽远也想知道她热心的原因，可惜郑帮主没再谈方凤婕，改口讲对抓奸细的看法："站在齐帮主事件立场上，我杀了舒致怀的心都有，站在十大帮会掌旗人的位置上，我又得讲个公正。随意指认奸细，谁都知道会是什么后果。"

郑帮主说他身边的盐工弟兄一直在议论，假如舒致怀还是个盐工，或者是个只挣到一两口盐井的小老板，可能整个剧情会是另外一个版本："我不是维护雇我的老板，我和弟兄们共同的想法是，世上那么多路，总该给底层草根留点空间。草根能不能走下去是一回事，世人给不给留路又是另一回事。"

这番话让姚徽远对郑帮主昨天在抓奸细现场站出来，多了新的注解。

试着按来之前的设想了解舒致怀极少公开的一面。郑帮主没兴趣探讨老板，连说几遍舒老板去街上了。姚徽远听出郑帮主的意思，改口打听是不是和方凤婕一道去办什么事。郑帮主断定他们没在一起，方凤婕是领报童去其他盐场，手上抱着那么多报，得赶着卖。

察觉郑帮主话中有维护方凤婕的意思，又想起那天在市府门口，方凤婕的话在帮主们那里比现任市长更管用。不清楚当时方凤婕对帮主们说了什么话。但这一次清楚，方凤婕和盐工帮会都反对草率抓奸细。

走出舒家盐场意外遇到何清晖与几个盐管局的同事，姚徽远问何清晖能不能单独讲几句，何清晖说别忘了你是市长，国外的礼节盐都人不习惯。说这话时盐管局的其他人已自觉走开，姚徽远想不服都难。

何清晖依旧直率:"我知道市长想说舒致怀。"然后表明,她恨不得马上看到舒致怀死,但她不认为舒致怀是奸细,凭舒致怀的见识和德行,他还混不到那个地步。姚徵远也觉得揪奸细应该是有人借什么生事:"妨碍开工是大事,人的尊严同样是大事,尊重别人也是尊重自己。"

这话使得何清晖突然来劲:"舒致怀只要别人把他看在眼里,假如他知道有人做梦都想找他讨还公道,不知他会怎么理解尊严二字。"

出于前几次与姚徵远喝茶留下的好感,何清晖主动承认她也参加了揪奸细,事前还说过煽风点火的话,因为当时好多人都有相同的念头。确实没有考虑盐场开工和其他因素,就是想看到舒致怀倒霉吃苦头。没想到会有那么多人参加,多到超出她的想象。

姚徵远说他事后琢磨过,会不会和全盐都唯一的深海井有关,好多人由此反感舒致怀独享秘籍。何清晖要市长别太在意传说中的秘籍,她身边有不少长期与盐场工人打交道的同事,没人见过按秘籍凿盐井的记录。何清晖建议姚徵远不妨找二公子舒廷钦了解秘籍,他是政府机构的职员,又想走仕途,会听市长的。

姚徵远对秘籍没兴趣,也不相信传说,他最想了解的是除巩老板外,还有谁和舒老板仇怨深。何清晖指自己:"我。"姚徵远笑笑,类似的话已听何清晖说过多次,他问这件事以后,谁有可能针对舒老板再次发起类似抓奸细的事情。何清晖又指自己:"当然是我。"

姚徵远明白,再问下去,还会是这个结果。

分别前姚徵远顺便问何清晖刚才去过哪个盐场,有没有遇见方凤婕。何清晖笑姚市长真的对方凤婕感兴趣了。姚徵远不知这话什么意思。何清晖说自从舒家盐场出命案,方凤婕和阳理事成了那儿的常客,他俩一个要准备歌咏队去省城决赛,一个每天要操劳卖出几种报纸,反而长时间待在舒家盐场,自然引来许多人留意,包括市长大人。

明显感觉何清晖说的不是她口中的"感兴趣",但姚徵远没心思在乎别人的看法。记不起在哪儿听说过,你要在乎别人对你的看法,你将无法远行。这话不是真理,但有道理。

倒是没忘记夸一夸:"喜欢思考的年轻人增多,是一个民族走向兴旺的象征。"何清晖半带俏皮:"市长是夸他俩还是夸我?"

姚徵远没找到舒致怀，只按何清晖提示见到方凤婕，她带着两个小发行员在一个盐场卖了报，正转向另一盐场。方凤婕对市长解释，盐场里的人不在意一张报纸多少钱。报童大多是暑假期间来挣学费的孩子，没经验，需要带。也许是听多了关于她的传言，姚徵远总觉得方凤婕没必要解释。

舒家盐场出命案后姚徵远对方凤婕的热心有过好奇，空袭开始后这份好奇淡了，盐都麻烦不断的状况下，姚徵远认为多一分热心比少一分好。方凤婕也不遮掩，问姚市长是不是纳闷她为啥会这样。姚徵远没直接回答，只说鬼子打到家门口了，盐都人的想法都会有相应的变化。方凤婕不愿马虎，坦言被人猜疑也是生活的一个内容。只要当事人不当回事，背后嘀咕的人基本上是白费劲。姚徵远暗暗一笑，方凤婕的想法倒有几分合他的意。

两个小发行员还站旁边等着，方凤婕急着告辞。姚徵远吸取对郑帮主问得太直的教训，简短问方凤婕为啥不赞同在舒家盐场抓奸细。方凤婕匆忙中直言，她很想看到舒致怀倒霉，不过，随意性太强反而会让该抓的人逃脱。

姚徵远望着方凤婕远去的背影若有所思。这个动作传递出了错误信号，跟在身边的小管突然说："市长乐意和女娃摆龙门阵？"怕市长不懂方言，又补充，"摆龙门阵，就是聊天。"其实姚徵远已经能听懂大部分本地话，他不喜欢闲聊，在国外和妻子想的做的都是同样专业，有时候两人一整天说不上一两句话却不郁闷。来盐都后整个没有了这类感觉。姚徵远不后悔回来，但也少不了遗憾。

小管问市长的洋夫人为啥不来中国。姚徵远故意回答："大约徵远的吸引力不够。"小管做深刻状："是中华民国缺少吸引力。"紧接着试探，"市长会不会在国内再娶一个夫人？"姚徵远奇怪小管会在这么多麻烦的时候冒出这样的想法。小管禀报有传言说市长是听了方凤婕的话才去给舒致怀解围。姚徵远好笑，舒老板真成了什么病毒，谁都不敢沾。

没接小管的话其实姚徵远照样在意，如果被理解成本届市长不贪财却贪色，说不定将来小管会以此为题写一本畅销书，这样的机会即便是误会也不能给他。马上又自问：徵远是不是觉得自己坐上一言九鼎的位置了？

接连被何清晖、方凤婕和小管搅乱思维，姚徵远差点忽略了，今天出门是要找舒致怀。

连问几个路人竟跟到保育院附近，依旧没见到舒老板。小管提醒按安排该回市府了，还说市长近些天已来过这儿两三次，是否可以不进去。姚徵远触景生情，想起第一次空袭刚结束，方凤婕和舒致怀都来保育院找过桂芳院长，他俩和桂芳应该有不一般的关系。姚徵远不想放过这个机会。

事后才侥幸，幸好没放过。

桂芳院长认为市长肯来这里是看重保育院，也是对自己这个院长的肯定。姚徵远看到明叔在旁边，脑子里倒带似的重播巩德彬的质疑，就问明叔啥时候来保育院做工的。明叔回答从他女人当院长就来了。姚徵远问他找个院长妻子，不怕多做事吗。明叔说她先是我的女人，然后才当院长的。姚徵远觉得有趣，问桂芳他真是你的男人。桂芳说他敢不承认，看自己怎么修理他。

趁谈得融洽，姚徵远问桂芳院长，对众人拥到舒家盐场揪奸细一事有啥看法。话出口又担心问得太直接。好在桂芳无心躲闪这个话题："抓奸细这么简单，抓到的还是奸细吗？"姚徵远喜欢这种近乎透明的对话，索性再问，方凤婕明明恨舒老板，为啥又在揪奸细现场当众帮舒老板。桂芳摇头道："方凤婕不会帮舒致怀，她是想多做与抗战有关的事。"明叔在一旁补充："方凤婕和她的未婚夫有约定。"姚徵远问约定的内容，桂芳和明叔都说是人家小两口的事，旁人咋好意思问。

明叔还提供了一个情况，方凤婕叫桂芳姑姑，但桂芳和方凤婕父亲不是亲兄妹，同姓而已。方凤婕在盐都算得上家人的，就是死去的齐帮主和正在抗战前线的未婚夫。

姚徵远有一种悟到什么的感觉，暗暗庆幸没白来。

搞笑的是姚徵远一路打听着找舒致怀，实际上却走到了舒老板前面。舒致怀想了解抓奸细那天表现踊跃的阳理事与何清晖，也想了解反对乱抓的方凤婕，思来想去觉得只有桂芳才知道这三人的底细，却又顾忌桂芳拿冷脸对他，途中犹豫多次，走到保育院时姚徵远正匆匆离开。

刚抓过奸细市长就来找桂芳，舒致怀认定与自己有关，那么，姓姚的下一个会找谁？害人之心不可有，防人之心不可无，别又像抓奸细那样，人都上门了自己还啥都不知道。

不出舒致怀所料，姚徵远走出保育院直接去了报纸发行商行。舒致怀不懂得战时跟踪市长是个风险很大的行为，下意识地盲目跟去，果然见到市长和方凤婕交谈得很起劲。

方凤婕对姚市长的出现有些奇怪:"刚刚在盐场见过又亲自来商行,是不是有啥急事?"姚徵远说:"如果不侵犯隐私,能否简单谈谈你近些日子为啥对盐都的事那么热心。"特意申明没有其他意思,而是身为执政官的他不想在这个时期犯糊涂。方凤婕先感叹海归果然不一样,然后指了指桌上的小相框:"我的原因就一个,不想给在前线的亲人丢脸。"

姚徵远不认为这是标准答案,抗战期间所有人都以此作理由,但并非所有人都像她一样热心。姚徵远很想问她与未婚夫的约定内容,又觉得桂芳院长说得有理,那属小两口的私房事。于是改谈方凤婕未婚夫穿的是川军军装。方凤婕补充未婚夫是川军参谋。姚徵远回国后听到川军过去常打内战,各自忙于抢地盘,在国内颇多争议。抗战开始川军大量出川参战,在战场上异常骁勇,参加过枣阳会战、长沙会战……尤其台儿庄战役中的腾县保卫战,师长王铭章及所属两千多名士兵全部战死,受到国民共同的尊敬。一支打内战吸鸦片的军队突然变成另一模样,人这门学问真是深不可测。

方凤婕说她的未婚夫是一年前才参军的。姚徵远听出方凤婕不想让过去的川军和未婚夫联系起来,她很维护未婚夫,或者说,未婚夫在她心目中有很高很重要的位置。

方凤婕问市长还有没有其他事,这两天报纸卖得不好,她需要再出去。因为揪奸细的事得罪了巩德彬,不少人自觉和巩老板保持一致,被人为地影响到报纸营销她还是头一次遇到,唯一的办法就是多跑地方增加销售。

姚徵远不想耽误她做生意,离开后走出好远才反应过来,来这里是想了解她与舒致怀的事,却一个字也没提。倒是小管不失机敏,请示是否核实那位川军参谋,包括军队登记册上的家属名字。

姚徵远及其随行人员都没留意到,舒致怀在暗处盯梢。

舒致怀置身商行外背离视线的位置,不知道市长和方凤婕说了些啥,只是看出两人有交往,难怪抓奸细时会一起赶到舒家盐场。

舒致怀突然意识到查找线索的剧情几乎没按自己的剧本走,有一种被人牵着鼻子遛的滋味,苦涩中觉得该抓紧和儿子聊一聊,或许有助于查找奸细和背后的黑手。

当然不能提自己跟踪了市长,二娃肯定会责怪。

舒致怀反复琢磨的查找线索被一件新发生的事打断。

事情发生时天车架顶端才挂起曙光，多数人都是在睡梦中被枪声惊醒的，这个时间段好像不应该有空袭。屏住呼吸听，又传来几声杂乱的枪响，确定不是空袭预警，听觉强的人还听出枪声来自老镇方向。

出事的地方不是老镇街上，而是需要严加防范的老镇码头。

巨大的河湾里很不正常地塞满木船，沿弧形河岸密密麻麻停靠了大约两三千艘，排列无序且拥挤，随意性很强，一看就是需要加强防范的模样，糟糕的事情就出在那儿。

盐管局税警分队的田队长带着一队税警最先来到老镇码头，只有两个市局的警察在那儿执勤。两个警察对田队长诉苦，私盐贩子和土匪几十个人几十条枪，他俩不晓得该保命还是保船上的盐。田队长打官腔，省上给盐管局配的税警也很少。两个市局警察建议田队长出面请驻军帮忙。田队长没好气："驻军是高炮营，难道用高射炮来打私盐贩子和土匪！"市局警察忙立正请田队长原谅。

河湾另一边传来枪声，私盐贩子和土匪又在远处角落抢盐。老镇码头停的船比平时多十倍，土匪利用扩大了的空间和警察玩。田队长气得大骂，带着税警追过去。从河湾这头到那头少说也有两里路距离，不等田队长跑到出事位置，另一部分土匪利用河湾宽度与警力不足，又在这边下手。土匪人多火力猛，压得几个警察抬不起头。

姚徵远和市警局局长带着大队警察赶到时，这一幕已经结束。船工们惊魂未定地发牢骚："国民政府养的警察都在干啥，这么大一个河湾看不到几个穿制服的人。"橹船帮帮主告诉姚市长："私盐贩子和土匪合在一起，上船直接扛盐包，来得快走得快，转眼不见人。"

停靠码头的船仅有极少数装了盐，是刚复工时装上没运走的。五级船闸炸毁后又停航，装上盐的船少，不敢出码头。橹船帮的船工闲着没事，要么回家，要么去镇上找乐子，留船上喝酒睡觉的人不多。私盐贩子和土匪不过百人，但有枪，一上船即大喊要盐不要命不伤船。船工担心婆娘娃娃没人养，也清楚人死了照样不能阻止抢盐，被迫由着土匪和私盐贩子表演。粗略估算，被抢走几千斤。

装好盐没运走的船不过百来艘，市警局局长质疑道："老镇码头眼下两三千条船，土匪和私盐贩子怎么知道这一百来艘装盐的船在哪些位置？"橹船帮帮主知道市警局局长不高兴刚才有船工指责警察，故意刁难，也带着情绪回答："要是私盐贩子和土匪连装没装盐都分不清，还不如改行。"船工们七嘴八舌跟着吐槽："土匪一个早上抢我们三次，你们吃了官饷尿事不干，还有脸在这儿问三问四。"

姚徵远无言以对，复工和防空袭的事还没妥当，又起一风波。

从被抢劫的情况推测，私盐贩子和土匪熟悉老镇码头，藏匿地点理应不远，姚徵远指令市警局立即清剿。警局局长说私盐贩子和土匪大多是本地人，不打劫的时候和本地山民完全一样，市警局和税警队联合清剿过几次，每次刚出城土匪和私盐贩子那边就知道了，联合清剿次次扑空。

姚徵远听得痛心疾首，私盐贩子和土匪绝对没有力量打垮国民政府，他们要有这个本事早自己建政府了。于是想给橹船帮配备一点武器，哪怕很差很次的枪支，至少可以稳定人心和震慑劫匪。但姚徵远马上又自我否定，武器到盐工帮会手上，会成国民政府的另一心患。还是让市警局和税警分队商量再次联合清剿吧。

舒致怀裹在围观的人群中，除满河湾望不到边的木船啥名堂也没看出。假如就这样不作声走人或许新桥段就不出现，偏偏经历了被上门揪奸细的屈辱，舒致怀心里憋着一股气，想让人重新认识自己。也是霉运没散尽，让他听见了市长和市警局局长的对话。

姚徵远故意和市警局局长当众说清剿，不排除有安抚民众的意图，如果舒致怀像其他围观者那样听到后各自走人，也不会有后来的剧情，偏偏他急于证明自己不是奸细，故意搭话其实是想当众展示见解："花费那么多人力去陪土匪和私盐贩子玩，不如早点修船闸，盐道一通航，他抢个屁！"

一下投过来众多目光。舒致怀立即被看清醒了，自己还没脱离被指责被怀疑的境地，腿稍微抬高一点也会被说成是发骚，还是沉默为佳。闭上嘴又担忧起儿子来。前些天儿子嫌自己招惹负面舆论时他已察觉，儿子既担心被人说三道四，又喜欢抛头露面。四下一看，果然没瞎担心。

二公子在人群中和方凤婕说着什么。方凤婕身背热心过度的疑点，儿子却在大庭广众下和她接近，众人会怎么想？巩家小姐会怎么想？还有，这个方女子再怎么反对乱抓奸细，她终归是恨自己的，儿子不会不知道这点吧？

舒致怀忙朝儿子递眼神。二公子过来问他想说啥。舒致怀反问二公子和方女子说啥。二公子承认是羡慕方凤婕成了热点人物，连市长也在关注她，正问她为啥不利用与报馆相熟的关系，借机炒作一下。听到这话舒致怀几乎捶胸顿足训斥儿子究竟想些啥，儿子满不在乎的神态却让舒致怀先纳闷，自己是不是过于多虑？当年逆袭上位的时候好像不是这个状态。

离开现场前又出意外，二公子和外地来督运盐的老板不知为啥发生争吵，舒致怀匆匆赶过去，听出是外地老板抱怨船闸没修好又添抢劫，待在这儿跟着盐都遭罪。二公子回怼外地老板少抱怨多做有益的实事。外地老板认出二公子是市府职员，指责他太拿自己当回事。外地口音闹成一片，引得好多人像看猴戏似的围过来。舒致怀发觉儿子已很难体面退出。

刚要上前助阵儿子，崔小樱出面解围。外地老板们没在意崔小樱说什么，念在同行面上勉强停下。崔小樱趁机拉二公子快速离开。抓奸细那天，崔小樱的父亲不避嫌留下与自己说话，舒致怀进一步断定崔家父女对舒家友善。

假如儿子有纳妾的心愿，崔小樱倒是不错的人选。

一厢情愿的念头竟然不是瞎想，回家后，在舒致怀的询问下，二公子说崔小樱与自己聊得很融洽，崔小樱和她的父亲都很喜欢盐都，她也有心在这儿找一个丈夫，今后她父亲来督运盐也有地方落脚。舒致怀正琢磨崔小樱为啥对儿子说这话，二公子又说崔小樱的想法很具体很长远，拟定婚后生三五个娃，一部分进政府机构吃官饭，一部分开盐场挣钱。如果丈夫有要求还可以多生，丈夫如果纳妾也不反对，反正盐都的男人大都是娶几房。

二公子坦陈没和崔小樱聊奸细和外人对舒家下黑手的事，因为崔小樱一直在夸自己不古板，有音乐天赋，手风琴拉得很棒，人也长得蛮帅。舒致怀听得满腹感慨，外地女孩和本地妹子完全不同，巩艳燕的傲娇任性与崔小樱的大度相比，简直是天壤之别。舒致怀问儿子听了这些有啥体会，二公子说除了心脏跳动加快，其他好像没啥。

一股痛惜情绪冲得舒致怀头发涨，抓奸细丢脸丢得那么惨，儿子依旧这副心思，照此下去给个官位也难坐稳。当即皱着眉头叮嘱儿子，脑子里别总想着如何搭讪女子，找不到奸细和暗中害自己的人，舒家的日子不会好过。

舒致怀的担心果然不是空穴来风，指派出去的好几个人带回相同的消息：有人举报，老镇码头遭到土匪和私盐贩子抢劫，是舒致怀泄露了装盐船在庞大船群中的准确位置。

## 九

听到被举报的消息前，舒致怀还在琢磨土匪和私盐贩子像在自家地里摘菜一样随意，是不是国民政府镇不住堂子了。他反复犹豫要不要掩藏舒家的钱财，却翻来覆去想不出能藏到哪里。正暗叹人世间可退的后路竟然这么少，几架轰炸机又撞进盐都上空。

大白天也能见到高炮营交叉射向空中的火光，鬼子飞机冲着五级船闸和相邻的老镇码头来回轰炸，没修好的五级船闸又添新伤，部分炸弹落进密集的船群，几处木船燃烧起火。鬼子的炸弹仿佛长了眼睛，舒致怀不得不怀疑盐都有奸细。

收拾被炸坏的船时橹船帮有人提议把船群分小。橹船帮帮主说船群小了照样躲不开飞机轰炸，还更方便土匪和私盐贩子割肉。担心船群里那百来艘装了盐的船再出事，橹船帮帮主带人去找市长。管秘书要他们去市警局和盐管局备案。橹船帮的人来气了，愤懑道："坐在这把交椅上管不好事，有尿用！"

巩德彬上门时，姚徽远的气还未消，巩德彬立足未稳就说市长大人不是要证据吗，证据来了。

巩德彬带来几百家盐场老板联名写的举报信，几百个鲜红的指印很刺眼，更刺心的是举报信有条有理的分析：土匪和私盐贩子抢劫过的两条船都是装载的舒家盐场的盐，两三千条船中藏百来条装有盐的船很不显眼，抢匪独独找到这两条，肯定是有人熟悉这两艘船并掌握了独有的记号。土匪和私盐贩子不单找准这两船盐，还将船群中有装了盐的船的信息透露给奸细，奸细再转给鬼子，所以鬼子飞机才会瞄着船群炸。

招呼几百个老板写一封举报信对巩德彬来说不难，他亲自来交是要强化举报信的分量。这些日子巩德彬一直恼怒姓姚的在国外待久了，不了解国内民情，做事欠果断少魄力，致使盐都的正气上不来，接连出大事。

为刺激姚市长尽快惩处舒致怀，巩德彬不等姚徽远表态即昂首离去，这表情等于说看你这次又如何搪塞。

姚徽远听出巩老板话中有破绽，比如市警局查实被抢的装舒家盐的船是一艘不是两艘；比如舒致怀这么做难道不担心拥有深海井的盐场的未来。明知有破绽姚徽远却无力纠正，船闸损坏、盐道不通、再次停产的风险、匪患和空袭交织……麻烦已经集中，不能同时激怒盐工帮会和盐场老板，只好找来市警局局长商议要不要把舒致怀抓起来。市警局局长态度既简单也明确，一切听市长的。听出市警局局长倾向于抓，姚徵远说那就抓吧。

市警局局长刚出办公室，姚徵远又把他叫回去："请容徵远再推敲推敲。"市警局局长暗暗啐一声，书读迂了真没意思，保不准上茅房如何拉也要犹豫半天。市警局局长还是按抓的指令做好安排待命，不抓不行了，早迟而已。

核实准要被抓的消息，舒致怀首先选择三十六计走为上策。这一次六妹子不干脆了，一再劝当家的别轻易丢弃偌大的家当跑路："创业不是一件容易事，不如先找个有见识又真心帮你的人聊聊，听听旁观者的高见。"

舒致怀脑子里一下跳出外地来的崔老板。

私下找到崔老板，借诉苦试探看法："老舒很烦没完没了的风波，想交出秘籍换取平静的日子。"崔老板不断摇头。崔老板的看法和舒致怀以往想的没啥差别，这种时刻哪怕交出真的秘籍别人也很难相信，更重要的是，没了秘籍就没了关键时救急和未来再起势的资本。

崔老板建议舒老板别在意抓不抓："政府急需盐，你有深海井，他要抓，你就安排停工，即使真把你抓了，也关不久。"

崔老板说："如果换成我，不如抓紧暗查奸细和背后下黑手的人。"

崔老板还具体提出多留意从外面来的人，盐都有千年历史，以前从没出过这些事，近些年外地来的人多了，麻烦事才跟着增多。崔老板说自己也是外地来的，但还是主张他留意这个群体，尤其近两年才出现的人。

这个"尤其"中，不单有外地来督运盐的，也有读书返乡的年轻人。

刚开始琢磨返乡年轻人与奸细有多大可能，二公子带回一个由匪患和空袭引发的新消息，舒致怀一听，眼球几乎转不动了。

二公子说何清晖陷入了大麻烦。与三船盐有关，也与她就职的盐管局有关。

据说盐管局向上面申报了本次空袭中有三艘装满盐的木船被炸沉，请上面核实报销损失。申报损失是盐管局内部掌握的事，不知为何消息漏了出来，顿时如狂风陡起，转眼席卷整个盐都。

申报损失盐的事以前也有过，几乎没人留意，这一次如果报损量小，照旧不会有人在意，偏偏这次报损的是三船盐，整整三船哪！任何人，即使强迫自己不在意都做不到。

盐都把一艘船的装运量叫一僦。每一僦十万斤上下，三艘满载船就是常说的三僦盐，即三十万斤。近些年盐都每年运出盐五千多僦，从这个角度看，三僦盐连零头都说不上。但要从报销损失来看这个数字就相当惊人，盐都自水道运盐有记载以来，从没一次损失过这么多。当然，也可以说过去没有空袭，也没有土匪和私盐贩子把停船位置出卖给奸细。

申报损失三僦盐的事传得很凶，二公子回来前舒致怀已有耳闻，只是不知道何清晖被卷入。

二公子说，申报消息泄露后，盐管局成全盐都吐槽的目标，异常被动。局内经办的人和没参与经办的人都怕成走漏消息的嫌疑人，如遭地震一般惶恐，于是自发分析，很快锁定根源在于盐管局是由原盐神庙改建。这种古老建筑的墙壁全是木板构成，朝天井方向的墙更工艺，上半截为镂空的木格子窗户，何清晖和具体经办的应科长正好背靠同一木板墙，两人的侧面也紧挨同一方空格子窗。平常就有人不满她总是受到应科长关照，趁此机会全局职员近乎一致地怀疑是何清晖听见并泄露出隔壁应科长的谈话内容。

据说应科长已经很委婉地找何清晖谈过，暗示内外有别，不能给盐管局带来负面影响。盐管局的人都知道应科长在追她。

舒致怀平时就不关心与自己无关的事，他问二公子，申报批准后要少上交三船盐的钱，这些钱何清晖能不能分到一份。二公子说他不是在怀疑何清晖害他吗，咋听来有点像是要替她辩解。舒致怀有些不悦，说自己是在说盐。二公子当然知道父亲说的是三僦盐值多少钱，外面人愤愤不平的也是这个数。舒致怀说他一直在琢磨是不是真沉了三只满载盐的船。

轮到二公子想不通了，抗战期间一切从严，查出谎报要杀头。舒致怀说自古就有人为财死鸟为食亡的说法，有人守规矩，有人不守，守规矩的人看到别人捞肥了会是什么心情？二公子认为这风险不值得冒，钱到手也不见得就有命花。舒致怀嫌儿子的想法稚嫩，都是他们自己在经办，不露馅就不会有事。二公子还是没想通，这么大的数额，局长签字也不作数，还会有上司来勘查现场。

舒致怀嗤一声："谁陪同勘察？不就是申报的人嘛。"

父亲的话多少有些刺激二公子，他立即直奔盐管局。这次不是去求助何清晖，是想帮她。考进盐管局后两人虽然解除了恋人关系，毕竟曾长期一起在离家几百里的地方读书，他丢不下那份亲密。

同事早已下班，何清晖又是一个人留在大办公室里发呆。她这习惯不少人都知道，她也承认，一个人过日子，在办公室和回家都差不多。

何清晖很欣慰二公子能在这个时候来宽慰她，她确实听到应科长和田队长策划如何申报损失。她不知道这次炸沉的有没有装上盐的船，只知道即使有也不可能这么多，因为装盐的船停得很分散。她也清楚听到上司的这类话绝不是好事，因此没对任何人说起，谁知嫌疑人的帽子照样罩到她头上。

二公子问何清晖需要他帮忙做什么。何清晖说他来陪自己说说话自己已轻松好多，别人要说什么是别人的事，自己的心情要是由别人主宰，活着还有多大意思。然后起身说该回家了。二公子看出她是故作轻松，要陪她走走。何清晖不想招惹巩家小姐。二公子说反正顺道，怎么走也是走。

三伏天的太阳已落坡，按烈日作息的人才开始忙碌，街上的人比刚才多了许多。两人没走多远就见阳理事和巩艳燕迎面走来，极像编戏的套路，怕什么来什么。何清晖说是盐都太小还是真这么巧。巩艳燕有啥说啥："是阳理事老师有意安排走这儿的。"何清晖和二公子同时将目光投向阳理事，都看到那种被描述为不自然的表情。二公子脸上的不自在比阳理事更明显。

巩艳燕说歌咏队要去省城决赛，要买油彩和鼓槌，本来走另一条路更近，阳理事老师非要绕道走这儿。巩艳燕不管旁人听到她的话有啥反响，没心没肺地邀约二公子一道去。二公子借口要回教育局推辞，巩艳燕半撒娇半使性子："找何小姐你就有时间，陪我就有公事。"

巩艳燕不听任何解释，告诫二公子："必须先说清楚，将来我是大房，何小姐如果受得了我的脾气就来当二房。"一句话镇住了二公子，也镇住了阳理事，唯有何清晖，一改平时冷艳，罕见地大笑。

巩艳燕突然说何清晖还笑得出来，到处都在说报损盐的事，还传言这事是何清晖泄露的。几个人都盯着巩艳燕，巩艳燕说："别看我，我也是听我爸说的，每天都有人以报告各种消息来讨好我爸，报告消息的人各有偏见，甚至瞎编乱造，我爸因此常被别人的情绪误导。"何清晖笑她敢背后议论老爸，巩艳燕不屑："当面我也敢说他。"

阳理事更想知道巩老板对这事是啥看法。巩艳燕没兴趣谈，要他自己去问。

意料之外又情理之中的是方凤婕也匆匆赶到，一来就急着问何清晖与报损盐的事。二公子看出，无论是阳理事买油彩和鼓槌，还是方凤婕找的理由，其实都是借口，两位老师和自己一样，其实是听到传言后专门赶来安抚何清晖的。

看来父亲的判断没错，这三人真是一伙的。

果然，阳理事再没提买油彩和鼓槌，何清晖也带着愤懑讲她不知为啥会被牵扯进去。阳理事一如既往地不搭理方凤婕，但不妨碍三个人交流同一件事。巩艳燕似乎看出端倪，以需要人送她为由，拉着二公子离开。

巩艳燕要二公子如实对她说，何清晖究竟有没有把她上司的丑事拿出来说。不等二公子回答，巩艳燕换了角度：“如果你处在何清晖的位置，会不会说出上司的丑事。”然后巩艳燕自己回答自己的设问，"即使是我爸的丑事，我也要说出来。"

二公子说："如果是我呢？"巩艳燕说："什么是你？"二公子重复："如果是我做了那种丑事呢。"巩艳燕说："我怎么会连你都看不准，你这是否定我的眼力。"二公子故意问为什么。巩艳燕说："没有为什么，因为我们都是时代青年。"巩艳燕这话的大意几十年后出现在盐都史料上，史料提到一个时代一种时尚，那个年代的年轻人自称时代青年，以走在时代前列为荣。

巩艳燕的高度认同确实令二公子欣慰了一会儿，但好心情很快被现实取代。他不想说对何清晖不妥的话，也不想抹黑两位曾经教过他的老师，找理由与巩艳燕分开，一路纠结着往回走，没察觉崔小樱在一旁观察了他好一会儿。

二公子承受不住崔小樱波光粼粼的目光，更忘不掉她曾说过的关于嫁人生孩子的话。倒是没料到崔小樱不谈情话，直接求证盐管局报损盐的传闻。接触到盐都正热传的事，二公子想显示什么，不知不觉多说了几句。

崔小樱认真倾听的神态刺激到二公子的谈话欲，就讲了何清晖被牵连，还讲现实比《三国》《水浒》甚至比《金瓶梅》更多套路。突然意识到不该对她瞎扯，二公子果断收尾，还谦虚地说崔小樱跟着父亲走南闯北不缺见识。崔小樱一脸妩媚恳求他别停："别说小樱的父亲，就说小樱。讲《金瓶梅》也行。"

看似无关的事照样能有相关的效果，何清晖卷入报损沉船，居然让舒致怀一下换了思路。

从舒家盐场命案到老镇风波，经历滚石，被揪奸细，无端牵扯进土匪和私盐贩子的抢劫事件，甚至列入警察抓捕对象，舒致怀由惊恐转愤懑，一度想离开盐都去寻求宁静日子。现在联系上何清晖的事，舒致怀突然意识到被人算计也是生活的一方面，不是谁都可以被算计，怎么说也得有点名堂才会让低俗小人觉得有动手的价值。

舒致怀被自己的想法抚慰得坦然许多，心情一宽思路也变了。假如当年人家放屁自己也放屁，哪有后来的自己！跟别人的步子永远是在后面。

不如做自己想做的事。

当即决定不管别人对自己做啥，自己就一门心思查找奸细和背后使坏的人，这才是除了产盐外最该做的事。

为省言辞，舒致怀将查找什么什么简称为二查，其中当然包含摸清三个年轻人的底细。舒致怀告诉儿子，不排除那三人中有他妈妈离家出走时肚子里的娃，正如此才更应该弄清楚来龙去脉。

至于方凤婕、阳理事同时去盐管局找何清晖，不必在意三人见面说些什么，他们要不说对舒家不利的话才不正常。舒致怀只提醒儿子别和那三人同时出现在盐管局，那是管盐的衙门，舒家在开盐场，历来的规矩是谁的势大谁是王法，宁惹县官不惹现管。并要儿子近些日子重点留意方凤婕和阳理事。何清晖自身陷入麻烦，暂时顾不过来抹黑舒家。

吩咐了二公子和家里人二查，舒致怀也亲自参与，专找儿子接触不到的人。

眼前冒出两张面孔，是橹船帮的船工，这二人即最早来荒坡上小棚子里打工的盐工，那时候舒致怀和翻板才刚凿出第一口盐井。二人家境穷，舒致怀待他俩不薄，即使后来两人改做船工，舒致怀也多次接济他俩。就算不考虑已经过去的资助，单凭艰难时期一起混过，多少也该给自己一点面子。

和第一个船工坐船头交谈。老镇码头大大的河湾船挨船，无边无际壮丽厚重，不知道这景象是不是左右了谈话节奏，舒致怀见面就说出来意。第一个船工不回话，埋头反复搓自己脚，仿佛那里有一个与搓相关的宏大工程。任随舒致怀说什么，第一个船工始终不开口也不抬头，一直搓得屁股下的木船随着他的动作轻轻摇晃。

和第二个船工是在大树下说话。码头边好多棵枝繁叶茂树冠宽大的黄葛树，把凌乱的河岸装点得生机盎然，辽阔的树荫还成为船工乘凉打瞌睡的好地方，一次就能容纳几十人。舒致怀避开躺在树荫下的人，吸取与第一个船工谈话的教训，要第二个船工不说别人，只说与舒家有关的线索。

第二个船工支支吾吾一再说其实也没啥。舒致怀要他知道多少说多少。第二个船工说其实也不知道啥。舒致怀反复赌咒绝不连累他，第二个船工说其实也没啥连累的。舒致怀希望多多少少帮自己一点忙。第二个船工一脸诚恳："舒老板以前帮了我很多，今后舒老板有啥事我肯定出力。"

舒致怀再次沮丧，友情的小船没翻，漏水了。

同一时段，二公子也在检验自己的选择。

二公子首选找方凤婕。别的人纷纷与舒家断交，方凤婕却一再上门。二公子相信自己的选择，也担心贸然上门有点唐突，途中反复虚构为啥来找她。

编的理由几乎没用上，方凤婕说他好像没来过这里，直接领他进小屋。二公子别别扭扭地说有事找方老师请教。方凤婕要他别像在办公室那样一本正经的说话，听着怪生疏的。二公子于是说遇到闹心事想找方老师聊一聊。方凤婕说那就聊。

二公子先提舒家遭遇多种麻烦，过去有交往的人都慌着避开，唯有方老师两次上门传递消息。方凤婕回答不是有意这么做，是她要做的事无法离开舒家盐场，来多了同样被外面的人猜疑，她也有压力。好在谁都难免被猜疑，索性专心做要做的事，免得今后对自己失望。

二公子感觉方凤婕的心态与父亲有点近似，嘴上却问方老师要做什么事会离不开舒家盐场，而且顶着压力也要做。方凤婕倒也坦率，盐都的群体事件影响到出盐，鬼子对盐都疯狂空袭，许多人都想为抗战做点实事，她也一直琢磨该做点什么，偏偏盐都近些日子的麻烦事几乎都与舒家有关。方凤婕要二公子想想，能绕得开他家吗。

这话没毛病，关键是她总拿仇视目光恨自己父亲，二公子试着把话引入疑点："方老师如此热心做支援抗战的实事，有没有个人理由？"方凤婕大方承认和未婚夫有约定，她很想完美地兑现约定，如果不做，就完全没希望实现这个心愿。

第一次听到这么有约束力的约定，二公子忍不住问方老师是为爱情，还是为信誉。方凤婕说："等你遇到一个肯为你牺牲一切的人，就知道我为啥要这么做了。"

类似的话，二公子听何清晖说方凤婕曾讲起过，看来她不是随口搪塞。

一说起情感上的事难免偏离二查，分手后二公子才发现绝大部分交谈都与父亲的要求无关，看来年轻也有年轻的命门。又抱怨二查浪费时间，使得他放下该做的事。

刚进家门就听弟弟妹妹对父亲说，明叔发现了舒家人到处打探方凤婕和阳理事。难怪在商行方老师会把话往情感上扯，她多半是听明叔说了什么。

二公子劝父亲别再高调地二查，弊大于利。舒致怀说儿子头脑如此简单今后怎么做官，如果不是传出舒家在二查，姓姚的早派人把自己抓到班房里去了。二公子说凭什么认为是二查才没来抓他。舒致怀说不是这个又是什么。

这之前舒致怀一直以为自己才钻王法的空子，搞二查发现钻王法空子的人比自己厉害多了，无中生有也敢一次报损三船盐。二公子问父亲是不是听到什么隐秘线索。舒致怀一脸蔑视，不隐也不秘，是遮羞布的破绽太大。二公子一下振奋起来，要父亲去举报，非常时期举报众人瞩目的事是立功的好机会，比二查更能减少对舒家的不利。舒致怀不答应，乱来的人多了，盯舒家的人自然就会减少。二公子急了，这么好的机会，白白放弃太可惜。

舒致怀不满儿子把啥事都和官位串起来考量："舒家开的是盐场，不是官场。"二公子搬出方凤婕的话："方老师都说别到抗战胜利后才来后悔。"舒致怀说她凭啥认为自己要后悔，要是不按自己想的做自己才会后悔。

说话间舒致怀闪回到安葬齐帮主现场，他曾有过想做点什么事来回报盐都回报盐工帮会，顺带证明一下自己的念头。后来曾多次梳理究竟做什么最合适，想来想去还是二查实在，能找出众人痛恨的奸细，还能找到背后算计自己的人。一旦查实，不管是谁，他怎样对自己，自己也不会怠慢他。

于是吩咐儿子，别过问别人，只管二查。

舒致怀不想招惹盐管局，却没想到二查必然惹恼他不想惹的人。

二公子和舒家其他人都在外面听到类似消息。

税警队的人公开放话，沉船、奸细和抢劫几桩事都与舒家有关，自己一屁股屎，还到处查别人。税警队的人指责他逆袭上位后不懂得夹起尾巴做顺民，并抱怨市府定了抓人也不抓，这中间肯定有啥鬼名堂。

舒致怀马上明白是怎么回事了，就问其他人听见税警的话是啥反应。二公子说和以前一样骂舒家，只不过同时也在骂报损盐的人。

舒致怀本来还想了解是骂舒家的话重，还是骂报损盐的人话重，这念头被一种涌上心头的感觉取代了。那感觉很怪很特殊，就像是有人陪着滚粪坑。

那就一道臭吧，反正自己穿开裆裤时就滚过粪坑。

# 卷四 反转与被反转

关键词：盐道

# 一

唯一的运盐河道堵塞那段时间,空袭特别频繁,盐都史料记载,日寇先后出动轰炸机四百七十多架次,炸死平民五百多人,炸伤一千二百多人,炸毁房屋四千六百多间,毁坏盐井盐灶天车架五十多处。城内的废墟不断增加,郊外荒坡上骤然多出几大片新坟墓。被日寇暴行激怒,各家盐场开工出盐已不用动员。麻烦的是盐运不出去,堆积的盐袋只添不减,地盘窄的盐场刚开工又要被迫停下。

伴随二查,舒致怀看到各家盐场的盐工都在主动寻找地方堆放盐包,似乎比老板更操心。肯定是停工对盐工生计影响太大,那种一天不干活就没钱吃饭的日子,舒致怀记忆太深了。

那天二查,舒致怀有意无意间去到第一滩,先听到类似闷雷低吟的流水咆哮,再见到滚滚的浊水,八月的釜溪河总是不清澈,更显出整体断崖似的地形粗犷壮丽。停运后的第一滩上没了往昔声震两岸的呐喊,没了不断驶向下游的运盐船,宽大的岩石河床中间,只有一带湍急的流水寂寞地轰响着。

下游不远处的船闸还在抢修,舒致怀听过维修队的头儿吐槽,匠人们十分卖力,市长大人还天天来催促,工地头儿催烦了被迫禀告,鬼子的轰炸让河里淤积了许多石头泥沙,就算船闸马上修好也不能行船。姓姚的反应也快,立即安排市府职员全部下河梳理盐道,再征调橹船帮水性好的船工,带船来负责安全兼清理靠近深水区的河道。据说市府职员抱怨声不小,令舒致怀好奇的是,抱怨归抱怨,却没人缺席,干得也蛮认真。

舒致怀听说有职员假借请示问市长,河道疏通了鬼子还来炸怎么办。姚徵远反问鬼子飞机多还是盐都人多。职员说鬼子飞机厉害,姚徵远说盐都民众也厉害。这些都是在二查中顺便听到的，舒致怀也不知是真是假。

舒致怀还听说市府就几十个职员，淤积的河段有几里长，曾有职员建议征集民工，无奈市府无经费付工钱。也有职员提议以抗战的名义号召民众尽义务，又担心民众的觉悟还没达到那个境界。据说当时姚徵远还拿方凤婕来做例子，参与多了被质疑过度热心，不参与又嫌境界低。

二查中还听到更实在的消息，民众抱怨报损盐的事，职员们受其影响，不满有人轻轻松松挣黑钱。舒致怀问二公子不是想举报吗，咋不拿这事给市长写信。二公子说没用，盐管局不归市里管。舒致怀说老百姓很少能分清谁是省里的谁是市里的，只知道是国民政府。二公子对父亲比喻，张家盐场的老板不容许李家盐场的老板插手，官场也如此，就算姚市长想越权也不起作用，还会惹出新麻烦。

舒致怀明白，儿子还在不服自己说舒家开的是盐场不是官场。

二公子也告诉父亲，姚市长已将报损盐的事电告省里，请上司尽快派人勘察沉船现场。结果，上司措辞严厉地指责他，身为市长竟然不知道自己该做什么。回电上还有更严厉的话，盐都当下要务是尽快往外多运盐，谁耽误，按破坏抗战论处。

二公子说好些人在议论，前几任市长遇到的麻烦加起来也没本届市长多，姚家祖上在此任知县也遭遇大祸，姚家可能在盐都沾惹上什么魔咒。舒致怀说官位如此烫手，为啥还有人拼命想做官。这话惹得二公子不高兴，索性向父亲直述外面的话，姚市长不惩处舒家，惹得不少人不满。

不用猜舒致怀也知道，这种话起源于巩德彬。

仿佛老天有意打舒致怀的脸，半天不到，二公子就带回一个与巩老板无关的消息：沿海的一家海盐大企业被战火逼停产，老总三伏天冒着酷暑来盐都考察投资深加工盐，谁知一来就碰上一连串的群体事件，海盐老总刚正式向姚市长告辞。

深加工盐的事不单市长很在乎，盐都民众也盼新实业带来新的务工机会，眼看如此好事要泡汤，好多人都催促市长快点抓惹祸的人。

舒致怀忙问市长怎么回答的。

二公子说："我不是市长身边的人。"

舒致怀多次揣摩，假如不是遇到一个读书多了太认死理的市长，或许自己早已在牢里吃免费伙食了；不过，假如市长不是迂夫子，也可能早就牢牢镇住盐都的堂子，那些明里暗里任性胡来的人哪敢冒头！自己也不致遭遇这么多麻烦。遇到这样的长官，到底是自己运气好还是倒霉？

思虑太多，舒致怀一脸沉重，六妹子担心当家的闷出毛病，听人说一群盐场老板相约去拜大佛，她也带着用人背上香蜡纸钱之类祭品一道去。大佛寺离盐都四五十里路，一拨人天不亮出门，回来已是下午，刚进市区，意外遇到姚徵远。

都是一些盐场规模不大的老板，众人如实对市长说是被盐场堆积的盐包逼急，担心没地方堆放又要停工，特意去大佛寺祈求菩萨保佑盐道早通航。姚徵远理解敬神不怕远，想不通的是这种事自己可以做，为啥要去麻烦神灵。六妹子说人在不顺的时候都会拜神。姚徵远更不理解，宗教很神圣，为啥要到不顺的时候才去拜？姚徵远认出六妹子是舒家盐场的现任老板娘，还专门问了问舒家盐场的盐包堆积情况。

六妹子回家立即把这次偶遇告诉舒致怀，刻意说市长对舒家人很客气。舒致怀问市长还说了啥。六妹子说她还没回答市长就走了。舒致怀不明白话没说完市长咋就急着走了。六妹子说是老镇码头又来棒老二，市长一行人赶着去那里。

离老镇码头不远的上游就有市府职员梳理河道，土匪和私盐贩子竟然敢再次抢劫，这不是正常现象。舒致怀也赶去出事地。

码头上都在传被抢的经过，据说棒老二临走撂下一句话，再把丑事往他们头上挂，还会来得更勤。土匪和私盐贩子知道有人将报损沉船与他们扯到一起，感觉受了很大侮辱。

市警局局长找船工询问情况，橹船帮船工回呛："你们才晓得是啥情况。"有人还补充又可以报损几船盐了。市警局局长历来拿别人出气，现在成了别人的出气筒，满腹窝囊气不知朝哪儿发泄。姚徵远的儒雅气明显少了许多，当场命令市警局局长："再次组织清剿，要是人手不够，我也去！"

舒致怀赶到时正听见这话，接着是橹船帮帮主要求市长听他说几句。姚徵远以为是要到旁边单独谈，橹船帮帮主说帮会的话历来是当着弟兄们讲。

橹船帮帮主说："你们当官的一句话就把几十万斤盐换成钱装进自家兜

里，橹船帮几十个分头目都察觉好多弟兄因此不听招呼，宁可去镇上喝酒玩耍也不愿留在船上防抢匪。盐场老板把盐交到我们船上，论规矩论道义我们都该尽力，偏偏盐道迟迟不通，船上的盐再出事咋办？更麻烦的是十家帮会中橹船帮人数最多，弟兄上万，乱起来咋样都很清楚。我是帮主，我不想像舒老板那样被人骂，更不想几十年后我的后人抬不起头……"

后面这一句话令舒致怀有种打不出喷嚏的感觉，说橹船帮就说橹船帮，扯上自己干啥。

察觉身边人稀少了，舒致怀竟想不起是怎样离开现场的。1942年8月的盐都，人们的见闻全靠口头分享。绝大多数人听到传闻只顾着谈感受，舒致怀听到后居然又有了安葬齐帮主时那种想回报盐都回报盐工帮会，或者说想证明一下自己的念头。

进家门立即吩咐用人出去找二公子。

过了好一阵二公子才回家，解释是在歌咏队排练："阳理事老师带几十个人打磨细节。偏远地方的歌咏队，要赢得远方的掌声，单靠凌云壮志不行。"舒致怀不想听这些："你就不问问有啥急事找你回来吗？"不等儿子问，舒致怀自己主动开讲，"你不是想走仕途吗，不是想要证明自己吗？你做不出让人服气的事，拿啥来证明！"

一听就猜到父亲多半是有了什么得意的想法，二公子忍住委屈由得父亲发挥。舒致怀表演一波后果然讲出一个主意。二公子不得不动心，盐都十来万人，独独父亲能从底层逆袭上位，真不是闹着玩的。

即使赞同父亲的主意，二公子也不完全照办，仔细推演一番，估计单靠自己分量还不够，于是又去找方凤婕。

父亲正面临舆论压力，二公子见到方老师很策略地表明，是自己偶然想到的主意，行不行请方老师把握。

最后几个字是他临时加上去的。

方凤婕一边夸二公子不愧是时代青年，一边说实施这个主意单靠他俩和商行的大姐们，力量太单薄，建议再联络歌咏队，那几十个人都青春年少，这个时代最活跃的就是这类人。

方凤婕不隐瞒阳理事正和她赌气，再好的主意也会遭拒绝，需要一个合适的人去传递消息。二公子马上想到齐耕读与阳理事很亲近。

齐耕读年幼且老实，照实告诉阳理事是方老师要他带的话。

阳理事立即满脸怒气地找方凤婕，先在街上向报童打听到方凤婕的去向，然后拦住方凤婕暴跳怒吼："歌咏队要做啥，不用你操心！"面对喊叫方凤婕不生气，反而露出欣慰："你终于主动找我说话了。"

方凤婕发自内心感谢阳理事重视她托齐耕读带的话。阳理事怒怼："我根本不当回事！"方凤婕说："我知道你要为盐都争得史上第一个全省歌咏比赛的奖牌，所以，要做开创性的事最好人选就是你。别的不多说，单看你创意性的打鼓已经很说明问题。"阳理事冲方凤婕大喊："我不会按你说的做！"

喊声惊动路人，方凤婕放低声音劝阳理事："千万别因为恨我，耽误了你的志向。"这期间立脚观望的人增多，阳理事转身快速走了。

听齐耕读说阳理事怒气冲冲地找方凤婕，二公子很懊悔，忙追去找阳理事解释，连追几个地方不见人，顺路追到报纸商行。

进屋就看见方凤婕眼圈红红的对着桌上小相框发呆。二公子忙着检讨不该给方老师添麻烦，还承认看重那主意实际上掺杂有个人情感，不仅有助于盐都恢复活力，而且对自己走仕途也有好处。方凤婕一再要二公子别自责，那绝对是个好主意，她和阳理事是旧怨，与二公子无关。她其实也在寻找类似办法，只是想得没二公子这么具体。

说话间桂芳和明叔也来到报纸商行，夫妇俩很难同时来这里，方凤婕直抱歉不该和阳理事当众吵闹，把一件好事闹复杂了。

桂芳和明叔听到实情，都夸二公子的主意想得周到，水平超过了这个年龄段。二公子一边应付桂芳夫妇的夸赞，一边暗暗惊讶夫妇俩竟然为两句争吵赶着上门来关心方老师，这两口子究竟和方老师是什么关系。

顺势又想起父亲对方凤婕、何清晖、阳理事三人的猜疑，看来确实不能轻易否定父亲。

二公子回家对父亲讲了今天的经历。

舒致怀没有丝毫惊讶，尤其桂芳，原本长期搁在舒致怀心里。当年的三个妹子，一个去世一个出走，唯一能见到的就是桂芳，她肯定知情，自己也多次找她，每次她都给自己一张冷脸，连正眼也不瞧一下。眼下自己已是有头有脸的人了，见多了崇敬的目光再来看这种脸色，比刀剐还难受。

舒致怀告诉儿子，他越发认定方凤婕、何清晖、阳理事三个人与翻板家有关，也与二公子的母亲五妹子有牵连。自己把三人的底细列入二查，更多的是想寻找五妹子。

舒致怀说："就凭你是我的儿子，桂芳两口子照样不会对你说半个字。求人不如求己，各自努力才是最靠得住的。"

## 二

舒致怀提供给儿子的主意看似重要，其实简单易操作，他要儿子约上一批时代青年，去跟市府职员一起梳理淤塞的釜溪河。

舒致怀给二公子讲得很清楚，眼下所有人都盼盐道通航。民众不跟市府职员下河不是不愿做，是怕当出头鸟。不当出头椽子但乐意跟风是民众千百年的习惯，只要有普通百姓下河，肯定会有更多的人跟着来。这件事能领头的只能是他们自称时代青年的人，年轻人激情一来干劲十足。只要盐道一通，盐都就活了，作为最早倡导疏通河道的人，必然得到赞扬。

难怪桂芳夫妇会说这主意不像二公子这种年龄想得出来的。怪只怪阳理事和方凤婕严重对立，差点妨碍了实施。

舒致怀要儿子别怪旁人，吵闹几句哪能算妨碍。要做事别局限一两个人，别忘了那句舒家得和失与女人有关的话，一开始就该找巩小姐。

二公子再次验证父亲的话言之有理。巩艳燕一听二公子讲明主意，立即去质问阳理事，问他还是不是时代青年。对队员要求严格的阳理事竟然慌着对巩艳燕解释，追着方凤婕发火是反感她插手歌咏队，与这个主意无关。

阳理事领着全体歌咏队员来到釜溪河。几十个年轻人扛着工具，一路高唱火爆盛行的《毕业歌》："同学们，快起来，担负起天下的兴亡……"巩艳燕提醒二公子，阳理事是故意和方老师拧着干，他俩肯定有名堂。

歌咏队到达的同时，另一条路上走来方凤婕及报纸商行做工的妇女，同行的还有十多个报童的父母。这群人没唱没闹，扯人眼球的是他们手上的工具。

没人在意河边执勤的三个税警说什么，也不看竖在那儿的警示牌，两支队伍直接下到水里。从市区方向来的路上开始出现若干扛着工具的市民。之前泡在水里干活的市府职员一次又一次鼓掌。

桂芳和几个保育员领着一群十多岁的烈士后代来了，也是一路唱歌，曲子是民间流行小调，配的是孩子们的词："快快长大，扛起父亲的枪，上战场，打鬼子，保家乡……"

烈士后代们身后的小路上，一拨又一拨拿工具的人走来。1942年8月下旬的盐都，河里的人转眼连翻好多倍。河边执勤的三个税警留下两个，另一个匆忙回去报信。

没有民众加入前，姚徵远已在考虑，是等上峰免职还是自动辞职。这会儿脑子里全乱了，泪水擦掉又涌出，反复抹泪有点背离市长形象，于是沿河岸一路大声向民众致谢，几次抑制不住嗓音的哽咽。

二公子暗暗欣喜，父亲这个主意的价值远超估量，再次意识到应该重新考量父亲当年熬野凼盐凿盐井的举措。的确不必太在意别人的看法，人都是站在各自立场定标准的。

后来的史料记载了盐都民众自发参与梳理河道的事，只是忽略了下水前的剧情，据说还健在的歌咏队员曾为此提过建议，不知是否补上。

田队长裹在源源不断的扛工具的市民中，他跑到离姚徵远最近的河岸立正敬礼报告："这次空袭中损失的盐是盐都史上报损数量最多的一次，在省上没有勘察前，按规定必须严格保护沉船现场。"姚徵远没回答，田队长加大嗓音声明，"卑职执行规定是职责所迫。"

巩艳燕在河里回应田队长："盐见水就融化，哪还有什么现场？"田队长认得著名的巩大小姐，客客气气解释包装袋不会融化。巩艳燕说万一被水冲走了呢。田队长不想再与巩大小姐纠缠，转头请市长准许他追究带头破坏现场的人。巩艳燕身边的二公子插话："你们控制现场报了市长批吗？"这话引得巩艳燕直夸二公子。

方凤婕朝田队长喊："是我先来。"田队长还没看清说话人在哪儿，歌咏队的年轻人纷纷抢着说"我先来"。还有人大声喊："奸细才希望盐运不出去。"田队怒问谁说的。至少二十个人同时回答"我说的"，然后一阵嘻嘻哈哈的大笑。田队长很清楚，这种情况，发作也没用。

姚徵远对田队长说："我以个人名义提议，可以先清理沉船区域的上游和下游，等省里来人勘察后，剩下的部分短时间内就能清理完。现场保护了，也不耽误疏通河道。"市长一开口，田队长更被动。亲信税警在旁边低声提醒："河水是流动的。"田队长学舌似的对市长喊："河水是流动的，没人敢保证沉船位置有没有移动。"田队长要亲信别再提示，自己报告，现场事关盐管局和税警队的声誉。阳理事说："运不出去盐，你们税警队哪来好声誉。"

歌咏队的人跟着阳理事喊以抗战为重。田队长怒了，朝河里一通乱指："非常时期，谁闹事按破坏抗战论处。"文艺青年们打闹惯了，哄笑声更大，许多干活的市民也跟着歌咏队的年轻人一起喊叫。田队长这才看清河里的人数已上千，从街区过来的各条小路上，还有络绎不绝的人扛着工具走来。

河里的姚市长只顾埋头干活，丝毫没有要制止的意思。田队长只好吩咐税警把警示牌往下游挪一挪，算是支持疏通盐道。然后强调严禁再越线。随后赶回去找应科长商量。

舒致怀假借移动干活位置走向儿子，二公子看懂父亲的意思有意靠近。舒致怀轻轻说了句这才是开始，随后还会有风波。舒致怀要儿子别和税警正面冲突，有麻烦由他来顶。

河里的人群不断扩大，从衣着上就能看出来源：服饰讲究的职员、黑制服的警察、穿校服的学生、杂色服装的市民、赤裸上身的盐工……唯一相同的是一身泥浆。这场面使得舒致怀好久不曾体验到的成就感重新冒头，尤其看到儿子望他时眼中流露出的佩服，舒致怀的豪情接近又凿成一口深海井。

本来是看父亲，二公子无意间看到阳理事盯父亲的眼神依旧满带恨意，父亲说过，方老师与阳理事还有何清晖联手对付舒家。二公子在书上见到过一段话，借仇怨达到欲望也是一种方法，起因无非是借口。假如这个说法有道理，他更想知道起因。

父亲一再说，接近桂芳夫妇可以弄清好多事。二公子问自己，能不能借助方凤婕和桂芳夫妇的关系去搭上线。

要不要问问父亲？

下河人多，不适合夜间操作，太阳才落山，负责安全的橹船帮船工就撑着几艘船来回催促人上岸。众人清洗淤泥后把不准备带走的工具集中到指定地方。二公子这次没忽视父亲的告诫，当着巩艳燕的面去约方老师单独聊一聊。巩艳燕问为啥不先陪她回家。二公子说要谈不能拖延的重要事。巩艳燕才不在乎:"还有什么比我更重要?"二公子要她别闹,真的是有事。巩艳燕武断宣布谈十分钟,她在那边黄葛树下等。

方凤婕建议换个时候聊。二公子说傲娇是巩艳燕的特色,她不会真生气,要谈的事不宜久拖。

吸取前次跑题到感情上的失误教训,这次直接谈阳理事与父亲的仇怨。二公子说他佩服阳理事能把偏远地方的歌咏队训练到去省城亮相,正因为是偶像,所以才特别为难。方凤婕问为啥对她谈这些,二公子说听何清晖讲过,方老师和阳理事关系不一般。

方凤婕说:"我也恨你父亲。"二公子说:"你和何清晖更理性,容易交流。"方凤婕说:"我要介入阳理事和你家的事,恐怕只会把麻烦扩大。"二公子很在意:"阳理事老师真要给舒家制造麻烦?"方凤婕暗叹二公子敏感,重新换了个说法:"天下事有得有失,给你家添麻烦也等于给他自己添麻烦。你也认同阳理事有本事有志向,这样的人不会轻易浪费自己年华。与其花心思留意他,不如劝劝你父亲多自我反省。"

方凤婕讲她曾经陷在个人仇怨中好些年,想得最多的是如何出恶气,后来受未婚夫影响心胸逐渐开阔。"都说眼界决定心态,现在想得最多的是与未婚夫的约定。"

也讲到旁人为啥反感她过于热心,不少人以为她是奔什么红利去,或者是得到了什么好处。二公子奇怪她为啥不怕那些传言。方凤婕说哪会不怕,还一度想打退堂鼓哩,连觉也睡不着,一入睡就见到未婚夫在战火纷飞的战壕里冲她大喊,开始以为是提醒她防空袭,后来才意识到是在喊两人的约定:"我现在最怕的不是传言,是自己能不能顶住。"

谈起未婚夫方凤婕的神情全变:"旁人也许会觉得我总提未婚夫有些牵强,但我不在乎,自己清楚就行了。"

方凤婕说刚开始复工时她就找桂芳姑姑商量要做点实事,这些日子几乎一有空就在思考这事,只是还没想清楚该做什么。

二公子想不惊讶都难,父亲也是说从安葬齐帮主那天就想要做点令众人另眼相看的事,只是父亲和方老师各自的出发点不一样。

顺河岸聊了一段路,方凤婕提醒早过十分钟了。二公子推测巩艳燕自己都忘了限定的时间,她什么都不当回事。方凤婕纠正道:"她很在乎你。"

黄葛树周围果然没有巩艳燕的身影，听说是和歌咏队的同伴一道走了。方凤婕担心巩艳燕会生气，二公子说她生气也是撒娇的一种方式，反正凉爽，不如再聊一会儿。

　　二公子认定方凤婕听桂芳夫妇讲过翻板和三个妹子。而父亲舒致怀常念叨的是同一个版本，因此想听听其他版本。

　　谈这个话题前二公子先解释，有意没提亲生母亲，只说自己身为有志青年，是不想纠结自家麻烦的根源，为时代做更多贡献。方凤婕要他不用解释，如实交谈就是最大的诚意。两人只顾说话，不知不觉遭遇一个很大的意外，那个意外还上了若干年后的盐都史料，被称作空袭期间的又一突发事。

　　出意外时两人已偏离釜溪河走上小山坡。丘陵地坡度不高，山路两旁长满高大茂密的植物，呈现出盎然的绿意。以往路过这里常能遇到挑卤水的盐工，肩挑重担长声唱着山歌。自从有了空袭，这儿路人少了，鸟叫声也变得罕见。

　　太阳落山后的夏日舒适清爽，两人正沿树林茂密的小路走向高处，猛地响起一记震耳的声音，方凤婕和二公子被突如其来的声音吓蒙，面面相觑不知所措。

　　要说不是枪声，侧面树上又有树叶飘飘荡荡地往下掉，要说是枪声，为啥没伤人，总不至于让人听响声吧。看看四周，除了树丛还是树丛。

　　方凤婕本能地想起前两次威胁，估计又是针对自己，她怕连累二公子，提议回去。二公子双腿有些发软提不出异议，二人一路警觉地往回走，再没发现异常也没遇见任何人。

　　回家路上二公子再三犹豫要不要告诉父亲，最终与方凤婕达成一致，暂不说，没有证据也不敢保证是枪声，草率张扬太不淡定。

　　二公子一进家门就见家里人都拿焦急神情看他，他们说再不回来都要分头去找他了，外面好多人在传河边小山坡有类似枪响声，警察已经出动了。二公子这才醒悟不能低估战时人们的警觉与敏感，他遵从与方凤婕的约定不回应。无奈影响越大的事憋在肚子里越难受，就避开其他人单独对父亲讲了。

　　舒致怀夸儿子没张扬，多少有点做官的气派了，并陪着他分析，出事地点位于老镇和市区之间，不适合土匪出没，会不会有谁要绑架舒家人，要挟拿秘籍来换。二公子说没有绑架甚至没见有人。舒致怀要儿子回忆那响声是爆炸还是枪声，二公子没接触过枪，毫无参照。父子俩提了多种可能，都觉得不像。

舒家父子专注分析的时候，桂芳和明叔赶到报童卖报的街口找方凤婕。盐都已经不再是平静的后方，桂芳和明叔明确告诉她："你与未婚夫有约定，我俩也对朋友有承诺，我们同样不愿以后愧疚。"

桂芳夫妇的举动令方凤婕感觉很温馨，但疑似枪声的事确实说不出多少名堂。桂芳夫妇倾向是枪声，联系之前的执刀恐吓和留纸条，表面是指向舒家盐场，实则牵涉盐都出盐，这次应该和带头参加梳理河道有关。方凤婕和二公子都是下河的领头者，威胁是有针对性的。

明叔说阳娃子也是梳理河道的带头人之一，马上要去提醒他。方凤婕请明叔见到阳娃子务必劝劝他，阳娃子的性格很令她担忧。为此她曾想过找舒致怀讲明仇怨真相，以此断掉阳娃子的过激念头。

方凤婕讲明真相意味着放弃仇怨，桂芳夫妇不得不提醒她："你每次面对舒致怀都很难控制情绪，这样的仇怨说放就放得下吗？"桂芳还点明，"这不是你一个人的事，首先得说服阳娃子和何清晖。"方凤婕说她正是为此下不了决心，要说服他俩肯定很难。

疑似枪声的影响远超二公子和方凤婕两个当事人，河里干活的熟人和歌咏队的同伴轮番来表达诧异与问候，崔小樱也靠近二公子干活，要他细谈这事。

崔小樱的裤腿挽到大腿根，二公子的视线根本不敢朝那儿放。崔小樱仿佛啥也不在意，非要他说为啥收工不回家却要陪方凤婕转山坡，是不是嫌她与一个巩艳燕较劲还不够，要再给她增加一个竞争对手。二公子埋着头回答是和方老师谈重要事。崔小樱说要了解他们三人的底细咋能去找本人，如果找她，会大有收获。她说"收获"二字时不经意地用手沾起河水洗了洗大腿高位的泥土，二公子一不留神被带偏视线，顿时有了双重的惊心动魄。另一个惊心动魄是崔小樱居然知道他二查的内容。

更令二公子惊讶的是市长也过问起疑似枪声。

姚徵远有意靠近两个亲历者，边干活边问情况。方凤婕问市长怎么这么快就知道了。二公子插话是警局在调查，有警察问过他响声清脆还是沉闷。姚徵远更想听二人的真实感受。方凤婕认为和前两次恐吓有牵连，盐都从没出过的事都让她给遇到了。随口一句话触到姚徵远的心病：盐工抬尸请愿那天，方凤婕说话比现任市长更管用，几次恐吓是否与此有关？

姚徵远问二公子："你父亲怎么看待这件事？"二公子力求把话说得有见解："父亲认为是冲着舒家秘籍来的，近一个月舒家接连遭遇大麻烦，好像都与那个传说中的秘籍有关。"秘籍的传说确实给舒家添了不少底气，传得太神的东西也容易成双刃剑。

姚徵远坦言他不相信秘籍，但认同秘籍是舒家的一个精神支撑，有提气鼓劲的作用。舒家几代人的拼劲肯定和秘籍相关。有时候，抽象的东西比物质财富更能激励人，也传得更久远。

海归市长的看法令二公子欣慰。看来父亲的看法不是没道理，舒家几辈人死心塌地保存秘籍，最起码的理解是不让旁人小看。平民百姓舍不得丢弃自家任何东西，有时候并非看重其可以变现的价值。

市长亲自来了解疑似枪声，这让专注仕途的二公子又蠢蠢欲动，就对方凤婕说收工后他想再次去坡上探查。方凤婕也有这念头，却不主张二公子参与。既然与前两次恐吓她有关联，就没必要连累舒家接班人。

没有过多争论，收工后两人沿前一次的小路重走，没再遇到意外也在情理中。接近坡顶处有一道高坎，需要手脚并用爬上去。

坡顶几乎全是树丛，仅一小片空间长满野草。夏天的傍晚无阳光反射，视线清晰辽阔，河道、五级船闸、王爷庙码头和老镇码头，以及数不清的天车架和部分市区都尽收眼底。引起二人思索的是一个几乎看不出的观察哨地基，清朝官府曾在此设观察哨防匪患，国民政府嫌开支大作用小，便拆了观察哨。但没料到战争会来，假如奸细利用这儿超好的视野，或许能和鬼子轰炸找准目标连起来考虑。

如果真是枪声，有可能是吓唬上坡的人，没伤人是不希望这儿被关注。假如这个推测成立，也算没有白被吓唬一回。

这件事能引来市府长官的关注，二公子更是觉得收获大，但他不承认这是官文化思路，顶多算是民众的习性。

舒致怀不赞同儿子的思路，却由此想到梳理河道的一个关键问题。想到后舒致怀抑制不住朝儿子得意，这件事若做成，既能助儿子走仕途，也能回报姓姚的在抓奸细现场出手救自己。

越是问题关键，舒致怀越不让儿子直接对市长说，只需要儿子告诉方凤婕，她自然会对市长讲。二公子不明白为啥不能直接对市长说。舒致怀说太张扬不是好事，舒家秘籍惹下那么多麻烦已是教训。尤其要做的事牵涉税警队，舒家惹不起，方凤婕是卖报的，与盐无关，税警插不上手。还有，方凤婕的话市长已听过不止一次，换成他去说，市长不一定听。

猛想到父亲说过，方凤婕的身世可能与离家出走的亲妈有关，父亲的考量是否与此有关？二公子瞬间的走神被舒致怀误解，再劝说儿子，如果方凤婕在市长那里得到好处，肯定不会忘掉他。二公子不完全赞同父亲，但还是按父亲的意思找方老师讲了。

二公子从旁人那里得到反馈，方凤婕对姚徽远讲关键问题前先问市长，已经布置下去为啥又没抓舒致怀。姚徽远没回避，说自己有自己的素养和信念。方凤婕再问梳理河道注定要与税警队闹僵，难道他不担心。姚徽远说釜溪河是盐都唯一的盐道，全部盐皆由此运出，为保盐道不堵塞，千百年来官府和民众豁出去的事例太多。

讲过这些，方凤婕才转述二公子的话，由此看来她已料到其中有舒致怀的意思，料到这点她依旧只讲原话不讲来源："有税警设置的禁区梗在盐道上，即使河道梳理结束也无法通航。义务劳动的时间拖久了，众人的积极性也会降低。"话出口立即见姚市长脸色大变，方凤婕不知道姚徽远这两天苦恼的正是此事。

目前支撑姚徽远底气的正是民众的态度，偏偏省上迟迟不派人来勘查现场，不知是否在忙着物色下一任市长。姚徽远被命运送入官场，要不是母亲再三说市长不是闲职可以干一番事，他绝不会将此与读书报国联系起来。到了真要干的时候才发现处处是需要跨越的门槛。

姚徽远没顾得叫小管，弯腰洗洗手脚，随即上岸快速朝街区走去。小管过来问市长去哪儿，方凤婕也不知道。

二公子很快听方凤婕转述了传递话的全过程。方凤婕没有省略问市长为啥没按计划抓舒老板，二公子由此确认她料到了这个主意出自父亲，也再次掂量父亲凭啥怀疑方凤婕可能与离家出走的亲妈有关。

姚徽远刚离开片刻就出事了。

出事前二公子听见何清晖问方凤婕："姚市长和阳理事，你喜欢谁？"方凤婕一脸茫然："你把我弄糊涂了！"何清晖点明她那么卖力帮姚市长，总有原因。方凤婕说自己只是做想做的事。何清晖换了个说法："他俩都在意你，不至于无缘无故吧。"方凤婕猜何清晖说这话的真实意图在阳理事，奇怪她为啥把姚市长扯进来。何清晖说："外面传市长的洋太太没随同来中国，市长夫人的位置空缺。"方凤婕有些好笑："你不是也在办公室接待过市长吗？"

何清晖明明看见二公子在旁边，却没遮挡地说："太书生气的人不适合这个时代，也不适合我。"又问方凤婕，"为啥当年要和我联手对付舒致怀，如今却要阻止阳理事，是不是你的目的达到了？"方凤婕说："你早晚会明白为啥这样，不是故意搞悬念，是这个时候必须这么做。"

关于这番话的背景，何清晖后来主动告诉二公子，一如既往地不回避对二公子父亲的仇恨：那年同在省城读书，方凤婕拉她联合对付舒致怀，没拉刚刚失去女友的王峻阳。她问过方凤婕，王峻阳的恋人去世了，她怎么想。方凤婕当时回答的大意是别管他。几年后何清晖才发觉，方凤婕嘴上说不管，实际一直在过问阳理事的事。何清晖对二公子父亲的仇恨，二公子早已不足为奇，但惊奇的是，何清晖为何如此关注阳理事。

出事前一刻，方凤婕与何清晖还在河里聊私房话的时候，巩艳燕拉二公子去完成了一个大动静。两人与一群歌咏队员简短商议，然后一起呐喊着越过税警插在岸上的警示牌，攻占地盘似的冲进限制梳理的区域。岸上执勤税警举起枪厉声警告。巩艳燕蔑视税警的枪太破旧："我爸组建的盐场护卫队，家什比你们的新得多。"二公子也嘲讽："有本事上前线打鬼子，别抱着门槛充能。"税警将枪口对着二公子："你父亲是不是奸细还不清不楚，你又挑事。"巩艳燕站到二公子面前，浑身傲娇地告诫税警："再拿枪对着我们，要你好看。"

仅仅几句话工夫，已有几百人拥进税警队限制清理的区域。崔小樱从侧面扑过来，踢出一路水花，冲税警怒斥："谁敢动二公子一根指头，谁就从这个世界消失！"一个女孩子这么说话，唤起无数张惊讶面孔。事后不少人笑外地女子比巩家小姐更霸道。也有人酸酸地吐槽："狗日的舒家二公子！"

事情就出在巩艳燕和二公子带头闹大动静期间。突然听见有人惊叫失火了。喊声导致满河骚动，河里的人都看见街区某个屋顶冒起火与烟。

火灾发生在方凤婕的报纸商行。

暑热天，报纸又助燃，再是救火人多加上消防队员卖力，商行依旧受损严重。堆放报纸的大屋屋顶被掀开一片，新到的和积压的报纸大部分被火烧水浸，完全不像报纸了。

扑灭火后阳理事犹豫一阵，最终没留下帮忙清理，带着一身灰离开了。何清晖同样花着脸与阳理事一道走了一段路，途中还劝过他，有心劲和方凤婕赌气，不如集中精力教训姓舒的。阳理事说自己和方凤婕斗气，不等于会放过姓舒的。何清晖说他的心思都放在方凤婕身上了，哪还顾得动手。阳理事问何清晖："你为啥那么在意我和方凤婕的事？"

参与灭火后舒致怀没离开也没进屋，避开人们视线集中的地方，站不远处观望。舒致怀倒霉时方凤婕天天朝舒家盐场跑，他不想让方凤婕以为自己是报复性看热闹。没离开是察觉这场火不简单，想提醒方凤婕留神。舒致怀想说这话，不全是近来方凤婕与儿子有配合，而是他有种不祥的预感。

外地督运盐的崔老板路过，问舒老板站远远地干啥。舒致怀说自己流年不利，不想招惹羞辱。崔老板赞同不靠近为好。刚才警察已盘问好多人，这火灾明显是人为纵火，消防员已勘察到起火点在屋外背后。街坊都去了釜溪河，无人目击。警察找过方凤婕提供线索，问她与谁有仇或有生意上的争斗。方凤婕说前几次遭遇恐吓就估量过下一次是啥，恰恰没想到火灾。

舒致怀赶到商行救火时小屋已倒塌，他看见方凤婕双手在杂乱物品中疯狂乱刨，靠了明叔帮忙，刨出小相框，她用衣襟抹去灰土，告诉明叔这是她未婚夫唯一的照片。舒致怀当时就告诉儿子，她心里有未婚夫，能支撑她挺过火灾。

在崔老板的劝说下舒致怀回了家。几乎同时二公子也回来了。舒致怀要他洗一下身上烟灰然后立即去商行，背开其他人悄悄给方凤婕一笔钱。二公子奇怪父亲为啥冒出资助念头，舒致怀不解释，只让儿子说是自己送的，别提家里。二公子听明白，不提家里，就是不提父亲。

二公子刚刚在河里听市长说过，有时候抽象的东西比物质财富更如何，因此担心方老师不收反添尴尬。舒致怀不容他多说，强调非去不可。

方凤婕果然拒收。虽然她一再表示感谢，二公子心里还是很不畅。

返回的路上二公子看到巩德彬急奔报纸商行去，青瓦房石板路的街道本来就是灰灰的基调色，巩老板满脸怒气使得街道更添一分黑。盐都街区不大，遇见谁都属正常，不正常的是，方老师的商行失火，巩老板发什么怒？

顾不上抱怨送钱碰壁，二公子一回家就对父亲讲巩老板黑着脸去报纸商行。舒致怀听到这消息，脸色一下变得比巩老板好不了多少。

过了一会儿舒致怀声音低沉地说:"盐都出任何事都会有人朝老舒身上扯,预感这次不会例外。"二公子说许多人都看见火灾发生时他在河里。舒致怀觉得儿子脑子又简单了:"谁证明老舒没指派人下手?"

不管下一步出啥事,舒致怀要儿子都不露面不插手:"保住你的前程,才能保住舒家的未来。"

## 三

惹怒巩德彬的,是他的宝贝女儿巩艳燕。

巩艳燕一身尘土回家,巩德彬在前院拦住女儿,责备道:"身为大家闺秀,当众在河里和税警吵架,成何体统。"巩艳燕不承认是吵架:"谁传递来消息你都信,从不细究真假。那些人顺着你的想法加油添醋。你助长了编造谎言搬弄是非的人。"巩德彬说:"老子才说一句,你就说了一长串。"巩艳燕说:"还没完哩,大家都在梳理河道为支援抗战出力,就你待在家里收集闲言碎语。"巩德彬提高了音量:"盐场多产盐,就是支援抗战。"

巩德彬抱怨娇惯过分才使得女儿分不清上下。巩艳燕批评老爸,民国了还崇尚封建专制。巩德彬怒气冲冲地冲女儿翻脸,巩艳燕不屑再争吵,说声要洗澡,转身走了。巩德彬追到内院踢她的房门,要她出来认错。巩艳燕隔着门质问:"领军人物还兴踢门?"

巩艳燕头也不回地赌气走出家门。

巩艳燕母亲过来埋怨巩德彬,要教也不是这个教法。天快黑了把女儿朝外面逼,世道这么乱,女娃长得又漂亮,万一出事了一辈子都后悔不完。巩德彬立即派出几个用人找小姐。

派出去的人陆续空手回来,刚开始巩德彬还沉得住气,到最后一拨人一无所获,巩艳燕母亲放声大哭。巩德彬愤怒爆棚,以往巩艳燕不是这个样子的,自从火灾现场回来就听不进半句话,明显是受了某些人影响。

巩德彬立即去找刚经历火灾的方凤婕。人一急就忘了在河里吵架的还有舒家二公子。是暂时忘了。

阳理事与何清晖一道离开火灾现场不久，又出现在盐管局。

进门阳理事先打量空空的大办公室，何清晖要他不用担心："这些日子已经没人愿和我单独相处。同事们听到报损盐的事是我泄露的，都忙着撇清关系。为表明自己不心虚，我待在办公室的时间比以往多出不少。"

阳理事说讨论的事还没结束，猜何清晖会在这里等他来把话讲完。何清晖申明当时说他没专心惩处舒老板，其实是不满方凤婕偏离这事。阳理事问为啥不当面说她。何清晖回答说了，还指责过她花心思帮市长，但她总拿未婚夫来解释动机，次数太多反而让人起疑心。阳理事略一思忖，她好像是在用这种方法来给自己鼓劲。何清晖眼神一下暗淡许多："你果然在研究她。"

阳理事毫不停顿立即纠正："我研究最多的是如何杀舒致怀，为让你相信，我只在河里胡乱洗了洗，跑回王家祠堂拿了东西赶来让你看。"说话间掏出一支小手枪，郑重放桌上，并留意何清晖看枪时的表情。

没看到期待的反应，尽管战争年代看见枪和在饭桌上看见碗一样容易。阳理事有些失望："看到枪咋不惊奇。"何清晖很淡定："我等你讲枪的来历。"

尽管效果不如意，阳理事还是得完成剧情。枪是他从一个回乡伤兵手上买的。老镇有条街从庙子中间穿过，一个只剩一只手半条腿的伤兵常在那里乞讨。阳理事偶尔从那儿路过，每次他给伤兵的钱都比别人多。有天伤兵问他买不买小手枪，从战场捡回的，偷偷卖钱贴补家用。阳理事对何清晖解释为啥拿枪给她看："不是想炫耀，是不想被你小看。"

何清晖的表情比阳理事更认真："你要朝舒致怀开了枪，你坐牢，我每天给你送饭，如果判死刑，我替你收尸。"阳理事要她有想法直接说，不用嘲笑。何清晖认真地说："如果动枪，剧情就该是那样发展。别以为战乱年代就不会有人知道是你干的。我们这个年龄的人，最容易犯的毛病就是高估自己。"

阳理事不想被她轻视，讲出具体构思：盐都不断安葬空袭中遇难的人，每次都要烧纸钱放鞭炮，鞭炮声是极好的掩饰。其次，他很快要带歌咏队去成都参加全省决赛，决赛完他立即就地参军。没人会为空袭期间死了一个盐场老板而到战场上来调查军人。

再特意讲明，开枪前要当面对舒致怀把话讲清楚，看看枪指到头上时姓舒的是啥样儿，让他尝尝屈辱的滋味。何清晖让他继续说。阳理事说已经表达得够明白，要不是为这一天，他早上前线去了。

何清晖提醒阳理事别把剧情虚构得太顺："观众不爱看起伏小的戏。你的简单想法让我觉得方凤婕的确该阻止你。无非是惩处姓舒的,我有不动刀枪的办法,不需要葬送你的青春。"阳理事不高兴她帮方凤婕说话,何清晖说是自己的意思。阳理事还是不认同:"我丢不开受屈辱的痛,这么多年,我无数次在梦中追杀舒致怀,追上后使劲疯砍。几乎每次的梦都相同。"何清晖说:"我也常在梦中惩处姓舒的,梦到的次数不比你少。"

何清晖突然低声提示二公子来了。阳理事还没听清,二公子已走进办公室,来不及收起桌上的小手枪,阳理事顺手抓过报纸盖住。

自何清晖被卷入报损沉船事件,二公子见她的次数更勤,刚才看到父亲对巩德彬黑着脸找方凤婕的反应那么强烈,二公子把关注的事连起来琢磨,越发不踏实,赶着来何清晖这儿看看有啥新动向。都说倒霉的人总疑心风吹草动,二公子算是有亲身体会了。

进办公室看见何清晖和阳理事面色欠自然,阳理事还姿势别扭地摁着报纸不松手,二公子想不奇怪也不行,就问阳理事老师怎么会来这儿看报。阳理事敷衍在找一个消息。二公子恰好看过这张报,想帮忙找,顺手拿过报纸,小手枪露出来,二公子惊得合不拢嘴,阳理事也有点发蒙。

还是何清晖反应敏捷,称小手枪是她在回乡伤兵手上买的,听说川军装备奇缺,正好阳理事要带歌咏队去成都决赛,想请他把枪带去献给军队。二公子历来相信何清晖说的每一个字,这一次却多少有些疑惑:"我也要跟阳理事老师一起去参加决赛,咋不找我带?"何清晖只好又编,阳理事以前在省城大学摸过枪,先帮忙看看能不能用。

二公子更多疑虑。如果没记错,何清晖看到他出现就终止和旁人的谈话,至少已经三次了。再联想到巩老板亲自出动找方凤婕,二公子终于忍不住,当着阳理事的面问何清晖:"今晚是不是要出事?"

巩德彬到报纸商行,怒气冲冲地质问正在吃饭的十多个女人,他女儿历来很听话,今天从这儿回家就变了样,赌气出门到现在还没回家。方凤婕望了一眼夜空也觉得不妥,立即请报童家长们吃过饭后去找各家孩子,互相转告留意巩家小姐。

知道卖报人多,走的地方也多,巩德彬仍怒气难消,要和方凤婕单独谈谈。一道吃饭的报童家长说雷公也不打吃饭人。方凤婕知道绕不过去，放下碗同巩德彬走到屋外。巩德彬本来是要骂人的，半路上改了计划，问方凤婕想过商行纵火的主谋是谁吗，咋不出去听听外面的谈论。方凤婕不回答。巩德彬再加码，要她想想近来她做的事让谁难堪，市长安排好了又没抓的人是谁。

巩德彬一副高屋建瓴状："掩人耳目的手法谁都懂，故意出现在疏通河道现场，再暗中安排另外的人下手。无非就这几招，反而让人看清他的卑劣低俗。"然后问方凤婕啥时去举报。方凤婕说要想想。巩德彬说这不是她一个人的事，关系到整个盐都的秩序。方凤婕还是说要再想想。巩德彬叹一声主持道义真累，叹完才走。

方凤婕没心思吃饭了，乱世时期巩家小姐夜不归家，真出事就糟了。她换上干净衣服出门。夜晚的盐都灯火暗淡，街上行人稀疏，昏暗路灯笼罩着陈旧房屋与石板街道。方凤婕一路东张西望，同时回味巩德彬说的话，事实上她不排斥巩老板的分析，近些日子她的麻烦的确都与舒家有关。

走过一个个路灯，问过几个还在卖报的报童，都没见到巩艳燕，却见昏暗光线中挤出提马灯的齐耕读。齐耕读是专门来给方老师传递消息的，一是歌咏队的同伴陪巩艳燕回家去了，一切安好。二是郑帮主让他来转达，今天是农历七月十五，扛运帮好多盐工都去了齐帮主坟前烧纸钱。方凤婕叹息这些天遇到的事情太多，几乎忘记阳历和农历的关系了。

方凤婕和齐耕读买好纸钱走向街区外。农历七月十五的月亮使得荒野比街区的光线更亮，一座座高耸的天车架贴在天幕上像是剪影。坡上坡下，到处可见烧纸钱的火闪烁，空气中弥漫着特殊的香蜡纸钱味儿，大批无辜生命被鬼子的空袭夺去，盐都史上从没有过这么多人同时烧纸钱。民间传说七月半阴魂乱窜，这个七月半的冤魂，史上最多。

走在路上齐耕读才告诉方凤婕，最初阳理事老师说要一道去，后来又说不去了。方凤婕以为阳理事是不想和她同行，却不知道阳理事是要去对何清晖展示小手枪。

方凤婕提醒齐耕读是不是少拿了一样重要东西，要齐耕读想想，齐帮主生前最希望他做好什么事。齐耕读就在方凤婕的陪同下绕道去拿板胡。没人想到绕这一小圈会添出一段新剧情。

阳理事和扛运帮的一群弟兄一道祭拜完齐帮主，留下要单独对齐帮主说几句。齐帮主和他无亲无故，甚至不认识，却资助他上大学。齐帮主本人对此事只字未提，阳理事听明叔说起后发誓要将这份恩情记一辈子。

等旁人走远，阳理事跪在坟前对齐帮主保证做好两件事，一是替齐帮主报仇，杀掉共同的仇人舒致怀；二是尽力帮助齐耕读，把齐帮主的爱延续下去。

半坡传来说话声，一盏马灯随声音晃动着朝坡上来。夜晚的野外声音传递障碍小，能分辨出是方凤婕和齐耕读。阳理事冲齐帮主的墓磕了三个头，简短重复一定做好这两件事，便迅速到树丛后的暗处藏起来。月光下的丘陵覆盖着一层淡淡的深蓝，营造出一种梦幻般的境况，让阳理事突然想起大学校园，那里也是这样引人不断幻想，至今还装载有他太多的憧憬，回忆得心里沉甸甸的。

一个熟悉身影果然如他预想的出现了，只不过是在另一条小路上。是舒致怀，化成灰阳理事也认得。没急着离开正是要等候他。昨晚又在梦中举刀追杀舒致怀，照例是在盐场狂奔，追上后一阵乱砍，直到把自己砍醒，然后再没入睡。盐都三伏天的夜晚和白天一样闷热，阳理事一边抹身上的汗腻一边闷闷地反思到天亮，总在梦中才能成功的原因是，现实中顾忌太多。

眼下又没法果断，方凤婕和齐耕读已到齐帮主墓前。阳理事自定有前提，为民除害但不能再受姓舒的连累，毁掉志向的惩处性价比太低。歌咏队能进省城决赛是长期辛苦的回报，还能给盐都挣一个史上没有的荣誉。做到这些，才有资格昂首去前线做留名青史的大事。

烧燃纸钱的火光从侧上方照下来，舒致怀像心虚的小偷一路东张西望，还没进光亮圈就慌着闪进树丛的阴影。四周荒野多处闪烁着烧纸钱的火光，偶尔传出几声短暂响亮的放鞭炮的声音。掐准在鞭炮声中开枪能够极好地掩盖。阳理事掏出小手枪缓慢向舒致怀靠近。

坡上传来一阵板胡声，阳理事刚听完一个乐句就欣慰齐耕读又有进步，去省城争好成绩又添了砝码。

凄厉的板胡声给到处闪烁着祭奠火光的山野平添了几许心酸，阳理事几乎没漏掉一个音符。乐声停下，方凤婕问齐耕读为啥总拉哀伤的曲子，齐耕读说他高兴不起来。阳理事以为齐耕读想起了父母在抗战前线牺牲，自愿抚养他的齐帮主又意外身亡，这种过早遭遇人世间痛楚的感觉，阳理事深有同感。

转眼间阳理事就发觉理解错了，他听到齐耕读对方凤婕说，早看出阳理事老师和方老师闹别扭，他不愿两个喜欢的老师闹成这样，要求方老师让他去对阳理事老师转达解除误会的话。坟前的对话清晰传进阳理事耳朵，阳理事很意外这事竟成了孩子的心理负担。看来是该及早了结姓舒的，免得闹出更多烦心事。

坐在树影里的舒致怀突然站直身子，手上好像拿有东西，似乎要做什么。阳理事忙举起小手枪，咬牙控制颤抖的手，将准心对准目标。舒致怀换了个姿势又重新坐下，阳理事长吐一口气，发觉握枪的手上全是汗。

终于等到齐耕读和方凤婕烧完纸钱离开，坟前暂时又没人了。舒致怀朝小坡高处走去，依旧一路东张西望。阳理事默念一声时机来了，捏着小手枪放轻动作慢慢跟上去。

月光下的坟前再次燃起一个火堆，原来舒致怀手上拿的是香蜡纸钱和祭品。阳理事冒出疑惑，姓舒的上个坟为啥要偷偷摸摸的？

听儿子谈起巩德彬满脸怒气去了报纸商行，舒致怀本能地预料又有事要冲着自己来了。那会儿还没听到其他消息，完全是下意识的预感。

窗外坡下，一群盐工提着纸钱出盐场，舒致怀猛想起是七月十五，突然有了要对齐帮主说点什么的欲望，说这种话，需要合适的机会。

望着齐帮主坟前几大堆新烧的纸钱灰，还有不少正在燃烧的蜡烛和香。舒致怀感慨，自己死后，能有这么多人来看望吗？

舒致怀将祭品逐一放入火堆，开始喋喋不休地诉说："齐帮主啊，老舒给你带来的全是珍贵物品啊，有金砖、银锭，还有好多美女，你好好享用吧。"伴随祭品燃烧的火焰，舒致怀完全融入自己心事中，"老舒早来了，你坟前一直有人。这样躲躲藏藏遮遮掩掩，老舒自己都觉得不像正派人。不是觉得给盐工上坟会掉老板的面子，而是不想被人讥讽装模作样，也不想被说做了恶事心虚。摸着良心讲，老舒是有些对不住你，丘八要钱，老舒没答应给，老舒不是在乎钱，而是看不惯丘八欺负人的模样。老舒真的和丘八没有勾扯，更没想过让他们抓你弟兄的壮丁。这些话，老舒早想对人说，又担心没人……信老舒……的……话。"

阳理事第一次听到舒致怀说这么多话，当老板竟找不到地方说心事，要对死去的人念叨？莫非姓舒的察觉到有人在旁边，故意作秀？

反正已被姓舒的发觉，不如趁早了结心愿。

阳理事握紧小手枪，顺着暗影缓缓靠近，同时竖起耳朵等鞭炮声。

鞭炮没响，意外传来舒致怀的呜呜哭声，哭得很伤心，像个老妇人，边哭边数落："怎么说老舒也是有名的盐场老板，就算过去是盐工，如今在盐都也排得上号，都混成这种身价了还是得不到尊敬，还得随时防人暗算，连上个坟也像做贼似的。我舒家几代人拼死拼活，图的就是让人放在眼里，打拼了这么多代还是活成这样，有啥意思呀！"

哭声越来越大，搞得阳理事异常惊诧，蒙了似的愣在原地。

月光笼罩下的丘陵荒野，到处都闪烁着烧纸钱的火点。又有一批盐工说着话走上坡来，阳理事听到舒家二公子也在上来的人中，既惊讶又丧气。

二公子没对任何人说，是何清晖要他立即回家的。何清晖说如果舒致怀要去给齐帮主上坟，就跟着一道去。没说原因，只强调必须去。二公子问是不是与他父亲有关。何清晖很不耐烦："我没说你父亲，我在说你。"

何清晖声音变重："和你父亲没有一毛钱关系。"

二公子问何清晖能不能说说究竟为啥恨他父亲。何清晖告诫二公子，去不去随他，反正她把话讲到了。

回到家才知父亲果然上坟去了。二公子忙跟着一群盐工去墓地。一路上二公子都在琢磨这中间究竟有什么悬疑，崔小樱不是自称知道真相吗。如果何清晖再不讲，他能不能去问崔小樱。

舒致怀的预感没落空，流年不利的人盼好事不来，担忧倒霉事却特别准。

事情出现得毫无征兆，舒致怀正泡在河里掏淤泥和石块，一群十来岁的娃娃突然靠近，一边用泥土朝他身上砸，一边大喊打奸细，骂声中能听清纵火犯、欺负方老师等字句。泥块带有水，砸在身上说不上痛，但刺心的滋味绝不是一个痛字能表达的。

现场足足有几百个干活的人直起身子观看，但没人出面劝阻，任由娃娃们掷泥块。这些娃娃都是烈士遗孤，广受盐都人尊重。被众人尊重的娃娃围殴，舒致怀更觉锥心。

整个过程持续时间很短，对舒致怀来说却太长太长。桂芳和几个保育员过来招呼孩子们住手时，招呼的语言反复就一句：别耽误梳理河道。仿佛娃娃们干的是应该干的事。

舒致怀期盼桂芳能当众替他说两句公道话，一句也行。桂芳在保育院威望很高，不止是院长身份，桂芳和明叔的三个儿子都上了抗战前线，当时明叔已是酿酒作坊的权威，夫妇俩自愿放弃稳固的高薪来照顾烈士们的娃娃。舒致怀拿目光朝桂芳求救，桂芳也两眼直直地望他。桂芳是当年三个妹子中的大姐，分开多年从没这样与舒致怀对望过，痛心的是久违的目光中毫无当初的温馨。舒致怀好想说宁愿用所有财富换回当年的目光，当然，说废话不是他的做派。

娃娃们和近处的围观者陆续散开，明叔要采购院里的伙食这时才赶到，舒致怀听见他立足未稳就喘着气对桂芳说："舒老板生性不恶，没见过他编造谎言搞背后挑唆，这样的人应该有底线。"一句话听得舒致怀鼻子发酸眼眶潮湿，以为桂芳会应和，但桂芳什么也没说，甚至没有轻轻点一下头。

接下来的时间舒致怀想不起是怎样度过的。回到家六妹子来堂屋里安慰他。舒致怀说由抓奸细变成打奸细，谁也说不准下一步又是啥，他将关系到舒家延续的大事对六妹子交代。舒致怀说二娃的心思不在舒家产业上，要六妹子随时准备接管舒家盐场。又拉六妹子看清藏舒家秘籍的地方，指明必须传给舒家男丁或上门女婿，首选依旧是二娃。一番庄严交代搞得六妹子毛骨悚然，她说："当家的，那么多坡坡坎坎都挺过来了，咋还给一群娃儿搞虚了。"

舒致怀怪六妹子看不清眼下是什么局势，背后下黑手的人是选准了时间的。经历过大风波的舒致怀似乎早有打算："咬我头硬，咬我卵臭，真要惹毛了就一起去见阎王！"

话是这样说，那个夜晚舒致怀基本一夜未合眼，尤其二公子罕见地通夜未回，更令他忐忑不安。

二公子是在天亮时分回家的，舒致怀起身去问儿子昨夜去了哪里。二公子回答去打听究竟是谁鼓动保育院的娃娃："其实你应该能料到，是市长上门去找税警队引起的。"二公子说是何清晖提供的消息，何清晖见舒致怀被公开围殴，担心下一个会是二公子。

舒致怀这时才知道，火灾发生前，姚徵远突然离开釜溪河，连秘书也没叫，其实是去找税警队交涉。

市长上门令田队长很恼怒。1942年8月的盐都社交圈不复杂，税警很容易查到，市长是听方凤婕传递了二公子的话才亲自来找税警队的，田队长凭经验，追根溯源到舒致怀身上。何清晖转述这番话时特意对二公子表明，任何当事人听到这样的话也会动报复的念头。

保育院的那批十来岁的娃娃是在梳理河道时听到的传言，不单说舒致怀的奸细嫌疑没洗清，现在税警又怀疑是舒致怀纵火。方凤婕常去教那些娃娃唱歌，又多次捐赠钱和物给保育院，桂芳院长更是方凤婕的姑姑，娃娃们对她早已有比其他人更亲密的情感。不能简单说那些娃娃是替谁出气，因为抗战烈士后代对鬼子奸细本来就怀有深仇大恨。

儿子的讲述令舒致怀惊讶，却没像前几次那样冒出要找市长做主的冲动。他默默思索好一阵才告诉儿子："税警的仇意老舒明白，只是，这不是税警一家就能挑起来的。老舒想了一夜，已经大致想明白。"同时告诉儿子，想明白了不等于自己马上要如何，"这些日子遇到太多的麻烦，搞得老子差点把几十年的过往经历全忘了。事情肯定还没完，还是用过去见成效的办法，不把心思用来陪别人折腾。"二公子担心身不由己。舒致怀说："这么多年，啥时候由过我们！"

舒致怀告诉儿子："只要在世一天，总会遇到在背后捣鼓你的人。要么和他拼个你死我活，要么专注做自己的事。二选一。"

再吩咐儿子："如果你想要别人心甘情愿把你放在眼里，就要拿点实在的东西出来。不然，啥也不是。"

## 四

旁人都不知道，姚徵远不止一次去过税警队。

报纸商行遭遇火灾那天是第一次去。方凤婕说找税警队才能化解盐道堵塞，其实姚徵远也是这么想的，急事急办，当即离开釜溪河。小管猛追一阵才追上。小管劝市长不必亲自去税警队，没必要把身段放这么低。姚徵远没采纳小管的意见，但去了也没找到人，盐管局的职员包括何清晖在内都去盐场了。盐都没出盐没税收，整个盐管局都坐不住。

临近下班再去，小管建议多带几个人壮威，姚徵远仍没采纳，盐道不通哪有脸摆谱。这次盐管局的人都回来了，小管说市长来找税警队。何清晖情绪低落，道声田队长正好在应科长那里，默默将姚徵远领到隔壁。

应科长一脸警觉，直念叨不知市长要来，没安排专门接待，请多多包涵。姚徵远不寒暄，讲来意："你们是省属机构，我来打听啥时候勘察沉船现场。"田队长诧异市长怎么会亲自关心这事。姚徵远说现在还有谁不关心这事。

应科长绕着圈子说："关于省上查验官的行程已出现多个版本，一说是空袭厉害，为避免不必要的冒险，要我们盐管局自己查验；一说是事关重大，要么得罪人，要么受牵连，省上没人愿来；第三种版本更悬，说是查验官已经来过了，是微服私访。"田队长还在一旁堆砌语言："要是谁都知道省上官员的行踪，勘察的可靠性会大打折扣。"姚徵远有白来一趟的感觉。

等姚徵远离开田队长才对应科长说，外面传出报损盐有假的当天深夜，他带几名亲信选了一处水势不急的位置，在淤泥里插入破船板和盐袋包装，伪造了一个沉船现场。

应科长当即气得脸色大变，讥讽他是猪队友。田队长卖弄道："这叫稳守反击，避免被你管辖的何女子伤害。能干男人大多栽在美女裤裆里，这是千古名言。"应科长怒气十足地说："那个现场如今成了你我贴肉的裤衩，你设置的禁区已经被冲破两次了，撕破裤衩是早晚的事。"田队长要他放心，已亲自去市警局打过招呼，上面来人勘察前，谁毁坏河道里的重要证据，从重惩处。应科长说抗战期间运不出去盐也是死路，书呆子一般都讲实效，不会在乎什么红线。

果然，姚徵远很快来第二次。应科长按照与田队长商量好的排球战术客气告之，沉船现场是税警分队在管。姚徵远去税警队，提议不要妨碍梳理河道。田队长回答尽快与相关弟兄合计合计。然后就没有了下文。

没料到姚徵远会紧接着来第三次。田队长终于领略到迂夫子的固执："市长随便派个人来传达卑职也会高度重视，您一再亲自来卑职经受不起。"姚徵远说："我也希望是最后一次。"田队长恭敬得有些夸张："卑职一定竭尽全力。"姚徵远说："我们是在商量，能不能不立正。"

田队长后来对应科长抱怨，姓姚的哪是商量，完全是训斥加警告，还说民众憋出情绪，万一盐都再添波折，谁都没脸见人。

应科长根据这番话分析，姓姚的耐心多半已耗尽，不会再来第四次。套用书上的话是做到了仁至义尽。姓姚的已把官运和盐道连在一起，下一步就该碰限制区域了。人一辈子总会撒几次野，和读书多少无关。

有人"点水"姚市长才会纠缠上税警队。一支有权有枪的税警队，奈何不了市长，难道还奈何不了"点水"的人？谁都可以抹黑税警队，今后怎么在盐都这块地盘上混！

必须刹一下这股不拿税警队当回事的歪风。要找准回击对象，先找出给市长传话的人，再借助已有的线索，水到渠成地圈定舒致怀为打击对象。

田队长安排手下弟兄将巩德彬信口说出的话往外传，大出意外的是，相信的还不在少数。信的人多，传播得也快。舒致怀很快在奸细嫌疑的基础上又添加上纵火嫌疑。这些话在保育院娃娃那里迅速见效，但也有人似乎没在意，比如，方凤婕没有拼凑证据举报舒致怀纵火；比如，桂芳两口子当众阻止烈士后代围殴舒致怀。这就使得田队长产生了另一个疑惑，商行的火灾是不是一场苦肉计。

田队长拿这个疑惑提示市警局局长。田队长的论据是，烧掉几间破屋和一堆过期报纸，能值几个钱？市警局局长有些犹豫，也烧掉有当天的报纸。田队长说一夜后照样又成过期的。

田队长特意提到舒家搞二查，明显是眼中无警察。这句话令市警局局长感受到了对威望的威胁，两个警界头儿当即达成共识，监视舒致怀，暗查方凤婕和桂芳夫妇。

市警局局长还没派人去省城，田队长就已委托税警总队的熟人查到情况，方凤婕未婚夫所在川军部队早已上前线。该部队的名册里，她未婚夫的亲属一栏中没有方凤婕，只有一个哥哥，就是在舒家盐场被私抓壮丁的士兵打死的那位扛运帮齐帮主。

田队长如此迅速，市警局局长担心落后，也迅速安排人核查，查到近期牵涉舒致怀的事件中几乎都有方凤婕介入。报纸商行被烧那天，舒致怀事后两次去商行，同样两次到那里的还有桂芳夫妇。

再往下就没查到桂芳有啥可疑的事，只查实明叔近期曾两次去他干过的酿酒作坊。保育院不买酒，他反复去那里干啥？市警局局长立即派两个便衣下属去那个酿酒作坊暗访。

本地习惯称酿酒作坊为烧坊。那个大烧坊离盐都不过二三十里，市警局派去的两人当日却未归。次日黎明，两乘滑竿来到市警局门口，放下醉得人事不省的二人，引来早起的市民围观。抗战时期三令五申严禁大吃大喝，市警局这样的要害部门出如此丑态很打脸。不等二人酒醒，市警局局长已签发调离两个下属的通知。几乎人人知道的因果，千百年来仍不断有人倒在酒桌上。

市警局局长和田队长不得不思考，大烧坊的人怎么会知道把人朝市警局送？是下属酒醉炫耀暴露了身份，还是大烧坊本身不简单？田队长一再说大烧坊的剧情值得留意。市警局局长听得很不耐烦，自己能坐到这个位置，还需要旁人来啰唆吗？

本来是舒致怀要查方凤婕的底细，现在市警局接手，还多出了查方凤婕与他有啥关系。舒致怀听到这消息几乎哭笑不得，这算什么意思！

舒致怀赌气吩咐儿子不查了，让他们帮自己去折腾。

如果齐耕读没发现新线索，剧情很可能就沿这个套路推进，可惜没有如果。

那天传来节奏分明的三声枪响，众多跑空袭的人依旧像以前那样拥向街区外面的树林。

齐耕读原本在阴凉的竹林里练板胡。这片竹林位于街区外，附近没房子，不打扰别人也不被人打扰，齐耕读练得很投入。

有人从竹林外跑过时听到琴声，喊了一嗓子空袭预警，齐耕读没听见，继续练快弓拉32分音符64分音符的短音。大批人从竹林外跑过，已是遍地嘈杂，没人再听到孤独的板胡声。直到躲空袭的人全部过完，齐耕读还陶醉在自己流畅的琴声里。

巨大的引擎声在头顶响起齐耕读才被惊动，慌乱很短暂，躲空袭躲出了经验，他顺势趴在竹林里。鬼子飞机在竹林上空盘旋，齐耕读既害怕又好奇，抬起头看高处，无意间看到不远处山坡上有明亮的光束接连朝天空闪烁。

齐耕读脑子一片空白，呆呆望着，过了好一阵才意识到那是人为，想再核实，却没见再出现闪光。

别的少年遇到这情况，可能会急着找人诉说，但齐耕读少小独自面对世态，不愿被人轻视，他要先核实准确。

这次空袭使刚修好的船闸又受损，河道也产生新的淤积。众人很憋屈，故意将清理出的淤积物朝税警队的警示牌边堆积，那个牌子几乎被遮掩。

舒致怀反复琢磨税警队封禁的那段河道。

空袭后盐道通航的时间再次受阻，所有人都急。舒致怀告诉儿子，只参与掏淤泥还算不上凿深海井，谁要能在这个关头消除众人的心病，谁就是众人眼中的好汉。

舒致怀的意思是，要促使迁夫子市长出手。

几乎每天下午舒致怀都和舒家盐场的盐工去参加疏通河道。河道梳理越接近尾声，所谓沉船位置越像最后的裤衩，即使不脱下，其真相众人也心知肚明。假如谁出手拉掉最后那点布，想不听到叫好声都难。税警队挑唆保育院的娃娃打自己已是公开挑战，再不应战就没机会了。

舒致怀也清楚，带头闯税警设置的限制区和带头下河不一样，轻则入狱，重则当场击毙。8月以来发生的盐工命案、老镇闹事、土匪抢盐、奸细作祟、谎报盐损失，甚至商行火灾，每件事都有人朝自己身上扯。这世上的确不缺背后倒腾的小人。自己没偷没抢，没拖欠盐工工钱，没偷税漏税，没勾搭良家妇女，怕个卵。世上没人知道自己在别人嘴里有多少种模样，说不清反而有说不清的优势，就像舒家秘籍。唯一让舒致怀上心的是别妨碍儿子当官。每逢想到此舒致怀都难免叹息，再优良的后代也会因邪念变味儿。假如二娃少恋仕途早点和巩家小姐上床，哪有后面的剧情！

要闯限制区得靠群体的力量，尤其后面跟进的人不能慢。无奈自己的话眼下没人听，还会引旁人多想，还得靠二娃和巩家小姐去串联歌咏队的人。舒致怀和儿子分工，要儿子和巩家小姐去串联好跟进的人，自己先去闯。就算自己遭遇风险，也要把头功留给儿子。

限制河段已被梳理河道的人群挤压得只剩不到两百米。这段区域看似不长，却拦腰卡死盐道，这现状很伤民众的热情，梳理河道的人明显比前两天减少，但盯禁区的人却有所增多。一下河舒致怀就催促儿子去找巩家小姐，不要落在别人后面。

舒致怀看见市长和方凤婕在对限制区指指画画，引来不少人偷瞄，那些人应该是在猜测市长补选夫人的剧情是否进入第二幕了。舒致怀和他们不一样，他担心方凤婕抢到自己前面，下意识地靠近偷听。

与税警队"先礼"无效，姚徽远想"后兵"了。舒致怀听姚徽远说，只要有人不怕背破坏现场的罪名，带头进限制区域，众人肯定会响应。舒致怀一听更急，有市长撑腰，方凤婕肯定要当出头橡子，即使战争年代执法力度偏重，税警恐怕也不会朝市长的候选夫人开枪。

舒致怀四下看儿子进程如何，见儿子和巩家小姐还在与歌咏队同伴交谈。

正摩拳擦掌，意外听到姚徵远和方凤婕争执谁出面。姚徵远劝方凤婕别冲动，要考虑未婚夫在前线的感受。方凤婕劝姚徵远留意性价比，丢弃市长职位成本太高，她这种平民百姓出面更划算。姚徵远不认同这说法："不能有了成绩是徵远执政有方，出了问题就甩给别人。徵远不怕免职，只担心没在免职前多做点有益的事。没赶着付诸行动不是碍于身份，而是不看好蛮干。运盐水道是生命道，更是灵魂道，首先要通的是人心，靠任性总有后患。"舒致怀听得很不是滋味，自己要像这么迂，哪来的舒家盐场。

舒致怀想了解儿子走到哪一步了，却看到盐工帮会有人在对着限制区琢磨。急得要给儿子递眼神，又见一些拜过神的盐场老板凑在一起谋划，看那些人斜视限制区再联系上为盐包堆积去求神拜佛，不用猜也是打算出手了。更没料到围殴过自己的那批保育院娃娃也在对着警示牌比画，一副要越界的模样。税警不敢动烈士的娃娃，但会找保育人员的麻烦，桂芳和明叔虽然是军属，但这年头军属太多，真要有个什么，他俩在前线的三个儿子会如何看待盐都的男子汉？都到了呼之欲出的地步，出面推动剧情的人却不是跃跃欲试的自己。

闯限制区前，二公子和巩艳燕暗下决定：面对妨碍支援抗战的行为，不挺身而出就愧对时代青年的称呼。然后不动声色地靠近限制区。串联好的歌咏队同伴也集中到位。有巩艳燕陪伴，二公子完全忘了按父亲的剧本走，见跟进的人集结得够多，以眼神为信号，一群人呐喊着开闸放水般拥进限制区。

有准备和没准备的民众都跟着拥过去。等舒致怀回过神，税警队设置的限制区已被占领一半有余。好在儿子也在领头人之中，舒致怀咽下一口唾沫。

待在树荫下的几个税警跑过来举枪威胁，河里的人都装没听见。巩艳燕冲哇哇大叫的税警喊要开枪就开，说那么多空话干啥。河里的人一阵大笑。此时更多人拥入，姚徵远身后还紧随一大群市府职员。

税警中的亲信说田队长吩咐过，非常时期，过界就开枪。税警问是朝市长打，还是朝巩家大小姐打，别忘了前驻军打死扛运帮的盐工，那坨火炭至今还烫手。亲信只好跑回去报告田队长。

方凤婕笑姚市长，难怪何清晖一再说他不像个当官的。姚徵远说官没有模式,是人们习惯了某些套路。说得兴起,姚徽远又想起梗在心里的事,希望方凤婕如实告知:"盐工帮会抬尸请愿那天,在市府门口,我说话没人听,你两句话就说服了盐工帮会,是你的威信高,还是你和他们关系特殊?"

方凤婕有些发蒙,想了片刻才回忆起,忍不住乐了:"我哪有什么威信和特殊关系。他们不相信你查看了第一滩,我提醒郑帮主看你裤脚上的新鲜泥浆,那泥土只有釜溪河边才有。"

姚徽远既惊讶也好笑,把简单事情想复杂,不符合化繁为简的做学问方式。

参与突破限制区的人数众多,即使儿子擅自修改了舒致怀的剧本,舒致怀也兴奋不已,晚上独坐堂屋,竟然眉飞色舞两眼放光,有一种舒家秘籍成功下传的感觉。

情绪上来,又叫来二公子面授机宜。

舒致怀告诉儿子:"田队长和应科长肯定会为今天的事恼怒,都是有脸面有身份的人,裤子烂了可以自己补,别人说他露屁股就不行。他们没胆量招惹姚市长和巩老板,要报复的肯定是舒家。不过,这事顺应了众人的急迫愿望,他们真要做点什么反而对你走仕途有利。

"真正要留意的是巩德彬。你们冲进限制区那会儿姓巩的也在河里,他看出领头的是你和他女儿,肯定会想到老舒身上来。姓巩的清楚舒家几代人想做什么,过去几十年间巩德彬最不希望的是舒家借巩家的风势做事。"

正讲得起劲,用人领崔老板进堂屋。别人拿舒致怀当奸细的时候崔老板主动提说要帮他,凭这一点舒致怀便终止与儿子谈事,单独接待崔老板。

崔老板自称是担心舒老板才来的,白天发生在河里的剧情看似参与者众多,稍微分析一下领头人就会想到舒老板身上来。税警队霸道惯了,不会轻易受气。真正的奸细也可能趁机干出出格的事,会有更大的锅等舒老板来背。

舒致怀假意调侃崔老板这么晚上门,不会是来吓唬自己吧。崔老板提醒舒老板别疏忽了气量狭窄的人会不择手段。他承认操这份心也有报答舒老板善待他的意思。

送走崔老板,舒致怀把已经上床的二公子重新叫来,转述了刚才的话。以为儿子会另有说法,意外的是二公子完全不同于以往,两眼茫然,有一种形和神都散掉的感觉。老舒有些后悔对儿子转述崔老板的话了。

次日下午再下河，舒致怀很快发觉真相，自己担心儿子，儿子担心的却是巩家小姐。舒致怀不得不感叹，舒致和女人那句话真不能轻易抵制。

舒致怀走过去，果然听见巩艳燕在对二公子说："做了恶事还搞报复，不收拾这种人天理难容。"二公子问她下一步要做啥。她说："考考你和我的默契度，你觉得我们该做啥。"

舒致怀突然觉得，巩家小姐的想法与自己更接近。

没了限制区，参加梳理河道的人又比前两天多了。小管见市长心情缓和，居然问市长是喜欢方凤婕还是何清晖。姚徽远问眼下什么情况。小管说楚霸王面临全军覆没还和虞姬缠绵不休哩。姚徽远严肃告诫："方女士的未婚夫在前线杀敌，是最值得敬佩的人。还有小何妹子，你说过追她的人多，你自己不愿把有限的精力花在这上面，为啥要怂恿我去凑热闹？"小管想说市长有职位优势却没开口，官场盛行"当众讲王道，私下瞎胡闹"，随员再明白也要懂得闭嘴。

小管习惯把心思用在长官身上，对其他人几乎不考虑，当阳理事过来问他委托的事办得如何了，小管顿时蒙了。看出小管没当回事，阳理事大怒道："乐器都带来了，难道又灰溜溜地扛回去？"小管强词夺理："眼下要命的事成堆，市长哪有心思管歌咏队？"阳理事更生气："歌咏队进省上决赛，是盐都史上开天辟地头一回，市长怎么可能会不关注？"

何清晖嫌斗嘴不解决实事，自告奋勇去办。小管带着几分酸意念叨市长喝过她泡的茶，她说话管用。小管真没瞎说，姚徽远听到歌咏队要求收工时给大家演唱两首抗日歌曲，满口答应，是慰问也是向乡亲们汇报决赛准备情况。还告诉阳理事，演唱是临时定的，就算奸细送出情报，临近傍晚，空袭的可能性也小。只是天黑后人多容易出意外，只能唱两首。阳理事心情大好，喜滋滋地去安排。

小管不理解市长哪来心思过问歌咏队。姚徽远说偏远地方的歌咏队能进全省决赛，不可低估。不单小管嘀咕市长是在找理由，连舒致怀也奇怪迂夫子咋会喜欢听歌。

满身泥水的歌咏队员按演出队形站到河岸斜坡上，一排排队员逐级高上去，看排列方法就有点专业份儿。民众顾不上清洗手脚上的泥，快速围过来，歌咏队四周很快围上一两千人，挤不到位置的不惜站到水里。歌咏队员大多是老镇学校的中学生，一看这场面就激动不已。

齐耕读倒扣竹筐做凳子，和二公子坐在上面调试乐器音色。一切准备就绪，阳理事双手握鼓槌，在头顶上空挽了一个潇洒的花式，猛地下敲，大鼓、板胡和手风琴同时混奏出一段前奏，这次比在盐管局吊脚楼戏台排练那次多了板胡，韵味增添不少。

歌声起。是阳理事编曲的多声部和音，厚厚的和音覆盖了釜溪河河面。姚徽远一听就明白，这支歌咏队能挤进全省决赛与潜规则无关。在低沉和音的烘托下，巩艳燕亮丽且饱含内涵的领唱声响起：我的家，在东北松花江上……

编写过的伴奏和演唱主次分明，轻重起伏的鼓声更添加气氛，歌词是绝大多数人憋在心里的话，一大片被打动的面孔凝神望向歌咏队，观众情绪直接影响演唱者，歌咏队员沉浸在一种前所未有的情绪中，完全融入歌的境界。阳理事偶然瞥见不少人眼里有泪花，他的眼睛也瞬间模糊。谁也没料到，这竟是歌咏队最后一次完整的伴奏演出。

演唱结束，散开的人大多意犹未尽。舒致怀看过不少戏，听过不少评书，被歌声叩中内心却还不多。沉在情绪中竟忘了周围人和事，突然听到有几人轮番夸巩老板养了一个出类拔萃的女儿，舒致怀心里针刺似的难受，咋不夸拉手风琴的舒家二公子！

舒致怀知道自己见识少，也不想干预别人，搬弄是非的话说多了，听的人会质疑说话人。想来想去，只有抱怨迁夫子市长安排歌咏队演唱，分不清该做啥不该做啥。

转头寻找儿子。下午儿子和巩家小姐在河里商量下一步，舒致怀想给儿子一些指点，助他尽快成功。还想让儿子转告齐耕读，他的板胡肯定能拉出个名堂来。最初齐耕读来舒家盐场练琴自己还有些不高兴，后来被他的琴声打动，再后来听说是个烈士遗孤，自己的想法早变了。

舒致怀左右张望没看到儿子，回家后也忘了找他交谈，以为晚一天讲也没啥，却忽视了有些事时机一过就再没机会。

# 五

自从看到小山坡上异样，齐耕读天天去那片竹林练琴。

第一天，有个卖豆花（豆腐脑）的小贩挑着担子，一路喊着"豆花儿啊"从竹林边走过。小贩听到琴声没停下脚步。这天没空袭。第二天，齐耕读在竹林里拉琴，卖豆花的小贩又一路吆喝走来，停下脚步招呼他来碗豆花，齐耕读摇摇头，小贩踏着琴声远去。那天的小山坡还是没任何动静。后来几乎每天小贩都挑着担子从竹林外吆喝着走过，偶尔还夸他的琴听得人心尖子发颤，小贩要免费让齐耕读尝碗豆花儿，齐耕读没接受这份嘉奖。

验证机会到来时，齐耕读照样没听到预警枪声。竹林外不少人匆匆跑过，这一次齐耕读听到了旁人的招呼，听到也没走，他牢牢盯住旁边的小山坡。

飞机引擎声近了，山坡上又出现光束朝天空闪烁。齐耕读手拿板胡朝闪光位置跑去。中途，趴在低洼处的几个歌咏队同伴招呼他快躲起来。齐耕读没回应，在刺耳的飞机轰鸣声中继续朝荒坡上奔。

鬼子飞机朝釜溪河投弹，一连串的爆炸声很响很吓人。齐耕读紧盯坡顶没停下步子。事后才知道，不远处躲空袭的人中也有个别人留意到坡顶闪光，但更多的人是在关注奔跑的齐耕读，见他跑到一道陡坎前，放下板胡，借助陡坎上的小树丛，手脚并用爬上坡顶。后来这些人和小贩、歌咏队的同伴都成为齐耕读事件的目击者。

空袭结束，歌咏队的同伴在那道陡坎前看见齐耕读的板胡，几个人朝坎上呼喊齐耕读，喊声飘过茂密的植物传得好远，但没有回声。有眼尖的同伴发现半坎上的树丛中有一面镜子，镜面没有尘土，显然是刚扔的。

呼叫齐耕读的喊声引来更多人，方凤婕一眼看出这是那座坡顶视线非常好的山坡，清朝时期曾在上面设过观察哨，她和二公子在山坡的另一面遭遇过疑似枪声恐吓。

方凤婕和一群人沿坡坎新攀爬过的痕迹，抓着树丛爬上坡顶。歌咏队的同伴一上去就大声哭喊起来。

齐耕读躺在树丛中间那片荒草上，身上没有炸伤的痕迹。

下葬时好多人来送这位拉板胡的少年。桂芳院长说齐帮主独独领养齐耕读，一是孩子也姓齐，二是板胡拉得非同一般，更关键的是第三条，这孩子极像齐帮主弟弟小时候的样子。这番话，方凤婕以前听桂芳姑姑说过，再次听到，忍不住哭出声。

后来的史料汇集了几拨目击者提供的线索，估计也加入有当时人们的推测：齐耕读在坡顶发现奸细用镜子反光给飞机指示目标，奸细狠掐齐耕读的脖子，齐耕读力气弱，挣扎中把一面镜子扔下或踢下那道长满树丛的坎。齐耕读用生命警示，连鬼子都知道盐都有多重要，我们还在做什么？

这次空袭让舒致怀有了难言的紧迫感，但他自己也不知道紧迫啥，以为是板胡少年齐耕读的遇难让他想起什么，比如齐帮主之死，比如自己的幼年，或者是舒家盐场的啥事。直到二公子带回消息，他才跺脚惋惜，一不留神让方女子抢先了！

二公子带回了盐都剧情的又一个拐点。

方凤婕和何清晖一起去找桂芳夫妇，讲她俩从安葬齐帮主以来多次商议该做点啥实事。以前的心思全在盐上，近日看到报上连续报道各地踊跃捐献抗战经费，再结合本地接连遭受空袭的现状，方凤婕与何清晖有了共同想法：在盐都发动献金。

桂芳和明叔都觉得这主意很实在。桂芳感叹卖报还能启发脑子，近水楼台现象真不可低估。明叔冷静推算了一番，提出补充建议，目前盐都相比很多地方的经济条件要稍好一点，假如献金数额少了，不能体现盐都的实力，还会让本地献金的民众失望。如果有盐场大老板领头参加，数额肯定有保障。

几个人围绕这个思路构想，先提到巩德彬。何清晖不看好，除非是巩老板发起的，否则他不会感兴趣。桂芳说那就算是巩老板领头发起，只要能做成就行。明叔还是没把握，巩老板组建盐场自卫队受够折腾，近些年几乎不负责群体的事。

方凤婕又建议拉舒致怀参与，舒老板从盐工熬成老板后没有忘乎所以，最近梳理河道他的作用也不可低估。何清晖表示反对，找一个嫌疑人来领头，众人会服吗？桂芳也担心，就算奸细、劫匪和纵火犯的嫌疑能洗清，有两件事对舒老板仍旧相当不利，一件是当年他与叮叮夫妇的事至今还有负面传闻，另一件是舒家盐场命案和王家祠堂风波给盐都带来很大影响。

几人反复推算还有哪个盐场老板能拿出大笔钱又愿意参加献金，议来议去找不出能超这二人经济实力的人，他俩若不出面，其他老板不会来承受那个压力。方凤婕再次建议不放弃舒致怀，眼下共同的敌人是日本鬼子，能为打鬼子出力的人都不该排斥，多一个人多一份力。

没有更多的反对理由。方凤婕自告奋勇去找巩老板，明知和巩德彬交谈不是件轻松事，但她还是愿意试一试。又建议何清晖找舒家二公子，请他动员他父亲。何清晖有些不乐意，却明确表示会认真去做。

二公子听了何清晖的话，立即回家就对父亲说了。舒致怀很惊讶，虽然他不能料到这个献金的提议会给盐都带来什么，至少意识到这是当下最需要做的事。安葬齐帮主后他一直在想做点什么来表达自己回报盐都的意愿，接连给儿子出主意参与梳理河道便是基于这个思路。

没想到自己还在琢磨做点啥的时候，方凤婕和几个人已找到了众人共同出力的好主意。看来，卖报的人看报和卖糖的人吃糖不是一回事。

但舒致怀丢不开方凤婕那双仇视他的目光，舒致怀也知道这么看待事情不厚道，但他实在无法厚道起来。更令他气不顺的是，那几个人先提的是巩德彬，感觉不容易后才拿他来替补。于是对儿子说，他不参加。

二公子劝父亲，做成这事也是告慰齐耕读。舒致怀说做其他事也可以告慰。二公子说这是书写盐都抗战史的实际行动。舒致怀嫌儿子满口时代青年腔，不如就说是做让人放在眼里的事，简单又实在。

舒致怀提醒儿子："眼下最紧要的是尽快撕开税警队垫底的裤衩，假如你能解开疙瘩让众人气顺，不比献金差。有报损假沉船的事梗在那里，再好的主意也会打折扣。"

舒致怀说："让盐道早通航，也是支援抗战，也是告慰齐耕读。"

其实，二公子和巩艳燕在限制区的寻找一直没停。

刚闯了限制区那天舒致怀就提醒儿子，税警队会换个名目报复，要抢在税警队动手前出彩。舒致怀断定税警队不是凭空设置限制区，无论如何也会在那段河道里搞点名堂。

那片区域已被梳理淤泥的人们挤压得很窄，还没下河舒致怀就仔细打量那片河面，低声给儿子讲流水原理，父子俩默默圈定了几个可疑位置。

二公子放下手中活儿，拉着巩艳燕不动声色地去足踏勘察。缩得很小的限制区域禁不住这么排查，一不留神脚下就踩到疑似实物。二公子不惜湿衣潜下水，在巩艳燕的帮助下，从浑浊的河水里拉出一块超过人体长度的船板。

刚把船板拉出水面就引发周围一片惊叫声。

附近的人迅速围过来，片刻间又从浑浊的河水里捞起两块船板和几个包装袋。喊叫声吸引来更多人去那个位置脚踩手摸，每捞出一样人群就发出一阵惊叫，在接连响起的喊声中又陆续捞出好多个破损的竹编包装袋，拖出七八块长长短短的船板。

莫非这就是沉三船盐的地方？

众人围住捞起的东西，有经验的人还指指点点地讲述。将这些东西朝岸上传递也是一个向众人展示的过程，不等传到岸上，许多人已仔细辨认过捞出的船板和破包装袋。捆盐帮的人说包装盐的袋子都是竹片编织，经得住盐侵蚀和水浸泡，传出沉船消息才多久就烂成这样。扛运帮的人一语道破疑点，沉船不是翻车不会损坏包装袋，捞起的这些破袋子明明是盐场丢弃不用拿来生火的。

几个税警在黄葛树巨大的树冠下享受阴凉，听见惊叫，知情的亲信忙带人过来驱赶水里的人，大喊不许损坏证据，为显示事态严重还朝天放了一枪。其他税警忙制止，被当成空袭预警会引起混乱。亲信带人守住捞上来的船板和包装袋，要一个税警跑步去找长官。

大批民众见证了破船板和破盐袋出水，在咒骂声中扔了工具不愿再留下疏通河道。转眼间没了旺盛人气的河面显得宽阔许多，岸边散乱丢弃的各种破筐更增添颓败气息。

二公子冒出不安，问巩艳燕："惹怒众人的破船板和破盐袋是我俩先从河底捞出的，会不会因此招来麻烦？"巩艳燕不以为然："我都不怕你怕啥？"二公子坦言巩艳燕与他不一样，近些日子舒家饱受流言，恰逢非常时期，没事也会被人找出事来。巩艳燕还是不在乎："大不了你今后不当官。你不当官我更放心，省得担心你权力大了变样。"

河里打捞破船板的气氛超出想象的热闹，舒致怀没有去围观的人群中凑热闹，站在圈外反而更有自己的想法。自己没干这类事照样被当作恶人，现在倒要睁大眼看看接下来会是啥剧情。

离开时舒致怀特意走近儿子，看似对儿子说话，实则是对两个年轻人："鞭炮点燃了，就让它爆。"本来舒致怀是想说谁的裤子烂了谁着急，看到青春艳丽的未来儿媳，舒致怀嘴上罕见地有了顾忌。

尽管这事舒致怀没有露面，还是有很多人猜到是他指使。但几乎没人猜到他下一步要做啥。

舒致怀告诉儿子，有人自己一屁股屎还到处朝别人泼粪，对付这种人最好的办法是让他屁股上的屎臭出来。谎报沉船不单牵涉几船盐，也是小看制盐的人。如果做好这件事，对他的仕途有好处。二公子说这件事已经不仅仅是个人的仕途了。舒致怀要儿子不要学着唱高调，人生再是一出戏，也并非全靠演。

二公子差点回怼，父亲嫌他是时代青年腔，又拿讲评书的话来装门面。只是想，最终没说出。

二公子主动找巩艳燕筹划，巩艳燕问他你不怕风险了？二公子说已经和怕不怕无关了。

按商量好的主意两人先找郑帮主。郑帮主奇怪巩家大小姐也参与这事，问她是为巩家盐场，还是舒家盐场。巩艳燕纠正："我是承担时代重任！"郑帮主笑她这么说话不像大小姐。巩艳燕问怎么才像，郑帮主说他对大小姐的概念来自看戏。巩艳燕调侃道："明天我穿古装。"

二公子故意问郑帮主为啥赌气离开梳理河道的现场。郑帮主明知少东家的意图还是照实表达："有人拿我们当傻子，这口气咽不下去，人留下心也留不下，等把假沉船的事弄清楚再来梳理。"二公子问如何根据那些破船板破包装袋认定是假沉船。郑帮主反问少东家是不是也在承担时代重任。二公子坦言和他一样，不想把事情憋在心里。

郑帮主建议两个年轻人去见橹船帮帮主，船的学问要听他的。巩艳燕邀郑帮主一道去："我爸说过十大帮会都听你的，你让我们看看你的面子有多大。"郑帮主说巩小姐不用激他，关键看橹船帮帮主愿不愿讲。

不出郑帮主所料，橹船帮帮主不愿讲。郑帮主问他是不是叫鸡公。此乃当地常用语，翻译过来即是不是男子汉。橹船帮帮主不上当："讲了也是白讲，懒得费神。"二公子悄悄对巩艳燕说："他不愿说，证明怨气大。"巩艳燕斜了二公子一眼："今后你要敢不对我讲实话，看我怎么修理你。"

郑帮主假装对橹船帮帮主失望："枉自是盐都第一大帮的头儿！"然后故意对两个年轻人说此人胆小，说也说不出个名堂来。橹船帮帮主陡然来劲了：

"老子偏要讲。"郑帮主劝他不要强撑面子。橹船帮帮主倔劲上来，领众人到船边直接科普，讲的内容在盐场干过的人几乎都知道。

釜溪河上的木船长相都一样，全是船头偏向侧面的歪脑壳船。尺寸也差不多，船身长四丈二尺，最宽处七尺。这种船头歪、船身修长的体型非常适合河道不宽、来往船只多的盐都，遇到两条船正面相对，歪船头会各自顺势偏开，不会擦撞。就算真的擦一下也无大碍，除开船头人称"剪子"的头舱，除掉船尾那个叫"后剪子"的尾舱，中间还有六个货舱，分别称作走舱、桅台舱、前宫舱、后宫舱、太平舱、火舱，这些舱各自独立，与别的舱隔离严实，哪怕有两三个船舱进水，船也不会沉。一次沉三条运盐船的事，在釜溪河上从没听说过。

橹船帮帮主露出傲气："就算炸弹直接炸中，哪个分会沉了船都得给我禀报。盐场重新开工那些天，装上盐没来得及运走的船总共就一百来条。这些船被土匪和私盐贩子抢了多少，其余的藏在船群中哪个位置，舵手是哪个，我一清二楚。"橹船帮帮主很气愤，作假的人居然没把他放在眼里，"老子再差也是盐都最大帮会的当家人。"

橹船帮帮主又领众人去看捞起的破船板。"王爷庙码头和老镇码头堆放不少报废的船，这样的破船板，随时可以弄来一堆。这么简单的事，作假的人如此有恃无恐，要么是钱迷心窍，要么是太迷信手上的权势，低估了民众。"

说话间有盐工过来禀报郑帮主，田队长带人在那边拍照，拍捞出的船板和包装袋。郑帮主不奇怪，税警队霸道惯了，看谁不顺眼吓唬谁。

郑帮主告诉舒家二公子，姓田的不会和盐工帮会纠缠，主要是针对他。

搜集线索过程中二公子再次发觉，父亲说不出多少道理却不缺独到眼光，假沉船果然激起公愤，之前已有不少人举报，只是没见上面有反响。

父子俩策划，趁捞起假物证再写举报信，即使上面不搭理，也可以出出民众的怨气。

巩艳燕不仅赞同这主意，还争着要执笔写举报信。二公子明白巩艳燕是想多担风险，税警队不好惹，巩家不缺对抗的底气。二公子不想表现得胆怯，提出一人写一份，天亮后再来综合，这样写得更快，内容也会更全面。

二公子和巩艳燕连夜奋笔疾书，一大早两人即综合稿子，然后一人复写一半。后来的史料中有文章回忆，材料出炉，立即被送到报馆和市府。有两家报馆收到材料连连叫好。有一家报馆却心情复杂，仿佛看上一个心仪的女子，既担心自己缺少实力，又舍不得放弃。

市府那份是两人一道送去的，按惯例交到管秘书手上。小管酸酸地夸他俩也学会找出名的机会了。巩艳燕说如果管秘书认同这份材料，可以在上面签上他的大名。二公子也表示赞同，那样会大大增加材料的分量。

小管没有告诉二公子和巩艳燕，这之前市府已将多封类似举报材料转报到省上，基本没回声。

二公子和巩艳燕写的材料成了当天几份报纸的头版头条，用的同一个标题：《这能证明是沉掉三十万斤盐的现场吗》。

田队长拍着报纸大吵要抓人。应科长嘲讽田队长，咬人的狗不叫，叫得凶的狗不咬人。

应科长拿出不知是谁送来的对联让田队长看，上联是，管盐管水盐水归己，下联是，吃大吃小大小通吃，横额，假一赔百。应科长一脸怪笑，念叨着，知道什么叫高手在民间了吧。

何清晖被局里除名了，一切进行得悄无声息。

假沉船事件闹得满城风雨，内部漏出信息是关键，局里总得要找个人来杀一儆百。应科长得知消息赶去大办公室，何清晖已在收拾东西。

应科长劝何清晖别急着走，他愿冒挨骂降职的风险去求上司重新处理。应科长说着竟动了真情，长期与何清晖仅隔一层薄木板而坐，何清晖早成为他朝思暮想的对象。

何清晖没有接受应科长的好意，盐管局确实是个令人向往的机构，在这里就职有面子有稳定的高收入，只是她现在更想找一个可以自在说话的地方。应科长提醒她，被政府机构除名的人短期内不可能有谁聘用。何清晖称早想过了："蚯蚓没手没脚都能活，我四肢健全。"

应科长还是想找局长挽回，遭到田队长狠狠洗刷："倒在女人胯下的男人难道这世上还少了？如果想继续在盐管局混就闭上嘴。身上的火气无法发泄，盐都有的是春楼，连续走上三五家，再大的火气都能消解掉。"被兄弟伙一番狂喷，应科长才勉强冷静，盐管局乃执法机构，伤了这么大的脸面，不会白伤。

鼓动儿子举报假沉船前，舒致怀想到很多后果，也做好相应安排，自己去顶罪，强制交班给儿子。舒致怀唯独没想到会把何清晖牵连进来。

舒致怀拿出一笔钱要儿子给何清晖送去。二公子不愿去，前次给方凤婕送钱已遭到拒绝，在同一件事上只能丢脸一次。

二公子说："你真以为何清晖与你当年的三个妹子有关？"舒致怀罕见地冲儿子板脸："你可以不敬任何人，绝不能不敬三个妹子，那是老子当年的……你说过的那个……灵魂。"

二公子拿着钱出门去了，没去见何清晖。等今后再对父亲讲明缘由，他怕碰壁，更怕被何清晖小看。因为他在第一时间对何清晖说过，今后负责她的全部生活费用，不料何清晖当场板脸："你再说这样的话我就彻底不理你。"

# 六

何清晖被除名前还在和方凤婕及桂芳夫妇一道完善献金的设想。邀请巩德彬被冷漠拒绝，托二公子劝舒致怀也没成功，这时候几个人才想到，民众出钱的事，在这块土地上还离不开官方的认同。根据前段时间的交流，几个人商定由方凤婕和何清晖一道去见姚市长。

见市长前夕何清晖接到被盐管局除名的通知，方凤婕担心她情绪不好，要一个人去市府。何清晖说是两码事，又没死人，可以去。方凤婕问她今后怎么办，何清晖说先冷静两天，暂没想。方凤婕问她愿不愿意来报纸商行一起做生意。何清晖依旧说冷静两天再考虑。

方凤婕与何清晖其实没费多少口舌，带去的报纸也没展开，因为姚徵远已接到这方面的指令，抗战军费紧缺，要求有条件的地方募捐支前。盐都是国内目前唯一能集中产井盐的地方，属于有条件。有民众提议发动献金，当然是求之不得的大好事。市府不单支持，还要参与。

姚徵远以为做这样的事，完全是水到渠成，所以立即召集人讲了此事。会议一结束几乎转眼间外面就有了传言，大意是，海归市长在本地选夫人的剧情开始进入第三幕。

这似乎还算客气的，对于市长为何如此高调接受发动献金的提议，很快又出现多种版本：一是上面要换市长，姚徵远想借献金挽回；二是市长任期提前终止，姓姚的想在走人前快速捞点油水；三是市长曾阻止抓舒老板，现在该名正言顺地接受舒家的回报了；四是市长承诺了不清查谎报沉船，与盐管局达成默契，各行其是……姚徵远听了好气又好笑，世间真不缺想象力丰富的高手。

姚徵远告诉自己，冲着这些传言，也该加大力度支持这个提议。

姚徵远私下也承认，传言并非完全不靠谱，自他上任以来，称得上亮点的政绩都是民众帮忙创造的。要想来日不灰溜溜地走人，做好这次为抗战献金也是一个机会，仅凭此，姚徵远也要深深感谢想到这个提议的人。

也仔细琢磨过，两个女子和桂芳夫妇强调要动员有实力的大老板带头的设想很靠谱。姚徵远主动承诺由他来出面劝说。不是说国内同胞认同官文化吗，那就顺应一下同胞们。

巩老板喜欢领头，姚徵远首选巩家。

巩德彬正为盐场里的盐包难堆放恼怒，见市长上门顿时没好气："平时连巩某人的门都不看一眼，这会儿来肯定是遇到了麻烦事。"姚徵远也不客套，直接讲了准备发动民众为抗战献金，首先来拜访巩大老板。

巩德彬说市长大人还是有眼光嘛。对发动献金却有不同看法："这些年以各种明目多次募捐的钱去哪里了？你们当官的不能总是用这种方法挣钱吧。"

冲着是为抗战军费献金，巩德彬答应参与，但他提出按盐场产量摊："姓舒的不是有口出卤水最多的盐井吗，他献多少，巩某人不比他少一分一厘。"姚徵远说不搞摊派，否则和献字无关。巩德彬一脸傲慢："我没说不自愿。"

再谈带头，巩德彬断然拒绝："政府抬高征收费找过我吗？市长大人一次次放过姓舒的，问过我吗？"

大热天白费口舌，啥也没谈成，只好改找其他有实力又愿意带头的老板。

姚徵远按列出的名单逐一上门动员，顶着烈日走了多家盐场，要么是老板躲起来不露面，要么是对他发牢骚，请求降低征收费，更多的人则是抱怨一次空袭就虚报损失三船盐，做假已经有恃无恐，谁知道这次献金又献到谁的腰包里。姚徵远越听心越凉，国民政府官员在百姓心目中糟到如此地步，自己也在这个行列中啊。

估计再走下去难有逆转，小管提建议，舒致怀眼下正倒霉，想较劲也没底气，不如指令他来带这个头。姚徵远知道这建议有可操作性，但嫌做法不厚道。小管不以为然,已到生死关头,哪还有心思去找既厚道又有效的办法?

姚徽远当然清楚衡量政绩重在实效,清楚这点仍不选用小管的建议,而是回市府接连召集众人商议,说了不少该说的和不需要说的话,依旧找不出办法,这期间盐都要号召献金的消息已广泛传开。

郑帮主在抓奸细时与市长打过交道,想对市长说几句话,但他不愿被门卫反复盘问,也顾忌外面关于市长夫人和方凤婕的传言,就托与市长说得上话的何清晖代劳,向市长传递十家盐工帮会的想法。

何清晖转达得很明确,凡是支援抗战的事十家盐工帮会都乐意参加,但谎报沉船的事需要给大家一个交代,这口气不顺,难以服众。十家盐工帮会的弟兄占了盐都总人口的三分之一,这个要求真不可低估。

盐工帮会的话令姚徽远跳出原有思维。史料上记载,盐都的盐场老板历来崇尚仗义行善,史上多次捐资赈灾,这一次尽管不满征收费过高,但并非献金的主要障碍,盐工帮会比姚徽远清醒。

报损盐出自盐管局,姚徽远确实不想再去那里。

何清晖要市长讲两句真话,这么容易就接受发动献金的提议,还表现得这么卖力,是真想为抗战添军费,还是想借机给自己解什么扣。姚徽远不明白她为啥这样问。何清晖说读书人变坏了比不读书的人更坏。姚徽远忍不住想笑,要她别那么严肃行不行。

何清晖干脆把话摊开:"你花这么大的精力陪盐场老板们周旋,难道你和你手下那些官员不可以带头献金?"姚徽远说:"肯定要献,只是工薪阶层实力有限。天下闻名的盐都,献的数额小了拿不出手,也对不起自己的良心。"

何清晖说:"既然如此为啥不去找舒致怀,捏软柿子你会不会?"姚徽远承认已有人提过这建议,没采纳是嫌这样做对献金人不尊重。何清晖像看稀奇似的盯着姚徽远:"现在是啥情况,能做成事情就很不错了。"姚徽远反问:"你不是恨舒致怀吗,为啥建议找他领头?"何清晖很认真:"我在说献金,不针对谁。"

自从在王家祠堂里和舒致怀严肃交谈后,姚徽远还没去过舒家。平时不待见,有重担却又去找他,姚徽远也觉得有些不自然。所谓底线,原来是可以逾越的。

舒致怀没有姚徵远的顾虑："老舒知道市长来是来谈献金。老舒没靠山没背景遭人嫌弃惯了，市长在抓奸细那天当众维护了老舒，老舒懂得报恩。闲话就不多说，别人怎么献，老舒也怎么献，绝不少一分。"

跑了那么多家盐场，这是唯一听到的有实效的话，这让姚徵远对底层逆袭上位的人多了一点认知。再提做献金带头人，舒致怀摇头道："战乱年代挣一个钱不容易，最怕节衣缩食献出的钱没有送到前线去，有这顾虑的盐场老板很多，这种状况下任何人要带头，不被打死也会被骂死。"

这也是实在话。都说成这样了，再说白费时间。姚徵远含糊道声期待舒老板的表现，然后告辞。

刚踏上舒家门外的下坡阶梯，身后传来女人招呼留步的声音，是舒致怀的现任妻子，人称六妹子。姚徵远一度以为是排行，后来听到五妹子的故事才另有感悟。六妹子从家门口走下来，要求和市长单独讲几句。

等小管走出一段距离，六妹子才开口："我说的是我自己的想法，和我家其他人无关。我想说如果舒家答应做献金带头人，市长能不能给我家二娃一个官位？"如此说话很令姚徵远惊讶，书上历来贬低买官要官行为，现实中首次见到有些令他气紧，瞪大眼望过去，六妹子一脸理直气壮："巩家祖上不就是捐了钱给朝廷赈灾，朝廷才赐他二品待遇吗？行还是不行，市长给个干脆话。我读书少，不喜欢听弯弯道理。"

凭舒致怀在家里说一不二的做派，六妹子追出来说这番话应该是他安排的。曾经一字不识的盐工，当上老板也学着运筹帷幄搞起幕后花絮了。可惜姚徵远不知道舒致怀还暗中策划过梳理河道和揭穿假沉船事件。


巩德彬带信要姚市长去他盐场面谈。小管愤懑道："有钱就忘了自己几斤几两，居然支使起市长来。"姚徵远说："你不是说做官表面光鲜，必要时还得装狗装孙子吗，现在就到必要时了。"

姚徵远没法不急，应承下发动献金才知道啥叫高估自己，满以为亲自出面不难落实三两个能保证数额的人，忙了一大圈却毫无进展，报纸和电台已抢着把消息张扬出去。最怕树苗刚栽上就吹嘘硕果累累，最怕的事偏偏最容易遇上。假如落实领头献金人有这么容易该多好！

所以装什么不重要，重要的是能有建树。

巩德彬照例先嘲笑姚徵远,嘲笑过后才要他说真话:"你采纳发动献金的建议,还亲自出面跑路,是为女人,还是和某些人有分赃协议?"姚徵远憋住怒火反问:"巩老板凭什么认为徵远是这样的人?"巩德彬说:"巩某人把丑话摊开是给你们当官的吃预防药,你高升和倒霉都和巩某人没有一毛钱的关系。"姚徵远认同:"这句话很实在。"

展示过气派,巩德彬才正式给市长大人出主意:"全市性的献金不是小打小闹,是从众人手上收集成堆的钱,做这样的事首先要让民众信赖,尤其对带头献金和有可能献金额度大的人,更需要消除顾虑。市长大人如果不亲自和这些人公开面对面交流,很难达到预想效果。"

巩德彬提请市长大人注意,是公开和面对面。前次的吃讲茶有这方面的意思,只是太民间化,不像政府行为。

巩德彬这种强势语气令姚徵远很不舒服,但他提出的建议倒真值得考虑。姚徵远同意请一批老板来市府当面交流。

特意选这个地点议事,确实有强化政府主导作用的意思。连姚徵远自己也感慨,才上任多久,就有这种思路了。

参加交流的名单出来,姚徵远要求下属一家一家上门去请,其中能起关键作用的老板由他亲自去。小管默默念叨:"以为从国外带回的平等有多平,说到底还是离不开等级。"

这次巩德彬没对姚徵远多说,很痛快地应承:"是巩某人让你这么做的,你又上门来请,当然要来。"

舒致怀没有巩老板的气派,面对姚徵远甚至带着几分谦卑:"市长大人亲自上门来通知,很给老舒面子了。"

姚徵远叮嘱他别再像上次吃讲茶,到了门口不进。没想到这句多余的叮嘱勾起舒致怀的心事,尤其市长没答应六妹子提的要求,不别扭才怪。于是故意打听这次献金市府提几成,姚徵远回答来了就会知道,又破天荒地露出强硬姿态:"谁要不来,哪怕徵远天亮要下台,也要赶在夜里给他找点麻烦。"

看得出市长是真被逼急了。

市长走了好久,舒致怀还在独自较劲:老舒懂得做人要讲道义良心,老舒只是不相信献的金会全部用来打鬼子。你们当官的得了好处,返还一个位置给老舒的儿子,有啥不可以?老舒为挣钱把家人性命都搭进去了,如果白白让人搜刮，你说老舒会咋想！老舒最烦被人当成瓜娃子！

六妹子怕事情闹大，避开舒致怀对二公子简略透露，拿献金换前程如同生意上的事，十谈九不成不奇怪。奇怪的是当家的为啥脸色那么难看，是不是真的让市长小看了。

二公子听得心惊肉跳，又去找何清晖诉苦，父亲背着他买官，万一市长在会上讲出这件事，他的整个人生都将蒙上阴影。何清晖说早就叫他和他父亲一刀两断，他总是听不进去。二公子要她别抱怨了，这会儿说这些已经太迟了。

何清晖说："有一个这样的父亲是你一辈子的不幸，不过你也要淡定，很多人都晓得你父亲是一个不讲规矩的人。知道这话是谁说的吗？是你亲妈。"二公子大惊："你啥时见过我亲妈？"何清晖要他别瞎紧张，是桂芳姑姑转述她们三个妹子摆龙门阵的话，好久以前的事了。二公子奇怪，怎么没听她说起过。何清晖说这会儿不就听到了嘛。

何清晖要二公子抢在开会前去找市长把话说清楚，买官不是他的意思。"姚市长是个海归，习惯照书本行事，不玩人世间的俗套，他真要在会上把这事说出来，你在众人心目中就掉价多了。"

姚徵远的会提前了，因为盐场老板们提前到齐。

舒致怀有意坐在不起眼的位置，听到几个盐场老板偷偷商议，万一姚市长和巩老板顶起来，是选边站还是装傻。还没听出个结果，市长讲话了。

照例是用摆龙门阵的语调，先讲他在国外埋头做学问，经常莫名其妙遭人嫌弃和轻视，祖国和民族弱势，个人再努力都少不了受窝囊气。又讲日寇侵华，鬼子自身的强盗本性是根本原因，还有个很现实的原因是国家落后。再讲他来盐都前在成都看到即将上前线的川军部队操练，士兵们武器很差，一兵一枪都达不到，还有士兵肩扛鸟枪和梭镖，然后痛心疾首地说："那时候徵远就在难受，假如空着手在前线拼命的是自己家人，徵远会怎么想？"

舒致怀暗暗瘪嘴，读书人的废话真多，刚要假装上茅房出去透透气，市长讲实在话了："与其抱怨和叫苦，不如我们一起做点实事。比如为抗战献金，就是我们能够做得到的事情。"然后说做任何事都需要有义士带头，希望有盐场老板主动做这样的义士。

舒致怀不看也知道，市长的希望要落空。

二公子不知道会议提前了，心乱如麻地朝市府赶，半路上遇见购物的巩艳燕。巩艳燕要用人先带着购买的东西回家，自己则当街拦下二公子。

焦急中二公子也顾不得婉转，匆匆讲了他面临毁掉前程的大麻烦。巩艳燕问他遇到这么大的事，为啥要先找何清晖，咋不先找她。二公子申辩与何清晖一起读过几年书，是条件反射。巩艳燕不接受，问他为啥和自己没有条件反射。

撒娇归撒娇，巩艳燕也觉得二公子面临的不是小事："别人不会相信是你父亲和小妈误操作，只会认为是你自己的意思。"

巩艳燕不赞同这个时候才去找市长："到了这种时候，越找越麻烦，不如选择当下的时髦做法，我陪你离家出走，我们既然厌倦了落后俗气的家族争斗，就避开他们走得远远的。"二公子大睁双眼，巩艳燕要他不用惊诧："我不是脑袋发热，在与爸赌气出家门那晚我就反复琢磨过，就我俩，天天在一块儿，去想去的地方，做想做的事，多浪漫的事啊！"

逐渐回过神，二公子猜测巩艳燕多半是在展示她的任性，于是问道："你舍得放弃大小姐的生活吗？整个巩家包括你那些妈妈和哥哥，像捧珍宝似的把你捧在手心里。你爸虽然是盐都首屈一指的名流，但在你面前也只能像把遮阳伞。再看看你刚才购物的阵仗，这一切，你舍得放弃？"巩艳燕态度很明确："只要能和你在一起，我啥都舍得。"

二公子又问她省城的决赛怎么办。巩艳燕说宣传抗战的事肯定不能放弃。他俩可以去省城等歌咏队。这件事只对阳理事一个人说明白。等决赛一结束，他们就可以天涯海角任翱翔了。

巩艳燕问二公子想过没有，他父亲被烈士后代当作奸细围殴，已经伤了他的声誉，如果这次替他买官的事传出，他留在盐都还有多大意义。

二公子这才察觉巩艳燕不是瞎浪漫，真的是为他着想。离家出走的念头他也有过，舒致怀对他志向和婚姻的粗暴干预，使他早就难以忍受，能和巩艳燕一道浪漫自由肯定是件大好事。

兴奋感风一般刮过，二公子接着掂量实际情况：自己大小是个政府机构职员，离开后会不会啥也不是了？在舒家遭遇大风险的时刻撒手走人，像不像有担当的时代青年？真要与巩艳燕一道出走，她爸找不找父亲的麻烦？

# 七

二公子与巩艳燕商量私奔时，他俩的父亲已在市府座谈会上搅成一团。

市长拒绝六妹子，使得舒致怀的怨气盖过了报恩的念头，他担心市长当众抖出六妹子的话给儿子添不利，心里一直忐忑。市长问哪位愿做带头的义士，舒致怀不准备开口。照例是巩德彬抢先说话。

巩德彬说谁给盐都惹的麻烦多，谁多出钱。

换在以往，舒致怀不屑接招，甚至会起身离开，但这会儿他像做生意的人发现商机一样，察觉可以借此转换市长的注意力，立即起身朝姚徽远拱拱手："请允许老舒对市长大人讲几句。"

所谓请允许，实际是开口话，舒致怀根本不管是否有人点头，自顾面朝姚徽远讲开："靠指责别人来抬高自己，不能帮自己多出几担卤水，时间一长反会让更多人看清说话人的本性。"巩德彬当然明白舒致怀所指，也转头对姚徽远说："市长应该打击不讲王法的行为，缺道义没节操的人不配在众人面前晃动。"舒致怀对姚徽远说："市长肯定清楚挂在嘴上的道义能值几个钱。"巩德彬也对姚徽远说："相信市长早已了解有人是靠什么手段在混。"

两个人像兜售什么似的面朝姚徽远呱嗒不停，姚徽远成了说话的目标，被左右叫来叫去。他没见过这种做法，抬了两三次手都没把隔山敲虎似的对话压住，终于忍不住大喝一声："都停下，"然后厉声宣布，"在这里，只谈如何献金。"

恰恰该舒致怀说话时被强行制止，恼怒冲昏他的理智，竟然嫌市长催得太急："是不是献金和你的乌纱帽有关？"所有人哗的一下全部望向舒致怀，有盐场老板低声嘀咕，这狗日的粗人，不懂上下轻重。

众人都看市长如何回答。姚徽远尚未开口，小管先跳起来，指责舒致怀没规矩。舒致怀其实已察觉自己失口，嘴上却软不下来："老舒当面背后都不是人，规矩有卵用！"舒致怀不愿当众显出慌乱尴尬，想尽快离开，没想到小管对前次的失控早有防备，在门口安排了几个警察。小管大声宣布："市长没宣布散会，谁敢走！这儿不是茶铺。"都听出小管指的已不是某一个人。舒致怀更是担心市长一气之下说出六妹子的要求，往回走又嫌太尿，赌气就近坐到门边凳子上。

此刻姚徵远也有些寒心，连自身难保的舒老板也瞎说，国民政府官员在民众心目中已成这样子了吗？终究还是为了办成事，强耐着性子回答舒致怀："当亡国奴比掉乌纱帽更糟。如今前方缺装备少弹药等米下锅，我等明明可以作为，岂能袖手旁观？"舒致怀很懊悔刚才多话，闭口不言。巩德彬依旧不愿沉默，瞪着姚徵远："民国建立三十年了，你们就是这样治理国家的？"

姚徵远再次咽下憋屈，提醒他们别说题外话，有空袭有奸细，这么多人集中太久不安全。这话是朝着全体到场人说的，盐场老板们明白必须开口了，迅速掂量该站在哪一边：市长是一方诸侯，万万不可得罪；本地大老板没有生杀大权却能左右市场。反复比较后的表态少不了戏剧性，全都含糊其词：只要真正用于抗战，哪个龟儿子不支持。

再说道理已是多余，姚徵远带头表态，献出到盐都后的全部薪金。小管也代表秘书处紧跟市长献金。这态度没起带动作用，反而引来一波质疑潮："这世道作秀太多，让人分不清真假了。""谁说得清楚今后有人穿金戴银用的是不是大家献的钱。""向上司报损失都可以作假，还有啥不能做？"

听出是在针对谎报沉船，舒致怀也想加入吐槽，突然意识到刚才口无遮拦已经闯祸，只好像憋尿一样为难自己。

一个警察匆匆进来对小管低声说了一句话，小管马上凑近姚徵远耳边报告。所有人都猜到有事发生了，果然，是空袭预警，看来奸细真还没闲着。姚徵远要老板们别慌乱，从预警到鬼子飞机到达至少还有半小时，有警察在门外协助他们躲避。

几个盐场老板刻意走近巩德彬，提醒道："舒致怀早早地坐到门边，多半是晓得今天要空袭。"巩德彬原本想在这个自己促成的会上显示一下威望，构思好的剧本被姓舒的打乱，心里正憋气，烦闷地看了看说话的几个人，认出有两个也是从底层逆袭上位的，就说那两人："稍有成功就互相暗斗设绊，你们是咋回事？"

传统世家的巩老板似乎对逆袭上位的老板不缺成见。

走出市府巩德彬真还没少琢磨，姓舒的咋会坐到门边去？他一边轻视搬弄是非的人，一边又在意那些人的话，就像他既要嗤笑洪秀全妻妾成队睡特大床，又要想模仿。

意识到赌气争吵使那么多人大热天白忙一场，舒致怀一再自我责备，怎么说市长也在关键时刻替自己挡过刀，这辈子还是第一次遇到能公正待自己的官，即使不重金答谢，也不该一言不合就翻脸，自己是不是太过分了？

反复思谋如何填补对市长的亏欠。二公子要他反转态度支持献金，从大处说是支援抗战，从小处说也可减少对市长的愧疚。舒致怀嫌儿子想得华丽其实不实际，献金已经搞成夹生饭，眼下谁站出来献都会得罪一大片人，出钱不讨好相当于割鸡巴敬神，人割死了，神也得罪了。

二公子只好退而求其次，劝父亲不要再伙同旁人起哄，做人离不开境界，精神层面的才是灵魂，才对舒家命运有益。舒致怀一听就烦，如果靠几句话就能对舒家命运有益，自己还用得着打拼那么多年吗？要不是担心儿子前程，自己早甩手不管了，该死鸡儿尿朝天，由他去！关键是牵扯到儿子等于牵扯舒家的未来，只好选择去当面向市长赔罪。

走到半路舒致怀又犹豫了，自己在会上当众给市长添了那么多麻烦，靠说两句赔礼话会有用吗？万一市长要自己带头献金来做补偿，出钱事小，得罪众多盐场老板怎么办？

年轻时哪有这么多顾虑！

烦恼中看见何清晖在前面铺子门口询问什么，儿子说过她被除名后准备自己干点事谋生。舒致怀刚朝那边多看两眼，就见何清晖朝铺子里招呼了一声，然后顺街沿大步离去，临走侧目扫了他一眼，依旧是熟悉的仇恨目光。

舒致怀沮丧地呆立了片刻，又见桂芳从何清晖刚离开的铺子里走出，原来她俩在一起。桂芳倒是没抛来仇视目光，但也没搭理他，啥也没看见似的，朝着与何清晖不同的方向走了。

和自己亲密多年的三个妹子眼下只能见到桂芳，早想与她说说话，此刻她一个人正是好机会。

多年生疏令舒致怀不敢轻易开口，先远远跟在桂芳身后，直到走进无人的小巷才快步上前招呼。面对早年亲密无间的女娃，舒致怀竟口齿木讷，言不成句。

桂芳没停下脚步，问道："过去的事你不认账，捣乱献金你又怎么说？"舒致怀没想到事情传得这么快，忙申辩是巩老板先当众羞辱他。桂芳很生气："你知不知道好多人在为献金的事操心！"幸好四周没人，舒致怀抢着表白：

"老舒不是故意的，包括当年叮叮家的事，你不晓得老舒的难处。"

桂芳径自走路，舒致怀不再废话，抓紧时机做亲密状抱怨："你把你妹子藏在哪里去了？"桂芳停下脚步问舒致怀啥意思："是觉得我知道五妹子的下落，还是想激我对你说点啥？"说起这事舒致怀就动情："你就真的忍心看五妹子和老舒分开，一点不同情？"桂芳依旧如当年一般实在："当初你为啥不这么想？"舒致怀同样实在："那时候，老舒睡着了都在想如何比别人强，被人小看比挨刀更难受。"桂芳较真了："等觉得你比别人强了才倒回来想五妹子？当年你疯了一样逛春楼，五妹子没有嫌弃你；你把全部心思放在实现舒家的梦想上，五妹子毫无杂念地支持你。她没做那种轰轰烈烈的事情，但她实实在在站在你身后，这么顺意的女人离家后不给你一丝音信，你咋不仔细想想是啥原因！"

舒致怀连连点头，反复认同桂芳的话没错："老舒也是过了好多年才搞明白。"不知是舒致怀的态度还是桂芳想起了什么，她停下指责，自分开以来第一次正眼盯着舒致怀。

罕见而又期盼的目光刺激了舒致怀，他突发奇想，竟然提起孩童时期的游戏。如果桂芳回复他，那么，那条线就有可能重新接上。

可惜剧情没有如舒致怀的意愿发展，桂芳淡淡道一声她很忙，便走了。舒致怀呆望着桂芳的背影，似乎还同时看到叮叮和五妹子也在一道走。当初舒致怀曾梦想有钱后把三个妹子一起娶回家，那该是多称心如意的日子啊。事实是，想得越美，失落感越重。

半点真实情况也没问到，舒致怀索性横下心，反正已走到这里，不如再去碰碰方凤婕，像当年拿到当金挖耳勺的钱赌最后一凿。

看到舒致怀，方凤婕没显出意外，放下正在分拣的报纸领他去火灾后刚维修好的小屋。这地方可以避开旁人，舒致怀还算满意，说话也主动："老舒一直在猜你是谁家的闺女。"方凤婕打断他："我就一个卖报纸的，不值得舒老板费心思。"

舒致怀想过很多遍的话，一旦开口就不想中断："不管你是谁家的闺女，老舒都愿意补偿，无论补偿多少都行。"方凤婕奇怪补什么偿。好在舒致怀事先备有理由，借口是商行火灾损失大。方凤婕表情冷淡："舒老板真要有那份心思，为啥不补偿齐帮主和盐工帮会，为啥不热情参与正在动员的献金。"

舒致怀差点不知道该如何继续，慌乱中叹息方凤婕被传言糊弄了："老舒受不了世人冷眼才拉着翻板一道打拼。没想到命运像翘扁担，按下这头，那头又翘起来。钱是挣到了，翻板和老舒翻脸，三个妹子一齐和老舒疏远，尤其五妹子，跟着老舒吃了那么多苦，该当老板娘的时候她却离家走了，走的时候还有身孕。

"老舒和翻板都不识字，挣了几个钱想让后人转个命，都把娃娃送到外面去读书去开眼界。娃娃们长期在外，许多事情都是后来听别人说的。人世上各人的做法和看法不同，听多了有误解也是常事。事隔这么多年才说这些等于是废话，老舒也烦绕来绕去，直说吧，不管你是五妹子生的，还是翻板的后人，老舒只想知道，你是要出怨气，还是要报什么仇？不管啥老舒都认。如果你还像抓奸细时那样帮老舒，老舒记情，全力回报。"

方凤婕费了很大的劲，才控制住没翻脸："日本鬼子炸死乡亲炸毁家园，这才是最大的仇恨。你真要有良心，就参与献金支援抗战，这也是很多人正在努力做的事。"舒致怀试着再问："刚才那个事，你能不能简单讲一讲，一句也行。"方凤婕不想再耽误时间："舒老板请回吧。"

舒致怀满腔失落中也夹杂着一些侥幸，方凤婕没让自己太难堪，算得上客气了。想靠几句话消除那么多年的隔阂，肯定不可能，这一点舒致怀知道。

舒致怀绕这么一圈，无意中把何清晖带到报纸商行来了。

明明是看到舒致怀才跟来的，但何清晖自称是特意来告诉方凤婕一件重要事。方凤婕以为要谈献金的事，不料何清晖问她，喜欢穿阴丹蓝布衣服，是和她未婚夫有关系，还是和其他人有关。

方凤婕有些奇怪，如实回答喜欢这个颜色的布，未婚夫也说她穿着好看。何清晖追问，是不是因为谁参与了研制阴丹蓝布。方凤婕不知道有谁参加了研制，近些年喜欢这布的女子多了去了。何清晖这才说事，外面都拿她与市长夫人空缺来编织剧情，姚市长来之前参加过研制这种布，而方凤婕偏偏喜欢穿阴丹蓝布衣服。

何清晖了解过，因为抓奸细那天方凤婕领来市长助舒致怀躲过一劫，很多人怀疑方凤婕和舒致怀有关系。方凤婕辩解，本来她是要惩治舒致怀的，去多了舒家盐场，发觉那些与舒致怀有关的麻烦大多不是真的，她怀疑有人另有目的。桂芳姑姑也是这个看法。

何清晖说方凤婕一副视野开阔的样子，真拿自己当市长夫人了。方凤婕说她明知自己有未婚夫，还拿这话来取笑。何清晖感慨道，不是取笑她，而是核实她与传言相差多远。方凤婕说核实得差不多了还是谈正事。

方凤婕拿出几份特意保存起来的报纸翻给何清晖看，每份报纸上都有各地为抗战集资捐款的消息："别人搞得热火朝天，我们还迟迟不能动手。假如市府在假沉船事件上还拖延不前，不如我们离开市长自己来搞。"

何清晖也急着开启献金，但她不看好方凤婕这主意，普通老百姓缺乏权威性，弄不好别人还会说她们是打着献金的旗号骗钱。方凤婕想过这一点，说可以依靠盐工帮会。何清晖说盐工养家糊口都艰难，靠他们聚人气是好办法，要想献金的数额大，很难达到。

何清晖想到一个点子，这些日子歌咏队很火，可以让他们来造势。

提歌咏队离不开阳理事，提阳理事自然牵扯出舒致怀。方凤婕说她很担心一个有志气的热血青年，如果因个人仇怨招惹上麻烦就太可惜了。她数次劝阳理事，结果越劝他越要拧着干。

方凤婕说："你很清楚我惩治舒致怀的愿望有多强烈，我只是不希望阳娃子蛮干。我去盐场卖报还了解到，盐都底层上位的老板人数不少，如果阳娃子在舒致怀的事上做得不妥会产生误解，那就不单是舒致怀而是一个群体了。"

方凤婕承认和阳理事闹僵，除了舒致怀还有其他原因，但恳求何清晖暂不深究这事："不是故作神秘搞悬念，是阳娃子的自尊心特强特脆弱，需要小心呵护。"她想请何清晖出面劝劝他，一个时代有一个时代的热潮，这个时代的年轻人需要淡化个人恩怨。

方凤婕说："阳娃子现在对你有好感，一定会听你的话。"

何清晖要方凤婕回答一个疑问："你总拿你和未婚夫的约定来解释你的作为。你们究竟是什么约定？"

方凤婕要何清晖不必计较约定内容："如果你遇到一个能为你放弃大好前程的人，你会怎么对待他？"

何清晖红着脸问："你和他，你未婚夫，做过……那事吗？"

"这很重要吗？"

"对别人可能不重要，对我，很重要。"

方凤婕猜何清晖在意她和未婚夫发展到哪一步，多半还是和阳理事有关："这么说吧，无论今后发生什么事，我和阳娃子永远不可能有更亲密的关系。凭阳娃子的性情，他也绝不会再有这个念头。"

虽然满意方凤婕的态度，但何清晖并没有化解疑虑，不过，她还是和阳理事谈了方凤婕委托的劝告。

阳理事听了露出失望的表情，想不通何清晖那么恨舒致怀，怎么会劝他放弃惩处。何清晖直言这辈子都不可能放弃，她是不愿看到阳理事做后悔事。阳理事说他要是不做才会后悔。

突然想到什么，阳理事问她在办公室帮忙对二公子掩饰小手枪，是不是就是刚才讲的原因。何清晖好笑："你很清醒嘛，为啥总和方凤婕对着干，不会是故意掩饰什么吧。"

拗不过何清晖，阳理事勉强说："压倒我的最后一根稻草就是来自方凤婕和她的未婚夫。"

何清晖似乎察觉到什么。

# 八

献金的事迟迟没进展，即使几个倡议人不催促，姚徵远也很愧疚。每次看到报上刊载外地集资捐款支援抗战的消息，他都面红耳赤。去过三个国家学本事，却做不好一件没多少技术含量的事。

市府的座谈被空袭干扰，姚徵远突然想到求助高炮营。还好，事关筹措军费，高炮营营长请示上司后答应了他的要求。战时容忍市府带人访问，也从侧面证实了军费的不足。

姚徵远和盐场老板分坐几十辆黄包车，在路人的注视中朝高炮营驶去。走访高炮营毕竟是件稀奇事，盐场老板坐在黄包车上，再是故作镇静也掩饰不住神气。

高炮营接待很认真，预先在炮位边整齐堆放起几十炮弹箱，一队穿戴整齐的炮兵排列在路两旁迎接盐场老板们，并提供两个炮位以供参观。值班长官报告，为防鬼子空袭，还特地和前方的监视哨加强了联络。军方如此重视，姚徵远更内疚，再不开始献金真无脸见人了。

几个炮兵坐上炮位，转动高射炮给盐场老板们演示。然后列队请市长训话。姚徵远说请首席代表巩老板讲。

巩德彬很满意市长委他出面，颇有气质地面对立正望向他的炮兵，一下就被士兵带得严肃起来："内地的偏远地方也直接遭受战争的摧残了，日本鬼子已经炸死几百炸伤一千多无辜的盐都人，还炸毁我们的房子和盐场……"

舒致怀没听巩德彬讲话，独自靠近身后整齐摆放的炮弹箱，趁人不注意伸手动了动炮弹箱，果不出他所料，至少一半是空的。一个军官模样的人走到舒致怀面前，直言他没看错，除了弹药不充足，他们的高炮击发频率低，射程也有限，和鬼子飞机较劲，难度相当大。

被人发现，舒致怀有些尴尬，军官的态度使他又平静下来。活了几十年第一次有军队的长官客客气气和他交谈，舒致怀的自卑感陡减，说有几句心里话请长官莫见怪。军官回答盐场老板们是在为前线出力，值得他们尊敬。

舒致怀问："为啥我们不出动飞机？"军官很实在："我也在想这件事。"舒致怀问："是不是我们的飞机少？"军官很诚恳："我也纳闷。"

舒致怀换了个问法："好一点的高射炮和飞机，是不是价格很贵？"军官根据自己所知，简略谈了几种价格。舒致怀当即听明白，价格不是贵，而是很贵。

走访比预先计划的时间更短，前方监视哨通知鬼子飞机出动了。盐场老板们意识到又被奸细出卖了。按事前的预案，值班长官安排炮兵将盐场老板们领进防空掩体。

这次空袭就是瞄着高炮阵地来的，几架鬼子飞机无视高炮射击，趾高气扬地轮番攻击，好多年后参加过走访的盐场老板还记得，飞机身上的"膏药疤疤"标记不仅刺眼，还刺心。

黄包车队在返回途中陆续分散离去。姚徵远站岔路口逐一拱手送别各位盐场老板，同时幻想走访效果，假设巩老板或者其他某个老板能带头捐上一百万，献金的事就有个好的开头了。

正遐想，巩德彬跳下黄包车走过来，要代表大多数盐场老板对市长说句话。姚徵远满带期待等候着。巩德彬一脸义愤："请市长报告上面，少享乐，少贪腐，集中财力抗战。"

姚徵远几乎打不出喷嚏，这样的话，还用报告吗？

舒致怀不断自责小肚鸡肠，若干次懊恼后才醒悟，现实不是下棋，无法厚着脸反悔，唯一有弥补作用的是做点实事。

这个念头是盐工帮会的人触发舒致怀的。

或许是郑帮主在十家帮会中起带头的作用，各家帮主们数次来舒家盐场谈论献金，谈到后来竟然有帮主提议盐工帮会来组织献金："外人总说我们只会砸锅造反，这次让他们看一看，盐工一人扯跟卵毛也是一座山。"也有帮主不认同这想法："献金不是献毛，你扯再多也没用。"帮主们争论得最多的是不晓得钱最终献给了谁。舒致怀听多了帮主们的议论就有了主意。

巩德彬一再看不起他，他就露一手让巩德彬瞧瞧。

舒致怀对儿子说他琢磨出来了，献金不是搞不起来，是要公开搞，声势越大越能让众人少疑心。

这一次舒致怀不让儿子去找外援，要儿子自己去对市长说："让市长看到你舒廷钦的思维能力。"

二公子被父亲一句话点燃激情。这些天市长虽然满意来自民众的献金提议，却焦虑找不到合适的开启条件，如果这个时候能提出可行的办法，市长想不注意自己都难。

立即去向市长建议。二公子把话说得简单明白：这年头想要为抗战出力的人很多，献金肯定能得到众人响应。假如官方营造一个风清气正的环境，提供一个公开透明的平台，既能取得众人信任，也能激起更多人的热情。

这建议果然令姚徵远上心，一再问他是哪个部门的。二公子高兴也遗憾：前次就说过了，怎么市长会记不得哩？

方凤婕和桂芳夫妇也来找姚徵远，桂芳讲话照旧干脆："盐都确实有一千多个盐场老板，不过，盐都还有十万民众。要想尽快发动献金就不要盯着一棵树结果子。"姚徵远反复答谢方凤婕和桂芳夫妇顶着烈日满头大汗地来提建议，他多次碰软钉子后也在掂量换思路。

不知不觉姚徵远想起国外的洋妻。他和一个外国女子能走到一起，最重要的是有共同的关注点和相近的思维方式，与志同道合的心仪伴侣一道前行，幸福指数至少上升十倍。当然，这一切都成过去式了。

猛想起有一份下属报送的请示没批。又到一年一度举办灯会的时间，这是本地固定的传统节目，按惯例只报告不请示，只因战火烧到家门口，下属不得不请市长定夺今年搞不搞。姚徽远为此重翻史料，盐都灯会早在清朝就已名声响亮，是本地引以为豪的盛事。他曾偶然在山筅帮的会所里见到存放的旧彩灯，令外地人惊叹的走马灯，在盐都人手里则是小菜一叠。能把彩灯做得如此精巧生动，足以见民间底蕴有多深。

辛亥革命以后，盐都灯会固定在每年十月初举办，眼下才刚八月初……不对，八月是农历，报告末尾写有1942年9月12日。由此看来，自己已到任近两个月，这段任期从舒家盐场出事拉开序幕，几乎没有消停过。自己违背了多读书不做官的祖训，遭受到惩罚了。

集中思路几度推演后姚徽远果断在下属送来的报告上批复：为什么不搞？

办灯会是盐都全民性的大事，消息传得快，反应也强烈：天上有空袭，地上有奸细和劫匪，民众对上报假沉船满腹怒气……承受力差的官员遇到这种麻烦成堆的情况连尿都夹不住，就算海归市长心大，也不至于顶着巨大风险搞灯会。奸细对几十个盐场老板座谈和走访高炮营都不放过，会让挤满大街小巷的看彩灯的人平安吗？

负有安全重任的市警局局长顾不得上下级规矩，直接怼市长的批示太脱离实际。姚徽远说这是启动献金的首选方式。市警局局长说市长口口声声尊重民众，难道不包括他们的生命。姚徽远要市警局局长改变思路，搞不搞灯会都有空袭，哪能让小鬼子来掌控盐都人的日子。

以为制订好详细实施方案，结合民众躲空袭积累的经验，绝对有把握，但小管带回的消息给姚徽远的自信心打了很大的折扣：最有实力的一群盐场大老板都拒绝参加本届灯会。舒致怀不来，仅仅是他自己。巩德彬不来，还带动一大群其他盐场老板不参加。

再问不来的原因，小管表示不知道。

办灯会就是为大张旗鼓地公开献金，大老板们不参加，献金数量肯定大大缩水。姚徽远想上门去找，又担心像前几次那样碰一鼻子灰。不去，又没时间等待他们消气。

盐都历届灯会都热闹非凡，用民众喜爱的节目来营造献金的声势，姚徽远深信这个想法没毛病。不少人在齐耕读遇难后听到要号召献金就已表态参加，虽然那些人的献金数额不大，但是人数多，一人一块大洋也近十万，何况人均远不止献一元。与其把精力耗在一群大老板身上，不如先把灯会搞出样子来。

姚徵远心意已决，明确对外表示，本届灯会将是历史上最特殊的一次，注定载入史册，谁缺席谁的损失大。

二公子当面对父亲表达不满："是你要我向市长建议大张旗鼓公开献金，你怎么又不参加？"舒致怀要儿子不必多想："老舒因秘籍传闻和逆袭上位被众人盯在眼里，好多人逢老舒必怼。老舒如果参加献金，有很多想来的人也不会来了。来的人少了，你给市长的建议还能有多大的价值？"二公子不认同父亲的说法，又想不出话来和父亲争辩。

舒致怀招呼家人不做彩灯不参加灯会，六妹子提醒当家的，舒家制作彩灯的手艺再是不错，只要三两年不参加别人就会淡忘。舒致怀不多说，只把孩子们和用人支使去灯会现场打探情况。六妹子说："你要真放不下，不如就参加。"舒致怀不耐烦了："你懂个屁！"

灯会集中在一个街道片区，那儿的黑瓦平房透着几百年的稳健，一副我不改变你，你也别想改变我的模样。紧靠灯区是一块不小的空地，属于集散空间。去年的灯会也选在这地方。舒家和巩德彬及一群追随巩老板的盐场老板不参加，灯会区依然到处挤满悬挂彩灯的人，他们都在指定区域忙着布置，铆着劲要比别人的彩灯做得好。有做好后才提出来惊艳亮相的，有拿来局部在现场组合的，据舒家的孩子回来表述，尽管离完善还有很大差距，但已经开始显露出万紫千红的苗头。这三个娃娃都是六妹子生的，讲话语调没脱学生腔，舒致怀总觉得不如五妹子生的二娃。

舒家娃娃最感兴趣的是报馆的记者，羡慕他们拿着相机和本子到处采访。有个拿相机的记者趁挂彩灯女子和文字记者对话偷拍了一张，女子嗔骂，还没有摆好姿势就照，照丑了咋办。文字记者逗女子，影响了嫁人来找他。女子笑骂做梦，骂过又打量记者，问他多大年纪。

空地旁一块废弃的屋基上搭建起临时舞台，是给歌咏队提供的空间。舒致怀算是由此明白市长为啥一再重视歌咏队。

一群女娃提前在舞台前的空地上练排球。中学生女子排球刚在盐都兴起，每次比赛都自带轰动效应，引来很多人围观，看的人比打球的人更兴奋。舒家用人学给舒致怀听："拿小本儿的报馆记者问一个笑得合不上嘴的男子，是看排球还是看打球的女娃？男子指着报馆记者说，自己的鼻血都快流出来了，还问我。"舒致怀不相信用人讲的段子，快要流鼻血也看得出来？

还是二娃回家来讲的信息靠谱。二公子说姚市长一天去现场查看几次，有时还把市府一些官员带去巡视。市长这性情倒是合舒致怀胃口，不过，真正令他警觉的是崔家父女。

崔小樱站在围观人群中不断朝临时舞台上的二公子抛媚眼。前一天借口请教买什么手风琴，崔小樱将二公子领到她的房间，几乎没讲一个与琴有关的字，而是讲她父亲希望她嫁给盐都人，今后来督运盐才方便。崔小樱说嫁人这种事看似容易其实挺难，和一个缺少融合度的肉体长期挨来擦去很烦。然后具体说管秘书跟随长官太久，看任何人都先掂量利用价值。阳理事看似不缺才气但太爱出风头，注定招惹事。能留在她视线内的就剩舒家二公子。

崔小樱自称不惧和巩艳燕竞争，父亲很快要带她离开盐都，如果二公子开口她就留下来。说话间有意扭扭因天热穿得极少的身子，胸前两颗扣子不知啥时脱扣，露出不轻易外露的部位。二公子大热天也发寒战，借口歌咏队要排练匆匆离开，活生生掐断了一场色情戏份。

舒致怀不完全相信儿子在那种情况下会匆匆离开，随口念了一句本地山歌：一个坛子一个盖，各人的婆娘各人爱。警示的意味很明白。

二公子说观看女子排球时，崔老板的视线完全拴在球场上的巩艳燕身上。中途休息，趁巩艳燕去喝水，崔老板半路拦住她，明确说他可以帮巩艳燕实现个人理想。巩艳燕说自己就是贵人。崔老板被巩艳燕的傲娇弄得又喜欢又着急，只好严肃告诫，盐都已被日本人盯上，留在这里就是一个死字。巩艳燕说那么多人都不怕，她不比任何人差。

巩艳燕转身跑走，姿态轻盈活泼，临时舞台上的二公子清楚看见崔老板一直不转眼地望着，目光中充满无法掩饰的复杂内容。后来巩艳燕把对话内容转告他，二公子才品到那内容是什么滋味。

二公子声明讲这些是想告诉父亲，急着上床的不是他想要的，侧重物质条件的也不会是心仪的。舒致怀提醒儿子少读言情书，那都是文人宣泄自己心思编造出来的龙门阵，谁当真谁傻。

舒致怀又暗自琢磨，崔老板会不会是迷上巩家小姐，不惜拿女儿来换亲？究竟是舒家的行情看涨，还是巩小姐真的太如何？忍不住又抱怨儿子，假如早点和巩小姐上床，哪有后面这些剧情。

舒致怀催促儿子讲灯会准备如何防空袭。二公子说市长敢办灯会，肯定早有这类措施。舒致怀来气了，抱怨儿子搞不清现实，也不想想，近些日子的一次次空袭，政府那些措施有啥卵用。

舒致怀索性亲自去灯会布置现场逛一逛，并刻意选一顶旧草帽罩在头上。烈日下戴草帽很常见，旧草帽的帽檐下垂可以遮挡脸。

由各家做灯，进展相当快，已开始局部试灯，东一团西一团亮起一片彩色。大多数彩灯还是靠油灯发光，一小部分才是由蒸汽机发电。尽管彩灯在夏日白天亮度微弱，但依旧引人注目。

方凤婕和商行的人在组合彩灯，即使干活，她两眼也不断打量来往的人，偶尔还和明叔低声交流两句。舒致怀一看就明白这两人是在探察人群中的可疑人。像他俩这样自发搜寻奸细的人不少，舒致怀一路走来已察觉多起。自从齐耕读遇害，盐都民众查找奸细盖过了抱怨谎报沉船，盐工帮会还招呼所有弟兄留意行动诡异的人。舒致怀不看好这种做法，这么多人大张旗鼓寻找，奸细还会露面吗？

令舒致怀不满的是自己居然被列入嫌疑对象。盐管局的人来自省内多地已被留意，督运盐的老板群都是外省人更在观察范围内，来盐都考察投资的海盐大亨也被分析了几遍，传说有人甚至琢磨过海归市长。听到这些，舒致怀的不满情绪稍微缓解了一点。尤其看到阳理事被怀疑后在舒家盐场发牢骚，不停重复奸细会组织唱抗战歌曲吗，再联想到阳理事如何对自己，舒致怀居然有几分幸灾乐祸。

这会儿阳理事就在台上带领歌咏队排练。舒致怀暗暗嘀咕，他在外读过大学，搞的花样确实新鲜，所谓眼界决定本事真还不假，要是他不和自己作对，倒是值得让儿子跟他学些见识。只是，迄今尚未搞明白他究竟为啥那么恨自己。

鼓声响了，阳理事摇头摆腰动作夸张地狂挥鼓槌，击打出花哨的节奏。手风琴随着鼓声响起，舒致怀本想欣赏儿子的风采，没想到看见儿子身边那张空空的椅子，河边演唱那天齐耕读就坐那个位置拉板胡，舒致怀眉头一皱鼻子发酸，又咬牙切齿地咒奸细。

排练刚开始，巩家用人就来找巩艳燕，巩老板要她马上回家。巩艳燕根本不照她老爸的话办，要唱到阳理事宣布结束才离开。

事后舒致怀听儿子讲，中途来叫走巩艳燕的事以往不曾有过，马上要去省城决赛，巩艳燕是歌咏队领唱又是排球队主力，她要退出，那些练得很辛苦的同伴肯定会抱怨她。

舒致怀痛心儿子说话不像成年人，这世上缺了任何一头牛绞盘车都照样会转，那些唱歌打排球的同伴巴不得主角的位置空出来。二公子担忧巩艳燕一直身居C位，真要失去那个位置，她能承受吗？

舒致怀一口气憋在肚子里好一阵没缓过来，严肃告诫儿子，对巩家要一辈子仇恨到底。二公子居然蔑视他："赌气几十年把自己搞得很烦恼，没必要。"舒致怀几乎跳起来："你要处在当时的情形，你也无法忍受。"

二公子好一阵无语，难怪舒家办七天流水席，请遍方圆几十里的盐业人士，唯独不请巩家。

被父亲一番批评，二公子更放心不下巩艳燕，匆匆赶去巩家。自从巩艳燕提说要一起私奔，他对巩家小姐的情感自然升了一个层次。

巩艳燕正在房间里烦躁不安，有贴心用人偷偷进来传信，巩艳燕目不斜视跑出家门，见到二公子的第一句话就是："我正想你，你就来了。"二公子没心情腻歪，问她被她爸急着叫回家，是不是阻止她参加灯会。巩艳燕笑容灿烂地夸他真聪明。二公子暗暗承认，父亲对巩老板的研究，真够称得上专家了。

巩艳燕说她爸不让她参加灯会，是担心鬼子要来轰炸，奸细肯定早把灯会和献金的情报发出去了，这次空袭的规模极有可能超过前几次，参加灯会的人都有生命危险，没必要拿命去帮官员捞钱。她爸认定，盐都眼下奸细作祟、匪患四起、盐道不通、假沉船引民愤……这么多火烧眉毛的事市长不做，却冒巨大风险搞灯会为献金造势，无非是借抗战的名义让大家捐钱。

二公子问巩艳燕是啥想法。巩艳燕要听二公子的打算。二公子坚持先听巩艳燕的。巩艳燕给出简单与复杂两个答案：简单点说是不退缩，复杂一点就是坚决不退缩。二公子说都快急死了，她还有心情轻松。巩艳燕说急不急都一回事，没必要把自己搞得那么压抑。

巩艳燕其实反复思索过，正想和二公子商量，他俩不用再考虑私奔。因为世上到处都有不如意的事，离开旧烦恼，又会遇到新烦恼。"不如留下来帮我们的老爸跟上时代步伐。"二公子表示这想法有时代青年的气派。巩艳燕问为啥只夸这个想法,她的每个想法都有道理。二公子问她难道不怕空袭。巩艳燕似乎想得很明白:"鬼子炸死的盐都人难道还少了?即使不参加灯会,也会遭到空袭。"

轮到巩艳燕问二公子了:"为啥要强调空袭?"二公子承认是想劝巩艳燕不参加灯会。巩艳燕以为二公子想退出。二公子摇头道:"是我建议市长搞声势浩大的活动的,我死也不会退出。我是不想看到你出事。"巩艳燕较真了:"你自己留下做英雄,让我当逃兵?几十年后人们谈起盐都在抗战中的作为会怎样评价我?还有,你死了留下我,就不怕我难受?"

二公子眼圈红了:"我舍不得你死。"巩艳燕眼圈也红了:"别忘了我俩都是肩负历史使命的时代青年。也别忘了,没有这片土地就没有巩家和舒家,也没有你和我。"二公子问她这段话是课本上的还是她自己说的。巩艳燕不许他调侃:"你不能拿一个人的信仰来开玩笑。"二公子声明是不愿看到她难受:"你高兴的样子很阳光。"巩艳燕说:"没有你,我阳光不起来。"

二公子热血上涌,一把抱住巩艳燕,转瞬间又慌着放开。巩艳燕说她身上有刺吗?二公子说何清晖来了。

何清晖从旁边小路匆匆走来,一看她的眼神二公子就料到与自己有关,还没来得及开口,就听巩艳燕对何清晖说:"老爸讲过你被盐管局除名的事,如果何小姐不嫌弃,巩家盐场里的位置你随意选,老爸那里我能够做主。"何清晖说:"巩小姐不怕我和你争舒廷钦?"巩艳燕说:"你不会争,能被争去的你也看不上。"何清晖长长地看了一眼巩艳燕才说谢谢,她暂时不想做事。

二公子问何清晖是不是有啥话要对他说。何清晖愣了愣,要二公子多把心思放在巩小姐身上:"你父亲早年辜负过三个妹子,你别步他后尘。"说罢,冲巩艳燕挥挥手,走了。

这不是她要说的话,她急着来应该是有重要事。二公子拿定主意,等会儿务必去找她。

巩家人在灯会布展现场认出戴旧草帽的舒致怀,消息迅速传到巩德彬那里。巩德彬分析舒致怀是又想抢头功,就像复工一样。

巩德彬当即去找姚徵远,明确提出条件,如果市长不收舒致怀的献金,巩家承诺献一大笔资金，还可以带动一群大老板来献金。

这事传到二公子耳朵里，二公子正处在能憋住尿却憋不住话的年龄，立即跑回家见父亲。

二公子到家前舒致怀已听说这事。听说后他故意大声对传递信息的用人表轻松："老舒原本就不想献！"然后当着家里更多人说，"他以为老舒的钱是撒尿顺带流出来的。"

话是这样说，舒致怀心里依旧堵塞，记不起是哪天，反正是舒家连续遇到麻烦后，舒致怀曾梦见数不清的人上了一艘艘船，唯独把他撂在岸边。他孤孤单单地站那里目送船队远去，惊醒后才发觉大汗浸湿枕头和凉席，泼了水似的。同样裸睡的六妹子问当家的怎么回事，舒致怀嘀咕，今年的三伏天咋尿这么热。

再听儿子回来说巩德彬有条件献金时，舒致怀已稍微平静，二公子还带回了这个消息的延伸内容，姚市长没有采纳巩老板的建议。市长说抗战是全民的大事，他无权限制任何人。市长强调献金重在献字，如果是有条件出钱，何必叫献金。

舒致怀陡地一下牛起来，当初他熬野凼卤水凿盐井，有谁答应过？除了三个妹子，再就是他自己。曾经有过表弟翻板，最后还在关键时刻狠狠踹了他一脚。

舒致怀对儿子扬言，各人的卵各人捏，别管旁人放屁。

# 九

离整体亮灯又近了一步，到处闪烁着五彩缤纷的灯笼，给黑瓦平房添了不少艳丽色彩。但令姚徽远轻松不起来的是，一群大老板依旧不参加灯会。对清剿土匪和私盐贩子、梳理河道、清查奸细，他都有部署，恰恰很伤民众情绪的谎报沉船是省属部门的事，他无权过问。还有历次募捐的负面影响，也不是某一两个官员有能力消除的。

当然，那些老板来不来彩灯都会亮，无非献金的数额少一点。只是姚徽远无法不在意，这至少表明地方长官没有能力动员起更多力量。

祖上在此任县令的诸多记录中，最让姚徵远在意的是祖上离任那天，盐都民众站满十里长道两侧送行。民间画师给祖上手绘的肖像画这会儿就在他的箱子里。说对此不向往是假话，关键是要真正配得上。

民众冒险书写假沉船实情，对姚徵远冲击很大，尽管弟弟来信说省城有人议论他不懂官场规则，但他依旧把多份材料转呈上去。材料报上去没反响，反倒是应科长不知从哪儿听到消息专门来找姚徵远。

应科长指责那些材料是奸细搞乱盐都使出的花招，还质问报损三十万斤盐的数字是哪儿来的。姚徵远明确回复，盐都的歪脑壳船每艘运载盐不低于四百五十包，每包盐的保底重量是二百斤。本地人称一船盐为傲，每傲盐在九万斤到十万斤之间。既然上报沉船三艘，这道算数题不复杂。

看出国外回来的书生做了功课，应科长又讲自古都是官府帮官府，就算市长看重学问不在意官场规则，也不该帮老百姓为难政府职员。姚徵远说做学问的规则是，该怎么样就怎么样。应科长顾不上客气了："市府没有能力招呼民众，才找托词拉其他人陪绑。"

应科长不再被动防守，临近灯会前夕又上门来指责市里借献金捞钱，进展不顺才把锅甩给盐管局。姚徵远要证据。应科长说既然声称为抗战献金，为何不敢把献金的监督管理公开化。

姚徵远感谢应科长的提醒，当即把管秘书叫进来，吩咐马上起草本次献金的组委会名单，除市府相关人员，再加上盐工帮会和盐场老板，特别提到务必写上盐管局的应科长和税警队。

姚徵远说："我们一起来化解民众对献金的疑虑。"

看出书生市长想套紧箍咒，应科长暗暗冷笑他太迂夫子气。

应科长和田队长正商量如何应对姚徵远时，土匪和私盐贩子又到老镇码头抢劫了。田队长一脚踢翻凳子，带一队税警朝老镇码头跑，一路朝弟兄们喊叫："啥事不顺都怪税警队。弟兄们给我拿点真本事出来，不然这辈子没脸见人了！"

税警队和市警局这一次速度快，配合也默契，分别从两个方向围向老镇码头，私盐贩子和土匪显然有预案，不纠缠，顺着怎么看也不是路的地方跑了。税警队和市警局分两路扑向植被茂密的起伏山丘，才一会儿就看不到私盐贩子和土匪了，田队长气得跺脚大骂。

侧面突然传来密集枪声。

田队长和市警局局长都以为对方找到目标，奋力朝响枪的地方围过去，却惊讶地看到山湾里，一群土匪和私盐贩子面对一座树丛密布的小坡跪着。山湾里还回荡着响亮的呐喊，猜不出四周埋伏了多少人。私盐贩子和土匪身旁，枝叶与尘土凌乱，两三个土匪头子中弹倒地，显然是刚才那阵枪声的杰作。

认栽的私盐贩子和土匪已将武器和抢得的盐包扔得满地都是。田队长和市警局局长一看就懂，埋伏的队伍占据有利地形，加上左右夹击的税警和市局警察，私盐贩子和土匪无路可逃，被迫就范。问题是，哪家队伍把私盐贩子和土匪堵住的呢？据市警局局长掌握的情况，盐都地盘上没有这样的队伍。

正前方小坡上站出一个戴草帽的汉子。丘陵地的山坡高度有限，能看到汉子身后丛林里若隐若现的持枪人。戴草帽的汉子朝坡下喊：“私盐贩子和土匪归你们了。”田队长惊得发蒙：“他说的什么？"市警局局长也很难相信：“没听错吧，他知道这个功劳有多大吗？”

田队长和市警局局长望向前方，小坡上已不见戴草帽的汉子，满坡树丛中没有半个人影。两人琢磨帮了大忙悄悄走掉的是什么人。刚才已注意到，他们没有统一的军装，离开的动作也不像正规军队。

田队长和市警局局长走上小坡。坡上植被茂密，的确是埋伏的好地形。此刻，除地上散落的子弹壳再无其他。如果不是这些弹壳和下面那些土匪与私盐贩子，真怀疑刚才是幻觉。

市警局局长愣了片刻，说：“剿灭了土匪和私盐贩子，我们又捡了便宜，只是，心里总有股说不出的滋味。"田队长没接话，他的心绪不比局长轻松。

事后，市警局局长向姚徵远报告，战乱年头各种队伍多，不足为奇，问题在于这一带从没有出现过训练有素的武装队伍。听人说起过一支隶属中共的川南游击队，但这支游击队一直是个传说，没有人见过。

市警局局长印象特深的是那个戴草帽的汉子，身体健壮，应该是干体力活的。盐都的壮劳力几乎都在盐工帮会，帮会里的首领都有过多次照面，没见过那汉子。除了盐场，附近的酿酒烧坊也不缺壮劳力。提到烧坊，市警局局长想起两个下属曾经被灌得烂醉。

招来监视保育院的下属询问，得知明叔昨天又去了酿酒的大烧坊，到这会儿还没回保育院。市警局局长不得不怀疑,是巧合还是真联系在一起了?明叔不做酒生意,一再去酒作坊干啥?而且,每次他去那里,都要上演一点意外的剧情。上次是便衣警察被灌得不省人事,这次更来劲,竟然与剿灭土匪和私盐贩子撞一起了。

那家大烧坊的嫌疑陡然放大许多。

市警局局长特意邀上田队长,带上人马一路狂奔到大烧坊。

大烧坊里的酿酒工人多,壮劳力也不少,只是没看到一个眼熟的,更没看到那个戴草帽的汉子。

不知是不是心理作用,市警局局长和田队长怎么看都觉得这个规模不小的烧坊有股与众不同的气质,偏偏找不到任何可以证明这种感觉的线索,只好无功而返。

市警局局长和田队长一路嘀咕,是他们运气不好,还是事情真不简单?

舒致怀故意与巩德彬拧着干,偏要再去灯会转悠,本意是做给巩家的人看,却不料遇见方凤婕也在灯会展区内逛。

感觉方凤婕依旧对他冷漠,但眼里的恨意似乎淡了一点。舒致怀想打招呼,结果方凤婕先开口,她说舒老板的眼睛根本没盯彩灯,一定是在找人。舒致怀察觉她也如此,于是回答:"方女子找什么,我就找什么。"

姚徵远赶着在亮灯前做最后的检查。看到市长走近,舒致怀不想引起新的闲言便走了。方凤婕站原地没动。小管提醒市长,方女士想和他说话。

小管有其他意思。

早上小管给姚市长收拾办公桌,看见一封新到的信,寄信地址是省城,以为是上面的批复,拆开才知是市长母亲的来信。小管正感慨姚母的字写得棒,突然扫见令他惊讶的内容——姚市长在国外的洋妻提出离婚。

外面盛传市长喜欢方凤婕,小管上心了。

方凤婕站在原地其实不是看姚徵远,她留意到了远处某个人,姚徵远搭话她也回应得勉强而短促。姚徵远留意到这点,于是谈起亮灯后接踵而至的献金,他说总算没辜负他们的好提议,明天正式开启公开献金。已有好些盐场老板答应来,只是这些老板的盐场都不在规模效益前一百位中。要让献金达到较大数目,还需要再动员,尤其规模效益稳居前三名的巩德彬和舒致怀,任何一位出手都会是以百万计，还能带动一批有实力的盐场老板。

方凤婕听得不专注，目光不断投向远处人群。

姚徵远索性直接征求方凤婕的看法："你是本地人，凭你的经验，巩老板和舒老板，谁更容易被说通？这两位任何一位都有实力给献金添彩。"方凤婕两眼继续望向远处，回答的内容却不缺价值："舒老板这么多年最烦恼得不到尊重，市长不妨从这点上考虑。"话音未落，方凤婕急促道声抱歉，匆匆离去。

小管过来问市长，为啥没和方凤婕多聊聊。答非所问，姚徵远说趁还有一会儿才亮灯，得去一趟舒老板家。

听到市长要去自己家，舒致怀赶在他前一步回屋。

猜到市长是来谈献金，不等姚徵远坐定，舒致怀抢着表态："市长这么在意老舒，老舒斗胆讲几句真心话，算是报答市长。再怎么说老舒也是中国人，家国大义的话老舒说不出几句，献金的事肯定会参加，只是不会出面领头。过去每次捐款都有人在中间做手脚，让捐款人伤透了心，现在成了谁承头谁挨骂。说实话，盐都有奸细，白天亮灯挨炸弹，晚上亮灯挨炸药包，搞灯会冒险不讨好。老舒真心佩服市长大人的勇气。"

姚徵远感谢舒老板的坦诚，也回敬两句真心话："盐都是国内目前唯一能集中产井盐的地方，有责任、有义务、也有条件为支援抗战做点实事。眼下一千多家盐场老板都在看你们几家大老板如何做，这正是你们展示境界的好机会。"舒致怀不懂什么境什么界，姚徵远抛开书面语言，来实在的："鬼子不断空袭盐都，难道舒老板不怕喜爱的盐场被炸毁？"舒致怀深感意外："市长还会关注老舒的心思？"

姚徵远说："舒老板重自尊自强，在抗战大事上有良知，近一个多月来，盐场开工，舒老板是头一批；参加梳理河道，舒老板支持你家二公子带头；查找奸细和举报假沉船，舒老板也有作为。这些事，你不说，旁人照样看在眼里，徵远也记在心里。"

突然被人当面夸奖，舒致怀有些不知所措："老舒自幼受苦受累，最不能忍受的就是被轻视。老舒不想和谁比输赢，就是不服被人小看。"

姚徵远说："要是日本鬼子打过来了，哪怕你赌赢一万口气，还是不能伸直腰杆放宽心过正常人的日子。"

姚徵远说:"盐都民众发起献金,令徵远很感动。徵远身为现任市长,假如不能与民众一道做成这事,将会羞愧终身。徵远是搞学术的,没想过靠当官立世,不在乎被人说三道四,无论最终能募到多少军费,徵远都会尽全力去做,不是赌气,而是深信盐都的民众。"

姚徵远站起身:"该说的和不该说的话,徵远都说了,舒老板你自己拿主意。"然后拱拱手,道声亮灯时间快到了。舒致怀呆望着市长和小管走出舒家,竟忘了送一送。

那天傍晚,市长刚走,又有两个人接连来舒家。这段时间人们都疏远他,突然一个傍晚三拨人上门,而且个个有身份有脸面,令舒致怀好一阵忐忑,反复琢磨是好事还是坏预兆。

灯会现场举行剪彩仪式。一根大红绸横在众人面前,剿匪有功的田队长和市警局局长手拿剪刀站在红绸边等候剪彩。可能是第一次享受这种荣誉,两人脸绷紧,手也微微发抖。

本来还邀请了发起献金的几个代表担任剪彩嘉宾,方凤婕、何清晖、明叔、郑帮主都没答应出席,只有桂芳领着两个烈士后代到场。邀请到的两位盐场老板也没来,理由是他们的盐场没进盐都的前一百名,不敢做代表。

剪彩嘉宾后面站立着市长和一些官员。

剪彩前巩德彬安排人给姚徵远带话,指责市长没有答应他的有条件献金,还故意去了舒家,不分是非乱站队。姚徵远托带信人回复巩老板,他没兴趣介入老板之间的恩怨,只在乎未来盐都的史料上如何记载抗战时期的内容。

事实上去舒家前姚徵远还先绕道去了一趟烈士遗孤保育院,单独和桂芳聊了一会儿。

桂芳答谢市长关心保育院,回答问话也多了实诚。其中一段话对姚徵远触动颇大,大意是说舒致怀十岁不到成孤儿,这种无人照管的娃,走错一步就成混混,即使不走错也容易浑浑噩噩过一辈子。幸运的是他有舒家曾祖父那样的偶像,有舒家秘籍支撑底气,身边的三个妹子也无意中成为激励他的重要因素,当然,还取决于舒致怀自己有向上的潜质。至于后来的纠葛,各执一词,没人有精力有兴趣来厘清别人家的事。

姚徵远没有打听桂芳与舒致怀为啥不再来往,也无心追寻舒家秘籍的真相，他集中心思琢磨舒致怀这个人：不像戏剧里叱咤风云的主角，也不像贪婪土豪或编造谎言挑唆是非的小人，能从普通盐工逆袭上位，也许是机遇和偶然，也许是若干努力的积累，这个世界，或许原本就缺少从天而降的运气，更多的是不同的环境塑造不同的人。

去了舒家姚徵远也没对舒致怀多讲，直到走回灯会现场还处在不平静状态。只是，此刻的不平静已集中在灯会的成败上。

几把剪刀同时剪下，长长的红绸被剪断，鞭炮声和川戏锣鼓及唢呐吹打声同时响起，彩灯哗地一下全亮，灯火灿烂，色彩斑斓，装点出一个既陌生又熟悉的傍晚。盐都史上最著名的一届灯会在争议声中拉开帷幕。

大场面拉开，姚徵远的笑容背后暗藏着紧张心绪：鬼子飞机不会在傍晚来，即使如此，要防范的内容也还很多。

傍晚三个来舒家的客人中，应科长是第二个。

盐管局的人以往来过舒家盐场多次，管盐的衙门，不来才不正常。问题是应科长从未单独来过。县官不如现管，长短方圆全得随他说，舒致怀明知自己没招惹王法，看见管事的长官降临，还是几番想去茅房尿尿。

应科长自称是来给他通风报信，政府和民间都在查找奸细，已经形成巨大声势，有人举报舒老板说过一些出格的话。应科长表达不同看法："舒老板真要做啥不会挂在嘴上，出现这样的举报明显是故意拿你来搅浑水。"

舒致怀听不出这位管盐的官员要说啥。

应科长问舒致怀："秘籍是真的还是假的？我少说也管了好些年盐，从来没见到过这类东西。"舒致怀一听就有了底气，那点年份算个卵，自己拿野水函的卤水熬盐那阵，他的毛还没长齐哩，于是故作神秘地回答："假如一摸到盐就能见到秘籍，那还叫秘籍吗？"

舒致怀原本只想炫耀炫耀，过过嘴上和心理上的瘾，没料到这话会引出一次交易来。

应科长绕来绕去地讲了个桥段，说众人对报损盐的事不是误解，是眼馋，是愤怒这么大一笔钱不能落一毛到自己手上，这是世人常有的劣根性。如今这笔钱正在来盐都的路上，盐管局是不会要这个钱的，名不正言不顺嘛。那么，馅儿饼来了，盐管局想把钱给谁，就是一句话的事儿。

舒致怀不想听，和自己没半毛钱关系的事，听多了耽误工夫。

应科长笑得意味深长："就看舒老板有没有心思想要那笔钱，这出戏其实很好演，市府不是正在玩献什么吗，舒老板如果献秘籍，并委托盐管局转交，这样，盐管局就可以名正言顺地给舒老板颁奖，让舒老板理直气壮地得到那笔报损盐的钱。三十万斤盐啊！舒老板清楚这是啥概念。"

传承多年的盐都灯会名不虚传，彩灯形态丰富，有动有静，尽管还没天黑，会场仍然被鲜艳色彩隆重包裹，显得分外靓丽。姚徽远再次暗暗夸赞二公子的建议，借助这个知名度很高的平台，肯定能吸引盐都各类角色朝这儿集中，包括迟迟没确定的奸细。

五颜六色的彩灯本来就够眼花缭乱，中学生女子排球赛又给灯会增添了活色生香的元素。

围观民众的呐喊声不断。离天黑还有一段时间，舞台前高挂的电灯尚显不出威力，远不如台前坝子里生气勃勃，中学生女子排球赛果然自带轰动效应。

围观的人很多，人们对新事物的兴致不因战争而减少，哄笑声与喊声一波接一波。傍晚没有烈日烘烤，比赛的和观看的人都更容易集中精力。场上最扯眼的始终是巩艳燕，无数眼球随着她转来转去。巩艳燕每触一下球总能引爆一波叫好声。

姚徽远没有被排球赛吸引，相反，每爆发一次喊声，他都会在心里咯噔一下。尽管早有多方面布置，人多势众的盐工帮会也主动安排了一大批人渗入到人群中，有若干双眼睛紧盯着需要盯的人，姚徽远还是没法平静。

傍晚来舒家的第三个客人，是外地来督运盐的崔老板。

崔老板是近期舒家的常客。一个外地人多次在他倒霉时主动亲近，舒致怀不得不反复琢磨：商人不做无利的事，崔老板的理由肯定不是他嘴上说的，戏里和评书都是如此讲。舒致怀想过他是不是冲秘籍来，又没把握，结果应科长的到来帮他强化了这个推断。

舒致怀逐渐认定应科长和崔老板都是找借口来套舒家秘籍。

他故意告诉崔老板，刚刚连续来过两拨客人。崔老板没露出惊奇，反而挂起微笑："但愿我没有来晚。"

崔老板自称是来履行承诺的，他说过要帮舒老板，现在是时候了。"皆因姚市长好大喜功或者另有所图，强行在空袭时期搞灯会，必将给盐都招来横祸。"崔老板自称想在关键时刻，帮舒老板避免或减小灾难。

崔老板提出的避灾减损设想既简单也明确："舒老板从一无所有的盐工逆袭成大老板，对盐都的盐业发展极有意义，但好多人看不到你的成功带来的蝴蝶效应，一味嫉妒你的秘籍你的收获，或在人前指责你，或在背后算计你。你没必要再留恋这儿。"舒致怀打断崔老板，如实说至少一半的话没听懂，要求再简单实际一点。崔老板没花时间给舒致怀补课，直接提出，"自从有了空袭，盐都已不再是过去意义上的后方，再多的产业都有可能在一瞬间化为灰烬。舒老板如果去……比如去视野更开阔的沿海地区，对舒老板本人及舒家后人是保障，加上舒老板手握秘籍高人一等，前景肯定不可估量。"

舒致怀睁大双眼说不出话，崔老板以为他留恋搬不走的财产，于是劝道："搬新家总是要丢弃旧家什的，到新地方，那里会有人补贴开办费。舒老板凭借祖传秘籍，可以在那里挣到更多的钱。"

舒致怀突然冒起一个念头：沿海大部分地方已被日寇占领，到那里搞盐业等于替鬼子产盐。许多位于沿海战区的海盐企业，宁可停业解体也不为侵略者生产半粒盐，舒致怀曾亲眼见到两家海盐企业来盐都寻找出路。自己上有祖宗下有后人，要对得起自家这个舒字。

想这些已是静下来以后的事，当时舒致怀只是告诉崔老板："老舒能走到现在，主要是对这个地方熟悉，不管是当初空闲的那些日子，还是后来的军阀混战，老舒几乎都能找准哪个缝隙有路可走，知道如何能出更多的盐。假如离开盐都到一个摸不着魂头的地方，就算遇到肥肉烧鸡，老舒也不晓得该如何下口。"

这番话说得如此顺溜，连舒致怀自己也纳闷，难道忘了近一个多月的折磨，忘了三十多年来不断遭遇的冷眼轻视和挑衅？事后反思，他根本没想那些，遇到烦恼是人生中的常事，再正常不过。

后来舒致怀越想越蹊跷，商人不结交对自己无利的人，崔老板究竟看中他的什么：产业？本事？秘籍？舒致怀回想与崔老板的几次交往，越发觉得被崔老板盯上远不止三五天，只是这之前崔老板一直在绕圈子，比应科长更会绕，但迟迟没绕到真正目的上来。

反复思索中又回忆起闯河道限制区的当天夜里，崔老板也来过舒家，不是来给他点赞，而是借提醒为由上门劝阻他。假如崔老板今天不怂恿自己离开盐都，那自己就真把他的言行看作是好心肠了。看来，再精明的人，只要急于做什么，就会露出破绽。

思来想去，最有说服力的推测无非两点：一是崔老板在打舒家秘籍的主意，不然，为啥反复提到舒家秘籍？二是……舒致怀觉得第二点非同小可，立即吩咐用人去找二公子。

等待二公子回来的时间里，舒致怀一直坐立不安。处在倒霉时期的自己居然有机会连续接待三个上门的客人，而且个个有身份有脸面，要是这都不能激起自己一点想法，那自己的脑子只能是进水了。

二公子一进门舒致怀就抢着把心思对儿子讲了，尤其强调崔老板疑似奸细。出乎舒致怀意料，儿子也有同样想法，这想法还是与方凤婕、何清晖、郑帮主等人交流后产生的。

那天二公子拥抱巩艳燕，被何清晖赶来打断，事后二公子专门找过何清晖，果不出所料，何清晖是来和他交流新线索的。讲新线索前何清晖先问他，不少人怀疑他父亲是借查奸细掩饰自己，假如真是奸细他该怎么办。二公子毫不含糊，坦言自己会亲手捆他去报官。

何清晖这才说桂芳院长告诉她，和围殴舒老板的那群娃娃细谈过，那些娃娃果然是被怂恿的，煽动那些娃娃的人中最刺眼的是崔小樱。桂芳院长要何清晖赶着去提醒二公子多个心眼。

与二公子有交流的几个圈子中，也有人将崔老板父女和阳理事圈定为嫌疑人。二公子凭借职业便利也了解到不少信息，只是他过于感性，很难接受崔小樱和阳理事是嫌疑对象。

二公子陪父亲再次梳理过往的戏份：安葬齐耕读那天，郑帮主看见崔老板脖子上有抓痕，但郑帮主说一点抓伤容易找理由搪塞，不能急着下定论；阳理事是二公子的偶像和老师，圈子里透露出的线索是阳理事在省城上大学期间有过数次过激行为，曾被有关方面重点监视，被迫离校回老镇。二公子征询父亲，该如何面对阳理事。

舒致怀没心思讨论如何面对，说各方面同时较真，奸细肯定有最后的挣扎，从古至今戏里都是这么演的。说着舒致怀不免焦急起来，有了线索市长为啥不抓人，怪不得讲评书的说秀才造反，三年不成。二公子说姚市长不是类型化的书呆子，他可能在下一盘什么棋。舒致怀要儿子少点废话多些实在，这届灯会与以往不一样，要加倍留意。

二公子没心思听父亲重复叮嘱，阳理事被嫌疑，他不得不担心歌咏队，赶回灯会现场天已经黑了。

夜晚使灯会的魅力发挥到了极致，吸引来众多的观灯人。密集人群在五彩缤纷的光影里踱步，古老街道犹如霞光笼罩，千姿百态的彩灯是一种亮点，被多彩灯光映照的面孔又是一种亮点，难怪有演看灯人的戏，估计编戏的伙计逛灯会就是看人多过看灯。

临时舞台前，比赛过中学生女子排球的坝子已被小贩占领，摆放着琳琅满目的各种小吃和自制玩具，此刻顾客却不多，人们都挤在旁边彩灯区看傍晚才开幕的灯会。总有更新鲜的取代新鲜的，世事大致如此。

舞台已布置妥当，如待开放的鲜花静候时光。有人在上面看守。二公子望着舞台又想起阳理事的奸细嫌疑，担心起这些日子的排练会不会白干。

二公子不知道，人活在世上，原本就要白干不少事。

十

这届盐都史上最著名的灯会，亮灯的第一天也是献金的第一天。

一大早献金区就堆满了人。献金地点设在舞台侧面预留的空地上，一字形摆开几张长条桌，桌子上方高悬三条横幅，每条上标五个大字：为抗战献金。重复产生分量，简陋不缺气派。十多个市府职员胸前各挂一条鱼尾状的红纸条，上写"献金助理"，站在长条桌后接受民众献金。随着长条桌前排队献金的人移动，桌后几个箩筐里的纸币和银圆不断增多。

长条桌侧面竖起一排壁报墙，最上方三个大字：献金榜。不时有人将献金簿上按记录顺序编号的姓名及数额抄上榜，每一个编号的内容都即时出现在公众视线中。负责指挥这事的就有盐管局的应科长。

规模一般的盐场老板来了不少，大盐场老板几乎没来。大批小学生出现是事前没料到的，孩子们抱着存钱罐来献金，看得人心里阵阵发热。

盐工帮会是敲着锣鼓来的。十面旌幡般的旗帜上标注着各家帮会的名称：机车帮、山笕帮、车水帮、牛牌帮、烧盐帮、捆盐帮、扛运帮、橹船帮、转盐帮、山匠帮。姚徵远逐一致谢各位帮主："历史上中国屡遭侵略，之所以至今没亡国，就是每当国难当头，总有众多热血民众站出来。"姚徵远承认，他敢于接受建议，拉开架势搞献金的底气正是来源于此。

除了自己献金外，明叔还代别人献上一个包裹，声称是缺盐的地方委托他买的。

市警局局长和田队长隔着人群打量明叔，对比戴草帽的汉子，总觉有点像又不大像。市警局局长叹息，早知道那天带个照相的人。田队长调侃道，有钱难买早知道。话出口突然想到报损沉船的事，一下有些走神。

灯会的第一天二公子差点惹出麻烦，他看见阳理事捏着两个小包站献金桌前，本能地想起圈子内传递的奸细嫌疑，立即紧盯阳理事手中小包靠过去。

阳理事将两个小包放桌上，一个是他献的钱，另一个他说是替歌咏队的一个同伴献的，那人前些日子查奸细牺牲了。献金助理抬起头，叹一声是他啊，将笔和献金簿递给阳理事，请代写上名字和数额。阳理事拿着笔略一掂量，写下"抗战英烈的孩子"。献金助理伸出双手接过献金簿，破例朝献金簿鞠了一躬。

二公子暗暗庆幸没冒失，为掩饰尴尬，没话找话地对阳理事说这两天除了歌咏队排练几乎见不到他。阳理事回答要赶在决赛前做完要做的事，然后怒称听到自己被人怀疑，这口恶气绝不白受。

本该留意阳理事要赶在决赛前做完什么事，二公子一不留神就忽视了。让二公子注意力跑偏的人是何清晖。

何清晖在献金桌上放上一张存单。献金助理拿过献金簿请她写上名字和数额，一抬头发现人已离开。献金助理惋惜，要上史册的事也有人放弃。

二公子追过去想叫何清晖回去签名。刚追到小巷口，见何清晖和明叔在与阳理事说话。这三人这么快就走到一起，即使他们与父亲没仇怨，单凭圈子里传递的奸细嫌疑，二公子也下意识地靠近。

明叔选择这条离舞台最近的小巷道拦截阳理事，竟意外将何清晖也一并拦住。阳理事猜到明叔的意图，抢先说有些事何清晖谈过了，不必再谈。明叔说："就算是戏剧悬念，也该绾一个合理的圈圈了。"阳理事说："明叔对我有恩，你说啥我都愿意听，只要不是谈方凤婕，那对我来说不是一段值得炫耀的光彩经历。"何清晖劝阳理事："有心思在这儿瞎扯，为啥不听明叔说几句。"

明叔说："你桂芳婶婶要我早点来劝你，对过去耿耿于怀，伤害最大的其实是自己。"阳理事急了："我就是不想再次被伤害，才不愿提！"明叔似乎也急了："我和你婶子都想不通，如今都在做和抗战有关的事情，你还是上过大学的，为啥把心思花在个人斗气上！"

明叔说："万一闹出大麻烦，年纪轻轻的就把自己搭进去，值吗？"阳理事不服："舒致怀和我家那么大的仇怨，她方凤婕能放下，我做不到。"明叔说："和日本鬼子随心所欲朝你头上扔炸弹比，还有啥仇怨比这大？你带的歌咏队唱得那么好，为啥做事这么离谱？"说着，明叔来情绪了，"不耽误你演出，你好好想一想，想讲就来找我。"

幸好明叔是朝小巷那头走，把二公子吓得不轻，万一传出立志走仕途的人偷听别人谈话，格调就低了。

正要离开，突然听到阳理事对何清晖解释："我不愿惹明叔生气。父母去世前在明叔那里给我们藏了一笔钱，明叔照看了我们好些年。"何清晖说："事情不完全是那样的。"

二公子又不想离开了。

何清晖要阳理事想一想，为啥后来是齐帮主资助他。阳理事理解是方凤婕和齐帮主的弟弟好上了，不愿搭理他，让明叔把他转给了齐帮主。何清晖嫌阳理事不多动动脑子，问道："方凤婕想转就能转吗？就算明叔听她的，齐帮主会答应吗？"阳理事奇怪道："你怎么会知道那么多？"

站在小巷口的二公子也冒出同样的疑问。

身后传来同伴的声音，二公子看到歌咏队的人已在台上开始做准备，再看小巷内，领队兼指挥阳理事还没动步。偶尔有零星路人走过，巷内的谈话肯定不会长，二公子不想放弃。正琢磨着，听见何清晖告诉阳理事，昨天桂芳院长主动找到她，问她为啥会与方凤婕有过一段时间的隔阂。何清晖说已多次和方凤婕沟通。

当年几个同乡孩子离家几百里读书，再是世道不太平不暴露家世，也难免嘴上有不严的时候。共同的仇怨使何清晖与方凤婕结成同盟，常私下商讨如何对付舒致怀。两人后来的隔阂其实是王峻阳引起的。

亲近久了情感难免变化，王峻阳和舒二妹成了情侣，一次两人在逛街时遇上日寇空袭成都，舒二妹在轰炸中惨死。方凤婕与何清晖为此时常抱怨王峻阳没尽力，并且疏远他。何清晖在那段时间与舒廷钦相好了。又过好久，何清晖惊讶地发现方凤婕和王峻阳走得很近。更戏剧性的是，再后来何清晖得知热恋的舒廷钦竟然是仇人的儿子！何清晖有了被戏弄的感觉。

要是当初不跟着方凤婕一道疏远王峻阳，或许不会糟蹋自己的初恋。更难接受的是方凤婕却和王峻阳走近了。

桂芳院长问过何清晖："如果没有那回事，当年你是选王峻阳还是舒廷钦？"何清晖沉闷片刻才回答："关键在于方凤婕没对我说真话。我是她盟友，她却对我隐瞒真情。"桂芳院长念叨了一句："越是觉得关系不一般，对对方的要求越高，人都这样。"

阳理事说何清晖数次扬言要核实的，原来就是这事。

何清晖说昨天桂芳院长从另一个角度对她讲了那段往事。

当初与舒致怀亲近的三个妹子，最先表明要嫁给舒致怀的是叮叮，结果叮叮嫁给了翻板。叮叮和翻板生了两个女儿，翻板想要个能帮他打理盐场的儿子，恰好叮叮娘家的哥哥穷，孩子多，就把阳娃子过继给翻板和叮叮。按规矩写契约要有人做证，当年明哥是此事的见证人。

王峻阳这名字是翻板和叮叮专门请人取的，按几十年后的说法是经专家论证过的。论证费似乎没白花，王峻阳读书超强，为使王家产业长远，翻板和叮叮改让王峻阳做上门女婿。刚要请明哥来修改契约，翻板遭遇破产。更糟的是翻板落气前莫名其妙念了一句戏文道白，被逼债的人解读成期望报仇。为防不测，桂芳要明哥连夜把王峻阳和翻板叮叮的两个女儿送到外地。

舒二妹是叮叮和翻板的大女儿，用的桂芳的姓。叮叮和翻板去世前没有来得及公布王峻阳与哪个女儿成亲，王峻阳与舒二妹属自由恋爱。

叮叮临终前委托桂芳夫妇照看孩子，并且不让桂芳夫妇为她和翻板办丧事，省下的钱供孩子们读书。其实卖盐场的钱还债后留给孩子们的不多，桂芳和明哥要养三个儿子，也无力长期资助他们。那时候王峻阳的成绩排全校前两名，靠了几拨人接力相助，才没耽误上大学。

阳理事打断何清晖："后来的事大致清楚了。"何清晖不这么认为："你要清楚就不会有后来的剧情。"何清晖要他讲明那么渴望上大学，为啥又中途离校。

阳理事讲得实在而简短：一个从小被旁人羡慕的富二代，突然由衣食无忧变为需要人接济，断崖似的落差特别刺人，而世人目光的转变更刺心，再加之暖心的恋人又在空袭中失去，他曾经几度接近绝望边缘。

人在不顺时总要反思过往，阳理事从接触到的传言中得知厄运的根源与舒致怀有关。从那以后就不时梦见自己追着砍杀舒致怀，这成为他挥之不去的执念。恰逢在大学遭到当局清查，反复构思的回老镇除害的剧本就这样提前上演。

阳理事突然问何清晖："桂芳院长有没有说过，舒致怀为啥不借钱给翻板。听说拒绝的理由是拿不出那么多现钱，但他收购王家盐场又是当场付的现金。"

二公子也很想听听真相。

何清晖说她问过，桂芳院长也不知道。

阳理事嫌讲述的剧情不完整，何清晖承认是方凤婕不让说，喃喃道："她宁愿一个人把所有事情都扛下来，也不愿给你增加心理负担。"

二公子深感五味杂陈，暗暗抱怨何清晖为啥没对自己说这些事。

小巷里谈话还没收尾，舞台旁的献金桌前又出惊人事。

过多讲述献金场面会偏离要表述的剧情，不如简略介绍：这届灯会敢称特别，单是亮灯的第一个白天，就出了两件难以置信的事情，几个版本的史料都做了记载。

第一个意外近乎空前绝后。

一位中年男子将一张银票交到献金助理手上，道声献给抗战前线，很快不见踪影。银票上写着一个令人大瞪双眼的数额：六百万大洋！或许七八十年后对这个数额已经见惯不惊，但当时，绝大多数人即使喝醉酒也难以想象。

一次献这么多，还不让人知道身份，会是个什么人？姚徵远多少算得上是见过世面的人，也好一阵没从惊愕中回过神。

几家报纸迅速联合出"号外"，以醒目的标题登载《献六百万大洋不留名》。这份号外只送不卖，风一般刮向盐都各个地方。

以后几十年间，献六百万大洋不留名的人，成了盐都撰写和研究地方史料的重要探寻内容，在一批又一批撰写人的不懈努力下，依旧毫无结果。估计，这个谜永远没有可能解开了。

第二个意外接踵而至。

高炮营的士兵送来本营官兵献的钱，还捎来一个包裹。包裹里有十二块大洋和一封信，竟然是在舒家盐场失手打死齐帮主的那队士兵托人捎来的。

信写得简略，但叙述清楚。出事那天，有人诱导他们去舒家盐场发财，告诉他们，舒老板凭借祖传秘籍暴发，最不缺的就是钱。

士兵没想到会闹出人命。

走火伤人的士兵想以死谢罪，同伴苦劝，马上要上前线打鬼子，与其自杀，不如战死在战场。该队士兵每人凑出一块大洋——是部队发给他们的出征费，想捐给死者家属。本来想亲手交给市府，但换防来得太突然，市府的人都去了路边送别和迎接换防的两支队伍，偷偷离队送钱和信的弟兄白跑一趟。由于该队士兵行进路线和市府人站的位置没有交集，因此错过了。

高炮营的捎信人补充道，刚收到寄来的包裹，此队士兵已全部战死在抗战前线。

捎信人还转述了信外的话：那队士兵中曾有人告诉他的同乡，鼓动他们去舒家盐场抓壮丁的人，不是本地口音。

仅这一条也令好些人恍然大悟，奸细煽动士兵闹出风波，无非想干扰盐都在抗战后方的作用。

二公子自己也说不清是被献金桌前的意外事件打动，还是被小巷内的私密谈话触发，他抢在演唱前跑回家，想劝父亲果断站出来献金。才走到舒家盐场那道门栏似的位置，就听见坡上传来父亲号啕大哭的声音，二公子惊得目瞪口呆。匆匆上坡跑进家门，父亲还独自关在堂屋里放声大哭。被戏称六妹子的小妈不敢进去，站在堂屋门外手足无措，见到二公子直叹幸好他回来了。

步兵营的悬念打开，盐都像是刮过烈性阵风似的，几个探听消息的人赶着将惊雷般的信息传递回舒家。舒致怀听到，先是愣在那儿像座蜡像，片刻后猛地发出撕心裂肺的哭声。后来六妹子若干次讲述，怎么说也和当家的一起造出过几个娃娃，从没见他如此哭过。

二公子进堂屋，舒致怀止住哭声告诉儿子："这下不妨碍你当官了。"一句话说得二公子鼻子直发酸。

二公子没有忽视回来的目的，情绪稍微平静就急着劝父亲："再任性也别选献金这件事，灯会上那么多引人注目的事，竟然没有一件和我们舒家有关。"舒致怀嫌儿子没个固定标准："别人把舒家挂在嘴上你难受，别人不提舒家了你也难受，为啥那么在乎别人说什么？"二公子说："你不也在乎盐场命案的真相吗？"舒致怀纠正道："老舒是在乎事实。"

担心耽误歌咏队演唱，二公子中断谈话，快速回房间抱出装私房钱的箱子。舒致怀提醒儿子不要头脑发热，他当年熬野凼卤水凿盐井，看似鲁莽，其实每一步都是经过千思万想的。

二公子回应："我一直以为自己志向高远，与何清晖比才发觉差距大，她不是献私房钱，是把过日子的钱全部献了。"

舒致怀下意识地回应："她今后如何过日子？"

二公子说："为啥不想想舒家今后如何面对众人？你只晓得抱怨得不到别人尊重，自己又不做出让别人尊重的事，靠嘴上硬撑只会让人笑话。"

这句话太直，说的人和听的人都有了异常的反应。

望着二公子抱钱箱匆匆出门，舒致怀僵立原地，脑子里嗡嗡发响。

舒致怀追出堂屋站大门边望儿子，一直望到儿子走下小坡，走过舒家盐场，走得不见人影。目送选定的接班人走出视线，舒致怀突然有了一种长江后浪推前浪，世上新人赶旧人的感受。

二公子在半路被巩艳燕截住。

巩艳燕热得满脸通红，一见二公子就撒娇："知道你回家要干啥，我也回去了一趟。"说话间把手上的花布包放到二公子的钱箱上。二公子一时没反应过来，巩艳燕嫌这么简单的事还看不明白："这是我的私房钱，拿去以你的名义献。数额大一点，你的心情会好一些。"二公子感动道："还是用我们两人的名字献吧，你们巩家也需要证明自己。"

巩艳燕瘪瘪嘴："我只管你。"

整个上午全被献金热潮占满，众人担心的空袭没出现，战争的事总是亦真亦假。彩灯区内密集的人群并非没把空袭放心上，据过来人说不是不怕，是觉得政府敢搞灯会，总有敢搞的理由。

姚徵远安排有专人与湖北雷达站保持联络，那是监视武汉日军空军基地的最前沿。盐都与雷达站达成协议，只要有鬼子飞机朝四川方向飞立即通知。

也有专人和长江三峡的观察哨保持联络，那儿是监视鬼子飞机进四川的第一个哨所，装备和战力不占上风的军队，只好多设监视哨来弥补。

第三组专线直通盐都驻军高炮营，军队的情报肯定比民间强。

除此外还在远郊多个位置派人执勤，一有情况立即鸣枪报警，空袭下没有后方，宁可多一些手段。

疏散通道也是大型聚集活动的命脉，不能有半点堵塞。姚徵远把这事布置给市警局，他自己一个上午就去查看了几遍，检查是否有警察在岗。一边做这些事一边自嘲，事必躬亲的德行确实不适合主政一方。

由于献金的热潮未减退，歌咏队的演唱顺延到午后。阳理事吩咐住家近的队员回家吃饭，家远的就近解决。二公子本来可以回家午餐，也可通知用人送来，但他选择了和巩艳燕一同在舞台前的坝子里吃小吃。

二公子不知道父亲想与他说话，后来才听说因他没回去，父亲把要对他说的话告诉了小妈。


好些人都怀疑崔老板父女是奸细。灯会尚在布置阶段，方凤婕就盯上了他们。因不想成为人们传言的市长夫人候选人，也因以往的多次事件对警察少了信任，更不想打草惊蛇，方凤婕没有张扬自己的做法。

亮灯的第一个白天，崔老板父女果然没缺席，依旧像之前那样，在彩灯区反复打量环境。方凤婕照例不动声色地远远盯着。此时，按后来人们的说法是，献金进入到一个"花花绿绿"的阶段。

献金的长条桌前突然拥来大批衣着鲜丽的女人，与别的人群不一样，除放上现金外，她们还放上了各种金首饰。有的人按献金助理要求在登记簿上写名字，有的则摇摇手转身离去。桌上几个盘子迅速被戒指耳环项链等金首饰堆满。后来相传献金首饰的女人有不少来自青楼，那些年，盐都这个行业像几十年后的杂货店小餐馆一样到处可见。也有人觉得没啥值得奇怪的，谁都有权支援抗战。不过，这些说法正式文史上没有。民间只有一句话：那些吃别人捐款的人，不如青楼女子。

长条桌前正热闹，挤在人群中的崔老板父女却突然各朝一个方向离去，方凤婕顿时急了，四下寻找援兵。才看一圈就松了口气，好几个人从各个方位分别跟在崔氏父女身后，有身穿便衣却神情凛然的人，也有盐工帮会的熟人。方凤婕安下心，选择跟着崔老板走。

崔老板在行走中不断看怀表，两分钟左右竟看了三次，每次都有些夸张做作。

随着崔老板左右转动脑袋，方凤婕察觉多个位置上有盯梢的人。她都能看出，料想崔老板不会疏漏。

果然见崔老板不经意地回头朝她瞟了一眼，似乎还挂起一丝淡淡的笑意，或许是在嘲笑方凤婕不是盯梢的料，因为接下来崔老板看怀表的动作更夸张。方凤婕突然冒出一个念头，崔老板这么张扬地作秀，会不会是故意吸引众人，借此减轻另一个位置的崔小樱的压力。

正焦急如何传递消息，崔老板毫无征兆地闪进旁边小巷。巷内多处标注有茅房和箭头符号，醒目指向里面临时征用的厕所。不断有进小巷的人一路手忙脚乱解裤带，也有出来的人边走边收拾裤腰和衣服。

几批监视崔老板的人立即分散，或进小巷，或绕道奔小巷后方，唯独方凤婕站原地对着小巷发愣，算是弄懂了崔老板目光掠过她那一瞬间的淡淡笑意。

一个低沉的声音突然在方凤婕耳边响起："你去帮忙盯他女儿，这里交给我。"

方凤婕吓了一大跳，说话人居然是舒致怀。

方凤婕两眼直直地望着意外出现的舒致怀。舒致怀匆匆说别这么看他："其实老舒已大致晓得你和阳理事、何清晖的底细了，只是搞不懂你这几天为啥没找老舒的麻烦了。"

方凤婕简短回答："只是觉得这次的事不是个人恩怨那么简单，需要多想想。"

两人不再多话。方凤婕抬脚朝崔小樱那边赶去。舒致怀留在小巷口，面对川流不息从茅房出来的人，琢磨起来。

方凤婕朝传来童声齐唱的方向赶去，此刻是保育院的烈士遗孤在演唱。隔好远就看见崔小樱肩挎一个花布包袱，站在人群中貌似看演出。

崔小樱父女俩不是演悬疑剧，不需要以隐藏身份来推动剧情。加之崔家父女俩低估了中国民众的参与意识，所以，揭露与反揭露的戏份不多，主要是悬念如何收场。

现在已经明白，崔小樱要把花布包袱放到人群最密集处，包袱里是炸药。

崔小樱父女俩是在中国东北生活多年的日本人，崔老板表面做生意，实为间谍。崔小樱则被父亲培养成助手。还在中国的海盐产业刚笼罩上战争烟火时，崔老板的上司就预见到井盐会成为重要的物质资源。那时候盐都还是远离战火的后方，父女俩隐藏得不费力。

崔小樱急于找男朋友的剧情略显刺眼。崔老板指令她长期潜伏盐都，身处青春期的崔小樱过于在乎帅哥，刚开始崔老板还严厉催促，随后他自己也迷上了巩艳燕，明知贪恋情感是成就大事的致命障碍，他还是睁着眼睛去撞。

崔老板对女儿讲过多遍东北军张作霖之死：驻华日军费尽心机也找不到除掉张作霖的机会，于是派遣日本女间谍川岛芳子引诱张学良的副官。副官本来对张作霖父子很忠诚，却在搂着川岛芳子时泄露出张作霖专车回程的准确时间。日军按川岛芳子提供的情报炸死张作霖。副官做梦也没料到多情会毁掉他的忠诚。发情的男女都会变得愚蠢且不自知，任何警示都效果微小。

盐都在日军空袭区搞灯会，崔老板很愤怒，这是对大日本关东军的羞辱。布置任务时他又对女儿露出悲壮，大和民族太自负，只看到中国落后，低估了这个国家的民众，日本输掉这场战争是迟早的事。明知这样，崔老板仍指令女儿不惜一切代价完成上司下达的任务。

崔小樱准备将花布包袱放在献金桌边，但一批接一批的民众像装草一样朝筐里装钱，她没见过这阵仗，惊吓得忘了该做什么，直到舞台上响起童声合唱才来到人头攒动的舞台前。

临时舞台上，二公子在为保育院的娃娃们伴奏，孩子们用大家耳熟能详的老曲子填词：随时准备着，长大后，扛起父亲留下的枪，上前线，杀倭寇，保家乡……

崔小樱先是盯住二公子，片刻后即被稚嫩的歌声触动，眼前竟浮现父亲沮丧的面孔，耳边响起父亲一再重复的话：低估了中国民众……

突然冒出异样的感觉，崔小樱本能地意识到自己被盯上了，果然发现若干神态异样的人在不动声色地瞄她。父亲曾交代，一旦暴露，就在人最多的地方引爆包袱里的炸药。但崔小樱马上明白没有这个可能，从远远近近射来的目光可以断定，她只要稍有不正常的动作，立即会有若干人扑上来。

　　崔小樱不想死，她想摆脱那些人，缓慢转过身，惊讶地发现不知什么时候方凤婕已站在她旁边。

　　崔老板从茅房后面钻出来，已装扮成本地老头儿。

　　茅房后的两壁石墙间有个可容人侧身挤过的窄缝，事前崔老板曾踩过点。

　　装扮成本地老头儿的崔老板埋下头，走过茅房后小街，沿凌乱小道朝野外奔去，稍一左顾右盼便沮丧地发现身后仍跟着几个便衣，其中竟然还有舒致怀。

　　那一瞬间崔老板想起近些日子对舒致怀的作为，脑子里居然冒出一句中国古话，大意是欠什么还什么。于是很奇怪地有了一种不祥的预感。

　　野外人少，崔老板明白后面那些人要抓他正是时候。他再次掏出怀表，这次与作秀无关，而是借看表快速选择逃跑路线。

　　空袭预警枪声在崔老板盼望中如期到来，随着节奏清晰的三声枪响，远处天车架上出现两面不同颜色的旗子。几乎同时，从灯会街区传出一片喧哗声。崔老板稍微松了一口气。

　　史料记载，那届著名而特殊的灯会，第一天刚过正午就遭遇空袭。剧情不是按编戏常用的套路设计，一切如当事人后来叙述，尽在人们意料中。

# 卷五 如何翻篇

一

预警枪声一响,灯会现场轰地爆发出一阵闹哄哄的声音。很快,警察和市府职员出现在预定岗位,大声指挥民众不要慌乱。众人立即从记忆中调出多次躲空袭的经验,明白时间充足,都按执勤人员指引四下疏散。

设置好的疏散路线有多条,各个路口和重要位置上有专人大声提示和准确引导,密集的人流行走从容,少数心大的人还一路聊着什么。

姚徽远带人留在后面查看熄灯情况。郑帮主和机车帮的人互相招呼关掉各自照看的蒸汽机,一片片靠电支撑的彩灯区暗下来。按老办法照明的彩灯区则有人挨个吹灭负责范围内的油灯,另有人拉下悬在屋檐上方的竹笆子,放下卷在高处的深色布棚……五颜六色的灯会转眼间成灰扑扑的一片。

众人从各个出口拥出街区,按执勤人的指引奔向植被茂盛的宽阔山野,也有人直接去多次躲空袭的熟悉地。跟踪崔老板的便衣们被卷入灯会区涌出的密集人群,都忙着协助疏散身边民众避免踩踏。仅片刻工夫,崔老板即从视线中消失,十来个人踮起脚尖伸长脖子四下寻找。

舒致怀也被人群挟裹,刚骂一声老舒一来狗日的就空袭,突然意识到刚刚还盯着的崔老板不见了。

方凤婕贴紧崔小樱随疏散的人群往外走,她不知道二公子和阳理事也跟在后面。

二公子和阳理事早看到台下的方凤婕和崔小樱,空袭预警信号传来,按预定方案,歌咏队协助桂芳院长和明叔引领保育院的娃娃们沿指定路线疏散。

阳理事再检查一遍舞台各处有无遗漏孩子,正要离去,看到舒致怀也夹在密集人群中。姓舒的来凑空袭混乱，算是自投死路。阳理事摸摸衣兜里的小手枪，从台口跳下舞台，直奔舒致怀。

随拥挤人群走出街区，外面的空间陡然宽阔，阳理事瞄着舒致怀跟去，何清晖突然站到他前面。阳理事心有不甘地谎称要去帮方凤婕。何清晖平静得仿佛什么也不知道，道声正好，他们要做的是同一样事。

阳理事只得和她一道往前走。何清晖问他空袭结束后歌咏队会演唱吗？阳理事回答当然要唱。何清晖直接吩咐："唱完就来找我，有话对你说。"阳理事突然觉得这话包含的信息量有点大。

何清晖再次叮嘱："务必来见我。"

二公子走过齐耕读最后一次练板胡的竹林。

街区外的视线开阔，能看清附近一个个小山坡。齐耕读遇害的坡顶已被严密监视，他和方老师也在那个山坡的另一面被恐吓过，按常理奸细不会再去。但那儿视线太好，其他位置无法替代，很难说奸细会不会挑战常理。

二公子再次朝那座疑点很重的山坡张望，居然看见父亲正朝那个方向走去，而父亲前面不远处正是崔老板。二公子没多想，直接跟过去。

日寇飞机接近盐都上空，高炮营开始阻击，连续不断的炮击声响成一片，半空中不断绽开团团烟火。二公子习惯性地望向空中，立即生出疑问，这次鬼子来的飞机为啥这么少？

三架敌机没有攻击高炮营阵地，也没轰炸码头和船闸，而是直接到街区上空盘旋，很明显，这次空袭是奔灯会来的。

鬼子飞机没有马上轰炸，二公子猜测是在寻找指引信号。再次望向齐耕读牺牲的坡顶，没见有动静。回头寻找父亲，却不见了踪影。

阳理事与何清晖被拥挤的人群带到一个隐蔽处，两人快速找到一个视线稍好的位置，四下搜寻，山野间已经空了，没见到方凤婕。何清晖说盯崔小樱的人应该不少。阳理事没回答，他在找舒致怀。

其实阳理事明白何清晖是不让他接近舒致怀，索性要她别搞悬疑，直接讲准备如何处置舒致怀。

说这话的时候敌机还没到，何清晖趁短暂空当对阳理事讲，注重成本的方式今后会越来越盛行，因为人类社会无论怎样波动最终都是要创造财富的。舒致怀能逆袭成功就是顺应了这个趋势，只是他本人不一定意识到。阳理事催促她快说打算。何清晖要阳理事暂时放下这个念头，再搜寻方凤婕和崔小樱，她总觉得不太放心。

头顶传来鬼子飞机的轰鸣。阳理事不惧震耳欲聋的噪音，探出身子四下打量，意外看见舒致怀出现在远处半坡上。趁何清晖不注意，阳理事跳出遮掩地，快速朝舒致怀的位置赶去。

不仅何清晖，很多人都看到舒致怀往上赶的那个坡顶有强光闪烁。

鬼子飞机按闪光指引开始第一波轰炸，刺耳的啸叫声伴随着爆炸的震动，跑动中的阳理事被冲击波掀翻在路边的沟里。他抱住头等泥土石块砸落地面的声音减少，又跳起猛跑。

荒坡没有路，阳理事在呛人的烟雾和敌机的骚扰中走岔了方向。

舒致怀从拥挤人群中脱离出来，有意避开人多的路线，果然见到崔老板在朝一道不起眼的小坡上爬。

舒致怀立即看明白，齐耕读遇难的那道坡被严密监视，崔老板被迫换地方，正在爬的那道小坡视线要差很多，但可以看到灯会区。

刚跟到半坡就见坡顶有闪光晃动，紧接着鬼子飞机开始投弹，舒致怀不顾震耳的爆炸声，借助坡坎上的树丛爬上坡顶。

树丛间很刺眼地站着崔老板，用手枪对着舒致怀。

据说写史事的文学作品大的方面要求真实，但在细节上如果不做合理虚构读起来会很干涩。为方便接下来的阅读，姑且称这道小山坡为C坡。

舒致怀和崔老板僵持在C坡顶上。崔老板明确告诉舒致怀他要等二轮空袭才开枪。没见舒致怀露出恐慌，崔老板问他是不是吓傻了。舒致怀说该害怕的是他。崔老板说这种处境还嘴硬。舒致怀提醒崔老板，这道坡不高，附近几座坡上躲空袭的人都能看到这里，这会儿好多准备要抓他的人正盯着这里。

崔老板冷笑道："飞机正投弹，都抱头蜷缩，有几个敢站出来看？就算有人，也看不到站在树丛中的我，只会看到你舒老板。我早察觉你跟在后面，没在第一波轰炸时开枪，就是放你上来让众人以为是你在给轰炸机导向。你不是名声响亮吗？你不是远近闻名吗？这会传得更远。"

舒致怀没回答，紧紧盯着崔老板另一只手上的镜子。

崔老板越说越得意："本来是在观察哨旧址选到一个好位置，被你儿子和方凤婕闯入，如果不是担心事情闹复杂，你已失去接班人了。后来又是拉板胡那个孤儿……"舒致怀不许崔老板这么说齐耕读："他的父母是为抵抗你们侵略战死的。害那个娃娃的是你们，害老舒的也是你！"

崔老板坦言："从抓壮丁的兵到舒家盐场起，许多事都是我策划的，本来是个很完美的剧本，却被几个找你复仇的年轻人搅乱了。真不明白你舒老板究竟和那几个年轻人有多大的仇，几次警告为首的方凤婕别掺和都不起作用。"

舒致怀说："有没有想到最后还是老舒亲手抓你。谁小看老舒，谁倒霉！"

崔老板咬牙切齿："别以为你能逃过这次轰炸。"

"是人都会死，有啥鸡巴值得怕。今后不管夸也好骂也好，会有人记得老舒。你呢，只会有人记得你叫奸细。"

崔老板没兴致多说，等轰炸机盘旋过来，然后剧情彻底结束。

崔老板用耳朵判断飞机是否靠近，目光晃动仅仅是一瞬间，但就这一瞬，舒致怀飞身扑向崔老板。

突如其来的猛烈撞击使崔老板翻倒在地，手中的枪和镜子同时飞出去。两人在坡顶的树丛间扭成一团。

后来的说法有好几种，一说是崔老板低估了当过盐工的舒老板的力气，一说是两人互相纠缠到双方无法动弹，连环扣似的僵持在树丛里。不管怎么说，地上的镜子镜面向上是事实，其他坡上的人都看到阳光朝空中反射的光束。三架飞机冲镜子发出的光亮俯冲，成串的炸弹从空中坠到那个小山坡上。

的确如舒致怀所说，附近许多躲空袭的人，以及围捕奸细的人，包括错跑到另一条道上去的阳理事，还有跑向齐耕读遇难那道坡的二公子，都看到了C坡上发生的事。

众人的喊叫声全被炸弹爆炸声淹没。

若干炸弹发出刺耳的呼啸落到C坡顶上，爆炸腾起的烟雾和尘土顷刻间笼罩C坡。

方凤婕跟着崔小樱来到盐都第一滩。

方凤婕的一步不离令崔小樱内心慌乱，父亲低估了中国民众的感叹又搅得她分寸凌碎，连她也不知道怎么会走到第一滩来。也许是想避开人多的路，也许是没放下父亲的指派，总之，鬼使神差地走到这里。

站在第一滩高处，能看到近处的王爷庙码头和远处的老镇码头，两大码头都挤满了木船，号称百里黄金盐道的釜溪河上反倒空空荡荡。这景象或许是将崔小樱拉回现实的主要诱因，她就近踏上停靠岸边的一艘船，手忙脚乱地解缆绳。父亲布置过的任务中有这一项，炸毁第一滩下面的五级船闸，再次阻断百里盐道。

方凤婕紧跟着跳上船，看见崔小樱手忙脚乱地解开缆绳却撑不动船，平静地告诉她，要撑船还要拔起插在船头圆孔里的木柱。方凤婕边说边拔起一人高碗口粗的木柱，顺船舷放下，再顺势拿起竹篙轻轻一点，木船不急不慢地漂向水势险峻的第一滩。

一切都已摊开，崔小樱索性告诉方凤婕："我就是你们要找的奸细，你能做什么？"

方凤婕撇撇嘴不屑回答。

崔小樱来实在的，拉开花布包袱让方凤婕看里面的炸弹，说："如果你求我，我可以让你离开木船逃生。"

方凤婕冷冷一笑："没人会放过奸细。"

"你不怕死？"

"关键是死得值不值。"

"过几年谁还记得你。"

"盐都记得。"

那时候空袭还没结束，爆炸声间歇中第一滩周围响起抓奸细的呐喊，一群人随爆炸火光从多个方向围过去。小船被水流快速带向石滩中间那道狭窄湍急的河道，所有声音瞬间被震耳的流水声取代，木船速度陡然加快，两旁石滩飞快后退。能恍惚看见两岸的人在继续追赶，但喊声已变弱。

崔小樱拉燃花布包裹的炸药，带着冷笑告诉方凤婕现在跳船已迟，跳到石滩上肯定摔死。方凤婕想夺下包袱，崔小樱发疯似的反抗，抢夺中方凤婕看清有绳索将炸药包连在崔小樱身上，很难在短时间内脱离。

方凤婕索性紧紧摁住崔小樱，告诉她，就算死她也是白死，第一滩和船闸分岔的两条河道看似相隔不远，但她只看到地形距离却没弄懂那段河流，从第一滩下去的船只会离船闸越来越远，根本靠不到一块儿。

方凤婕说决定命运的不单是意志，还有知识。

说话间无人驾驶的船已快速掠过五级船闸，进入到船闸与老镇码头之间的空旷区，岔河道上的船闸逐渐退远，前面的老镇码头又还隔着几里河道，更令崔小樱绝望的是水势突然缓下来，没人摇桨的木船缓慢到近乎停滞。如果不是水流缓慢，田队长也不会选择这儿炮制沉船现场。

被恐慌情绪笼罩的崔小樱拼命想挣脱方凤婕，但是迟了。

从上船开始的内容，部分来自盐都史料，部分来自几十年后健在的当事人口头讲述，这些当事人中有跟在第一滩两岸追赶的男人，也有在老镇码头船群里遥望那艘木船炸成碎片的船工。这些人对细节描述不一，不排除有来自亲身经历的推测，也不否认有传统戏剧的影响，但有一点很统一，人们崇敬凛然大气。这一点，任何民族都不例外。

## 二

事后盐都民众才知道，这次空袭鬼子飞机来得少，是遭到了三国空军的联合阻击。

为反击日寇的疯狂空袭，阻止日寇对抗战后方肆无忌惮的滥炸，国民政府紧急征调十一个县的民工，在湖南境内修建芷江空军基地，并陆续进驻了中、苏、美三国空军，极大地限制了日寇的各种军事行动。特别值得一提的，当日历翻到1945年8月，芷江空军基地成为侵华日军洽降地。

前方拦截加上后方防范，盐都灯会遭受的空袭损失被降低到最小。经民众快速修整，空袭当晚就重新亮灯。剧情走到这儿，再啰唆便是多余，简要交代一下剧情涉及的几位主要角色：

舒致怀的戏份还在继续。

灯会第一天上午发生的两大意外事对舒致怀的冲击很大，午饭时儿子偏偏没回家吃。饭后，舒致怀叫上六妹子，到盐场竖着的那块舒家碑前，罕见地与她交谈了一番话。舒致怀并不知道这次交谈后来会成他对舒家的最后安排，只是突然觉得有心事想对人讲，而且要在庄重的地方讲。

舒致怀对六妹子说，他的家，倭寇凭啥想炸就炸！走访高炮营的时候他就有了念头，要献金给政府买新炮火，后来被一些情绪上的事拖延了。高炮营送来步兵营那队士兵的信震动到他的心，联想到儿子献私房钱，何清晖献生活费，他更有想法。不过，舒家不能抢在巩家前面献，不必再为争虚名招惹烦恼，要做就做实在的，比如，不比巩家少献一分一毫。

舒致怀还告诉六妹子，想和二公子商量，适当的时候把秘籍捐出去。秘籍是当年那些逃难人交给舒家曾祖父的，七八十年间舒家已沾光不少，能有这块地方立碑就是最大的收获。现在该想的是，独占久了，麻烦远大于好处。

午饭后舒致怀独自去了灯会，在空袭中抓奸细壮烈献身。六妹子一直琢磨当家的为啥要赶着说那些话，这世上会不会真有预感。

六妹子把舒致怀最后的话原原本本转告给二公子。

二公子还在为失去父亲而悲愤，灯会上突然传出巩德彬献金的消息。

都知道巩老板赌气归赌气，凭巩家百余年的作为，他肯定会为抗战献金。但没人猜到他会提前出手，而且献出大洋一千万。这数字远超所有人想象，即使几十年后也称得上巨资。当时灯会上所有人都在谈论这件事，五颜六色的彩灯陡然间相形暗淡。

巩家的反转来得比人们预计的快，有说是舒致怀壮烈献身的刺激，也有说离不开巩艳燕的敦促。

本来巩德彬还在等市长再次上门来请，巩家坐了多年的首席，这资格要拿够。宝贝女儿一番话令他失去了摆谱的兴趣，巩艳燕说："你最反感舒老板企图超过你，他现在已经是盐都人心里的好汉，你呢？还窝在家里自恋。"

女儿的话很刺耳，巩家的人不霸气不正常，但女儿把霸气用在老子身上也不正常。巩德彬承认，养了个太出众的女儿的确不是一件轻松事，下一代人的冲击有时候效果会更强烈。

巩德彬说了句巩家输给谁也不能输给姓舒的，立即去灯会。

站在献金桌前拿起笔，巩德彬先昂头傲视一圈，看清周围人都屏住气瞪大眼注视他，这才潇洒地挥笔写上：巩德彬献大洋一千万。那一刻他特别满意现场爆发出的滚地雷般的惊呼声。

二公子到献金榜前确认了这件事，和小妈一同到献金桌前，先写上父亲的大名舒致怀，再写献大洋一千万。立刻成那届灯会的又一个轰动新闻。

六妹子反复抹自己脸上的泪水，仰天叫当家的："众人看舒家人的眼神都和以往完全不一样了。这不是你几十年来一直渴望的吗？"

听到舒家的献金数额，巩德彬重重地哼了一声："姓舒的有什么资格和巩某人的名字排在一起！"

巩德彬回到献金桌前，写上：再献价值五百万的盐。

二公子按照父亲一分一毫不比巩家少的遗言，也到献金桌前写上：舒致怀再献价值五百万的盐。

二公子对和他握手的姚市长说："父亲有遗言，舒家要献出传说中的秘籍。"姚徽远略一思索，劝道："传了近百年的舒家秘籍与盐有关，徽远觉得最好还是留在盐都。目前是全民抗战时期，建议舒家继续保管，等赶走侵略者再议。"

姚徽远说："徽远更看好秘籍的精神意义。"

巩家和舒家同时献出同样的数额，并没有改善两大家族的对立局面，传统大老板和逆袭上位的人继续互不买账。数年后有盐都人在成都遇见过巩艳燕与二公子，两人亲密得发腻，如网络时代形容的狂撒狗粮。二公子没有接手舒家盐场，至于在官场有没有当什么，没听说。

史料记载有不少巩家和舒家带给这届灯会的影响，最生猛的事例是，七十七位上规模的盐场老板在灯会上联合献大洋一千万和价值一千万的实物，再注明，此后每月每人献一千大洋，直到抗战胜利。七十七家盐场老板同时也献上一句话："所献资金全部用作打鬼子，谁从中克扣一分，全家死绝！"

能看到的多种史料上都有如下文字：盐都民众在抗战期间多出盐，快运盐，同时节衣缩食捐献抗战经费1.2亿及价值数千万的实物。冯玉祥总结，盐都的献金数额在整个抗战期间列全国各地之首，创下二十二个全国第一。

其次，看似是阳理事与何清晖的戏份，实际大多和舒致怀有关。

灯会次日，趁夜幕降临，阳理事去何清晖租住的小屋，恰逢何清晖要出门。何清晖请阳理事换个时间再来，她下了很大决心才走出家门，怕过一会儿就没勇气出去了。阳理事说他有很急的话要讲，假如现在不讲，就没机会了。

阳理事说舒致怀的功与罪不能相抵："他逼死我父母，害我受了很多屈辱，改写了我的命运，这口恶气我咽不下。但我不想再浪费我的青春。"

阳理事口中的父母，准确地说是准岳父岳母，也就是翻板和叮叮。何清晖要转述一点别人的说法给阳理事听，转述前先申明是多个人的讲述，对这些讲述，她自己这会儿也半信半疑，要阳理事别太较真。

有人说舒致怀乘人之危，给翻板加上了最后一根压垮他的稻草，也有人说翻板有钱后终日沉溺于不实际的东西，把盐场的经营丢给外地来的合伙人管，自己充当太上皇遥控指挥，最终走到拍卖盐场还债的地步。标了售价的盐场，即使舒致怀不买也会有其他人收购。盐场是舒致怀和翻板凿的，舒致怀不会容忍别人去占好处。至于为啥只收购而不借钱给翻板，一种说法是舒致怀为出人头地，连婆娘娃娃都不顾，他不可能帮不切实际的人；另一种说法是翻板娶了舒致怀的初恋女友，还大办婚宴扫他的脸面，他很难宽恕；还有第三种说法，舒致怀为凿深海井耗光一切，他盘下翻板盐场的钱，是抵押深海井借的高利贷。

不管是恩怨情仇还是现实，舒致怀和翻板的两种结局说到底还是各自做人做事的结果。何清晖重复道："都说过了，全是听别人说的，不必全信。"索性再告诉阳理事，"我和方凤婕是对付舒致怀的盟友，也是女校期间的好闺蜜，但直到最近才明白我曲解了她的热心。你也不该和她赌气这么多年。"

先用第三人称讲述：方凤婕用的是明叔的姓。姐姐舒二妹遇难后，妹妹方凤婕辍学回老镇教书，假说老镇学校缺音乐教师，其实是为父母的遗愿，也是圆王峻阳的大学梦。这一点王峻阳知道，所以才发誓毕业后娶方凤婕为妻。每个假期王峻阳都步行两三百里回老镇看望方凤婕，那年暑假他途中患重感冒，走了六七天才拖到老镇学校，却看到方凤婕和未婚夫当他面秀恩爱。王峻阳的心碎落满地，自我定性是此生最丢人的事。

然后，何清晖直面阳理事："方凤婕生前一直想要给你解释和道歉，她猜到是无意中伤害了你。方凤婕辍学回老镇教书，那点工资远不能支撑你上大学，是齐帮主的弟弟多次帮她并最终替她解难。齐帮主的弟弟把他自己上大学的钱汇给了你，那是齐帮主扛了多年盐包替他积攒的费用，进省城上大学也是他多年的心愿。我多次听方凤婕感叹，人海茫茫的世间，有几个人能如此对她！

"齐帮主的弟弟穿上军装向哥哥保证，打跑日本鬼子再去学校。那个有橙色朝阳的清晨，方凤婕和齐帮主一道送他上前线。齐帮主一再叮嘱弟弟在前线别丢人，他会重新给弟弟挣更多的学费，让弟弟读最好的大学。

"齐帮主的弟弟英气勃勃地回头向方凤婕和齐帮主行军礼,那场景成了方凤婕脑子里永存的画面。她和未婚夫相约,胜利后互相说说在抗战中做了些什么实事。

"但方凤婕不对外张扬约定的内容,除了她认为这本就是该做的事,还有她未婚夫的原因。她未婚夫所在那支川军部队平时看似吊儿郎当,竟然非常有血性,很大一部分已经战死在抗战前线,包括方凤婕的未婚夫。方凤婕想以默默多做支援抗战的事来祭奠他。"

阳理事一下愣住,连续吞咽唾沫后才哽咽着嗓音说:"最初以为是明叔资助我,后来明叔说是齐帮主资助的。方凤婕为啥不如实告诉我?"

何清晖说:"你在和她赌气,她要维护你的自尊。"

看到阳理事涨红脸,何清晖淡淡苦笑:"从年轻走来,谁都有刻骨铭心的往事,已经翻页,就让它过去。"何清晖突然打住,"你这么晚急着来找我,不会是为这事吧?"

阳理事承认,犹豫多遍才鼓起勇气来当面道别,他马上要离开盐都。何清晖一下有些慌乱,问他去哪儿。阳理事说:"成都也在不断遭受日寇空袭,省里的歌咏大赛取消了。我已经参军,明天一早就要跟部队上前线。"何清晖长叹一口气:"幸好我晚一步去舒家。"阳理事奇怪她为啥要去舒家。何清晖要阳理事别分神,说他要说的话。

阳理事拘束中鼓起勇气表明来意:"我急着来是要当面问你,如果我能戴着勋章活着回来,如果那时候你还没嫁人,我能不能娶你?"

何清晖眼眶一下湿了:"王峻阳,让我抱抱你。"


话说到这儿,再要交代的剧情已经没有了悬念。

何清晖告诉二公子:"你和你父亲不是在打听我和方凤婕的身世吗,现在可以告诉你了,方凤婕不是五妹子离家时怀在肚子里的那个孩子。"

二公子说:"已经听父亲讲了,你才是。"

反倒是何清晖有些奇怪了:"从小妈妈送我去外面读书,一再要我不让旁人猜到身世,他是怎么知道的?"

二公子说:"父亲偷偷看过你好多次,那天夜里又去你住的地方,听见你在灯下轻轻哼唱那首川南民谣:'巴山豆,叶叶长,爬山爬岭去看娘,娘又远，路又长……'我和死去的大哥都是在妈妈怀中听这个民谣长大的。同样的民间小调，父亲告诉我，妈妈有她自己的唱法。"

何清晖问："想知道我为什么那么恨父亲吗？"二公子说能理解。何清晖神情严肃，"我和我妈，还有我的大哥，在他的心目中都不如盐井。妈妈说他一门心思只想着如何成为人上人，从不考虑身边人的感受。"

何清晖说："方凤婕身为叮叮和翻板的小女儿，知道她为啥没像阳理事那样一门心思要报复舒致怀吗？方凤婕和未婚夫的约定只是一个理由，还有一条来自她妈妈。叮叮是第一个为舒致怀穿过衣服的女娃。叮叮去世前要方凤婕不要记恨舒致怀。叮叮说，舒大哥没帮他们家总有他的原因，正常人都不拿自己的目的去强迫别人。叮叮她们三个妹子一直在尽力帮舒大哥。叮叮临死前除委托桂芳照看孩子外，也委托桂芳夫妇了解清楚舒致怀的真实想法和难处，别让他背上不应有的恶名。桂芳也乐意这么做。桂芳说她们三个妹子有一个共同心愿：'像他这样的人太多，要有人成功，其他人才有希望。'"

何清晖说："其实方凤婕一开始不认同她母亲的话，她认为母亲丢不开和舒致怀的情。后来她遇到未婚夫，同什么人交往，能决定一个人的思维方式。再加上她回老镇后听说了，在被人逼债前，父亲翻板已患病。家道没落只是加重病情的一个原因。所以，方凤婕对仇怨的态度比我变得还快。"

二公子眼圈红了，想起父亲对他说过与叮叮多年的恋情。父亲说叮叮没在他这儿借到钱，流着泪离开，走出好远还回头看他，那目光，没有恨……

二公子对何清晖转达父亲的意思："当年，叮叮、桂芳，还有我们的妈妈，她们三个女娃对父亲真的很好。"

二公子转身从柜子里拿出一个梳妆盒："这是妈妈用过的盒子，里面有父亲在金铺里给她买的全套金首饰，他还给你们母女俩预留了一辈子也花不完的钱。父亲说多次梦到你们的日子过得艰难，好几次他都是难受醒的。现在总算可以交到你手上了。"

眼泪顺着何清晖的脸流下来，她没有伸手，甚至没看那个梳妆盒："我不是来分遗产的，我是要告诉你，父亲的行动和献金安排改写了他在我心里的模样，我认他做父亲，不过，我不会在钱财上和他有任何瓜葛。"二公子有些慌乱："像你和妈妈那样让父亲长期放在心里的人不多啊！"何清晖没心思再纠缠："都到这一步了，翻篇吧。"

二公子拉着何清晖问:"妈妈她……还好吗?"何清晖好不容易才忍住没号啕大哭:"妈妈去世……很多年了。"

要说的最后一点剧情,几乎无意外。

没人来盐都勘察沉船现场,报损盐的报告依旧批复下来了,批文简单到只有一个字:可。世上的事情往往就这样,当事人和身边人觉得有天大,到了某一个层面或不同的地方,仅仅就是哼一声。

需要讲的是,那笔报损费多年以后也没人领,直到过期作废。仿佛没有人申报过一样。

姚徵远在面临升迁之际递交了辞呈,理由是他不适宜主政一方,更适合研究学问。

清晨,姚徵远独自一人先到齐耕读遇难的那道山坡,这儿视线真的很好,能遥望百里盐道第一滩,装满盐的木船一艘接一艘在险滩上划过,快如飞鸟。如此险滩长在市区内,很独特。

这儿还能看到一支支船队在蜿蜒的釜溪河上航行,通过百里盐道不断将盐运往全国。史料证实,盐都由此成为抗战后方众多亮点中的一个。此刻,船队前方,太阳刚刚升起,很大很圆,呈现出一种很夸张的弧度。

姚徵远又来到一个墓群前,类似的墓群,在天车架林立的大地上新增了好多处。姚徵远任职期间,盐都有五百多位无辜百姓被日寇空袭夺去生命。

墓碑上大都是他熟悉的名字,有舒致怀、方凤婕、齐耕读……舒致怀和方凤婕的是衣冠冢,盐都民众集体造的。

面向墓群,姚徵远深深鞠躬,从内心深处涌出谢意:是盐都的父老乡亲,让徵远实现了体面离开的愿望。

# 后 记

此书前后写了十来年，连自己都奇怪没放弃。

不少人认为这是当地值得关注的题材之一。当年接到写作邀请时我还有些犹豫，因为有人写过，有人正在写。去了后，当地接待很认真，有关机构提供史料，研究人员陪同参观遗址现场，毫无保留地讲述他们的研究体会，感动之余我也意识到这个题材有很大的再创作空间，能与当代思维无缝连接。就这样，在没有丝毫经济利益，也没有任何合同的情况下，我应承下来，开始仔细研读当地史料。

岁月翻篇很快，不几载，当年邀请我的人陆续离开岗位，基本上没人再过问我。而我想要避开别人的思路，一再改写，像反复吃同样的食物，逐渐麻木。

能够坚守下来，按常规说法是天意加人为。

从接触到的实际看，这个题材的确能拉着人无休止地泡在其间，那矿源，估计一百个作家写到死也没法挖掘完。

个人的原因是总想回报当地选择了我，想着不愧对相关专家的坦诚交流。在这一点上我已属于"屡犯"。我曾多次参加采风活动，农村的、城市的，展示现实的、讲述历史的……几乎每次都按要求写文章。等到文章集中面世我才发现，大多数人都是顾左右而言他，老老实实按要求作文的并不多，一看我交的作业就是反应迟钝过分规矩。有时候还因此惹得同行猜疑，以为是有什么图谋。其实我以为这样做是尊重主人和主办方，但认可这想法的人极少，难免一次次被晾在那里，像个瓜娃子。

由此也看出我这人很没趣，不会有大出息。

后来索性不多想，反正我不会麻将、不会K歌，生性不喜欢凑热闹，也不腻微信，就顺其自然写吧。可以填充日子空间，也不排除被文中的人物吸引，就这么反反复复往下写。

接到出版通知，我长出了一口气，至少下次见面可以面对那些接待并与我交流的人了，看到那片土地也会少一些内疚感。

当然要感谢四川文艺出版社，感谢参与评估、审读、编辑拙作的所有行家里手，尽管疫情期间书市更严峻，但感谢他们依旧选择了此书。

所谓后记，其实要说的就是一声谢谢，包括读到此书的您。

2020年9月